커피 볶는 남자

초판 1쇄 찍은 날 ┃ 2013년 6월 14일
초판 1쇄 펴낸 날 ┃ 2013년 6월 21일

지은이 ┃ 박윤애
펴낸이 ┃ 서경석

편집장 ┃ 권태완
편집책임 ┃ 장미연
편집 ┃ 손수화
디자인 ┃ 신현아

펴낸곳 ┃ 도서출판 청어람
등록번호 ┃ 제1081-1-89호
등록일자 ┃ 1999. 5. 31
어람번호 ┃ 제5-0338호

주소 ┃ 경기도 부천시 원미구 심곡2동 163-2 서경B/D 3F (우) 420-822
전화 ┃ 032-656-4452 팩스 ┃ 032-656-4453
http://www.chungeoram.com
E-mail ┃ chungeorambook@daum.net

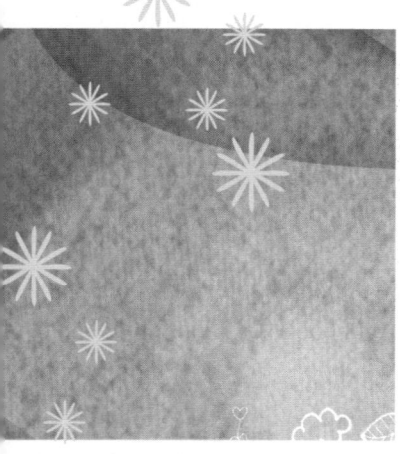

Chungeoram romance novel

박윤애 장편 소설

커피 볶는 남자

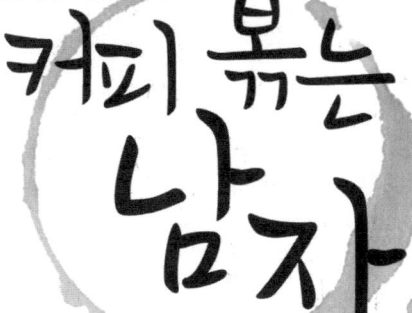

도서출판 청람

CONTENTS

프롤로그

"미치겠네, 정말. 닭대가리냐?"

분노의 게이지가 맥시멈에 달했을 때 한숨과 같이 나지막한 목소리가 터졌다. 목소리뿐만 아니라 표정까지 어찌나 살벌한지 음산한 기운에 경수의 좁은 어깨가 바들거렸다.

"죄, 죄송합니다."

종업원 경수는 고개를 푹 숙인 채 당장 무릎을 꿇고 석고대죄라도 할 기세로 허리를 폴더처럼 구부렸다. 그러거나 말거나 좀처럼 상승한 분노의 게이지는 다시 미니멈으로 내려갈 기미가 보이지 않았다.

"죄송하단 말은 귀에 딱지가 앉도록 들은 걸로 아는데? 네가 파리 새끼냐? 죄송하단 말 한마디면 다 끝나? 너 세상 참 편하게 산다?"

"사장님."

"주문도 제대로 못 받는 놈이 그 머리로 S대는 어떻게 들어갔어? 라테랑 카푸치노의 차이점도 모르고 바꿔치기한 놈 머리론 도저히 감당할 대학이 아닌 것 같은데."

"말, 말씀이 너무 심하십니다."

푹 숙였던 고개를 쳐들었지만 아직까지 바들바들 떨고 있는 어깨는 어쩌지 못한 채로 경수가 용기를 내었다. 용기만큼은 가상하다. 쯧쯧. 사내놈이 금방이라도 울 것 같은 얼굴로 따지기는. 분수도 모르고 까대는 놈치고 제대로 된 놈 못 봤다.

"너 여기서 일한 지 얼마나 됐지?"

"두 달하고 보름……."

"그래, 반올림해서 석 달이라고 치고, 그 정도 됐는데 주문 하나 제대로 못 받는 놈이 할 소리라고 생각해?"

정곡 제대로 찔렸을 거다. 이쯤 되면 죄송합니다, 열심히 하겠습니다 같은 식상한 멘트 말고 입 다물고 저의 분노를 다 받아내면 되었다. 여기까진 그가 의도한 대로 되는 것 같이 보였다.

"그만두겠습니다."

"뭐?"

"실수할 때마다 심한 말씀 하시는 사장님 밑에서 더 이상 일 못하겠습니다."

예상 밖의 상황이 벌어졌다. 전혀 의도한바 없는 난데없는 상황에 미처 사태 파악이 끝나기도 전에 경수는 마치 오래전부터 결심한 사람처럼 앞치마를 벗어 던지고는 미련 없이 가게에서 나갔다. 말릴 틈도 없이 순식간에 벌어진 일이라 정신을 차리기까지 얼마나 흘렀는지도 모른다. 그리고 정신을 차렸을 땐 텅 빈 가게에서 담배를 물고 있었다.

"이 자식, 재주 하나는 좋네."

사람 미치게 하는 재주도 재주라 치면 재주겠지.

그런데 또 사람을 어디서 구하냐고.

카페 문이 닫히자 방금 다녀간 사람이 주고 간 이력서를 빠르게 훑었다. 뭐 하나 제대로 봐줄 것이 없다. 나이도 저보다 많았다. 이래선 마음 놓고 부려먹을 수가 없다. 이력서는 또다시 쓰레기통으로 직행했다.

일주일.

구인 공고를 카페 앞에 붙인 후 많은 종류의 사람들이 이력서를 들고 찾아왔다. 실업자, 40대 가장, 대학생까지 다양했다. 그중 시간이 너무 길다면서 근무 시간을 조정해 달라는 이도 있었으나 애당초 그런 부류의 사람들은 이미 이쪽에서 사양이었다.

"이렇게 사람이 없냐, 실업자가 천만이라면서."

—직원 및 아르바이트생 구함

성별:남

근무 시간:오전 11시부터 저녁 11시

급여:면접 후 결정

나이:연령대 무관

구비 서류:이력서 지참 후 면접

　웬만하면 장기 근무자를 원하는 쪽이라 지금까진 지극히 제한적인 '직원'이라는 문구만 넣었는데 급한 대로 '아르바이트'라는 문구를 추가했더니 이제는 대놓고 젊은 대학생들만 보인다.

　길어야 두세 달이다. 학교에 다니기 충분한 용돈벌이를 한 후 그만둘 속내가 훤히 보였다. 극도로 짜증이 난 얼굴로 테이블을 정리하던 행주를 집어 던졌다. 꽤 다녀간 것 같은데 마음에 드는 놈이 하나도 없다.

　두 달 전의 카페 확장으로 인해 손님이 더욱 많아져 혼자 주문받고 커피까지 만들 여유가 없었기에 빠른 시일 내에 사람을 구해야 했다. 강은 구인 공고를 보며 한참을 고민한 끝에 구인 공고를 수정해서 다시 붙여놓았다.

　성별 무관으로.

　"어쩔 수 없다."

　이게 내 최대한의 아량.

　다시 구인 광고를 붙여놓고 몇 시간이 지난 후였다.

　"면접 보러 왔는데요."

1. 커피 볶는 이 남자

「Episode」라 적혀 있는 흰색 간판 안으로 커피와 어울리는 잔잔한 음악이 흐르는 카페 내부는 모던한 느낌이 물씬 풍기고 있다. 깔끔한 기본 컬러와 어울리는 커피잔 모양의 일러스트는 생두에서 이탈리안 로스팅까지의 커피콩의 로스팅 변화를 적절히 보여주고 있었다. 혼자 온 손님을 위한 바 테이블, 전체적으로 차분한 컬러를 사용해 분위기를 내고 있으며 벽엔 선반을 이용해 공간을 최적화했다. 모던한 느낌의 의자들이 적절히 공간을 채우고 있다. 조은감각 고현우 대표의 첫 작품치곤 나쁘지 않았다.

곱게 간 커피를 필터에 담아 템퍼(Tamper)로 눌러 에스프레소 머신에 장착했다. 조금 후, 컵 워머(Cup Warmer)에 올려놓은 잔에 커피가 추출됐다.

카페라테는 이탈리아어로 커피와 우유가 합쳐진 것으로 프랑스에서는 카페오레(cafe au lair)라고도 한다. 65~79도까지 뜨겁게 데운 우유를 에스프레소가 담겨 있는 머그잔에 부어주었다.

"야, 인마."

"카페라테."

작업대에 올려놓기가 무섭게 진동벨을 울리자 손님이 와서 가지고 돌아갔다.

"내가 뭐랬어. 이번에도 그만둘 거라고 했잖아."

신이 난 듯 진동벨을 만지작거리며 현우가 중얼댔다. 또 민우와 내기라도 한 모양인지 문자를 주고받고 있었다. 이번 내기의 승자의 얼굴은 화색이 돌다 못해 기름기가 뚝뚝 떨어지고 있었다.

"그래서 좋냐?"

극도로 예민해진 강은 신경질적으로 물었다. 내기에 이겨서 좋은 티는 당사자 앞에서 티 내지 말라는 말은 하기도 귀찮아졌다.

"이번엔 왜 그만뒀어?"

"그딴 이유까지 내가 알아야 해?"

"그래야 사전 방지를 하고 대책을 세우지. 언제까지 내가 네 종업원 뒤치다꺼리까지 하고 있어야 하는 거냐?"

내기에 이겨 화색이 도는 얼굴로 불만을 터뜨려 봤자 전혀 마음에 와 닿지 않았다.

"어차피 할 일도 없잖아. 알바비 번다고 생각해."

"내가 왜 할 일이 없어? 나도 엄연히 '조은감각' 대표직을 맡고 있는……."

"그래, 민우와 공.동. 대표직을 맡고 있으니까 한 명쯤은 빠져도 별로 티 안 난다고."

"그렇긴 하지…… 가 아니라, 내가 같은 사장으로서 충고하자면 넌 직원을 배려하는 마음이 없단 말이지."

"뭘 알고나 하는 소리냐? 내가 얼마나 배려를 많이 해주는데? 월급 외 상여금도 단 한 번도 늦춘 적 없고, 택시비 외 기타 등등 보조금을 내가 얼마나 지원을 많이 해주었는지 아냐?"

지금까지 근성 없이 그만둔 놈들을 떠올리자 열이 확 받았다. 동네 카페란 말을 듣기 싫어 일반 기업에서도 받기 힘든 복리후생에 신경을 많이 썼다. 이 정도면 사장이라고 나름 직원을 배려해준 셈이다. 그런데 석 달을 못 참고 다들 그만뒀다. 그동안 잘해준 것이 배신감이 들 정도로 치가 떨렸다.

"쯧쯧, 마음으로 직원을 배려해 주라고. 때론 돈보다 그게 더 효과적일 때가 있단 말이지."

"닥쳐."

배려해 주는 방법이 다를 뿐이다. 이쪽에선 그 정도로밖에 표현할 수 없으니까 말이다. 애당초 마음 어쩌고 하는 것엔 익숙하지 않으니 불만을 토해도 어쩔 수 없었다.

"이러는데 누가 여기에 붙어 있겠어. 빨리 성격 좀 개조하고 날 여기서 풀어달란 말이다."

"이참에 너 여기 직원으로 일하는 게 어때? 여기서 꽤 일했으니 딱히 가르칠 것도 없고. 너 빠져도 민우 혼자서 잘해낼 거야."

"주문이나 받아야겠다."

강의 말을 잘근 씹은 현우가 카운터로 피해 주문을 받아 주문서를 머신기 옆 작업대에 부착했다. 카푸치노를 만들고 있는 강을 보며 현우가 인상을 썼다.

"면접은?"

"있었지. 쓸 만한 놈이 없어."

도대체 네 기준에서 쓸 만하려면 어떤 스펙타클한 경력을 가지고 있어야 하는 거냐고 현우는 물어보려다 심플하게 물었다.

"왜?"

"40대 가장, 실업자, 대학생, 내가 이 중에 누굴 뽑겠냐?"

딱 봐도 적당히 시간 때우러 온 냄새가 풍기는데 말이다.

"또 없어?"

또 누가…… 있었다. 마침 이력서를 그대로 카운터 밑에 넣어둔 것이 생각났다.

"강다이. 올해 스물일곱에…… 주유소, 파티플래너, 음식점 서빙. 경력 최곤데?"

"그래서?"

"뽑자."

오랜만에 두 눈을 반짝이며 현우가 이력서를 강의 얼굴에 들이밀었다.

"생긴 것도 예쁘게 생겼고. 딱 내 스타일인데?"

"여기가 네 짝 연결해 주는 결혼정보회산 줄 알아?"

"이력서를 가지고 있다는 건 1%라도 가능성이 있다는 거 아니냐?"

강은 다 만든 카푸치노 한 잔을 작업대 위에 올려놓았다. 1%의 가능성이라……. 현재로선 1%라도 제법 높은 확률이다.

"좀 더 생각해 보려고 가지고 있던 거야."

"여자를 뽑을 생각까지 하다니, 급하긴 급했나 봐? 꽤나 초조한 얼굴인걸."

"네가 여기서 쭉 같이 해준다면 당장 버릴 의향도 있어."

"당장 연락해. 이 여자! 난 적극 찬성!"

직접 보지도 않고서 적극 찬성이라니. 어느 때보다 열의를 보이는 현우의 손에서 이력서를 빼앗아 훑었다.

"정 없으면."

"왜?"

"투잡 하신단다. 저녁 여덟 시까지밖에 못한대."

"이 야박하고 못된 사장아, 시간 좀 조정해 주면 안 되는 거냐."

"남은 시간 동안 네가 일할래?"

"이러니 이놈저놈 할 것 없이 석 달을 못 버티고 나가 버리지."

"그래서 지금까지 너랑 민우는 재미 좋았잖아."

강이 제일 싫어하는 것, 소음과 여자의 눈물이다. 누군 여자의 눈물에 마음이 약해진다 하지만, 강은 별것 아닌 일에 눈물을 무기 삼아 상황을 모면하려는 그런 여자들이 귀찮을 따름이다. 거기다 소음까지 지녔다. 시끄럽게 종알대는 여자들이라면 카페 안의 손님만으로도 충분하다. 그렇게 생각했는데 막상 적임자가 없으니 강은 고민하지 않을 수가 없었다.

적당히 시간 때우는 사람 말고는 없는 건가.

"면접 보러 왔는데요."

반가운 말에 강은 컵을 씻다 말고 앞치마에 손을 급히 닦곤 카운터에 서 있는 여자에게로 갔다. 여자는 가방에서 흰 봉투를 꺼내 정성스럽게 쓴 자필 이력서를 강에게 건넸다.

"잠깐 저쪽에 앉아 있을래요?"

어디서 봤더라? 기억해 내려 애쓰며 냉장고에서 꺼낸 오렌지 주스 한 잔을 가지고 여자의 맞은편에 앉았다. 긴장한 듯 바짝 어깨를 웅크린 여자의 눈과 마주쳤지만, 강은 이력서로 시선을 돌렸다. 화려한 경력의 마지막 대미를 장식한 '삼천리 마트'에서 시선이 멈추었다.

"아, 여기."

"네?"

여기서 봤지. 야채 코너에서 목이 터져라 야채를 팔던 그녀의 모습은 꽤 인상적이라 할 수 있었다. 한 번 본 사람은 어느새 언니, 이모가 되어 사장 몰래 시금치 한 다발을 서비스라며 덤으로 주던 그녀의 모습은 강이 제일 싫어하는 시끄러운 여자였다.

"소음."

"네?"

"언제부터 가능해요?"

"당장 오늘, 아니, 지금부터요!"

열의 하나는 인정. 10% 정도 마음에 든다.

"오랫동안 같이 일할 사람을 원하는 터라 며칠 일하다 그만둘 거라면 애당초 시작하지 않는 편이 좋다고 생각해요. 피차 손해니까."

"사장님께서 절 자르시지 않는 한 무기 계약으로 일하겠습니다."

살짝 신선한 멘트였다. 열심히 해보겠습니다와 같은 구식 멘트보다는 나았다. 그런데 정말 잘할 수 있을까. 툭 치면 금방이라도 쓰러질 것 같은 호리호리한 몸으로 하루 종일 긴 시간을 버틸 수 있을까. 살짝만 건드려도 눈물을 쏟을 것 같은 큰 눈동자는 시종일관 웃고 있는데 왠지 모를 슬픔이 있는 것 같았다. 우는 건 딱 질색인데 괜찮을까.

"카운터에서 주문받는 일 외에 카페 내 청소를 맡아 해야 하는데 괜찮겠습니까?"

"괜찮고말고요. 시켜만 주신다면 정말 최선을 다해서 해보겠습니다."

당장에라도 팔을 걷어붙이고 청소를 할 기세로 대답하는 열의 하나는 누구도 쫓아오지 못할 것 같았다. 정말 열심히 살았네. 이력서 앞면을 빽빽하게 채운 그녀의 경력은 감탄이 절로 나올 정도로 대단했다.

"저 죄송한 말씀이지만, 제가 아홉 시부터는 호프집 서빙 아르바이트를 하고 있어서 그러는데 시간 조정은 어려울까요?"

"네, 어렵습니다."

굉장히 조심스럽게 청하는 여자에게 강은 저에게 생각할 시간도 주지 않고 딱 잘라 대답했다. 시간 조정은 절대적으로 불가피한 상황. 그러므로 아웃.

"그럼 정 뽑다뽑다 안 뽑히면 연락 주세요! 마지막에라도."

거절에 기분이 상했을 법도 한데 여자는 산뜻하게 웃으며 자리에서 일어났다. 40대 가장이나 실업자, 대학생보다는 낫겠지.

"강다이라⋯⋯."

벌써 한 달째 사람을 구하지 못하고 있다. 10%밖에 마음에 차진 않지만, 좀 더 두고 보는 수밖에. 정말 마지막에 말이다.

✳

"안녕하세요!"

활기차게 인사를 건네며 다이가 카페 안으로 들어왔다. 조용한 적막이 흐르던 카페 안에 생기가 흐르는 것 같다.

"응."

"정말 기뻤어요. 기대도 안 하고 있었는데 설마 연락이 올 줄이야. 그날 혼자서 고기 파티를 했다니까요."

들어오는 순간부터 굉장히 시끄럽다. 속으로 한숨을 내쉬다 강은 준비해 둔 유니폼을 꺼냈다. 현우가 준비해 둔 여직원 유니폼이라며 전날 주고 간 것이다. 입혀놓지 않으면 다이가 퇴근하고 난 후 대타 뛰러 오지 않겠다고 협박을 해대니 어쩔 수 없는 선택이었다.

"탈의실에서 갈아입고 와."

이런 동네 카페에 유니폼까지는 필요 없는데. 괜히 건네는 강의 손이 민망했다. 유니폼을 받아 들고 탈의실에서 옷을 갈아입고 나온 다이의 모습은 그럴듯했다. 현우 녀석, 취향 하곤.

갈색 스트라이프 칼라형 셔츠에 스커트형 앞치마는 무릎 위로 올라간 짧은 길이었다. 신발까지 깔 맞춤으로 단화를 신으니 카페 직원다워 보였다.

"유니폼 너무 예뻐요."

"뭐, 마음에 들면 됐고."

"앗! 그러고 보니 오픈 준비를! 우선 청소부터."

그렇게 팔을 걷어붙이곤 화장실로 가 걸레를 빨아 테이블을 닦고 마포 걸레로 바닥을 윤이 나게 닦기 시작했다. 어찌나 손이 빠르고 눈치가 빠른지 강이 청소 도구가 어디 있는지 알려주기만 하면 순식간이었다. 말 많은 것 빼곤 그래도 마음에 든다.

"어? 이건 커피나무?"

"응."

"커피나무 처음 봐요. 키운 지 얼마나 됐어요?"

카운터 오른쪽 벽면에 배치해 둔 커피나무를 보며 다이가 신기한 듯 정성스럽게 잎을 닦았다.

"싹이 발아되고 한 일 년쯤 되었나? 옆에 있는 녀석들도 마찬가지고."

"우와, 꽤 정성스럽게 키우셨네요."

아직 크게 자라지 않았지만 지금까지 별 탈 없이 무럭무럭 잘 자라고 있다. 싹이 발아만 되면 온도를 잘 맞춰주는 것 외에는 별달리 할 게 없다. 가끔 영양제 주는 정도?

"무슨 종이에요?"

"로부스타."

"전 세계의 커피 생산량 40%를 차지하고 있는 커피나무요? 직접 보게 되다니 영광스러워요."

감동한 얼굴로 커피나무를 바라보던 그녀의 눈빛이 반짝이고 있다.

"로부스타를 알다니 의외인데?"

"저도 한때는 커피에 대해 공부한 적이 있거든요. 사정상 포기했지만요. 그래서 얕은 지식만 알고 있는 거예요."

일반인은 커피 종까지 알며 커피를 마시진 않는다. 물론 커피 애호가라면 원두의 종부터 시작해서 로스팅까지 예민하게 따지긴 하지만 말이다. 커피에 대해 공부하던 사람이라면 당연히 호기심 가질 만하다.

"열매는 언제 맺혀요?"

"2년에서 4년 사이에 꽃을 피우니까 꽃이 피고 나서 1년 정도는 더 기다려야겠지?"

"열매 맺힌 커피나무, 굉장히 근사할 것 같아요. 기대돼요."

눈빛 가득 어린 감성에도 강은 그저 무심하게 커피나무를 바라보았다. 커피나무 앞에 쪼그리고 앉아 잎을 만지는 다이의 손길은 여전히 정성이 가득했다.

"카페 오픈하기 전에 미리 말해두겠는데, 내가 싫어하는 부류의 사람이 있어. 근성 없는 놈, 중간에 포기하는 놈."

강은 매섭게 다이를 쳐다보며 입을 열었다.

"넌 어느 쪽이지?"

"어쩔 수 없이 포기했던 사람…… 이랄까."

"어쩔 수 없이라……. 그건 자기 합리화 아닐까?"

"그런 상황에 처해보지 않은 사람은 그렇게 쉽게 단정 지을 수도 있겠죠. 하지만 정말 어쩔 수 없는 상황이란 게 있다고요."

그런 상황까지 가보지 않은 사람으로서 그녀의 말을 이해하긴 어려웠다. 그러나 무언가를 포기하기까지 얼마나 괴로웠는지 표정을 보곤 어느 정도 공감이 되었다.

"별로 마음에 드는 대답은 아니지만 어쩔 수 없지, 뭐."

일일이 따져 봤자 귀찮아진다. 결국 채용했으니 일단 가보는 수밖에. 돌이켜 보니 본의 아니게 물어보는 말에 일일이 대답해 주고 들어주고 있었다. 질문을 하면 대답해 줘야 할 것 같은 분위기에 강은 어색해서 저도 모르게 머리를 긁적였다. 사내놈과 있을 땐 서로 제 일만 했었으니 그럴 만도 했다. 더 이상 녀석들의 내기에 장단 맞추는 것에도 진절머리가 나던 참이기도 하고 현우가 코치해 준 대로 상냥하고 친절하게 탈바꿈하고 있었다, 나름.

강은 카운터를 보는 방법과 메뉴판을 주며 주문받는 방법을 알려주었다. 웬만하면 메뉴를 외우는 쪽을 택하라고 충고했다.

"그리고 컵은 깨끗하게 닦아 깨끗한 행주로 물기 없이 닦은 후 워머에 넣으면 돼. 컵은 뒤집어서 넣고, 온도는 40도에서 60도를 유지하고 있으니 건들지 말고."

강은 싱크대에 있는 컵을 닦아 마른 행주로 물기를 제거한 후 컵을 뒤집어 워머(Warmer)에 넣어두었다. 원래 워머는 티 포트

(Tea Pot)를 데우는 데 사용하는 용품이지만, 커피 전문점에서는 잔을 따뜻하게 데워 온도가 내려가지 않도록 유지시켜 주는 역할도 하고 있다.

"네!"

"대답은 작게. 여긴 네가 얼마 전까지 일하던 삼천리 마트가 아니니까 말이야."

음료나 커피를 만들 준비도 다 되었다. 갈아놓은 원두도 준비해 놓았고 과일이나 시럽 종류도 빠짐없이 체크해 놓았다.

조금 전까지만 해도 바(Bar) 테이블에 앉아 있는 몇 안 되는 손님 외엔 한가로웠다. 저녁 시간이 되자 대부분 친구, 연인들이 자리를 차지하고 있다. 한참 전쟁을 치르듯 커피를 만들고 숨을 고르는데 가게 문이 열리며 낯익은 얼굴이 강의 시선을 사로잡았다.

"주문하시겠어요?"

한 달 전, 카페에서 뛰쳐나간 녀석이다. 얼굴에 철판을 깔아도 몇 겹은 깔았을 녀석이 커피를 주문했다.

"네, 커피의 황제라 불리는 자메이카의 원두를 하이로 로스팅한 아메리카노 한 잔이요."

"……예?"

경수의 주문을 알아들을 리 없는 다이는 당황한 표정으로 반문했다. 어디서 본 건 있어서 경수는 손가락을 치켜들곤 자신감 넘치는 말투로 다시 한 번 또박또박 주문을 마쳤다. 뒤에서 지켜보던 강은 어이없는 웃음을 입에 머금었다. 다이를 카운터에서 밀어

내곤 강이 대신 주문을 받았다.

"죄송합니다만, 손님, 저희는 자메이카 원두는 취급하고 있지 않습니다. 커피의 황제라 불리는 자메이카 원두는 다른 데서 찾아 주시겠습니까?"

블루마운틴. 신맛과 단맛, 향의 밸런스가 매우 잘 잡혀 있어 커피의 황제라고 불리지만, 반면 품질에 비해서 과대평가가 되었다는 것도 모르는 놈이 배짱 좋게 주문을 하다니, 정말 꼴사납지 않은가.

"손님은 왕이라는데 원하는 커피 하나 제대로 못 만들어요?"

"다시 한 번 말씀드리지만, 자메이카 원두를 사용한 커피는 다른 데서 찾아주십시오."

최대한 손님 대접은 하고 있었지만, 강의 인내심은 점점 한계를 드러냈다.

"순 엉터리……."

"그럼 이만 꺼져 주시겠습니까?"

경수의 말을 자른 강의 눈빛이 매섭게 변했다. 한마디만 더하면 잡아먹을 기세다.

"손님한테 꺼지라니! 이런 막말이!"

처음부터 이걸 노렸던 거냐. 유치하기 짝이 없군.

경수의 호들갑에도 아랑곳하지 않고 무심한 얼굴로 손을 길게 뻗어 경수의 오른쪽 귀를 잡아당겼다. 순식간에 경수의 호들갑은 찢어질 듯한 신음으로 탈바꿈했다.

"따라 나와, 인마."

가만두지 않겠다는 얼굴을 하고선 강은 경수의 한쪽 귀를 사정

없이 잡아당겼다. 어정쩡한 자세로 강에게 끌려나온 경수는 고통스러운 얼굴을 하고 있었다. 카페 문을 열자 매서운 찬바람이 강의 셔츠 자락 안으로 들어왔다. 순간 둘만 있게 되자 경수는 잔뜩 겁먹은 얼굴로 힐긋 강의 얼굴을 바라보다 그와 시선이 마주쳤다.

"한 달 만에 나타나서 보복을 하시겠다?"

"그, 그런 게 아니라……."

"유치하고 말도 안 되는 지식에 내가 넘어갈 거라 생각했냐?"

"사, 사장님."

강은 앞치마에 넣어둔 담배를 꺼내 입에 물었다. 그리곤 하나 더 꺼내 경수에게 건넸다. 처음이다. 사내놈과 일하면서 사이좋게 담배를 피워본 적은. 그 행동에 놀란 듯 경수가 당황한 얼굴로 담배를 입에 물었다. 불을 붙이곤 깊게 한 모금 빨아들였다.

"한 번만 더 쓸데없는 짓 하면 죽는다."

"그, 그럴 리가요. 그러니까 오늘은, 아니, 오늘이라면 왠지 용기가 생길 것 같았달까. 사장님께서 저에게 그동안 일삼았던 핍박과 모욕을 사장님께 되돌려 주고 싶었던 건데……."

핍박과 모욕이라……. 어느 정도 인정은 하지만 이렇게 심한 표현을 할 정도는 아니었다고 생각해 왔다. 그냥 표현하는 방법이 다를 뿐이라고 저 편할 대로 줄곧 생각해 왔다. 실수했으니 혼낸 것뿐인데 소심한 놈이 이렇게 찾아올 정도면 내가 심했던 건가.

"마저 피우고 가라."

경수는 대답이 없었다.

"올 테면 또 와."

"아, 아닙니다."

그의 말을 경고의 의미로 알아듣곤 경수가 손을 흔들었다.

"……담배 피우러."

"네!"

강은 멋쩍게 얼굴을 긁적이며 가게로 들어왔다. 밝은 경수의 목소리가 강의 귓전을 울리고 있다. 카페 안으로 들어와 손을 씻고 있는 강의 옆으로 다이가 쪼르르 다가왔다.

"누구예요?"

"전에 일했던 놈."

"어떤 사람이었어요?"

"근성은 있지만 포기는 빠른 놈."

또 질문에 대답을 하고 말았다.

"반은 마음에 들었던 사람이네요."

"그런 건가?"

강은 별로 관심 없다는 투로 대답했다. 앞치마에 손을 넣고 있던 다이는 부산스럽게 손을 놀리더니 종이쪽지 하나를 강에게 건넸다.

"인기 좋으시네요."

"뭐야?"

"손님이 주고 가셨어요. 사장님께 전해 드리라던데요?"

종이엔 연락처가 적혀 있었다. 무심한 얼굴로 강은 종이쪽지를 다시 다이에게 반납했다.

"버려."

"네?"

"별로 관심 없어."

"되게 럭셔리하고 예쁜 분이었는데."

굉장히 아깝다는 투의 목소리다. 하지만 이쪽에선 어떤 여자든 관심 없다.

"그렇게 정 안타까우면 네가 꾀어보든가. 난 별로 관심 없다고."

이런 일이 한두 번이 아니었기에 연락처가 적힌 종이를 버리는 일도, 거절하는 일도 거추장스럽고 번거롭게 느껴졌다.

시간은 어느덧 여덟 시가 다 되어가고 있었다. 다이가 퇴근 준비를 하러 탈의실로 들어가 옷을 갈아입고 나왔다. 그리곤 한쪽 벽면에 걸려 있는 액자를 보곤 감탄했다.

"우와, 대단하다. SCAE 유럽 국제 바리스타 자격증까지!"

벽에 걸려 있는 국가대표 바리스타 자격증과 국내 바리스타 자격증, SCAE 유럽 국제 바리스타 자격증까지 한쪽 벽면을 가득 채울 기세로 걸려 있었다. 대단한 사람인 줄은 알았지만 국가대표 바리스타였다니. 감탄을 넘어서 놀람의 경지까지 도달한 그녀는 시선을 좀처럼 뗄 줄 몰랐다.

"이런 건 기본이지. 진짜 커피를 좋아하는 사람이라면."

강은 이미 국내뿐만 아니라 세계적으로 알려진 국가대표 바리스타였다. WCE 국제 바리스타 대회에서 두 번의 우승을 거머쥔 절대 미각의 소유자다.

"이런 거 보통 집에 걸어놓지 않아요?"

"자랑하려고."

아무렇지도 않게 대답하는 목소리가 진지해서 다이는 반문하고 말았다.

"예?"

"집엔 어차피 봐줄 사람도 없고. 왜? 불만이야?"

"아, 아뇨. 왠지 모르게 대단하다는 생각이 들어서."

"그거야 당연한 거고. 이건 가게 열쇠."

"네, 그럼 내일 뵙겠습니다."

부리나케 가게에서 나간 다이는 눈썹이 휘날리도록 뛰어갔다.

"저러다 넘어지지. 쯧쯧."

강은 남은 시간을 적당히 때워줄 대타를 기다렸다. 기다리는 일은 늘 있는 일인데도 좀처럼 적응이 되지 않는다.

십 분 후,

"늦었다."

"저녁에 회의가 잡혀 있었지 뭐야."

현우가 머리를 긁적이며 가게 안으로 들어왔다. 능숙하게 앞치마를 허리에 묶곤 능글맞게 웃는다.

"지금까지 그렇게 인상 쓰고 있었냐?"

"인상이라니?"

"미간에 주름 잡혔어, 인마. 그렇게 무서운 얼굴 하고 있으면 손님 들어왔다 금방 나가 버리겠다."

벌써 피곤해졌나 보다. 요즘 부쩍 혼자 일하는 시간이 늘다 보니 금세 얼굴에 표가 난다.

"신경 꺼."

"내가 일러준 대로 상냥하고 부드럽게. 어땠어?"

"닥쳐. 그딴 건 애당초 들은 적도 없으니까."

"여자들은 마음이 약해서 네 말 한마디면 눈물을 흘린다고."

흘리건 말건 남의 눈물이니 알 바 아니지만, 눈앞에 보이는 건 딱 질색이다. 그래서 그렇게 싫다고 하지 않았던가, 여직원은. 알면서도 강추한 인간의 입에서 조언이랍시고 나오는 말엔 귀 기울이고 싶지도 않았다.

"그딴 거 내가 알 게 뭐야."

"이런 인정머리 없는 놈."

강은 현우가 뭐라고 하건 말건 관심이 없었다. 태초에 이렇게 생겨먹었으니 당연했다.

"내일부터는 밝게 인사하는 거야. 좋은 아침, 하면서."

"미친놈."

"어땠어, 강다이?"

"역시 시끄러워."

한마디로 일축한 적절한 표현이다.

"역시 서툴다니까. 보나마나 귀찮아 죽겠다는 얼굴을 하고선 묻는 말에 곧이곧대로 대답해 줬겠지."

뭐야, 가게 안에 CCTV라도 달아놓은 건가. 괜히 오싹한 느낌에 기분 나쁜 표정으로 현우의 뒤통수를 노려보았다.

"유니폼은 입었어?"

"어."

"드디어 우리 카페에도 여직원이 생겼구나. 사내놈들의 냄새보단 그래도 파릇파릇한 여자 향기에 취하고 싶다고."

오해의 소지가 다분한 발상에 강은 고개를 내저었다.

"우리 카페라니? 넌 그냥 깍두기일 뿐이야."

"깍두기?"

"동그라미, 세모의 겹쳐진 부분."

조은감각과 에피소드에 반씩 몸담고 있으니 말이다.

"뭔 소린지 도통 모르겠군. 어쨌든 또다시 직원이 그만두는 걸 원치 않다면 당분간은 잘해주란 말이야."

뭐 꼭 그렇게까지 해야 하나. 강은 턱을 괴고 작업대 앞에 앉았다. 그사이 주문받은 커피는 현우가 도맡아 만들고 있었다.

"민우 녀석, 얼굴 안 본 지 꽤 됐네."

강이 혼잣말처럼 중얼거렸다.

"공동대표직을 혼자 하고 있으니 그렇겠지."

고현우, 고민우는 한 배에서 태어난 쌍둥이 형제다. 강의 유일한 친구를 넘어서 가족 같은 존재이기도 하다. 어릴 적부터 사업으로 해외 출장이 잦았던 바쁜 부모님 대신 그를 보살펴 주는 유모가 있었다. 하지만 넓기만 하고 적막한 집이 싫어 늘 녀석들 집에서 지내곤 했다. 10년 전 부모님은 사업이 차츰 자리를 잡아가기 시작하면서 미국으로의 이민을 선택했다. 그리고 강은 온전히 혼자가 되었다. 이미 다 큰 녀석을 돌볼 유모는 필요 없어진 지 오래였다. 그 집에서 사춘기 시절 유모의 밥보다 더 많이 얻어먹으며 그는 어른이 되었다. 그러니 가족 같을 수밖에.

"그 녀석도 꽤 바쁘겠군, 널 빌린 탓에."

"난 또 내일 회사에서 졸겠지. 오전에 회의 있는데. 이래서야 사장 위엄이 서지 않는데 말이야."

"위엄은 얼어죽을. 민우라면 모를까, 네가 그리 말하니까 우습다."

넉살 좋고 능글거리는 현우와는 반대로 모든 일에 철두철미한 민우는 조금의 틈도 매섭게 잡아내며 카리스마를 풍긴다. 둘은 같은 배에서 태어난 녀석이 맞는지 의심스러울 정도로 전혀 다른 성격을 가지고 있었다.

"민우는 너무 딱딱한 거고. 어쨌든 내일부터는 강다이에게 잘해줘, 무.조.건."

무조건. 너무나 강제적이다. 오늘도 충분히 잘해줬는데 여기서 더 얼마나 잘해주란 건지 강은 감이 오지 않았다. 정말 웃으면서 손이라도 흔들며 '안녕' 하고 인사를 건네야 하는 건가?

2. 이 또한 지나가리라

─슬픔이 그대의 삶으로 밀려와 마음을 흔들고 소중한 것들을 쓸어가 버릴 때면 그대 가슴에 대고 말하여라.

이 또한 지나가리라.

힘들고 지칠 때마다 다시 일으켜 세워준 말이다. 가슴에 대고 이렇게 말하고 나면 슬픔이나 외로움 따위는 정말 언제 그랬냐는 듯 저만치 가 있곤 했다. 마트에서 손님의 말도 안 되는 억지로 인해 시비가 붙고 실직자 처지가 되었을 때도 다이는 마음속으로 말했다.

이 또한 지나가리라.

지나보면 정말 별일 아니었다며 웃으며 말할 날이 올 거라고. 자초지종도 듣지 않고 몰아세우며 하루아침에 실직자로 만든 마트 따위는 필요 없다고. 그렇게 속으로 되새겼다.

어서 빨리 지나가라고.

새벽 1시 30분. 겨울의 새벽 공기는 혹독하단 말이 무색하리만큼 차다. 걸음을 재촉하며 잔뜩 어깨를 웅크린 채 걷던 다이는 집 앞에 도착하자마자 낯익은 모습에 반색했다.

"지민아!"

"으, 지지배. 전화는 왜 안 받아? 내가 얼마나 기다렸는지 알아?"

추워 죽겠는지 맞닿은 양손을 하염없이 비비며 지민이 재채기를 했다.

"미안. 알바 할 때는 핸드폰을 가방에 넣어둬서. 그런데 이 늦은 시각에 어쩐 일이야?"

"너 마트에서 잘렸다며. 위로주."

손에 들고 있는 검은 비닐봉지를 들어 보인 지민이 어깨를 으쓱했다.

"괜한 걸음 했네."

늦은 시간에 괜한 걸음을 하게 만들었다는 생각에 머쓱한 얼굴로 뒤통수를 긁적였다. 마트에서 잘리긴 했지만 그만큼 빨리 다른 곳을 찾았기 때문이다.

"왜? 마트에서 다시 오래?"

"오라고 싹싹 빌어도 내가 안 가지!"

"그럼 뭐야?"

"취직했어. 언제 다시 일하게 될지 몰라 호프집 알바 시작했는데 생각보다 일찍 구해졌지 뭐야."

"정말? 잘됐다!"

지민은 제 일처럼 기뻐하며 방방 뛰었다.

"그럼 오늘은 축하주 어때?"

"좋지!"

사이좋게 팔짱을 끼고 두 사람은 다이의 집 안으로 들어갔다. 단독주택 3층 건물 중 2층 일부를 쓰고 있는 다이의 방은 두 사람이 들어서기에도 비좁았다. 싱크대가 딸린 원룸형의 낡아빠진 주택. 게다가 화장실은 2층 끝에 하나밖에 없는 공용 화장실이다. 외풍도 심해 한겨울엔 창문에 비닐을 덮고 자야 할 지경이다. 다이는 들어서자마자 서둘러 전기장판을 켜곤 그 위에 지민과 나란히 앉았다. 지민은 비닐봉지에서 치킨과 맥주캔을 꺼냈다. 맥주캔이 허공에서 활기차게 부딪쳤다.

"이번엔 어디로 취직했어?"

"카페."

"카페?"

"응. 카운터 보고 주문도 받고 청소하고 뒷정리도 하고."

카페 종업원이 하는 일은 어딜 가나 똑같았다. 다이는 지민의 측은한 시선이 느껴지기가 무섭게 과장된 목소리로 설명을 덧붙였다.

"카페 인테리어도 얼마나 멋진데. 벽엔 원두 로스팅에 따른 색 변화를 일러스트로 그렸고, 선반엔 유럽풍 서적들에, 아, 더 멋진 건 사장님!"

"잘생겼어?"

잘생기긴 했다. 외모만 두고 봤을 때 어디 가서 떨어지는 외모는 아니었다. 외모만 두고 봤을 때 어디 가서 떨어지는 외모는 아니었다. 키는 적어도 180㎝는 되어 보였고, 팔꿈치까지 두세 번 걷어 올린 셔츠 밑으로 불끈 솟아오른 힘줄은 정말 남자다워 보였다. 흰 셔츠에 검은색 바지 하나 걸쳤을 뿐인데 윤곽으로 보이는 바디라인은 예술에 가까웠다. 거기다 얼굴은 말할 것도 없었다. 짙은 눈썹에 적당히 매력적인 속쌍꺼풀에 여자인 저보다 더 팔랑거리는 속눈썹은 빼앗고 싶을 정도로 치명적이었다. 일자로 쭉 뻗은 콧대는 세상 무서운 줄 모르고 치솟아 있는 게 얼굴색 하나 변하지 않고 말하던 그의 목소리를 떠올리게 했다.

"자랑하려고. 왜 불만이야?"

퉁명스럽기 그지없는 목소리가 낮게 울리자 '재수 없다'는 생각보다 '목소리마저 멋있다'는 생각을 갖게 했다. 그렇게 생각하는 건 저뿐만이 아니었다. 저를 포함한 카페에 오는 손님은 대부분의 여자들이 자리에 앉았다 하면 한두 시간은 거뜬했고 딱 봐도 강의 얼굴 한번 보려고 오는 손님들이 분명했다. 여자의 직감으로 봤을 땐 확실했다. 잔뜩 홍조를 띠고 카운터만 바라보는 여자들의 시선은 다이에게 부러움과 시샘을 잔뜩 뿜어냈으니 말이다. 거기다 연락처를 받은 게 어제오늘 일이 아닌 듯 그는 무시하는 게 익숙해 보였다. 그런데 실력까지 출중하니 완벽하지 않은가. 세상은 불공평하다. 그런 잘생긴 남자에게 과한 바리스타 자격까지 부여해 주다니.

"국가대표 바리스타에 그것도 모자라 SCAE 유럽 국제 바리스타더라고. 굉장하지?"

다이는 양손을 모으곤 동경의 눈빛을 반짝였다. 다이가 이렇게 들뜬 모습을 본 게 얼마만인지 지민은 오히려 기뻤다.

"너도 그렇게 될 수 있었는데."

그게 너의 오래전 꿈이었으니까. 다이는 지민의 씁쓸한 목소리에도 동요되지 않은 채 시종일관 미소 짓고 있었다.

"내가 그런 대단한 분 밑에서 일할 수 있다는 것만 해도 굉장한 걸."

오늘따라 목구멍으로 넘어가는 맥주가 쓰다. 맥주를 원샷하고는 손등으로 입가를 슥 닦았다.

"아주머니는 어떠셔?"

"뭐, 똑같지. 인형 사달라고 한 게 기억나서 사가지고 갔더니 좋아하셔. 방긋 웃어, 엄마가."

"잘됐네. 다음에 나도 시간 내서 같이 가."

고개를 끄덕이는데 옛 생각이 떠올랐다. 세 식구는 정말 행복한 가족이었다. 자상한 아빠, 똑 소리 나는 가정주부인 엄마 사이에서 다이는 구김살 없이 자랐다. 그리 형편이 넉넉한 편은 아니었지만 손가락 빨며 굶을 정도로 가난한 것도 아니었다. 늘 집 안에 웃음이 가득 찼으니 행복했다. 불행은 아빠의 사고부터 시작되었다.

군고구마가 먹고 싶다고 칭얼대는 딸을 위해서 말도 없이 늦은 저녁에 군고구마를 구하러 돌아다니다가 교통사고를 당했다. 새벽에 아빠의 사고 소식에 신발도 제대로 신지 못하고 정신없이 병원으로 달려갔을 땐 혼수상태였다. 피범벅이 된 아빠를 보자마자 엄마는 기절했다. 아빠는 한 달을 혼수상태로 있다가 세상을 떠났다. 아빠를 죽음으로 몰아넣은 피의자의 나이는 고작 스물네 살밖에 안 된 앞길 창창한 젊은 대학생이었고, 그 가족들은 매일 찾아와 사죄하며 합의해 달라고 사정했다. 결국 엄마는 가슴을 치며 피의자를 용서했다. 하지만 정말 아빠를 죽음으로 몰아넣은 건 그 야밤에 고구마 타령을 한 못난 딸이었다.

그 후부터 엄마는 중학생 딸을 먹여 살려야 하는 가장이 되었다. 집안일밖에 몰랐던 엄마가 할 수 있는 거라곤 식당 설거지가 전부였다.

고등학교 들어가면서 저녁엔 늦은 시각까지 아르바이트를 하며 생활비를 보탰지만 턱없이 부족했다. 다이의 꿈은 바리스타였다. 세상에서 가장 맛있는 커피를 만들어 매일 아침 엄마에게 드리고 싶었다. 엄마가 그동안 일하며 모은 돈을 주며 대학등록금 하라고 했을 때 행복해서 엄마와 부둥켜안고 울던 기억이 떠올랐다. 하지만 그 행복은 얼마 가지 않아서 끝나 버렸다. 한 번 찾아온 불행은 좀처럼 떠날 줄을 몰랐다.

"치매입니다."

몰랐다, 전혀. 엄마가 치매라니.

낮엔 학교로, 저녁엔 아르바이트를 하며 지냈기 때문에 엄마와 마주할 일이 별로 없었다. 자주 깜박하는 것 같았지만 치매일 거라고는 생각도 하지 못했다. 고아로 자란 엄마였기에 상의를 할 외가 쪽

가족이 없었다. 다이는 고민 끝에 고모네 집을 찾았다. 하늘 아래 유일하게 있는 혈육이라고 생각했다. 하지만 그것은 다이 혼자만의 착각이었다. 문전박대를 당하며 고모네 집에서 쫓겨나던 날 다이는 저에게 혈육이라곤 엄마뿐이라는 사실을 깨달았다. 그리고 선택의 기로에 섰다. 엄마가 그랬던 것처럼 가장이 되어 생활비를 마련해야 했다. 학교도 그만뒀다. 처음엔 엄마를 집에서 돌봤지만 직장을 잡으며 간병인을 고용했다. 하지만 엄마는 낯선 사람에겐 포악했다. 결국 얼마 안 가 간병인은 그만두었다. 점차 당신 딸도 못 알아보는 지경에 이르렀을 때 다이는 결국 엄마를 요양원에 보내기로 했다.

어쩔 수 없는 선택이었다고 하지만 그것은 자기 합리화에 불과하다는 걸 안다. 가끔 생각한다. 만약 내가 그런 상황이었다면 분명 엄마는 딸을 요양원에 보내지 않았을 것이라고. 그게 엄마의 모성애라는 것을 아니까.

술이 한 잔, 두 잔 들어간다. 그리고 잠이 들었다.

"고모, 저 이번 시험에서 전교 10등 했어요. 이 성적이라면 무난하게 대학에 들어갈 수 있을 것 같아요."

"대학 가려고?"

내민 성적표는 거들떠보지도 않은 채 고모가 기가 막힌다는 듯 반문했다. 잘했다, 애썼다 하는 칭찬의 말 대신 고모의 싸늘한 시선이 느껴졌다. 마치 해서는 안 될 일을 하고 있다는 듯한 꾸중의 목소리에 다이는 기가 팍 죽어서 시선을 내리깔았다. 안다. 아빠가 돌아가시고 몇 푼 안 되는 합의금은 이미 아빠의 병원비로 충당해서 얼마 남지 않은 상태였다. 그 돈 가지고는 앞으로 몇 달이나 더 버틸 수 있을지 막막했다. 고등학교 졸업 후 바로 직장을 구해야 한다는 것도 알지만 욕심이 나는 건 어쩔 수가 없었다.

"설마 아빠 합의금으로 대학에 가려는 건 아니지?"

"예?"

"아빠 그리 보내놓고 대학에 가겠다고?"

"고모."

아빠 합의금에 대한 권리 행사를 하며 고모는 분노한 얼굴이었다. 아직 고모의 물음에 대한 어떤 대답도 하기 전인데도 고모는 저가 긍정하는 것처럼 보였는지 주방으로 가서는 냉수 한 잔을 벌컥벌컥 들이켜더니 남은 물을 그대로 다이를 향해 뿌렸다.

촤악.

일말의 거리낌도 없는 행동이었다. 순식간에 찬물을 뒤집어쓰게 된 다이는 놀란 눈으로 고모를 바라보았지만, 흐르는 물 때문인지 눈물 때문인지 시야가 흐릿해졌다.

"넌 애가 틀렸어. 애당초 고아인 네 엄마가 네게 뭘 가르쳤겠니? 그러니 하나 있는 딸이 이 모양이지."

"고모, 말씀이……."

"네 아빠도 여자 하나 잘못 들여서 그렇게 빨리 저세상 간 거다. 그러게 왜 넌 그 밤에 고구마 타령을 해서는……."

"고모!"

여기까지가 인내심의 한계였다. 해서는 안 될 말을 태연자약하게 하며 고모는 내가 틀린 말 했느냐고 따지고 드는 표정이었다. 콱 막

힌 목소리로 언성을 높여놓고 다이는 그저 어깨를 바들바들 떨며
저를 고까운 표정으로 바라보는 고모를 맥없이 바라보기만 했다.

"제 아빠 잡아먹은 년."

싸늘한 한마디를 남겨놓고 고모는 점퍼를 챙겨 집에서 나갔다.
철컥. 문이 닫히는 소리에 그대로 속절없이 무너져 버렸다. 안다.
알고 있다. 그렇게 벌레 보듯 싸늘한 시선으로 바라보지 않아도
그동안 죄책감에 수없이 잠을 못 이룬 그녀였다. 저녁마다 가슴을
치며 통곡했다. 소리 없는 통곡, 소리 없는 울분과 눈물. 그렇게
하루하루를 지냈다. 아빠를 그리 보내놓고 살아 숨 쉬는 그 순간
순간이 죄스러워 미칠 지경이었다.

옆에서 네 잘못이 아니라고 다독여 주는 엄마만 아니었어도 아
마 지금쯤 이렇게 숨 쉬고 있지 않을 것이다. 그런데도 고모는 마
음이 풀리지 않은 모양인지 아빠가 세상을 떠난 뒤부터 그녀를 곱
게 보지 않았다.

내가 얼마나 더 괴로워해야 될까. 내가 얼마나 더 고통받아야
고모가 날 미워하지 않을까.

수없이 생각했다. 이미 그동안의 죄책감으로 죗값을 치른 줄
알았는데 아니었다. 앞으로 살아가는 동안 죄책감에서 벗어나지
못할 것 같다.

뺨이 뜨겁다. 뜨거운 눈물이 주르륵 흘러내린다. 젖은 속눈썹이
파르르 떨렸다. 꿈에서 깼지만 눈은 뜨고 싶지 않았다. 혼자라는
것을 또다시 확인하게 되는 것이 괴로웠다.

※

같은 인사인데도 다양한 느낌이 든다. 억양이나 표정, 행동까지 다른 인사는 강에게 바리스타 시험보다 더 어렵게 느껴졌다. 도대체 '안녕' 이 한마디가 뭐가 그렇게 어려운지 모르겠다. 아니, 어려운 게 아니라 어떻게 해야 할지 모르겠다.

그러다 문득,

"내가 왜 이따위 걸 연습하는데? 이게 뭐라고."

'또 그만둬도 좋아?'

정곡을 찌르는 현우의 목소리가 귓가에 윙윙거렸다. 좋을 리가 있나. 이게 벌써 몇 번째인데. 큼지막한 손으로 머리를 헤집다 현우가 억지로 잡아준 포즈대로 손을 흔들었다.

왼쪽, 오른쪽 세 번 흔들며 안녕.

평소보다 30분이나 일찍 나와서는 고작 하는 일이 인.사. 연.습.이라니. 며칠 전까지만 해도 이런 걸 시키는 현우를 미친놈 취급하며 무시했다. 그러니 현우 앞에선 이런 모습을 절대 보여줄 수 없었다. 한창 맹연습 중이던 강은 카페 문이 열리는 소리에 저도 모르게 인위적으로 올린 손을 아래로 떨어뜨렸다.

"안녕하세요! 좋은 아침이에요!"

들어오자마자 다이의 명랑한 목소리에 강은 정신을 차리고 바닥으로 떨어뜨렸던 손을 번쩍 들었다. 지금이다.

"안.녕."

씨익. 미소는 서비스다. 조용한 적막이 두 사람을 감쌌다. 막상 저질러 놓고 보니 목소리가 너무나 딱딱했던 것 같다. 거기다 어정쩡하게 들고 있는 이 손은 처치 곤란이 되어버렸다. 괜히 했다는 후회감이 들 찰나였다.

"오늘 좋은 일 있으세요?"

"아니. 왜?"

손으로 턱을 쓸며 다이의 표정을 살폈다. 유쾌하게 받아들이지 못하는 걸 보니 이상한 건 상대방도 마찬가지인 모양이다.

"사장님께서 인사를 받아주시다니 의외다 싶어서요."

"……뭐, 그럴 때도 있는 거지."

"역시 좋아요."

정말 이런 사람도 있구나 싶다. 너무나 긍정적인 건지 성격이 모나지 않은 건지 그녀는 웃으며 좋다고 말하고 있었다.

"아, 사장님, 크리스마스트리를 가게 오는 길에 폐업하는 마트에서 정말 운 좋게 싸게 샀지 뭐예요? 이거 장식해도 되죠?"

"안 돼."

강은 이맛살을 구기며 단칼에 거절했다.

"안 돼요?"

"크리스마스는 아직 한 달이나 남았는데 벌써 트리를 장식한다고? 보는 사람마다 의아해하겠다. 이게 뭐냐고."

팔짱을 낀 채로 신랄하게 내뱉는 강의 말에 다이는 기죽지 않고 대답했다.

"아직 한 달이나 남은 게 아니라 한 달밖에 남지 않은 거라고요.

크리스마스가 일 년에 두 번도 아니고 딱 한 번인데 미리 준비할 수도 있지."

그렇게 말하곤 두리번거리며 콘센트가 있는 적당한 자리를 찾더니만 트리 나무를 조립하기 시작했다.

"강다이."

설명서를 보며 천천히 조립하던 다이는 결국 트리 나무를 완성했고, 트리에 서비스로 받은 장신구를 달기 시작했다. 전구까지 마저 달고 나서 콘센트를 꽂고 나니 반짝이는 멋진 트리가 완성되었다. 하지만 강의 눈엔 그저 촌스러운 나무 한 그루로밖에 보이지 않았다. 당장 눈앞에서 치워 버리고 싶은 마음이었으나 최대한 인내하며 한마디 했다.

"치워."

"왜요? 예쁘잖아요."

"촌스러워. 완.전."

"오늘 딱 하루만."

"십 분 준다. 치워."

당장 안 치우면 제 손으로 갖다 버릴 것 같은 오로라에 다이는 울먹이며 분주하게 또다시 손을 놀렸다. 전구와 장신구를 빼자 화려했던 트리는 볼품없는 나무로 전락해 버렸고, 다이는 망연자실한 얼굴로 나무를 그대로 질질 끌어 탈의실로 들여다 놓았다.

"감정도 없는 사람 같으니."

이 예쁜 트리를 보고 감탄하지는 못할망정 건조한 표정으로 치우라고 하다니. 난 도대체 어떤 말을 기대했던 걸까. 다 뜯어서 반품도 안 되는 트리를 보며 다이는 울먹였다. 트리를 놓고 감상하기엔 집이 너무 비좁을뿐더러 크리스마스가 지나면 마땅히 보관해 놓을 장소도 없었다. 졸지에 처치 곤란이 되어버린 트리를 보자 저절로 눈물이 터질 것 같았다.

다이는 밖으로 나와 불퉁한 얼굴로 바닥을 닦곤 테이블 정리를 하기 시작했다. 뒤에서 강은 음료를 만들 준비를 하고 있었다. 로스팅한 원두를 확인하고 시럽이나 우유의 유통 기한을 체크하고 나서 입이 비쭉 나와 있는 그녀를 쳐다보았다.

"강다이."

"네."

여느 때와 다름없는 대답이지만 뭔가 부족했다. 대놓고 불만스러운 표정으로 성의 없이 대답하는 꼴이란.

"커피나무 잎은 안 닦아?"

"오늘 하루쯤은 뭐."

단단히 삐친 모양이다. 시종일관 웃음을 잃지 않고 밝은 얼굴로 '네!' 하고 대답했던 그녀의 모습을 떠올리자 확실했다.

"하루 이틀 하고 말 거면 왜 닦아?"

그제야 마른 행주를 가지고 가서 다이는 잎을 닦기 시작했다. 아무리 화가 났다고 해도 늘 하던 일은 해야 하는 것이다. 강은 그 모습을 보다 라디오를 켰다.

"김수경의 러브레터입니다. 오늘 날씨도 굉장히 추운데요. 문자 사연 받습니다. 겨울 하면 떠오르는 것. #1005번으로 문자 주세요. 음악 한 곡 들고 바로 시작합니다."

조용한 발라드 노래가 흘러나오더니 멈추곤 아나운서의 목소리
가 흘러나왔다.

"많은 사연 보내주셨는데요. 끝 번호 1004번님, 한 달밖에 안 남은 크리
스마스가 떠오르네요. 크리스마스트리 장식하면 너무 예쁘겠죠? 지금부터
장식하면 오버인가요? 천천히 즐기고 싶은데, 하셨어요. 와, 벌써 크리스마
스에 들뜨셨나 봐요……."

강의 눈빛이 매섭게 다이의 뒤통수를 노려보았다. 기억하기 싫
어도 어쩔 수 없이 기억하게 되는 단순한 뒷번호. 손도 참 빠르기
도 하지.
"1004. 뒤끝 작렬."

"아메리카노, 라테 카푸치노 한 잔이오."
"9,800원, 결제 도와드리겠습니다. 진동벨 받으시고요."
20대 초반으로 보이는 여대생들은 결제를 하곤 바 테이블에 나
란히 앉아 가지고 온 노트북 전원을 켜고 있었다. 강은 굳이 옆에
주문서를 가져다 놓지 않아도 이미 손님이 주문한 커피를 만들고
있었다. 에스프레소 머신이 추출되는 동안 워머에서 꺼낸 잔 두
개 중 하나에 얼음 한 개를 넣어두었다. 그리곤 머신에서 뜨겁게
뽑아낸 물을 담아낸 후 추출된 에스프레소를 부었다.

"얼음은 왜 넣으신 거예요?"

깜짝. 강의 에스프레소를 붓던 손이 멈칫했다. 어느새 옆에 다가와 강이 커피 만드는 과정을 지켜보고 있는 다이의 얼굴은 호기심 많은 학생처럼 보였다.

"덴다."

"네?"

"물이 너무 뜨거워서 화상 입는다고."

"아아."

머신에서 뽑아낸 물은 90~93도 내외를 유지하기 때문에 이 물을 그대로 사용해 커피를 만들면 입안에 화상을 입을 수도 있었다. 때문에 잔에 미리 얼음 한 개를 넣어 물의 온도를 어느 정도 낮춰 주어야 한다. 하지만 그 이유만 있는 것은 아니다. 높은 온도의 열은 커피의 쓴맛을 강조하고 열 때문에 커피가 타게 되기 때문에, 커피에서 좋지 못한 향이 나지 않도록 하는 사전 방지 차원도 있었다.

심플한 대답을 알아듣긴 한 건지 고개까지 끄덕이며 동조하는 다이를 바라보다 강은 아메리카노는 트레이 위에 올려놓고 라테 카푸치노를 만들 준비를 했다. 추출된 커피를 확인한 강의 입가에 미소가 번졌다.

커피 위에 자연스럽게 만들어진 크레마에 타이거 벨트까지 만들어졌다. 크레마 또한 질감이나 향이 풍부했다. 오랜만에 추출된 신선한 커피였다.

잔에 커피를 부어준 후 스팀 피처에 담은 우유를 스팀 완드(Steam Wand)에 넣고 우유 거품을 내었다. 라테 카푸치노는 거품을 낼 때 카푸치노와는 달리 웨트 폼(Wet Form)을 만들어 잘 섞인 우유를 커피잔에 부었다. 부어주는 과정에 스팀 피처를 약하게 흔들어 거품 모양을 컨트롤하며 표면에 라테 아트를 그려야 하기 때문에 세밀한 움직임이 요구된다. 조금 전처럼 갑작스럽게 놀라면 어쩔 도리가 없다.

"와, 하트."

깜짝. 덕분에 하트 모양이 보기 좋게 뭉개졌다.

"죽을래?"

"죄, 죄송해요."

험악한 얼굴로 노려보며 더한 말도 할 것 같은 얼굴을 그녀는 잽싸게 피해 버렸다.

역시 그의 예상대로 피곤하고 귀찮은 나날의 연속이었다. 그녀는 궁금하고 신기한 것투성인 모양인지 물어보고 환호한다. 리액션 또한 활기차다.

"주문이나 받아. 뒤돌아보면 끝이다, 1004."

움찔. 뒤돌아선 작은 어깨가 움찔하더니 조용하다. 먼저 만든 아메리카노를 내주고 라테 카푸치노를 다시 만들었다. 그녀 때문에 망친 커피는 그 위에 초코 시럽으로 모양을 낸 후 카운터에 올려놓았다.

"너 때문에 망쳤으니 책임은 져야지?"

"아."

책임. 이런 책임이라면 얼마든지 져주리라. 다이는 그 순간 생각했다. 책임이라는 무서운 말과는 달리 그가 만든 커피를 맛볼 수 있다는 굉장한 기회 아닌가.

"최고……."

커피를 한 모금 입가에 댄 다이는 혼잣말을 중얼거렸다. 우유의 비릿함은 전혀 느껴지지 않고 적당히 데워진 우유와 커피, 그리고 초코 시럽의 밸런스가 적당히 어우러져 있다.

"달콤해."

감격한 얼굴로 뒤돌아서서는 강의 얼굴을 바라보았다. 이런 굉장한 사람 밑에서 일할 수 있어 다행이란 생각이 들었다.

이 또한 지나가리라.

이 말을 가슴속에 새기고 인내한 보람이 있다. 이 사람을 만나려고 그랬나 보다.

커피 냄새가 가득한 이곳, 일하는 게 벌써 즐겁다.

"행복해."

"뭐냐, 이건?"

"보면 몰라? 트리잖아."

성의 없이 현우의 손에 질질 끌려 나온 트리는 처참했다. 이걸 또 왜 끌고 나오냐며 강은 투덜거리며 현우의 손에서 트리를 잡아챘다.

"근데 왜 처박아둬?"

"촌스러워서."

"네가 사놓고 촌스럽다고?"

현우의 비웃음이 이어졌다.

"넌 내 안목을 뭘로 보는 거냐."

"그럼 강다이?"

"어. 무슨 생각으로 이걸 카페에 장식하겠다고 사온 건지."

강은 고개를 절레절레 흔들며 납득이 안 된다는 표정을 했다.

"그래도 뭐 아직 쓸 만한데 처박아두긴 아깝잖아?"

"그래서 설치하겠다고?"

강의 눈썹이 꿈틀거렸다. 카페 내부는 늘 깔끔하고 정돈된 모습을 유지해야 한다는 철칙 아래 자잘한 소품은 찾아볼 수가 없었다. 그걸 알면서 길거리에서 주워왔다고 해도 믿을 만큼 볼품없는 트리를 장식하겠다니.

"내가 누구냐? 조은감각 인테리어 대표인데 이걸 보고 그냥 지나치면 내 명성에 금이 가지."

"그럼 가져가서 사무실에 설치하던가. 위엄인가 뭔가 직원들에게 보여줄 겸."

현우는 강의 말을 잘근 씹곤 트리와 장신구를 챙겨 적당한 자리로 트리를 옮겼다. 아까 다이가 장식하던 그 자리이다.

"야, 고맹."

"잘 보라고."

"맹추 같은 자식."

고맹. 어릴 적부터 부르던 이름보다 더 친숙한 현우의 별명이다. 맹추 짓만 골라서 한다고 민우에 의해 탄생된 별명이자 현우의 제2의 이름.

강은 그저 카운터에 앉아 현우를 말리는 걸 포기하고 트리를 장식하고 있는 현우를 지켜보았다. 장신구와 전구를 거는 것까진 다이가 했던 것과 별반 다를 게 없어 보였다. 현우는 겉옷도 챙기지 않고 밖으로 나갔다. 뭔가 하나 시작했다 하면 끝을 보고야 마는 집요한 성격이 빛을 발하는 순간이었다.

"아, 도대체 뭐 하는 거냐고, 내 가게에서."

뭔가 한가득 챙겨 다시 가게로 들어온 현우는 종이를 자르고 오리고 붙이고 뭔가를 했다. 30분쯤 지났을 무렵,

—소원을 들어드립니다.

트리에 붙여진 종이에 쓰인 글자이다. 옆엔 반듯하게 자른 네모진 종이들이 보였다.

못 보던 상자까지 세팅해 놓은 걸 보니 그 안에 소원을 적은 종이를 넣으라는 것 같았다.

"내가 산타냐?"

"이벤트다, 이벤트."

"내가 소원을 왜 들어줘?"

산타도 안 들어주는 소원을 들어주라니. 뭘 그렇게 열심히 하나 했더니 하는 짓은 역시 맹추였다.

"63빌딩을 사달라고 하면? 김태희를 만들어달라고 하면? S대학에 합격하게 해달라고 하면? 너 들어줄 수 있어?"

이것들을 다 쓸어버리겠다는 얼굴로 숨도 고르지 않고 따짐에도 현우는 태평하게 대꾸했다.

"그런 정신 나간 소원을 누가 쓰겠어?"

"그러니까 쓰면?"

강의 집요한 물음에 현우는 잠시 고민하더니 글자를 고쳐 다시 붙였다.

"소원을 빌어보세요?"

"이 정도면 괜찮겠지?"

"빌어서 뭐 어쩌겠다는 건지."

강은 귀찮아진 얼굴로 카운터로 돌아갔다. 눈앞에서 치워 버리지 못한 것이 아쉽지만 딱 크리스마스까지만 놓는 거다.

"크리스마스 이벤트 정도는 해야 하지 않겠어?"

"이런 게 뭐 이벤트냐? 당첨되면 뭔가 대가가 있어야 이벤트지."

"뭐 적어 넣고 즐거우면 된 거 아닌가?"

"단순한 놈."

제가 해놓고 만족스럽다는 듯 트리를 바라보던 현우는 주문을 받았다.

"아, 그러고 보니 강다이, 한 번도 못 봤네."

"보면 뭐 어쩌려고?"

"인사."

현우의 대답에 강은 할 말이 없어진 얼굴로 피식 웃었다.

"며칠 지내보니 어때? 오래 다닐 것 같아?"

"또 내기했냐? 이번에도 넌 석 달 못 버틴다에 걸었지?"

못마땅하다는 얼굴로 강이 노려보았다. 현우는 브이 자를 그리며 고개를 끄덕였다.

"민우 자식, 똑똑한 척하면서 너한테 은근 당한다니까. 이번엔 뭐 걸었는데?"

"이번에야말로 형, 동생을 정확하게 판가름하기로 했어."

"그런 쓸데없는 걸로."

호적상 이미 민우가 형으로 되어 있는데 말이다. 쓸데없는 것에 집착하는 건 여전했다.

"쓸데없다니, 두고 보라고. 민우 자식한테 그동안 당한 핍박을 그대로 돌려주고야 말 테니까."

쯧쯧. 저절로 강의 입에선 혀 차는 소리가 나왔다. 그러다 문득 강은 다이 때문에 아트를 망친 게 떠올랐다.

"오랜만에 타이거 벨트를 봤는데."

"신선한 커피의 상징인가 뭔가 그거?"

"다 망쳤다고. 뭘 그렇게 묻고 관심이 많은지. 그 자식이 깜짝 놀라게 하는 바람에 아트를 망쳤다고."

바드득. 이 가는 소리를 내며 강은 흥분을 감출 줄 몰랐다.

"또 커피 뽑아봐."

"커피 뽑을 때마다 나타나는 게 아니야, 인마."

위로랍시고 건네는 현우의 말에 강은 버럭 성을 냈다. 역시 귀찮은 일의 연속. 강은 뒤늦은 후회가 들었다. 현우의 말에 넘어가는 게 아니었다. 대타를 뛰어준다는 현우의 말에 혹해서 뽑았는데 소음 때문에 스트레스가 이만저만이 아니다.

"그런데 그 자식, 너무 긍정적이야."

"긍정?"

그게 문제다, 긍정. 심한 말을 해도 귀에 들어오지 않는 모양인지 배시시 웃고 있으니 말이다.

"웃어, 내가 뭐라고 해도."

그리고 아트를 망친 커피에 초코 시럽을 뿌려 건넸을 뿐인데 세상을 다 가진 표정을 하고 있었다. 커피 한 잔에 그렇게 행복한 표정을 하는 사람, 처음이다.

"그래? 이번엔 민우 자식한테 형 소리는 못 들을지도 모르겠군."

"어째서?"

"두고 보면 알겠지."

재미있는 표정으로 강을 바라보던 현우는 트리 앞으로 걸음을 옮겼다.

"나도 소원이나 빌어볼까나?"

종이에 뭔가 적더니 현우는 첫 번째로 소원 종이를 상자에 넣었다.

"너도 와서 소원 빌어. 이번 직원은 오래 다니게 해달라고."

"닥쳐."

소음 때문에 스트레스로 병원 신세 지게 생겼다.

"커피 맛이 이상한데요?"

카페로 들어온 여성은 테이크아웃 컵을 내밀며 다이에게 항의했다.

"도대체 원두를 어떻게 로스팅했길래 이런 쓰레기 맛이 나죠? 그런데도 버젓이 카페 영업을 하고 있다니."

작정하고 온 여자는 쩌렁쩌렁한 목소리를 자랑하듯 불만을 토해냈다. 어쩔 줄 몰라 하는 다이를 카운터에서 밀어내고 강이 대신 여자를 상대했다.

"커피 맛 좀 봐도 되겠습니까?"

"죄송하다는 말이 먼저 아닌가요? 뻔뻔스럽기는."

팔짱을 낀 채 여유로운 얼굴로 여자는 강에게 커피를 내밀었다.

"죄송하다는 말은 커피를 마셔본 후 하겠습니다. 그럼."

커피를 마신 강의 미간이 점점 좁혀지더니 곧장 정수기 물로 입을 헹궜다. 쓰레기라고 칭한 커피는 텁텁한 맛이 불쾌하게 만들었다.

"저희 커피가 아닙니다."

욕지기를 뱉고 싶은 걸 간신히 참았다. 날카롭게 빛나는 강의 매서운 눈빛에 여자는 잠시 우물쭈물하더니 당당하게 소리쳤다.

"무슨 말을 하는 거예요? 테이크아웃 컵엔 에피소드라고 적혀 있는데!"

"네, 컵만 저희 겁니다."

"어떻게 장담할 수 있죠? 영업 그만하고 싶어요?"

손님이 많은 시간대에 와서 작정하고 이런 소란을 피울 만한 사람. 부당한 이익을 취하고자 고의적으로 악성 민원을 제기하는 소비자로 요즘 신문이나 뉴스를 떠들썩하게 하는 블랙컨슈머. 강은 직감적으로 알 수 있었다.

"좀 전에 '쓰레기'라고 칭한 커피는 저희 것이 아닙니다. 저희는 항상 신선한 생두로 로스팅한 원두를 사용하고 있습니다. 거기다 로스팅한 원두는 15일 안에 소비합니다. 이 커피는 1차 파핑 후 램핑(Lamping) 과정에서 갑작스럽게 열을 줄임으로 인해 콩이 식으면서 수축되었습니다. 원두 내부에서 열이 빠져나가지 않아 탄맛이나 연기 맛, 그리고 떫은맛까지 느껴지는군요."

"그게 무슨 말도 안 되는 소리야?"

"못 믿으시겠다면 눈으로 직접 확인하세요."

강은 창고로 들어가 로스팅한 원두를 담은 용기를 가지고 왔다. 용기 안에 들어 있던 원두를 꺼내 여자 앞으로 내밀었다. 로스팅한 지 3일 된 원두는 향기만 맡아도 얼마나 신선한 원두인지 알 수 있었다.

"이 원두로 커피를 만듭니다. 아까 그 쓰레기는 제가 볶은 게 아닙니다."

확신에 찬 강은 여자를 더욱 코너로 몰아넣었고, 당당했던 여자는 얼굴이 붉어져서는 입만 벙긋하고 있다.

"당신, 번지수를 잘못 골랐어. 한몫 두둑이 챙기려 했나 본데 재수 없게 내게 걸렸네, 블랙컨슈머."

"무, 무슨……."

"그럼 이제 꺼져 주실까."

강은 여자 등 뒤로 보이는 현관문에서 경찰이 들어오는 모습을 보곤 피식 웃었다. 그 웃음에 불안감을 느낀 여자가 뒤를 돌아 확인했을 땐 이미 늦었다.

"수고가 많으십니다."

강은 오렌지주스를 꺼내 경찰관에게 건넸다. 여자는 발악을 하며 경찰관 손에 의해 초라하게 퇴장했다.

"먹고살기 힘들군."

신문이나 뉴스를 보지 못했으면 당했을 법한 상황에 절로 한숨이 터졌다. 원두를 가지러 가며 입모양으로 '신고해'라고 했던 말을 다이가 정확히 알아듣지 못했다면 귀찮은 일이 늘었을지도 몰랐다. 그래도 눈치 하나는 빠른 게 제법이다.

"우와, 대단해요."

"뭐?"

"정말 멋졌어요."

동경, 그리고 존경. 그 순간 다이는 강에게 그런 감정을 느꼈다. 어떠한 상황에서도 이성을 잃지 않고 논리정연하게 대응하는 모습. 커피에 대한 무한한 지식. 거기다 자신이 만든 커피에 대한 자부심까지 어느 것 하나 빠지는 게 없다. 호들갑스럽게 혼자만의 감성에 젖어 있는 다이의 얼굴을 강은 그저 바라볼 뿐이었다.

"정말 존경스러워요."

이어지는 오글거리는 칭찬들을 그저 말없이 강은 받아내었다. 칭찬에 익숙한 사람이고 뻔한 말임에도 이상하게 얼굴이 화끈거렸다.

"저 여기서 일하게 돼서 정말 다행인 것 같아요."

"그럼 오래 다니든가."

"네, 그러려고요."

별로 성의 있게 한 말도 아닌데 다이는 그 말을 기다린 사람처럼 반갑게 대답했다.

"아, 맞다. 나도 소원 적어야지."

가벼운 발걸음으로 다이가 트리 앞으로 총총 뛰어갔다. 그러더니 종이에 뭔가를 적더니 한참 동안 종이를 바라보았다.

—지금 이 순간이 영원하기를.

"사장님도 소원 적으세요."

"싫어."

"왜요?"

"쓸데없는 짓."

관심 없다는 투로 강이 짤막하게 대답하며 말을 이었다.

"누가 들어주는 것도 아닌데 뭐 하러 적어?"

"써놓고 나면 왠지 정말 이뤄질 것 같달까? 복권 사면 정말 복권에 당첨될 것 같은 그런 기분 있잖아요."

"도저히 모르겠는데?"

강은 이해가 안 간다는 얼굴이다. 그 표정에서 뭔가 읽은 다이는 풋 하고 웃었다.

"복권 같은 거 한 번도 안 사봤죠?"

"그게 뭐 어때서?"

"아, 인심이다. 어제 좋은 꿈 꿔서 두 개 샀는데 하나 사장님 드릴게요. 대신 당첨되면 반땡. 오케이?"

뭐 이렇게 절대 긍정이야? 될 리가 없는데.

"복권에 당첨되면 뭐 하지? 이 앞에 카페나 차릴까? 아니면 고급 저택?"

다이는 벌써 들떠서는 행복한 표정으로 계획을 세우고 있었다. 허망한 계획, 절대 이루어질 수 없는 계획, 도대체 왜 꿈꾸고 있는지 모르겠다.

"굉장히 행복한 얼굴이군 그래. 어차피 될 리가 없는데."

"당첨되든 안 되든 상관없어요. 이런 상상 할 수 있다는 것만으로도 즐거우니까."

즐겁다……. 현우와 비슷한 말에 강은 잠시 생각에 빠져 있었다.

"그러니까 사장님도 그동안 즐거운 상상이나 해보라고요."

이해될 것 같기도 아닌 것 같기도 한 다이의 말에 강은 무심히 복권을 바라보았다. 될 리가 없잖아.

그런데 상상하는 것만으로도 즐겁다니?

도대체 무슨 말인지 모르겠다.

3. 반하다

　"오만 원이라……."

　처음 복권을 맞춰본 수확이다. 다이의 희망대로 카페를 차리거나 고급 주택을 짓는다는 건 터무니없을 정도의 금액이다. 애당초 기대조차 안 했던 저라면 상관없는데 당첨될 거라 굳게 믿고 있는 그 녀석이라면 분명 실망할 것 같다. 참 이상했다. 가게 문을 닫고 집에 오자마자 컴퓨터를 켜 복권을 맞춰보고 있는 자신이. 어젠 주말이라 손님도 많아서 정말 피곤했는데 말이다.

　"사장님, 안녕하세요! 어제 복권 맞춰보셨어요? 전 꽝이었어요."

　가게에 들어오자마자 실망한 얼굴로 말하는 다이에게 강은 무심하게 내뱉었다.

"난 오만 원."

"정말요? 정말?"

"응. 실망……."

"와, 역시 어제 꿈이 좋더라니, 내 덕인 줄 알아요."

실망한 게 아니었나? 제 꿈을 이루는 게 무너져 버렸는데도 다이는 정말 잘됐다는 얼굴을 하고 있다.

"뭐, 그럼 가져."

"싫어요. 내 손을 떠났으면 더 이상 내 것이 아닌 거라고요."

강하게 거절하며 다이는 가게 오픈 준비에 한참이다. 현우가 만든 트리 앞에 서서는 상자 안에 담겨 있는 종이를 보더니 다이는 흡족한 얼굴을 했다.

"보세요, 사장님. 여기 소원이 굉장히 많아요."

"그러게."

"아무도 안 하면 어쩌나 했는데."

"고맹이 보면 또 좋아서 우쭐대겠군."

강은 주문한 케이크를 쇼케이스에 넣어 정리하며 혼잣말을 했다. 다이는 강의 입에서 낯선 사람의 이름이 나오자 궁금한 얼굴로 변했다.

"그분 누구신데요?"

"깍두기."

"깍두기?"

"너 일 마치고 가면 다음 타임부터 시간 때우는 놈."

"아."

다이는 고개를 끄덕이며 수긍했다. 그런데 깍두기? 뭘 의미하는 건지 알 리 없는 다이는 순간 검은 양복을 입은 건장한 사내를 떠올리곤 지레 겁먹은 얼굴로 변했다.

"사장님 친구분은 직장이 없으세요?"

"있지만 그 녀석이 사장이라 굳이 출근하지 않아도 잘 돌아가."

헉! 깍두기 두목? 바리스타와 조폭 두목이라……. 오묘한 조합이다.

"표정이 왜 그래?"

"아, 아무것도."

심각한 얼굴로 표정을 감추는 다이의 말에 강은 머리를 긁적였다. 뭐지, 이 찝찝한 기분은? 신경 끄자.

강은 오전부터 들어오는 손님 때문에 눈코 뜰 새 없이 바빴다. 간단하게 점심은 해결했지만, 몰아치는 주문에 강은 핸드폰 통화 버튼을 눌렀다.

"점심 안 먹었으면 자장면 먹게 튀어와."

〈자장면 싫어해.〉

강의 의도를 눈치챈 건지 현우는 단박에 거절했다.

"그럼 짬뽕 먹든지."

〈왜, 한 그릇 먹이고 부려먹게?〉

불만스러운 현우의 목소리가 들렸다.

"알면 튀어와."

〈이거야말로 강제 노동 착취지.〉

"강제 노동 착취? 난 이미 너에게 선불로 지급했는데?"

강은 카푸치노 한 잔을 트레이 위에 올려놓았다.

〈뭔 소리야?〉

"지금 몇 시지?"

〈두 시 반.〉

걸려들었다.

"그래, 지금 네가 보고 있는 그 시계. 다이아가 촘촘히 박혀 정확히 몇 개인지도 알 수 없지. 시곗바늘은 탄자나이트 보석으로 세밀하게 장식하고, 숫자는 알렉산드라이트 보석으로 휘감은 그 시계. 세계에 몇 개나 있을 것 같아?"

〈치사한 자식.〉

"치사한 김에 하나 더. 그 시계, 민우가 굉장히 갖고 싶어 했던 거라고 알고 있는데. 지금 민우 손목에 있는 시계는 네가 대구까지 가서 힘들게 구한 트리플 A급 짝퉁이라는 거, 난 알고 있지."

뚝. 끊긴 전화를 보며 강은 피식 웃었다. 결국 현우의 약점을 잡고 늘어질 때가 오다니. 대꾸도 없이 전화를 끊은 걸 보니 애가 타긴 타는 모양이다.

"길어야 30분."

그 안에 녀석은 불만을 토해내며 가게 안으로 들어올 것이 안 봐도 눈에 선하다. 파리의 장인이 수작업으로 만들어 세계에 몇 개 존재하지 않는, 소장 가치가 충분한 시계는 욕심내는 이들이 많다. 시계 마니아인 민우에게 적당한 선물이라고 생각하고 큰마음 먹고 구입한 시계를 현우도 꽤 마음에 들었는지 얼마 후 똑같은 걸 가지고 나타났다. 어렵게 구했다며 흔한 변명을 늘어놨지만 그 녀석 돌아가는 머리를 이미 강은 간파했다. 어떻게 해도 구할 수 없는 시계였다. 이미 시계를 작업한 장인은 세상을 떠났기 때문이다.

"웃었다!"

깜짝. 조용한 적막을 한순간에 무참히 깨는 다이의 목소리에 강의 얼굴은 어두워져만 갔다.

"뭐야."

"좀 전에 웃었잖아요. 처음 봤어요, 사장님 웃는 거."

"웃지 않았어."

웃은 게 아니라 승리의 미소 같은 거였다.

"웃으니까 더 보기 좋아요."

커피를 만들며 실실 쪼개는 모습이란 상상하기도 싫다. 그런데 어쩐지 따라 하라는 듯 먼저 미소를 보이는 그녀에게 강은 저도 모르게 같은 표정을 지을 뻔했다.

뭐야, 새삼스럽게.

"주말에도 부려먹는, 인정이라곤 눈곱만큼도 없는 야박한 사장 같으니."

들어오며 투덜대는 현우의 목소리이다. 강은 쳐다보지도 않고 현우가 탈의실에서 점퍼를 벗고 앞치마를 두르며 옆으로 다가오자 주문서를 얼굴에 들이밀었다.

"아, 안녕하세요."

피곤을 덕지덕지 얼굴에 묻히고 나타난 현우에게 다이는 양손을 가지런히 앞에 모으곤 정중하게 인사를 했다. 자연스럽게 탈의실에서 코트를 벗어 던지고 앞치마를 두른 남자를 보고 당황한 얼굴은 뒤로 감췄다. 현우는 다이를 보자마자 오랜만에 만난 친구처럼 반갑게 손을 잡았다.

"아, 안녕!"

마치 지금까지 알고 지낸 사이인 양 친근하게 반말까지. 당황한 다이의 표정은 읽지 못한 건지 현우는 잡은 손을 놓을 줄 몰랐다. 그런데 맞잡은 두 손이 신경이 쓰이는 건 왜일까. 강은 단박에 현우의 손을 매섭게 떼어냈다.

"초면에 이러면 실례라고."

"아, 너무 반가워서 말이지. 하하하."

뒷머리를 긁적이며 순진한 얼굴로 웃는 걸 보면 절대 악의나 흑심이 있어 보이진 않는다.

"괜찮아요. 강다이라고 합니다."

"강에게 얘기 많이 들었어. 반갑다."

"네, 저도요, 고맹 사장님."

순간 정적이 흘렀다. 현우는 뭔가 잘못 먹은 사람처럼 굳어 있고, 아무것도 모르는 다이는 그저 싱긋 웃을 뿐이다.

"……풉."

꽤나 참고 있던 강의 웃음소리가 어색한 정적을 깨버렸다. 그제야 현우는 이성을 차리고 강의 멱살을 움켜잡았다.

"생각보다 인상이 참 좋으시네요!"

생각지도 못한 2연타. 표정을 보아하니 칭찬인 것 같아 현우는 실망감을 감추지 못한 채 강을 노려보았다.

"너, 나를 어떻게 소개한 거냐."

"별말 안 했어. 그냥 고맹이라고."

"최강."

웃음을 참는 강의 표정에 현우는 더욱 심각한 얼굴이 되어가고
있었다. 설마 그걸 이름이라고 착각할 줄 누가 알았겠는가. 현우
는 표정을 고치곤 지갑을 꺼내 명함을 다이에게 건넸다.

"내 이름은 고맹이 아니라 고현우라고 해."

고급스러운 명함에 '조은감각' 대표라는 글씨를 정확하게 확인
한 다이는 얼굴이 화끈거렸다. 거기다 인테리어 전문 시공업체라
는 문구까지 확인하고 나서야 스스로가 얼마나 무례한 행동을 범
했는지 깨달았다.

"어머! 죄송합니다."

"괜찮아. 이 자식이 제대로 소개를 안 했겠지."

"이런 대단한 분인 줄도 모르고 실례를 범했네요."

"하하하, 그럼 오늘 하루 잘 부탁할게."

초면인데도 불구하고 굉장히 친근감이 느껴지는 두 사람의 대
화에 강은 낄 엄두조차 내지 못했다. 그저 주문하러 온 손님이 카
운터 앞에 서성일 때쯤 강은 다이에게 시선을 돌렸다.

"1004, 주문."

"아, 네!"

"진짜 야박한 사장이라니까."

현우의 투덜거림은 애당초 차단한 지 오래. 대충 좀 하라는 말

이 함축되어 있는 현우의 말을 깡그리 씹곤 원두를 그라인더에 갈았다. 주문서를 눈으로 읽으며 에스프레소가 추출되는 동안 제빙기에 얼음을 갈아 잔에 가득 넣었다. 연유에 이어 마카다미아 시럽을 뿌린 뒤 호두 아이스크림을 적당량을 올린 후 추출된 에스프레소 2샷을 부었다. 초코 소스와 견과류로 장식하자 얼마 전 개발한 신 메뉴인 너트 하모니가 완성되었다. 진한 에스프레소와 달콤하고 시원한 아이스크림, 견과류의 조합은 환상이었다. 카페에서 잘나가는 메뉴에 속해 있다.

"여기, 너트 하모니."

"주말이라 손님이 많네."

"아무래도."

현우는 카페라테 두 잔을 만들곤 트레이 위에 올려놓았다. 다이는 쇼케이스에서 치즈 케이크 한 조각을 꺼내 같이 올려 두곤 진동벨을 울렸다.

"커피 만드세요?"

"뭐, 서당 개 3년이면 풍월을 읊는다고 어깨너머로 배웠지."

어깨를 으쓱하는 현우의 콧대를 강은 한마디로 무너뜨려 버렸다.

"곰도 구르는 재주가 있는 거겠지."

"……곰?"

"매뉴얼에 나와 있는 것 외에 내가 개발한 신 메뉴는 엄두도 못 내잖아."

"그건 당연한 거고."

"그러니까 구르는 재주지."

커피란 맛에 예민하게 반응하는 품목 중 하나이다. 따라서 맛있는 커피보단 일정한 맛을 유지하는 것이 중요하다. 카페를 개업하고 한동안 도와주다가 직원이 그만둘 때마다 한두 달씩 하던 일이 이젠 현우에게 손에 배었다. 커피의 기초부터가 아닌, 커피를 내리는 방법부터 알려주고 시작했는데 맛은 강이 내린 커피와 비슷했다. 비슷한 커피 맛을 내는 사람은 찾기 힘들다. 그래서 강은 적당한 약점으로 현우를 부려먹기 시작했다.

"안 되겠다."

무언가 결심한 듯 현우가 심각한 얼굴로 강을 쳐다봤다. 너무 말이 심했나? 강이 사과할 찰나였다.

"오늘 회식."

"뭐?"

"새로운 직원도 들어왔는데 환영회는 해야지. 안 그래, 최 사장?"

역시 단순한 놈.

"회식은 왜 네 마음대로 정하는데?"

"왜긴, 원래 회식은 직원들의 사기 충전을 위해 존재하는 거 아닌가?"

"그러니까 왜 네가 정하냐고, 깍두기가."

말발로는 절대 강을 이기지 못한다는 걸 깨달았는지 현우는 구조 요청을 하듯 다이를 쳐다봤다.

"어때, 오늘 회식?"

"아, 전 오늘 저녁에 호프집 알바가……."

난감한 얼굴로 말끝을 흐리는 다이를 바라보던 현우는 짐짓 실망한 표정으로 변했다. 조용히 듣고 있던 강이 무심하게 툭 내뱉었다.

"전화해."

별것 아닌 일 취급하며 강은 다시 한 번 강압적인 목소리를 냈다.

"오늘 알바 못 간다고 전화하라고. 두 번 말하게 하지 마."

귀찮다는 얼굴을 하고선 다이에게 시선을 뗀 강은 커피를 만들었다. 강의 말에 다이는 '잠깐 통화 좀 할게요' 하고선 자리를 비웠다.

"웬일이래?"

"뭘."

"회식. 꽤나 새삼스럽잖아."

무심한 얼굴을 하고 있었지만 강도 꽤나 신경이 쓰이던 참이었다. 둘이서 하기엔 뭔가 부족하고, 그렇다고 안 하긴 찜찜하고. 지금까지 시도하지 않은 걸 하려니 많은 생각이 드는 참이었다. 현우가 먼저 말을 꺼냈으니 망정이지 안 그랬으면 그냥 넘어갈 뻔했다.

"복권에 당첨됐어, 오만 원에."

"네가 복권을 샀단 말이야?"

"받았어, 저 자식한테. 어차피 없던 돈이니 어떻게 쓰든 상관없잖아."

현우는 강이 복권에 당첨됐다는 사실보다 복권 숫자를 맞춰봤다는 사실이 더 놀라웠다. 예전에 하나씩 던져 줘도 그냥 쓰레기통에 버리는 놈이었고, 쓰레기통을 뒤져 복권을 찾는 게 현우의 일이었다. 될 리도 없고, 그런 공짜에는 항상 대가가 따르는 법이라고 필요 없다던 놈이 복권을 맞춰봤다는 게 말이나 되는 소리인가 싶었다.

"내 소원 벌써 이뤄진 건가."

"소원?"

강은 이맛살을 구기며 현우를 바라보았다.

"트리에 소원을 '최강 성격 개조'라고 썼거든."

"미친놈. 이왕이면 좀 의미 있는 소원을 쓰지 그랬어."

"이를테면 세계 평화나 남북통일 이런 거?"

"평화 따위 알 게 뭐야. 세계 정복이면 모를까."

말하고도 우습다는 듯 강이 픽 웃었다. 이런 쓸데없는 얘기에 에너지 소비 그만하자는 얘기를 하려던 찰나이다.

"진짜 소원은 애인 만드는 거지만, 네가 자꾸 부려먹는데 만들 시간이 있겠냐?"

"너 여자 많잖아. 여기저기서 시도 때도 없이 전화 오잖아."

"네 말 그대로 그냥 여자일 뿐이고! 애인은 아니잖아!"

참고 참은 불만을 터뜨리며 현우는 분개했다. 그러다 문득 좋은 발상이라도 떠올랐는지 조심스럽게 강의 귀에 대고 속삭였다.

"강다이, 내가 꾀어볼까? 꽤 귀엽던데."

"안 돼."

딱히 저에게 허락을 구한 것도 아닌데 강은 딱 잘라 거부했다. 그 모습에 당황한 현우가 삐친 얼굴을 했다.

"네가 뭔데?"

"사내 연애 금지야."

순간 현우는 잘못 들었는지 반문했다.

"뭐? 무슨 금지?"

"귀 먹었냐. 내 직원한테 작업 걸지 마."

"도대체 왜?"

집요하게 이유를 묻는 현우에게 강은 심각한 얼굴을 했다.

"너, 바람둥이잖아."

처음으로 오래 다니고 싶다는 녀석을 만났는데 바람둥이에게 넘겨줄 의향은 조금도 없었다. 현재로선 얼마 안 된 직원이 소중했다. 절실했다.

*

"에? 조폭?"

"네. 사장님께서 깍두기라고 하셔서 사실 고 사장님 오시기 전에 겁 좀 먹었었어요."

오해의 소지가 충분한 강의 설명은 역시 보충 설명이 필요했다. 이름을 '고맹'으로 착각할 때부터 불안했지만 '깍두기'라 칭할 줄은 몰랐던 현우다. 대화를 해보니 다이는 굉장히 밝고 긍정적인 사고를 가진 사람이었다.

"강이 좀 성격이 그렇지?"

"아뇨. 정말 친절하세요. 묻는 말에 대답도 꼬박꼬박 잘해주시고, 또……."

말을 흐리며 양 볼을 붉히고선 다이는 조용히 속삭였다.

"제 동경의 대상이기도 하고요."

"동경의 대상? 그럼 혹시……."

"제 원래 꿈은 바리스타였어요. 오래전에 사정이 있어 포기했지만, 사장님이 커피 만들고 있는 모습만 봐도 행복해진다랄까."

그렇게 말하는 다이는 행복한 표정을 하고 있었다. 그 모습에서 얼마나 그 꿈을 이루고 싶어 했는지 그녀에 대해 잘 모르는 현우에게 전해졌다.

"지금부터 다시 시작하면 되잖아."

"그러기엔 너무 멀리 오기도 했고, 지금도 그럴 수 있는 사정이 아니라서요."

"잘 생각해 봐. 포기해도 될 만한 건지."

다이는 말없이 수저를 들었다. 어두운 얼굴을 금세 지운 후 괜찮다는 듯 미소로 바꾸었다.

"무슨 사정인지 모르겠지만 술 한잔하며 마음속에 있는 걸 다 털어버리면 시원해질 텐데."

현우는 가라앉은 분위기 때문에 술타령을 했다. 술도 안 마시고 시끄러운 걸 싫어하는 강의 강압에 의해 한식집으로 왔는데 영 밥 먹을 분위기가 나지 않아 불만이었다.

화장실에 갔다 테이블로 돌아온 강은 어색한 분위기에 현우를 바라보곤 작게 속삭였다.

"너, 작업 걸었냐. 안 된다고 분명히 말했다."

"그건 좀 더 생각해 보기로 하고, 우리 술 한잔하는 건 어때?"

"차 갖고 왔잖아."

"딱 한 잔만."

"한 잔이 두 잔 되고 두 잔이 석 잔 되지. 그리고 어느새 운전대를 잡고…….."

끔찍한 말을 무심한 얼굴로 하는 강의 얼굴을 보고 있으니 현우는 술맛이 뚝 떨어져 버렸다. 벌써 시계는 열 시를 가리키고 있었다. 여덟 시쯤 미리 가게 문을 닫고 한식집에 와서 저녁을 먹었으니 두 시간이 지난 후다. 이렇게 빨리 헤어지는 것이 아쉬운 모양인지 현우는 2차를 가자고 외쳤다.

"다이, 노래방 어때?"

"노래방이오?"

막 가게에서 나온 현우는 노래방 갈 생각에 혼자 신나 있었다. 강은 손목시계로 시각을 확인하곤 안 되겠다는 듯 다이의 손목을 잡았다.

"집이 어디지?"

"아, 저 버스 타고 한 시간 정도 가면 돼요."

"타."

다이는 두 사람 사이에서 어쩔 줄 몰라 하며 어느 쪽으로 가야 할지 서성거렸다. 그 모습에 강은 살짝 짜증이 난 얼굴로 현우에게 시선을 돌렸다.

"노래방은 내일 나랑 가든지."

강은 뒤에서 뭐라 투덜대는 현우의 목소리를 들었으나 그냥 차에 올라탔다. 보조석에 앉아 다이는 말없이 운전을 하고 있는 강을 바라보며 미안한 얼굴을 했다.

"아직 버스 끊기지 않아서 버스 타고 가도 되는데."

"됐으니까, 그냥 가."

현우의 기분을 봐서는 절대 노래방에서 끝날 분위기가 아니었다. 기분이 한껏 업되어서는 노래방을 나온 뒤 '맥주 한잔'을 외치고 있을 모습이 뻔히 보였다. 일찌감치 자리를 뜨는 게 현명한 선택이었다.

"번거롭게 해드린 것 같아 죄송하네요."

"그럼 뭐 오래 다니든가."

이런 말을 두 번이나 하고 나니 왠지 매달리는 것 같기도 하고 어색해서 다이의 얼굴을 바라볼 수가 없었다.

"네. 그건 당연하고요!"

"풋."

이런 녀석은 처음이다. 저도 모르게 소리까지 내며 웃고 말았다. 딱히 웃기다거나 기쁜 상황이 아닌데도 말이다.

"어? 웃었다!"

"손가락 치워."

검지로 강의 얼굴을 가리키며 다이가 반갑다는 얼굴을 했다. 조금만 움직이면 손가락에 얼굴이 찔릴 것 같은 가까운 거리이다.

방금 전까지 보여줬던 웃음기를 지운 얼굴로 낮게 깔린 강의 목소리에 다이는 손가락을 뒤로 숨겼다.

"아참, 오늘 저녁 잘 먹었습니다."

"나야말로."

"예?"

"복권 당첨금. 일금 오만 원."

쑥스럽다는 듯 다이는 손으로 얼굴을 쓰다듬었다.

"아, 그럼 더 비싼 거 먹을 걸 그랬네요."

"그러고 싶음 다음엔 당첨금을 더 올려보든지."

크흠, 하고 강은 목을 가다듬었다. 순간 목소리가 떨리는 걸 느꼈기 때문이다.

"그러면 되겠다. 오늘은 돼지 백 마리가 내 품에 달려들었으면……."

"꼴사납겠다."

"은근 내 꿈 기대하고 있는 거 다 알거든요."

"애당초 확률 제로인 허무맹랑한 것에 기대 안 하거든."

그런 것에 기대하느니 차라리 현우가 신 메뉴를 만드는 것을 기대하는 편이 나았다. 그냥 심심풀이로 한 번 맞춰본 것뿐이다. 그뿐이다.

"아, 저기 골목 앞에 세워주세요."

다급한 다이의 말이 들려왔다. 강은 다이가 손으로 가리키는 골목 입구에 차를 세웠다.

"감사합니다. 조심히 들어가세요."

손을 흔들며 인사하는 다이에게 강은 대답 대신 고개를 끄덕였다. 저만치 걸어가는 다이의 뒷모습을 뒤로한 채 강은 집으로 차를 돌렸다. 조용한 적막이 이렇게 어색해지다니. 강의 손은 어느새 라디오를 켠 후였다.

*

"모닝커피 드세요."

유니폼으로 갈아입고 나온 다이가 편의점에서 사온 커피를 강에게 건넸다. 강은 다이가 건네는 손이 무안해질 정도로 빤히 바라보았다. 도대체 아침부터 이게 뭐 하자는 수작인지 감을 잡지 못하고 있었다. 본인의 직장이 카페인 걸 인식을 하지 못하고 있는 건가. 카페에서 편의점 따위에서 사온 커피를 건네는 이유가 도대체 무엇인지 강은 한참을 고민했다.

"안 드세요?"

이상한 낌새를 눈치채곤 다이는 잔뜩 겁먹은 얼굴로 강을 바라보았다. 시원하게 쏘아대고 싶은데 어떤 말부터 해야 직성이 풀릴지 고민하던 끝에 강이 입을 열었다.

"뭐냐, 지금?"

"예?"

"바리스타인 나에게 편의점 커피를 주는 이유."

"편의점에서 1+1 행사를 하고 있기에 하나 남아서……."

너무 심각하게 받아들였나 싶기도 했지만 역시 기분이 좋지 않은 건 어쩔 수 없었다.

"이런 게 무슨 커피라고. 잘 봐둬."

다이가 건넨 커피는 작업대 위에 올려놓고 강은 그라인더에 원두를 넣곤 분쇄하기 시작했다. 가늘고 곱게 분쇄된 원두를 탬핑한 탬퍼를 머신기에 장착시켰다. 이렇게 열의를 보이며 커피를 만드는 건 처음인 듯싶다. 곧 원두가 추출되자 강은 눈으로 추출된 원두의 신선도를 확인했다. 그리곤 머그잔에 얼음을 넣은 후 에스프레소를 붓고 뜨거운 물을 부었다.

"이게 진정한 커피라고 할 수 있지."

"저 주시는 거예요?"

강이 고개를 까닥이자 다이는 그가 방금 눈앞에서 만든 아메리카노 한 잔을 받았다. 이유도 모른 채 열의에 불타 순식간에 아메리카노 한 잔을 만드는가 싶더니 자신에게 건네는 순간 다이는 그 의문 따위는 잊어버렸다.

"잘 마시겠습니다."

한 모금 커피를 마신 다이는 아메리카노의 깔끔한 맛에 감탄했다. 적당히 로스팅된 원두는 전혀 쓴맛이 나지 않고 구수한 맛이 혀에 착 감겼다.

"어때, 비교가 된다고 생각해?"

"아, 아뇨."

다이는 고개를 저으며 감격한 얼굴로 아까워서 마시지도 못하고 커피잔만 물끄러미 바라보았다. 스스로가 꽤나 원했던 맛과 향을 가지고 있다. 감탄이란 말로는 표현이 부족했다.

"당연하지. 누가 만든 커핀데."

"맛있다……."

"이게 바로 어떤 상황에서도 최상의 퀄리티를 유지하는 최강 커피라는 거다."

좀 더 풍부하게 맛을 표현하고 싶은데 다이의 입안에서는 '맛있다'는 말밖에 맴돌지 않았다. 아니, 말문이 막힐 정도로 밸런스가 잘 잡혀 있는 커피였다. 별것 없는 아메리카노 한 잔일 뿐인데 말이다. 정말 수상한 커피. 어떻게 이렇게 밸런스와 향이 잘 잡히게 만들 수 있는지 수상한 커피임이 틀림없었다. 다이는 순간 욕심을 부려보고 싶었다. 이곳에서 꿈을 꾸고 있는 듯이 행복한 나날을 보내고 있는데 지금보다 더한 욕심이 생겼다.

"저, 반한 것 같아요."

행복에 젖은 다이가 수줍게 강을 바라보았다.

"사장님이 만드신 커피에."

"뭐?"

당황한 강의 표정에도 다이의 입은 제멋대로 움직였다.

"반했어요."

나, 여기서 좀 더 욕심 부려도 되나요?

4. 다시 꿈꾸다

매섭게 몰아쳤던 한파는 한풀 꺾여 있었다. 햇빛이 제법 따뜻해진 덕분에 낮엔 산책로를 걷는 것도 나쁘지 않을 거란 생각이 들었다. 하기야 병원 내부에서 진료를 받는 것 외에 엄마가 딱히 할 수 있는 거라곤 요양원 근처 산책로를 걷는 것뿐일 것이다.

한 달에 한 번 엄마의 얼굴을 보는 게 별것 아닌 것 같으면서도 쉽지가 않았다. 그래도 저번 달에 이어 이번 달까지 약속을 잘 지킨 셈이다.

60대 후반인 엄마는 저와 많이 닮았다. 웃을 때 눈이 반으로 휘어지는가 하면 입가에 파인 보조개까지 닮았다. 쌍꺼풀이 있는 아빠를 닮았으면 좋았을 텐데, 라고 투정부렸던 지난날들이 희미하게 떠올랐다. 결국 쌍꺼풀이 없는 큰 눈동자까지 닮아버렸으니 누가 봐도 모녀지간이라고 딱 맞힐 것이다.

한 달 전 왔을 때 준 인형을 엄마는 손에서 놓지 않는다고 했다. 지금도 엄마는 금발의 마루 인형을 정성스럽게 쓰다듬고 있었다.

"미미, 날씨 좋지?"

"엄마, 얘 이름이 미미야? 이름 예쁘네."

"응, 미미. 내 친구."

방긋 행복한 얼굴로 웃는 엄마를 보며 왜 진작 이렇게 웃게 하지 못했는지 다이는 죄책감이 들었다. 이렇게 웃는 엄마의 모습을 진작 봤으면 좋았을 텐데 하고 후회가 일었다.

"엄마, 춥지 않아?"

다이는 벤치에서 일어나 엄마 앞에서 허리를 숙여 점퍼 지퍼를 올렸다.

"하나도 안 추워."

꼭 어린아이 같다. 사고가 여덟 살로 퇴행해 버렸으니 어린아이 같을 수밖에. 여전히 익숙하진 않지만 처음보다는 그래도 놀라거나 당황하지 않게 되었다. 그냥 엄마 그대로의 모습을 받아들이기로 한 것이다.

"감기 걸리면 안 되니까 자주 밖에 나오지 마. 알았지?"

"응, 걱정 마. 미숙이 감기 안 걸려."

"목이 허전해 보이네. 늦었지만 목도리를 짜야겠는데."

다이는 목까지 단추를 채우곤 엄마의 손을 잡았다.

"무슨 색 좋아해?"

"빨간색. 난 화려한 색이 좋아."

"그래, 빨간색."

엄마의 손은 주름이 자글자글했다. 이런 손으로 인형의 이름까지 지어주며 노는 엄마의 모습은 다이의 가슴을 짠하게 만들었다. 다이는 팔을 뻗어 엄마를 안았다.

"미안, 미안, 엄마."

"내 이름은 미숙이야, 이미숙."

바동거리며 다이의 품에서 빠져나오려고 하다 엄마는 다이의 등을 가만히 쓸었다. 그 손길에 다이는 저도 모르게 눈가에 눈물이 맺혔다.

"울지 마. 울지 마, 언니."

"응, 안 울어. 안 울게."

손등으로 눈물을 쉴 새 없이 닦아내며 같은 말만 반복했다. 울지 않는다고 말이다. 엄마 앞에선 웃는 모습만 보여주고 싶은데 너무나 미안해서 눈물이 터져 버렸다. 조금만 신경 썼었다면 초기에 발견할 수 있었다. 진행을 늦출 수도 있었다.

"오늘은 뭐 했어?"

"색칠했어."

"무슨 색칠 했어?"

"크레파스로 그림 색칠했어."

"와, 다음엔 나도 구경시켜 줘."

알겠다며 고개를 끄덕이는 엄마를 보고 있자니 다이는 이렇게 행복해도 되나 싶었다.

"엄마, 나 직장 옮겼어. 카페에서 일하기 시작했어."

"아, 그래?"

다이의 말엔 안중에도 없는 얼굴로 미미와 놀기 바쁘다. 그래도 들어줬으면 했다. 엄마에게 하고 싶은 말이었으니까.

"나 요즘 행복해. 내가 그렇게 동경했던 유명한 바리스타가 만드는 커피를 직접 볼 수 있어 영광이라 생각해. 내 꿈이 뭔지 알지? 바리스타 되는 거. 한때는 엄마의 꿈이기도 했고 말이야."

지금도 충분히 가슴 벅찰 정도로 행복하기에 더는 욕심 내지 않으려고 했다. 요양원비에 혼자 먹고살기도 빠듯한데 꿈까지 꾸며 살 여유가 없다고 생각했다. 하지만 사실은 엄마를 이렇게 만든 게 나 때문인 것 같은 죄책감이 발목을 잡고 있었다.

"얼마 만인지 모르겠어. 가슴이 이렇게 두근거리는 거. 꿈이라는 걸 갖게 되면 이렇게 되는 걸까?"

"즐거워?"

정확히 시선을 마주한 엄마가 물었다. 다이는 주저하지 않고 고개를 끄덕였다.

"응, 말할 수 없을 만큼."

"그럼 됐어."

힘내라고 응원하는 것 같았다, 예전에 엄마가 그랬던 것처럼. 그러면 늘 기운이 나곤 했는데. 그때로 돌아간 기분에 눈물이 터질 것 같았다.

"나 다시 시작할 수 있는 걸까?"

"미미, 내일은 뭐 하고 놀까?"

시작해도 되는 걸까. 이미 많은 시간이 지나서 잊었다고 생각한 꿈인데 반해 버리고 말았다. 동경했던 사람과 반해 버린 커피. 수상한 강의 레시피에 대해 궁금해졌다.

이렇게 고민해도 어쩔 수 없잖아. 결국 반해 버린 걸.

결심한 그녀의 입가에 잔잔한 미소가 번졌다.

✳

라디오를 켜자 잔잔한 팝송이 카페 안을 가득 메웠다. 원래 처음부터 혼자였으니 둘이었다가 혼자 돼도 별로 힘들지 않을 거라 생각했던 것은 강의 자만이었다. 늘 하던 가게 오픈 준비에 한 사람 빠졌다고 쩔쩔매고 있다니. 새삼 다이의 소중함을 느끼고 있는 중이다.

"프렌치 프레스."

카운터에서 계산도 않고 뻔뻔하게 주문하는 이는 현우와 생김새가 비슷하면서도 느낌이 다른 민우였다. 카페에 올 때마다 본인이 즐겨 마시는 커피를 주문하는 민우에게 오랜만이라는 거추장스러운 인사는 삼갔다.

"출근 안 하냐?"

강은 뒤돌아 선반에서 프렌치 프레스를 꺼냈다. 프렌치 프레스는 가정용 커피 추출 기구로써 가격이 저렴하고 사용 방법이 간단해 누구나 쉽게 사용할 수 있다. 여과지 대신 금속으로 만들어진 망을 눌러 커피를 추출해 커피 성분이 그대로 남아 바디가 강한 커피를 즐길 수 있다. 때문에 에스프레소를 즐겨 마시는 민우에게 매우 적합한 커피라 할 수 있었다.

"출근하는 길에 커피 마시고 싶어서 들렀어."

"어차피 계산 안 할 테지만 돈은 됐어."

"고맹이, 카페에 폐가 되진 않아?"

"시끄럽게 조잘대는 것 외엔 딱히 없어."

추출된 커피를 컵에 따라 카운터에 내밀었다. 어느새 두 남자는 카운터를 사이에 두고 마주 앉아 있었다.

"구경하러 왔어."

커피를 한 모금 마신 민우의 입 끝이 올라갔다.

"구경?"

"너 성격 개조됐다며."

순간 강의 얼굴이 일그러졌다. 나긋나긋한 말투로 사람 약 올리는 잔재주를 가지고 있는 녀석이라는 걸 까맣게 잊고 있었다. 이런 면에선 현우보다 더 기분 나쁜 녀석이다.

"너도 온 김에 소원이나 쓰고 가든가."

한쪽 모퉁이에 있는 트리를 턱으로 가리키며 강이 권했다.

"고맹답다."

뜨거운 김이 모락모락 나는 커피를 내려놓고 민우는 트리가 있는 쪽으로 걸음을 옮겼다.

"넌 적었어?"

반쯤 몸을 비틀곤 민우가 물었다. 강은 생각할 것도 없다는 듯 고개를 저었다. 현우가 하는 일에 적극적으로 참여해 준 적은 손에 꼽을 정도이다.

"귀찮아."

"이렇게 의욕 없는 놈이 바리스타라니."

"의욕이 너무 넘치는 것도 문제라고."

쯧쯧, 하고 혀 차는 소리에도 강은 아랑곳하지 않았다. 코를 자극하는 커피 향에 강은 저도 프렌치 프레스 한 잔을 추출했다. 커피는 언제나 강의 혀를 즐겁게 해준다.

"그런데 알바생은?"

"직원. 오늘 휴가."

민우의 말을 정정해 주며 강이 대답했다.

"휴가도 주는 꽤 인정 넘치는 사장이었네?"

"그러니까 말이야."

남 얘기 하듯 강이 대꾸했다. 쓸데없는 소리 하는 건 현우나 민우나 마찬가지지만 민우와 있을 땐 조용해서 좋았다. 저와 비슷하긴 하지만 묘하게 다르다. 이를테면 에스프레소를 즐겨 마시는 거나 직원이 그만두기 전에 먼저 자르는 등, 게으른 것 같으면서도 의외로 매사에 적극적이다. 주변 사람 피곤하게.

"그런데 요즘 재미있는 일 없어?"

"딱히."

도대체 묻는 의중을 모르겠다. 별생각 없이 툭 던지는 것 같기도 하고.

"새로 뽑은 직원, 여자라며."

"어쩌다 보니."

강은 민우가 가게에 연락도 없이 불쑥 찾아온 이유를 알 것 같았다. 구경하고 싶은 건 새로 뽑은 여직원이었다.

"쓸 만해?"

"뭐, 아직까진."

"오래 다니고 싶다고 했다던데."

저에게만 한 얘긴 줄 알았는데 현우에게까지 했다는 말에 강은 왠지 모를 실망감이 덮쳤다. 하지만 민우 앞에서 내색할 수는 없었다.

"첨엔 원래 의욕 넘치지, 뭐."

"좋겠네. 이제야 네 사람을 만나서."

도통 종잡을 수 없는 놈이다. 설마 축하해 주러 온 건가 싶기도 하고 약 올리러 온 것 같기도 하다. 그냥 커피 한 잔 마시러 온 사람치곤 잡담이 길어졌다.

그런데 내 사람이라니. 내 사람. 내 사람. 그래, 내 사람. 강은 부정하지 않았다.

"아, 에스프레소 다음으로 빨리 만들 수 있는 커피 한 잔 테이크 아웃 해줘."

잊을 뻔했다는 듯 말하는 민우의 목소리엔 살짝 조급함이 묻어 있었다. 에스프레소 다음으로 빨리 만들 수 있는 커피는 아메리카노. 하지만 커피의 배달지가 어딘지 알기에 강은 아메리카노 만드는 걸 포기했다. 생크림뿐만 아니라 달달한 시럽이 잔뜩 올라가 있지 않으면 마시지 않는 현우는 어린애 입맛이었다. 기껏 해봐야 마끼야또 한 잔이다. 그리 손이 갈 것도 없었다. 무조건 달게.

그리곤 얼마 전부터 레시피를 보며 만든 치킨 샌드위치까지 포장해 카운터 위에 올려놓았다.

"카라멜 마끼야또. 생크림, 시럽 잔뜩 들어간."

"이건 주문 안 했는데?"

포장된 샌드위치를 보며 민우가 불안한 표정으로 말했다.

"샌드위치, 얼마 전부터 연습했거든."

"테스트용이군."

"응, 뭐……. 정 그러면 고맹에게 먼저 먹여보든가."

자신감 없는 강의 말에 민우는 어쩔 수 없다는 표정으로 샌드위치를 집었다.

"그래야겠군."

너무도 솔직한 친구의 말이 서운할 법도 한데 강은 오히려 그 편이 좋았다. 오히려 이렇게 주는 쪽도 마음이 편하니 말이다. 유리벽 너머로 보이는 민우는 검은색 승용차에 타더니 곧 시야에서 멀어졌다.

"조용하네."

민우에게 주었던 것과 같은 치킨 샌드위치로 저녁을 때웠다. 혼자 있으니 뭐든 대충 하게 되는 모양이다. 커피의 여왕이라 불리는 모카 마타라를 추출했다. 묵직한 바디감, 새콤한 맛과 환상적인 조화. 진한 다크 초콜릿 향이 매력적이다. 실제로 반 고흐는 그의 작품이기도 한 포럼 광장의 카페테라스에서 모카 마타라를 즐겨 마셨다고 한다.

카페 벽엔 유럽풍의 서적 옆으로 고흐의 작품이 걸려 있다.

아를르의 포럼 광장의 카페테라스(Cafe Terrace, Place du Forum, Arles)

누가 봐도 한눈에 알아볼 수 있는 꽤 유명한 작품. 물론 카페에 걸려 있는 건 100% 모조품이다. 정면으로 보이는 고흐의 작품을 볼 때마다 강은 저도 모르게 모카 마타라를 꺼내게 된다. 이것이 고흐의 팬이 가진 팬심이라는 건가 싶기도 한다.

"또 고흐 형 작품 보면서 폼 잡고 있냐."

현우가 들어오며 고개를 절레절레 저었다. 폼 잡고 있는 게 아니라 감상하고 있었다. 탈의실을 지나가는 작업대 위에 현우는 비닐봉투를 올려놓았다. 모카 마타라의 초콜릿 향은 어느새 특유의 햄버거 냄새에 묻혀 버렸다. 강은 인상을 찌푸리며 비닐봉투를 쳐다봤다.

"네 것도 사왔어."

좋다고 하나 건네는 현우의 손을 강은 가볍게 무시했다. 현우가 햄버거 포장지를 뜯는 순간 카페 내부에 온통 기름진 햄버거 냄새가 진동하기 시작했다.

"빨리 먹고 치워."

"안 먹어?"

콜라를 쪽쪽 빨며 현우가 물었다.

"먹었어."

"그럼 네 것까지 다 먹는다?"

"처먹고 환기나 시켜. 냄새 나."

강의 구박에도 좋다고 현우는 햄버거 하나를 먹어치우곤 나머지 것도 먹어치우기 시작했다. 끄윽, 트림까지 하자 강은 아예 고개를 돌려 버렸다.

"더럽게, 진짜."

"환기시킵니다."

강의 눈치를 살금살금 살피며 현우는 카페 문을 활짝 열었다. 강은 탈취제를 뿌리기 시작했다. 햄버거 하나 먹는데 이렇게까지 해야 하느냐는 현우의 시선에도 강은 아랑곳하지 않았다.

강은 식은 커피를 개수대에 미련 없이 버렸다. 조용히 감상하며 마시고 싶은 분위기를 저 화상이 무참히 깨뜨린 것이다.

"그런데 왜 혼자 청승 떨고 있었냐?"

"청승?"

작품 감상을 청승으로 둔갑시켜 버리자 강의 미간엔 저절로 주름이 생겼다.

"혼자 있으니 심심했어? 아님 오늘 한가했나?"

"작품 감상 중이었다고, 이 화상아."

"아, 고흐 팬들이 '그와 소통하는 길은 마타리를 마시는 길밖에 없다'고 하며 작품 보며 청승 떠는 거?"

똑똑히 새겨주었음에도 부족했는지 여전히 청승이라고 왜곡하는 현우의 뇌를 이해할 수가 없다. 청승? 청승이라니? 나 최강이? 당치도 않다.

닥쳐, 그냥. 더 이상 말도 섞고 싶지 않으니까.

✻

"어제 혼자 힘드셨죠?"

당연한 걸 묻는 의중이 궁금하다. 하지만 걱정과 미안함이 교차하는 다이의 표정에서 악의는 없음을 깨달았다.

"아니, 별로."

"정말요?"

"너 하나 없다고 가게가 안 돌아가는 줄 알아?"

반문하는 그녀에게 자신의 위치를 똑똑히 새겨주었다. 빈번히 직원이 그만두고 공백을 혼자 채우면서 나름의 노하우가 생긴 몸이다. 그런 저에게 걱정은 그저 비웃음일 뿐이다.

"그럼 다행이고요."

칭찬을 들은 것도 아닌데 배시시 웃는 그녀에게 시선을 돌렸다. 칭찬을 한 것도 아닌데 웃긴 왜 웃어? 거기다 다행이라니.

"주문이나 받아. 꼴사납게 웃지 말고."

"앗, 네!"

그리고선 주문 도와드리겠습니다, 하더니만 이젠 알아서 주문을 받는다. 메뉴는 벌써 통달했는지 이젠 강에게 묻지도 않는다. 계산도 척척, 메뉴에 대해 집요하게 물으며 까다롭게 구는 손님에게도 시종일관 미소로 대답하며 친절함까지 몸에 배어 있다. 마지막에 별수 없이 뽑은 것이 후회가 될 정도로 카페에 필요한 인재 중의 인재였다. 지금으로선 10%에서 조금 더 그녀가 마음에 들기 시작했다.

어느덧 시간은 그녀가 퇴근할 무렵에 가까워지고 있었다. 그런데 옷 갈아입고 퇴근할 생각도 없이 다이는 카운터에 있었다.

"퇴근해."

"저기, 사장님."

조심스럽게 저를 부르는 목소리에 강은 불안한 기분이 들었다. 이것은 그가 지금까지 경험한 사직을 청할 때와 비슷한 기분이다. 하지만 강은 애써 표정을 숨긴 채 다이를 바라보았다.

"할 말 있어?"

"부, 부탁드려요!"

꼭 쥐고 있는 양손을 부들부들 떨고 있는 것이 보였다. 어느 때보다 간절한 그녀의 목소리를 듣는 순간 불안한 기분이 싹 달아났다. 지금 이 순간만큼은 어떤 부탁이라도 들어줄 수 있을 것만 같았다.

"부탁? 일단 들어보고."

"그러니까, 절 제자로 받아주세요."

순간 정적이 흘렀다. 제자? 제자라니? 무슨 제자? 강은 도무지 알아들을 수 없다는 얼빠진 얼굴로 다이를 쳐다봤다. 질끈 감았던 두 눈을 뜨고 이제야 살겠다는 표정으로 다이는 강의 시선을 마주했다.

"제자?"

고개를 갸웃거렸다, 무슨 말을 하는 걸까 하며. 뒤늦게 강이 이해 못했다는 걸 알고는 다이는 말을 덧붙였다.

"바리스타요. 사장님께 배우고 싶어요."

"싫어."

가차 없는 깔끔한 거절 멘트였다. 더 이상 청하지 못하도록 쐐기를 박듯 대답했다. 대학교 교수 초빙 제안도 몇 번이나 단칼에 거절한 강이다. 다이에게도 못할 것이 없었다. 생각만 해도 귀찮고 끔찍하다. 누굴 가르치겠단 포부도 없을뿐더러 가르칠 만한 재주도 없었다. 제자를 가르쳐 실과 득을 철저하게 따져 봐도 남는 게 없다. 기쁨, 환희, 또는 쾌감 내지는 뿌듯함, 이것들 중 하나도 건지는 게 없었다.

"제자로 삼아주신다면 정말 최선을 다해서 사장님의 기대에 부응하겠습니다. 정말 배우고 싶어요."

"애당초 너에게 기대 같은 건 없으니까 애쓰지 말라고. 끝."

"저에게 한 번만 사장님의 제자가 될 기회를 주시면 안 될까요?"

다이는 애처롭게 매달렸다. 막다른 길에 몰린 사람이기에 그럴 수 있었다. 아무것도 잃을 게 없으니 말이다. 설사 이 일로 카페서 잘리게 되더라도 직장은 어떻게든 구할 수 있었다. 하지만 꿈은 그렇게 쉽게 얻어지는 것이 아니란 것을 다이는 너무나 늦게 깨달아 버렸다.

"제자고 뭐고 난 그런 거 안 키워. 정 바리스타가 되고 싶거든 아카데미 쪽을 알아봐. 훨씬 쉬울 테니까."

"싫어요!"

"싫으면 말고."

나름 생각해 준다고 아카데미까지 권했지만 거절한 쪽은 다이다. 강은 그러든지 말든지 별 관심 없었다. 그런데 문득 강은 궁금했다. 왜 하필 저인지. 왜 꼭 저여야만 하는지. 선택받았음에도 불열한 마음에 강은 물었다.

　"그런데 왜 나지?"

　"말씀드렸잖아요, 사장님 커피에 반했다고."

　반하다. 그 말에 동요가 되지 않았다. 원래 저 잘난 맛에 사는 놈이니 칭찬엔 익숙해진 지 오래다. 차라리 지적을 했으면 좀 더 자극이 됐을라나. 강은 별로 감흥을 느끼지 못하는 얼굴로 다이의 말에 고개를 끄덕이며 지나가는 말로 '아, 그랬지' 하고 말았다. 무심한 반응에도 다이는 포기하지 않고 맹렬하게 매달렸다.

　"그러니까 사장님 커피처럼 사람을 반하게 할 수 있는 커피를 만들고 싶어요."

　"알아서 터득해. 그게 제일 빨라."

　같은 꿈을 갖고 있는 이에게 하는 진심 어린 조언이었다.

　"그리고 '내가 만들 수 있는 커피'를 네가 만드는 건 카피지. 넌 네가 만들 수 있는 커피를 만들어."

　강은 여전히 마음을 돌릴 여지가 없어 보였다. 하지만 다이는 이미 각오가 되어 있었다. 이런 반응쯤이야 계산에 다 들어가 있었다.

　"그러니까 제가 만들 수 있는 커피를 만들 수 있도록 사장님이 도와주세요. 스승님으로 깍듯이 모시겠습니다!"

90도로 허리를 푹 숙여 다시 한 번 간절하게 청했다. 제발 내 마음이 강에게 전해지기를. 푹 숙인 다이의 눈에 강이 신고 있는 구두코가 보였다. 깔끔한 브라운색의 구두는 강의 몸짓에 따라 저만치 걸어가더니 이윽고 의자 하나 끌고 와 그녀 앞에 세웠다. 그리곤 카페 내에 손님이 없는 것을 확인한 뒤 Close 팻말을 걸어두곤 문을 잠가 버렸다. 다이는 그저 강이 하는 행동을 잠자코 지켜보았다.

"정확히 30분."

앞에 가져다 놓은 의자에 앉은 그가 무심하게 내뱉었다.

희망이 보였다, 희망이. 마른침을 꼴깍 삼키며 다이는 강의 말을 기다렸다.

"내 마음을 움직여 봐."

설마 그런 재주도 없이 그저 맹렬하게 매달린 건 아니었겠지. 제자로 삼을 수 있도록 어떤 식으로든 마음을 움직이는 것도 재능이라 생각했다. 저쪽에서 이렇게 절박하게 나오니 이쪽도 마찬가지로 그만큼 진지하게 받아들일 수 있도록 그에 상응하는 환경을 만들어주었다. 카페엔 다이와 강 둘뿐이다. 카페 안을 잔잔하게 울리던 음악은 사라져 있었다. 다이는 제 심장 소리가 강에게까지 들릴까 조마조마할 정도로 긴장했다. 어떻게 잡은 기회인데, 어쩌면 다시는 오지 않을 수 있는 기회인데 허무하게 버릴 수는 없었다.

"이십오 분."

강은 손목시계로 시각을 확인한 뒤 입을 열었다. 바짝 긴장한 다이는 마른침을 꼴깍 삼켰다.

"어제 엄마를 보러 갔었어요. 사실 마음이 많이 복잡했거든요. 이런 기분, 정말 오랜만이라 엄마에게 물어보고 싶었어요."

심장이 떨리는 것처럼 목소리도 떨고 있다. 어디서부터 어떻게 그의 마음을 움직여야 할지 모르지만 다이는 저가 커피를 왜 꼭 해야만 하는지 강에게 알려주고 싶었다.

"그런데 엄마는 제 말을 다 듣고는 한마디 하셨어요. 그래서 즐거워? 라고. 그럼 된 거라고. 그 말에 지금까지 했던 고민들이, 무거운 내 어깨를 짓누르고 있던 것들이 녹아내리는 것 같았어요."

울음을 참는 듯 다이의 목소리는 콱 막혀 있었다. 그동안 돈을 벌기 위해서만 살았지 어떻게 돈을 벌 것인가를 생각해 본 적이 없었다. 내가 하고 싶은 일, 그런 것은 중요치 않았다. 이미 대학 자퇴를 하는 순간 미련을 잘라 버렸다고 생각했다. 하지만 뒤늦게 깨달았다. 그 꿈은 엄마의 꿈이기도 했다는 것을.

"그런데 저희 엄마는 제 말을 알아듣지 못해요. 치매…… 예요. 엄마는 절 알아보지 못해요. 그냥 언니라고 불러요. 아빠가 돌아가시고 충격을 받으셨는지 기억력이 퇴행하면서 차츰차츰 기억 속에서 하나둘씩 지워가기 시작했어요. 뭐 그렇게 지우고 싶은 게 많아 당신 딸까지 지워 버렸는지……."

참았던 눈물이 쏟아져 버렸다. 이 얘기는 세 번째로 하는 것이다. 첫 번째는 엄마의 치매 상태를 알고 고모에게 상의를 하러 갔을 때이고, 그리고 두 번째는 가족과 같은 지민이다. 강은 티슈를 한 장 뽑아 다이에게 건넸다. 티슈를 받아 들고 눈물을 닦아내는 다이를 보며 강은 많은 생각이 스쳐 지나갔다. 늘 밝고 긍정적이라 행복한 가정에서 살았을 거라 생각했다. 부모의 사랑을 듬뿍 받고 어디서나 미움받지 않는 사람이라고. 그런데 저가 생각했던 환경과 차이가 많았다. 어떻게 지금까지 웃으며 살았던 걸까, 도대체 어떻게. 하지만······.

"엄마의 꿈을 이뤄주고 싶어요. 내가 바리스타가 되는 걸 엄마에게 꼭 보여주고 싶어요."

"타임 오버."

강은 무표정한 얼굴로 의자에서 일어났다.

"네 구구절절한 사정은 별로 듣고 싶지 않아. 꽤 힘들게 살았다는 건 인정해. 동정심 유발하라는 게 아니었어. 널 키워볼 만한 가치를 보여달란 거였지. 이해력이 그렇게 달려?"

여전히 눈엔 눈물이 그렁그렁 맺혀 있는 다이를 보며 강은 신랄하게 내뱉었다. 봉사활동하듯 딱한 사정을 듣고 동정심에 도와주고 싶지 않았다. 그런 식은 싫었다.

"사장님."

"좋아, 그럼 딱 한 번 더 기회를 줄게."

강은 카페 내부를 둘러보았다. 그리고 유리벽 옆에 배치되어 있는 커피나무에서 시선이 멈추었다. 키워볼 만한 가치가 있는지 없는지 테스트하기에는 이 녀석이 제격인 듯싶었다. 강은 커피나무 하나를 들고 카운터에 올려놓았다.

"일주일이야, 일주일."

강이 재차 강조했다.

"예?"

"일주일 안에 체리 맺힌 나무를 가져와, 재주껏."

절대 불가능한 일. 확실한 거절을 하기 위한 덫인 셈이다. 불가능을 가능으로 만들 '기적'을 바라는 수밖에 없었다. 강의 입술이 얄궂게 비틀어졌다.

"그러면 긍정적으로 생각해 볼 수도 있어."

"제가 해내면 일주일 뒤 제 스승이 되어주겠다고 약속해 주세요."

"좋아, 약속해."

그의 승낙이 떨어지자 그녀는 유일한 희망인 커피나무를 바라보았다. 그녀를 비웃듯 쉽게 제안했다는 걸 알지만, 그런 그를 비웃으며 해내면 되는 것이다. 해볼 테다.

✱

"맥주 500cc 두 잔, 케이준 샐러드. 준비해 드리겠습니다."

다이는 빌지에 체크하곤 주방 앞에 주문서를 넣었다. 그리곤 익숙하게 맥주 500cc 잔을 냉장고에서 꺼내 맥주를 채웠다. 한 손으론 500cc 잔을 가뿐하게 들고 다른 손으로는 안주가 담긴 접시를 들었다. 평일의 저녁 호프집 안은 테이블을 차지하고 있는 몇몇 손님 외엔 그럭저럭 한가했다. 하지만 오늘 다른 알바생이 쉬는 날이라 혼자 홀에서 일해야 했다. 주문받은 맥주와 안주를 내주고 테이블 정리를 했다.

"일주일."

고작 일주일이다. 일주일 안에 체리 맺힌 나무를 가져오라는 숙제를 받았다. 분명 출근한 첫날 강이 했던 말을 기억한다. 열매가 맺히려면 앞으로 몇 년은 더 속절없이 기다려야 하는 상황인데 당장 어떻게 체리가 맺힌 나무를 가져오란 말인가. 말도 안 되는 억지를 부리고 있다. 절대 해낼 수 없을 것이라는 생각에 강은 그녀의 약속을 스스럼없이 받아들였다. 저를 얕잡아본 것을 꼭 후회하게 해주고 싶었다.

"다이야, 이거 무슨 화분이야?"

뒤에서 사장이 들어오더니 커피나무를 보며 관심을 보였다.

"아, 커피나무요. 카페에서 가져왔는데 집에 못 들러서 가지고 왔어요."

"그래? 커피나무 같지 않은데?"

"아직 체리가 안 맺혀서 그래요. 체리 맺히면 근사한 커피나무가 될 거예요."

쪼그린 다이는 커피나무 잎을 정성스레 쓰다듬으며 웃었다.

"체리는 언제 맺히는데?"

"일주일 후에요."

무조건 일주일이다. 그 안에 해내야 했다.

＊

양손으로 화분을 들고 다이는 집으로 가고 있었다. 허리 한 번 제대로 펴지 못하고 서 있었더니 온몸이 쑤셔왔다. 몸은 고되지만 마음은 편했다. 힘들지만 돈은 벌 수 있으니 말이다. 호프집은 다이가 사는 집에서 10분 정도 떨어진 곳에 위치했다. 집으로 걸어 가는 동안 가로등이 골목을 밝게 비추었다. 현관문을 열자 차가운 냉기가 그녀를 맞이했다.

"다녀왔습니다."

오래된 책상 위엔 제일 행복했을 때의 사진이 있다. 가족사진. 셋이 있을 때가 가장 행복했었다. 물론 지금도 하루하루가 믿겨지지 않을 만큼 행복하지만, 그래도 그때가 그립다, 눈물이 날 만큼. 다이는 책상 위에 있는 액자를 손으로 닦으며 희미하게 웃었다.

"무슨 일이 있어도 해낼게."

일단 강이 내놓은 카드에 대해 생각했다. 절대 불가능할 것이라고 생각하고 내민 카드. 거절하기 위한 것이 분명하다. 그의 계획대로 돌아가도록 내버려 두진 않을 것이다. 어떻게든 그의 제자가 되고 말 테니까. 찬 바닥에 앉아 다이는 커피나무를 한동안 말없이 바라보았다. 이 녀석을 어쩌면 좋담.

"방법이 없을까, 방법이. 생각해 봐, 좋은 수를."

이 좋은 기회를 그냥 버리진 않겠지, 강다이. 넌 그래도 기회라도 주어졌으니 운이 아주 좋은 아이야. 그러니 이제 그 기회를 잡기만 하면 돼.

스스로에게 주문을 걸며 다이는 머리를 굴렸다. 그런데 왜 하필 그 순간 그런 장면이 떠올랐을까.

"울어버리다니. 미쳤어, 미쳤어, 정말."

울지 않으려 얼마나 버텼는데 울다니. 정말 바보 같다. 얼마나 한심하게 봤을까. 타인 앞에서 눈물을 보이는 게 익숙하지 않은 터라 다이는 갑자기 떠오른 장면에 얼굴이 화끈거렸다. 엉망인 얼굴로 눈물을 뚝뚝 흘리던 제 모습. 정말 다시 생각해 봐도 부끄럽다. 만약 강이 달래는 말투로 울지 말라고 말했다면 다정한 목소리에 녹아 주저앉아 버렸을지도 모른다. 다행히 다정함과 거리가 먼 사람이라 그는 달래거나 측은한 얼굴로 저를 바라보지 않았다. 그저 말없이 티슈를 건네는 것 외엔 아무 말도 하지 않았다.

누군가에게 위로를 받는다는 것, 그게 싫다. 측은하게 바라보거나 불쌍한 시선을 두는 것 또한 싫다. 저에게 처한 상황이 안타깝다고 말하는 것도 싫다.

자존심.

그것 하나 붙잡고 살았기에 그렇게 눈물을 보이지 않으려 다이는 애쓰며 살아왔다. 그런데 강 앞에서 무너져 버린 것이다. 참았던 눈물을 쏟아내는 순간 멈출 수가 없었다.

다이는 양손으로 얼굴을 감싼 채 바닥에 누워버렸다. 아무 생각하지 말고 푹 자자. 오늘은 혼자가 아니야. 다이의 손끝에 커피나무 잎의 부드러운 감촉이 느껴졌다.

본능적으로 벌떡 일어난 다이는 시각을 확인했다. 자면서도 일어나야 된다는 압박감에 시달리더니……. 시각을 확인한 다이는 울부짖었다.

"으, 으악! 지각이다! 지각!"

강이 내준 숙제를 풀기 위해 고민하다 새벽녘에 곯아떨어졌으니 알람 소리도 못 듣고 그대로 잔 것이다. 다이는 벌떡 일어나 싱크대에서 세수와 양치를 하고 대충 머리를 빗었다. 스킨로션을 바르는 게 아니라 얼굴에 문지르듯 떡칠을 하곤 다이는 손에 집히는 옷을 입고 점퍼를 걸친 채 부리나케 밖으로 나왔다. 강에게 연락하기 위해 핸드폰을 점퍼 주머니에서 꺼낸 다이는 직원이 출근도 하지 않았는데 연락 한 통 없는 사장에게 야속한 마음이 들기 시작했다. 그래도 일단 약자인 쪽은 저이기에 다이는 강에게 문자메시지를 보내기로 했다.

　〈죄송합니다, 사장님. 감기약 기운에 아침에 일어나지 못했어요. 지금 가고 있습니다.〉

　문자메시지를 보내고 가게에 도착하는 동안 강에게 답장은 오지 않았다. 차라리 전화를 할 걸 그랬나 보다. 후회를 해도 이미 늦은 후였다. 버스에서 내려 미친 듯이 뛰어 카페까지 헉헉거리며 도착한 다이는 카페 문을 여는 것과 동시에 허리를 숙였다.
　"죄송합니다!"
　달리기의 여파가 남아 있는 탓에 다이는 여전히 숨을 몰아쉬고 있었다. 진정이 된 후 숨을 고르며 강이 어떤 말을 할지 잔뜩 긴장한 얼굴로 그를 바라보았다.
　"옷 갈아입고 나와."
　무심하게 쳐다보지도 않은 채로 툭 던진 말이다. 벼락같이 화낼 줄 알았던 다이의 예상과는 달리 강은 아무렇지 않은 듯했다. 얼떨결에 다이는 그가 지시한 대로 탈의실에서 유니폼을 갈아입고 나왔다.

"문자 못 보셨어요? 늦는다고 문자 보냈는데."

"집에 두고 왔어. 답장이 없으면 카페로 전화를 해야 할 거 아냐? 통보하면 끝이야?"

혼이 난 이유가 지각이 아니라 다른 이유라는 것에 다이는 살짝 당황했다. 거기다 뒤늦게 화를 내는 모습이 어쩐지 조금 이상하게 느껴졌다.

"죄송합니다."

"일이나 해. 다음에 또 그러면 죽는다?"

"네, 명심하겠습니다."

고개를 끄덕이며 대답하는 모습에 강은 시선을 거두었다. 사실 그만둔 줄 알았다. 오늘 출근하지 않을 거라고 예상했다. 이런 적한두 번이 아니기에 강은 기대도 하지 않았다. 바리스타 지망생을 채용하지 않는 이유도 그랬다. 커피를 배우려고 와서는 거절하면 다음날 약속이라도 한 듯 결근했으니 말이다. 그게 참 야속했다. 근성은 없고 포기만 너무 빠른 녀석들만 있었던 걸까. 그냥 거저 얻어지는 줄 알았던 녀석들에겐 알려줄 의무가 없었다.

한 30분은 늦나 보다 했다. 하지만 한 시간 정도가 지났을 무렵, 다이도 똑같은 부류라 생각했다. 저가 알고 있는 것들을 알려주고 나면 기다렸다는 듯 카페를 그만둘 것 같다는 생각도 들었다. 결국엔 믿지 못했던 것이다.

헐레벌떡 카페에 들어오는 다이를 보는 순간, 내색하진 않았지만 내심 반가웠다. 얼마나 다급하게 출근했는지 외관상 알 수 있었다.

"강다이."

"예? 뭐 시킬 거 있으세요?"

빤히 다이의 얼굴을 바라보던 강의 손가락이 다이의 얼굴 가까이 다가왔다.

"세수는 했냐?"

"했는데요. 왜, 왜요?"

"눈곱 꼈어."

순간 다이의 얼굴이 화끈거렸다. 고양이세수지만 세수는 했고 스킨로션까지 다 발랐다. 그런데 눈, 눈곱이라니! 이런 추태가. 서둘러 손으로 눈 주변을 만지작거리는 다이에게 강은 인상을 썼다.

"그 눈곱, 손님 커피에 들어가면 어떡할래?"

"헉! 그 정도는 아니에요."

"더럽게, 진짜."

강은 티슈를 뜯어 아직까지 다이의 눈에 붙어 있는 눈곱을 떼어내곤 티슈를 접어 다이의 손에 쥐어주었다.

"가, 감사합니다."

눈곱을 떼어주는 사장이라. 더러운 꼴을 못 보는 그의 성미를 잘 아는 다이는 웃음이 났다.

"왜 웃어?"

"그냥 좋아서요."

저 녀석은 뭐가 그렇게 마냥 좋을까. 뭐가 좋아서 마냥 웃고 있는 걸까. 요즘 보기 드문 희한한 녀석이다. 강은 한쪽에 배치되어 있는 커피나무를 바라보았다. 한 녀석 없다고 이렇게 허전해 보일 줄이야.

"많이 웃어둬. 일주일 뒤엔 웃고 싶어도 못 웃게 될지도 모르니까."

"걱정 마세요. 난 꼭 사장님을 내 스승으로 삼고야 말 테니까."

뚜렷한 목표 의식에 충만한 자신감, 박수를 보낼 뿐이다. 하지만 괜한 허풍은 곤란하다. 이쪽에서는 이미 절대 불가능한 일이라는 것을 알기 때문이다. 어떤 결과물을 내놓아도 이쪽에서는 절대 받아줄 생각이 없었다.

5. 변덕이 만든 기적

    일주일. 일주일이란 시간은 하루가 지나가는 것처럼 빠르게 돌아왔다. 그동안 다이는 잠을 설쳐 가며 생각하고 또 생각했다. 아니, 강의 말속에 있는 어떤 힌트를 찾기 위해 애썼다. 불가능한 일을 가능케 해 보이라는 건 거절의 의미. 하나, 뒤집어 생각하면 꼭 정답만이 답이 아닐지도 모른다. 누구나 아는 '1+1=2'라는 명쾌한 모범 답안이 나오지 않아도 될지도 모른다는 생각에 도달했을 때 그가 내준 숙제에 한 걸음 다가간 기분이 들었다.

    뒤집어 생각해 보는 거야. 1+1=0이 모범 답안이 되도록.

    "내일 알고 있겠지? 딴소리하기 없기다?"

    알고 있음에도 다시 한 번 확인시켜 주는 그의 모습이 악랄해 보였다. 다이는 고개를 끄덕이며 대답했다.

"사장님이나 딴소리하지 마세요."

"그 당당함이 어디까지 가나 보자고."

조롱하듯 조소를 머금은 강의 시선을 피한 다이는 퇴근 준비를 하러 탈의실로 향했다. 이미 그가 내준 숙제에 대한 답을 찾았으니 그 답이 모범 답안이 될 수 있도록 하는 일만 남았다. 더 이상 떨어질 곳도 갈 곳도 없으니 승부를 내보는 수밖에.

"그럼 이만 퇴근하겠습니다."

내일. 그래, 내일.

오늘은 걱정하지 말고, 더 이상 생각하지도 말고 푹 자는 거야. 오랜만에 호프집 알바도 쉬는 날이니 집에 가자마자 씻고 내일 출근하기 전까지 자기로 했다. 들뜬 마음에 잠이 올지 모르겠지만.

어김없이 시작된 하루의 시작. 조금은 설레고 긴장된 마음으로 아침을 맞이했다. 그가 내준 숙제에 대한 답을 그에게 건넸을 땐 당황하는가 싶더니 이내 싸늘한 시선으로 다이와 시선을 마주했다. 그가 내준 대로 다이는 체리가 달려 있는 커피나무를 준비했다. 문제는 바로 그것이었다.

"남은 게 오기밖에 없었나?"

다이를 바라보고 있는 강의 시선이 말도 안 되는 억지 부리지 말라고 말하고 있었다. 오기. 정말 그런 비틀린 마음이었다면 일주일 동안 잠을 설치는 일도 없었을 것이다. 내준 숙제가 불합리하다는 걸 알면서도, 그의 숨겨진 의도가 무엇인지 알고 있음에도 당당하게 내민 커피나무를 보자 강은 그녀에게 남은 건 이제 오기

밖에 없다고 생각했다.

"오기가 아니라 용기예요."

동요한 건지 강의 눈썹이 꿈틀거리는 게 보였다. 겨우 하고 싶다고 스스로에게 솔직하게 털어놓게 만든 사람이 바로 그였다. 이젠 그를 잡으려고 그저 손 한 번 뻗기 위해 용기를 냈을 뿐이다. 그의 입술이 비웃음을 머금었다.

"용기라고?"

"삐딱하게 보지 마세요."

"난 있는 그대로 보고 느낀 대로 말했을 뿐이야."

"어쨌든 사장님이 내준 숙제에 대한 답이에요."

정적이 흘렀다. 다이는 입술을 꾹 깨물고 그가 어떤 말이든 하길 바랐다. 하지만 강은 아무리 생각해도 너무나 어이가 없어 말문이 막혀 버리고 말았다. 도대체 이 상황을 어떻게 받아들여야 하는 것인지 웃음밖에 나오지 않았다. 그녀는 용기라 칭했지만, 저를 기만하는 것으로밖에 보이지 않았다.

"반칙이야, 반칙. 이건 내가 준 커피나무가 아니잖아."

"반칙은 사장님이 먼저 하셨잖아요. 애당초 일주일 안에 체리 맺힌 커피나무를 가져오라는 터무니없는 숙제를 내주다니요."

뒤늦게 억울하다는 듯 항의했지만 소용없었다. 그런 걸 감히 기회라 할 수 있는가.

"너, 바보야? 내가 왜 그런 말도 안 되는 걸 시켰는데."

알아서 떨어졌어야지. 알아서 떨어지라고 시킨 일을 이렇게 해 오면 어쩌라는 건가.

"바보는 사장님이죠. 말도 안 되는 걸 시킨 사장님처럼 저도 말도 안 되게 해왔어요. 잘못됐어요?"

"뭐?"

말문이 제대로 막혔다. 어디 가서 말발로 절대 지지 않는 최강이 처음으로 말문이 막혀 버렸다.

"재주껏 가져오라면서요. 설마 주신 나무를 일주일 안으로 체리 맺히게 하라는 거였어요? 그거야말로 오기로 똘똘 뭉쳐 있는 거 아닌가요?"

강이 말문이 막힌 틈을 타 다이는 기세에 눌리지 않고 그를 조롱하듯 말을 이어나갔다. 바보란다. 거기에 오기에 똘똘 뭉쳐 있다고? 말이면 다인 줄 아나? 충격에 휩싸인 채로 강은 뒷목을 잡을 뻔했다.

"야."

"약속하셨잖아요."

약속은 했다. 하지만 만족하지 않은 답이다.

"마음에 안 차."

"결국 사장님 마음에 달렸다는 거예요?"

강은 당당하게 고개를 끄덕였다. 저가 준 커피나무 대신 다른 곳에서 구해온 체리가 맺힌 커피나무를 바라보던 강의 마음에 일순간 변덕이 생겼다. 그냥 단순한 변덕이었다.

"하지만 약속은 약속."

"예?"

그래서 하겠다는 건지, 그럼에도 불구하고 하지 않겠다고 하는 건지 도통 알 수 없는 그의 심중에 다이의 심장은 점점 쪼그라들고 있었다.

"그렇다고 내가 아무 조건 없이 제자로 받아들일 수는 없잖아? 남 좋은 일 시키는 건 딱 질색이니까."

"무슨……."

"반드시 바리스타가 돼서 여기서 커피 만들어. 딴 데 가지 말고. 계약은 무기, 내가 자를 때까지."

이 정도면 알아서 떨어지거나 그럼에도 붙어 있거나 둘 중 하나였다. 노동자 입장에선 굉장히 불합리한 조건을 내세워 노예계약을 제시하면서도 강은 아랑곳하지 않았다. 싫으면 안 하면 그만이니까. 강요하지 않았다. 선택은 본인에게 있을 뿐. 여기서 거절한다면 그럴 줄 알았다며 비웃어주면 그만이다.

"하겠습니다."

망설임 없는 당찬 목소리이다. 궁지에 몰린 강이 마지막으로 내민 히든카드가 무참히 짓밟혔다.

"하겠다고?"

"네, 정말 감사합니다."

꾸벅 인사까지 잊지 않는 다이의 예의범절에 강은 잠시 현기증을 느꼈다. 하겠단다, 이 멍청이가, 이 바보가. 불합리한 노동 조건을 너무나 흔쾌히 받아들이겠단다. 강은 정신을 차리고 표정을 싸늘하게 고쳤다.

"내가 한 말 농담 아니야. 변호사 선임해서 반드시 공증받아 놓을 거고, 바리스타 돼서 딴 데 가지 못하도록 네 발목을 단단히 붙잡아놓을 거라고."

"저도 제가 한 말에 책임지는 사람이에요. 할 거예요. 하겠어요."

너무나 당당하게 말하는 통에 한 번 더 신중히 생각해 보라는 말을 꺼낼 엄두도 내지 못했다. 제 덫에 제가 걸려 버리다니.

"이제부터 지옥을 경험하게 해줄게."

"그럼 제 스승님이 돼주시는 거죠?"

"그래."

강이 고개를 끄덕이며 대답하자 다이는 꿈이 아니었음을 깨달았다. 드디어 해냈다는 기쁨이 충만해진 그녀에게 강은 찬물을 끼얹듯 무심하게 말을 이었다.

"결국 이렇게 되었으니 나에게 어울리는 제자가 되어주어야겠어. 아주 뛰어나고 재능 넘치는 제자로 말이야."

"노, 노력하겠습니다."

"처음 키워보는 제자라 내가 많이 서툴러. 전처럼 울지 말아야 할 거야."

여자의 눈물엔 별로 흥미 없으니까. 보고 있기만 해도 저절로 짜증이 나버리니까. 강은 밉살스럽게 웃었다. 그 미소가 다이의 간담을 서늘하게 만들었다.

"울면 짜증부터 나기 시작해. 나도 내가 어떻게 할지 모르겠어."

"……네."

어느덧 공손해진 다이는 여전히 불만족한 표정으로 일관하고 있는 강을 바라보았다. 스승, 스승이다. 마음 같아선 만세 삼창이라도 하고 싶었다. 만세, 만세, 만세!

"개념하고 근성, 단단히 챙겨와. 중도 포기란 없다."

"네! 필기도구도 챙겨 오겠습니다!"

내가 제자를 키우게 되다니. 이런 녀석을 제자로 삼게 되다니. 미치지 않고서야……

뭘 어디서부터 어떻게 가르쳐야 할지 남감하다. 무(無)에서 유(有)로 바꾸는 것만큼 어려운 일도 없다. 바리스타가 되기 위해 기를 쓰고 악착같이 배웠던 저의 지난날을 떠올리자 한숨이 절로 터졌다. 첫날이니 워밍업부터 시작해 볼까.

"스승님은 왜 바리스타가 되셨어요?"

일명 제자라는 놈이 질문을 던졌다.

"난 샐러리맨 체질이 아니거든."

새벽같이 일어나 부랴부랴 씻고 꽉 막히는 고속도로를 뚫고 출근해서는 하루 여덟 시간이 넘는 노동법을 준수하지 않는 회사를 다니고 싶지 않았다. 일명 일개미라고 하던가. 하지만 진짜 이유는 아버지 밑에서 일하기 싫어서 그랬다. 고등학교에 입학하는 아들놈을 데려다가 내 회사는 네가 맡아야 하니 졸업하는 대로 미국으로 가야 한다고 했다. 그 말을 듣는 순간 민우와 현우와 떨어진다는 생각에 순진하게도 저가 할 수 있는 일, 하고 싶은 일을 막연히 찾아다녔다. 철없던 놈에게 있어 아버지는 그때 큰일을 해준 셈이다.

"에?"

시시하다는 듯 반문하는 그녀는 실망한 얼굴로 변했다.

"실망했어?"

"네. 이왕이면 커피에 영혼을 불어넣는 바리스타가 내 꿈이었다든가, 바리스타는 내 운명이라든가……."

"다른 일을 생각할 틈이 없을 만큼 행복하다던가?"

비아냥거림과 함께 맞장구를 쳐주던 강은 감성에 젖어 고개를 끄덕이는 다이를 향해 비웃음을 날렸다.

"지랄한다. 지나가던 개가 웃겠다."

강의 직설적인 말에 다이는 바리스타의 환상에서 빠져나와 쌜쭉한 얼굴로 노려보았다. 지나가던 개가 웃겠다니. 개가, 개가. 개가 웃는 건 한 번도 못 봤는데.

"물론 지금은 좋아해. 가게 매상도 부족하지 않고, 커피 만드는 것도 즐겁고, 누구도 터치 안 해서 좋고."

결국 돈이잖아.

"그런데 사장님, 언어 순화 좀 하셔야겠어요."

"현재로선 이게 최선이야."

더 이상 쓸데없는 걸로 귀찮게 하지 말라는 강의 표정을 읽고 나서야 다이는 혼잣말로 중얼댔다.

"욕쟁이 스승은 싫은데."

"나도 멍청한 제자는 싫거든? 알아서 기든가 아님 자빠져 있어."

언어 순화 얘기를 꺼낸 지 5분도 채 지나지 않아서 제자리걸음이라니. 물론 하겠다는 말을 한 건 아니지만, 당사자의 의지박약이므로 패스하기로 했다.

카운터에 무심하게 쌓여 있는 책들의 출처가 궁금해진 찰나, 강이 그것을 들고 그녀가 있는 테이블에 올려놓았다. 한눈에 봐도 오래된 분위기가 물씬 풍기는 이 책들은 강이 대학생 때 쓰던 교과서이다. 공부하며 필기해 둔 것들이 고스란히 기록되어 있었다. 다이는 강의 눈치를 슬쩍 보다 책 하나를 집어 펼쳤다. 오래된 냄새가 난다. 이 냄새가 너무나 좋아 눈물을 왈칵 쏟을 뻔했다.

"이 책으로 공부할 거야. 바리스타 시험 보는 데도 꽤 도움이 되었던 책이지. 잠깐."

강이 냉장고로 가서 음료수를 따라 가지고 나온 사이 다이는 책장을 넘기며 웃었다.

남자인 주제에 글씨는 잘 쓰네.

자리로 돌아온 강은 음료수 하나를 다이에게 건네곤 목을 축이고 다이에게 질문을 던졌다.

"바리스타는 뭐라고 생각해?"

"커피를 만드는 사람."

"누구나 다 아는 사실 말고."

그녀가 대답이 없자 강은 대신 말을 이었다.

"카페에서는 커피를 개인의 취향에 따라 만들 수 없어. 같은 커피라도 만들 때마다 맛이 다르다면 바리스타로서 실격이다. 일정한 맛을 유지시켜 커피를 만드는 사람이라고 생각해. 지극히 개인적인 생각이지만."

"네, 명심하겠습니다."

"커피를 만들 때 중요한 것 중 하나, 좋은 커피콩을 고르는 거다. 재배 조건이나 지질 함량, 당 함량 등에 따라 같은 커피라도 다른 맛을 낼 수 있기 때문에 내 입맛에 맞는 커피콩을 고르는 게 가장 중요하다. 전 세계 생산량의 70%가 아라비카 종이긴 해. 카페에서도 아라비카 종을 쓰고 있기도 하고. 그렇다고 꼭 아라비카 종이 좋다고 말할 수는 없어. 로브스타가 저급하다고 오해를 하는데 그건 유통 과정에서 비롯된 문제들 때문이지 절대 커피콩 자체가 저급하다는 건 아니야. 어떻게 재배하고, 유통하고, 커피를 만드느냐에 따라 달라진다. 그러니까 첫 번째는 너에게 맞는 커피콩을 고르는 거야."

"나에게 맞는 커피콩?"

"시장에서 산 만 원짜리라고 해도 명품으로 만드는 것, 그게 능력이고 재능이라고 생각해. 비싼 생두가 꼭 좋다는 법은 없어. 어떤 생두라고 해도 장단점이 있으니까. 그것을 다 커버하고 네가 사람들에게 만들어주고 싶은 커피가 어떤 것인지 찾아보는 수업이 될 거야."

커피 품종은 셀 수 없을 정도로 많다. 크게 아라비카 종과 로브스타 종으로 나누어 있지만 아라비카 종이 대부분 차지하고 있다. 중앙아메리카나 남아메리카는 품질 좋은 아라비카 종이 많이 나기로 유명하다. 신맛이 좋고 바디는 강하지 않은 편에 향이 좋기 때문에 강은 멕시코에서 생산하는 생두를 사용하고 있다. 약한 바디와 드라이한 느낌, 깨끗한 산미를 가지고 있어 가벼운 화이트

와인에 비견되기도 한다. 깨끗한 맛, 그 맛에 매료되어 다른 생두는 생각할 수가 없게 되었다. 그 맛을 찾기까지 그동안 수십 잔, 아니, 수백 잔의 에스프레소를 맛보며 찾아낸 결과물이다.

강은 산지별로 커피 종에 대해 설명해 주었다. 물론 책에도 설명이 자세히 되어 있지만 듣는 것과 읽는 것은 확실히 차이가 있다. 강의 머릿속에 입력되어 있는 산지별 특징에 대해 설명을 하다 강은 노트에 끄적이는 다이를 보며 인상을 썼다.

"꼭 공부 못하는 것들이 필기는 열심히 해."

꼭 공부 못하는……. 열심히 펜을 움직이던 다이는 뭐에 홀린 듯 움직임을 멈추었다. 수업에 푹 빠져 있던 탓이다. 집중을 너무 했더니 쓸 말 안 쓸 말도 구분 못하고 있었다.

"쓰던 건 마저 써."

"아, 아…… 하하."

나직하게 웃던 강의 모습에 다이도 덩달아 웃어버렸다.

"책에 다 있는 거니까 들어. 두 번 말하게 하지 말고."

그제야 펜을 놓고 강의 말을 경청하기 시작했다. 강은 얼마 전 구입한 생두를 가지러 창고로 들어갔다. 로브스타는 덤이다.

"멕시코, 베트남에서 생산된 커피콩이야. 아라비카와 로브스타의 대표 커피콩 중 하나라고 할 수 있어. 잘 봐."

강은 커피콩을 테이블 위에 몇 개 쏟아붓곤 다이의 손에 쥐어주었다.

"베트남 콩이 더 커피콩답네요. 멕시코 콩에 비해 좀 더 딱딱하고, 뭐랄까, 조약돌 느낌이에요."

"그에 반면 멕시코는 납작하고 센터 컷은 휘어 있지. 측면에서 보면 보트 모양 같은 곡선이야. 촉촉하고 부드러워."

"네, 부드러워요."

"잘 기억해 둬. 이 느낌이야."

전 세계에서 재배되고 있든 생두를 모두 보여줄 수는 없었다. 하지만 선택을 하기 위해선 그들만의 특징을 잘 알고 있어야 했다. 아라비카 종, 로브스타 종, 그리고 아시아에서 나는 독특한 생두까지도 놓치지 않고 강은 그들만의 장단점에 대해 세세히 설명했다. 바리스타가 되기 위해선 녀석들에 대해 좀 더 알 필요가 있었다. 이왕 하기로 한 것, 변덕에 의해서라고 하지만 최선을 다할 생각이다. 밑지는 장사는 아니니까. 원래 재능이 있는 놈이라면 가르치기 수월하겠지만, 그렇기 때문에 흥미가 없을지도 모른다. 원래 재능 있는 놈이 잘하는 건 당연한 거니까. 하지만 꿈만 가지고 있는 무지한 놈을 바리스타로 만드는 것에 흥미가 생겼다. 보여준 열정만큼 그녀는 강이 하는 말에 귀담아들으며 수업에 열중하는 모습을 보여주었다. 새벽까지 호프집에서 일하고 또다시 출근하는 게 피곤할 법도 한데 그녀의 눈동자는 하염없이 빛이 났다. 반짝반짝. 마치 별같이. 가르치는 재미가 있다.

"집에 가서 자빠져 자지 말고 책 한 번 더 보고 자."

"넵!"

"우리의 목표는 바리스타. 정신줄 놓지 말고 목표를 위해 전진해야 할 거야."

"……우리?"

눈을 동그랗게 뜨고 반문하는 그녀에게 강은 주저 없이 대답했다.

"그래, 우리."

"정말 우리?"

"어, 우리."

재차 확인하며 반문하는 다이를 향해 강은 평소에 없던 인내심이 생겨났다. 우리란 단어에 집요하게 집착하는 그 이유는 모르겠으나 슬슬 짜증이 나기 시작했다. 한 번만 더 물어보면 확 엎어버릴 기세로 강은 말을 덧붙였다.

"말했잖아. 내게 어울리는 제자가 되어주어야겠다고. 그러니까 우리의 목표를 위해 게을리하지 말라고."

"우, 우리의 목표? 정말 우리의 목표?"

"그래. 도대체 몇 번을 물어봐."

환희와 기쁨이 깃들어 있는 다이의 표정은 강의 구박에도 여전히 빛이 나고 있었다.

"아, 우리. 우리였구나."

우리의 목표. 동질감이 한껏 느껴지는 단어에 다이는 저도 모르게 감격하고 말았다. 이제야 이 사람이 저를 제자로 받아주나 하는 대단한 착각과 함께 눈물이 터지려는 걸 가까스로 참아냈다.

"네, 스승님. 실망시켜 드리지 않겠습니다."

스승님이라……. 나쁘지 않은데? 강의 입매가 묘하게 올라갔다.

손님이 없는 한가한 오후. 강은 냉장고에서 체리를 꺼냈다. 이어서 물과 설탕까지 준비를 마쳤다. 크리스마스 시즌, 이벤트보다 더 중요한 건 그날을 위한 특별한 신 메뉴였다. 그동안 여러 가지를 생각해 보았지만 뭔가 빠진 듯 자꾸 엇나가 생각대로 맛이 나지 않았다. 오늘 다시 한 번 만들어볼 참이다.

준비해 둔 체리와 설탕, 물을 냄비에 붓곤 불은 약하게 켜놓았다. 일단 체리 시럽을 만들어볼 참이다. 그리곤 에스프레소 1샷을 추출했다. 눈과 향으로 신선도를 확인하는 것은 필수다.

"주문 없는데 뭘 그렇게 열심히 만드세요?"

예고도 없이 사람 간 떨어지게 하는 재주. 그 재주는 도대체 어디서 배웠는지 묻고 싶다. 호기심 가득한 반짝거리는 눈동자에서 시선을 거둔 그가 나직하게 내뱉었다.

"카운터 비었어."

"손님 없는데……."

말끝을 오묘하게 흐리며 여전히 자리 잡고 있는 그녀를 노려보고 있는 강의 시선에 다이는 어쩔 수 없이 카운터 앞으로 자리 잡았다. 그가 커피를 내릴 때마다, 커피를 눈으로 확인하고 향기를 맡을 때마다 묻고 싶다. 어떤 향기가 나는지, 어떻게 신선도를 확인하는지. 내 눈엔 다 똑같은 에스프레소 원액으로밖에 보이지 않는데.

"네 일은 조금 후에 있어."

"뭔데요?"

"맛보기."

"맛을 본다고요?"

"봐줄 수 있어?"

당연한 걸 왜 묻느냐는 그녀의 시선이 그에게 닿았다. 굳이 고개를 끄덕이지 않아도, 대답하지 않아도 표정만 봐도 알 수 있다. 왜냐면 그 말을 하는 순간 표정이 살아 있으니 말이다.

불을 켜던 체리 시럽은 불을 꺼 냄비에 남아 있는 뜨거운 열기로 마무리하게끔 했다. 그리고 나선 계란 노른자와 블루베리를 꺼내 블렌더로 적당히 섞었다. 일반 생크림이 아닌 블루베리 생크림을 만들고 싶었다. 똑같이 하얀 생크림 말고 특별한 것을 원했다. 일반 생크림을 넣고 거품을 내며 블루베리 생크림을 만들고 나서 맛을 보았다. 갈지 않은 블루베리를 넣었기 때문에 입안에 블루베리 그대로의 맛이 느껴졌다. 준비해 둔 잔에 얼음과 체리 시럽을 넣고 우유와 에스프레소 1샷을 넣었다. 마지막으로 블루베리 생크림을 위에 얹듯이 조심스레 올려주고 나니 뭔가 그럴듯하게 만들어진 기분이다.

"맛봐줘, 어떤지."

다이는 그가 내민 잔을 받았다. 시원한 촉감이 손바닥 전체에 퍼졌다. 시각적으로 볼 땐 뭔가 특이했다. 마치 선으로 나눈 것처럼 재료들의 특징을 적절히 나타내고 있었으니 말이다. 다채로운 색깔을 나타내는 이 커피의 맛은 과연 어떨지 다이는 궁금했다.

"음, 블루베리, 달콤해요. 혹시 이거 생크림이라고 만든 거예요?"

"응. 맨 밑에 깔려 있는 건 체리 시럽, 그 위엔 우유, 그리고 에스프레소, 블루베리 생크림이야. 저어서 한 번에 마셔도 되지만 처음 블루베리 생크림을 먼저 맛본 후 그다음에 있는 에스프레소를 마시면 좀 더 부드럽지."

"아, 정말이다."

그녀의 눈이 반으로 휘었다.

"어때?"

"블루베리와 체리, 우유까지. 영양까지 생각한 커피 같아요. 한 잔 더."

뻔뻔한 주문에도 강은 좋았다. 지금 만들고 있는 것을 포함해 여러 가지 종류의 음료와 커피를 만들고 있기 때문에 강은 벌써 제1과문을 통과한 기분이었다.

"그런데 이거 메뉴 이름은 뭐예요?"

"아직은 없어."

"체리 블루베리, 블루 체리, 체리 베리, 체리 베리 카페! 어때요?"

"뭐? 체리 베리 카페?"

체리 베리 카페? 체리와 블루베리의 만남이라는 건가. 단순하기 짝이 없다. 네이밍이라면 쉽게 기억할 수 있는 게 좋긴 하지만 왠지 싸구려 느낌이 물씬 풍겨 꺼려졌다.

"어때요, 어때?"

"말장난 같아."

강은 망설임 없이 대답했다. 싸구려라고 대놓고 말하지 않은 게 다행이다 싶을 정도로 포장된 대답이다.

"난 좋은 네이밍 같은데."

그리고선 뭐 더 좋은 네이밍 없을까 심하게 고민하고 있다. 부탁도 안 했는데 혼자만의 사명감에 빠져 깊이 생각에 잠긴 듯했다. 예감하건대 퇴근할 때까지 저러고 있을 것이 분명했다.

"체리 베리 카페, 예쁜 네이밍이네."

말하는 강의 목소리는 성의 없는데 눈치채지 못한 다이는 그저 반색할 뿐이다.

"진짜요?"

"크리스마스 시즌 때 맞춰서 내놓을 거야."

"우와, 나 네이밍 짓는 센스 좀 괜찮나 봐요."

내가 지은 네이밍이 메뉴판에 새겨져 손님에게로 간다니, 생각만 해도 가슴이 벅차올랐다. 커피를 만드는 것도 지금보다 더 가슴 벅찬 일이겠지. 언젠간 내가 만든 커피도 메뉴판에 새겨질 그날을 떠올리자 가슴이 두근거렸다.

"나 오늘 네 집에 가서 자고 간다."

무차별 통보다. 강은 테이블 정리를 하다 말고 현우를 쳐다보았다. 컵을 씻고 있는 현우의 모습은 언제나처럼 능숙했다.

"언제는 네가 나한테 허락 구했어?"

"통보야, 알겠지만."

아무리 대표직이라고 해도 제 일을 마치고 가게 일까지 도와주느라 피곤할 법도 한데 늘 불평불만을 토해내면서도 단 한 번도 거른 적이 없었다. 오늘은 집까지 운전대를 잡고 가지도 못할 만큼 피곤한 모양이다.

"내일 출근하나?"

"날라리 사장이라고 해도 월급쟁이 사장이니 해야겠지. 오전에 미팅 있어서 오후에 출근해."

"그럼 잘됐네."

테이블 정리를 마친 강은 냉장고에서 맥주를 꺼내곤 잔 두 개를 챙겨 자리에 앉았다. 현우는 컵을 마저 씻곤 강이 앉아 있는 테이블 맞은편에 의자를 끌어다 앉았다.

"갑자기 웬 맥주?"

"가끔은 괜찮잖아. 한잔 마시고 뻗어 자려고."

"역시 애주가 타입은 아니야. 너랑 마시면 재미없어."

불만을 토하는 현우를 힐긋 바라보다 강은 잔을 기울였다. 2/3 정도 채워진 맥주 위로 거품이 피어올랐다. 술을 잘 마시지 못하는 놈이 맥주 한잔을 찾을 땐 정말 피곤할 때, 뭔가 고민이 있을 때였다. 이번엔 전자인 듯했다. 흑갈색 빛이 도는 맥주를 한 모금 마셨다. 오랜만에 마시는 맥주라 그런지 감칠맛이 돌았다.

"안주는 없어?"

"케이크 남았는데, 줘?"

"됐어. 안 먹어."

아이러니하게도 술도 못 마시는 강은 맥주를 마실 땐 안주를 먹지 않았다. 안주가 잘 넘어가지 않아 맥주 한 잔 가지고 오랫동안 홀짝거리며 마시는 타입이었다. 안주가 별로 탐탁지 않은 현우의

불만에도 강은 아랑곳하지 않고 평소처럼 맥주를 마셨다. 현우가
두 잔을 마실 때까지 반도 마시지 않은 채였다. 현우가 보기엔 그
대로인 듯했다.

"먼저 술 마시자고 하더니 아직도 그대로냐?"

"빨리 취하기 싫어."

그래 놓곤 쇼케이스에서 남은 치즈 케이크를 꺼내 포크를 챙겼
다.

"취향 하곤. 토 쏠려."

"네 입맛과 다르다고 비하하는 표현은 듣기 좀 그렇다?"

"내 입맛뿐만 아니라 대부분은 맥주 안주로 케이크를 먹진 않
지."

"어쨌든 간에."

경고의 눈빛을 보낸 후 강은 케이크를 입으로 밀어 넣었다. 어
느새 툴툴대던 현우도 케이크에 손대고 있었다.

"치매…… 예요."

순간 왜 그 장면이 떠올랐는지 모르겠다. 맥주잔만 무심히 바라
보는데 귓가를 윙윙거리며 울먹이던 다이의 모습이 떠올랐다. 그
말을 타인에게 하기까지 얼마나 많은 용기가 필요했을까. 하기 쉽
지 않았을 것이다. 그만큼 절실했던 거였나?

그런 환경, 처지. 자신과는 많이 달라 이해할 수는 있어도 공감
되는 이야기는 전혀 아니었다. 늘 부족함 없이 자랐고, 원하는 건

언제든 제 손에 들어와 있었기에 부족함이 무엇인지도 모르고 지냈다. 현재 부모님의 원조에 기대지 않으니 생각보다 부족한 게 많지만 생활이 돌아가지 않을 정도는 아니다. 원조를 바라지 않는 조건으로 지금 자신이 여기에 있을 수 있다고 생각한다면 합당한 거래였다. 그런데 다이는 아니었다. 늘 부족했을 거고 늘 채워지지 않았을 것이다. 물질적인 것이든 그게 아닌 무엇이든 간에.

"어떤 상황에서도 밝게 지낼 수 있는 근원은 무엇일까?"

"어떤 상황에서도?"

"가령 부모님이 안 계시다거나…… 최악의 상황 있잖아. 아무것도 없는 거."

잔을 만지작거리며 말하는 강의 시선은 밖을 향해 있었다. 유리문 너머로 옷을 여민 채 지나가는 행인들이 보였다.

"그럼에도 뭔가 놓고 싶지 않은 게 있는 거 아닐까? 그나마 있는 하나 말이야."

그게 뭐지? 궁금해지네. 그나마 있는 그 하나가. 단순한 변덕으로 시작했을 뿐인데 호기심으로 변하는 찰나였다. 변덕이 죽 끓듯 끓고 있었다.

"너 정말 다이를 제자로 삼을 생각인 거냐?"

뜬금없는 현우의 질문에 잠시 딴생각 삼매경 중이었던 강은 당황했지만 이내 이성을 되찾았다.

"이미 삼았어, 제자로."

"대학교 강사 초빙 건 받아들였으면 좋았잖아. 결국 이럴 거면서. 거긴 예쁜 대학생도 많을 텐데."

"여럿은 피곤해."

감당할 자신이 없었다. 그나마 있는 하나도 피곤한데 여럿은 끔찍하다.

"바리스타가 꿈이라고 하긴 하더라. 재능 있어 보여?"

"뭐, 키워봐야지."

"보통 이럴 땐 가르쳐 본다고 하지 않냐? 꼭 고양이 한 마리 키우는 뉘앙스야."

키득거리며 현우는 맥주 한 잔을 원샷했다.

"키우든 가르치든 난 밑지는 장사는 절대 안 할 거니까."

"그런데 절대 제자 같은 건 안 키우던 놈이 왜 마음이 변했냐? 다이의 매력이 뭐야?"

"매력 같은 소리 하고 자빠졌네. 변덕, 변덕이라고."

재차 강조하는 강은 여전히 속으로도 변덕이라고 우기고 있었다. 마음이란 언제든 변할 수 있는 건데 뭐가 그리 재밌어서. 호기심 어린 현우의 시선이 달갑지 않았다. 안 하면 안 한다고, 하면 한다고 지랄이다. 어느 장단에 맞춰야 할지 모르겠다.

"변덕이 무슨 이렇게 거지 같냐, 넌."

"내 마음이다. 내 변덕이니까."

유치한 말장난을 하다 보니 어느새 맥주 한 병을 비워 버린 지 오래다. 아쉽다는 얼굴로 빈 맥주병을 흔들어보던 강은 냉장고에도 맥주가 없는 걸 확인하고 나서 고개를 저었다.

"어설프게 취하면 잠 안 오는데."

현우의 논리에 따라 어쩔 수 없이 가게 문을 잠그고 강의 집으로 들어온 두 사람은 맥주 한 캔씩 더 마시고 있었다. 안주로 오징어 다리를 사이좋게 나눠 뜯으며 말이다. 강의 집은 가게에서 오 분도 채 안 걸리는 거리에 있었다. 현우의 표현에 의하면 엎어지면 코 닿을 거리이다. 혼자 사는 남자치곤 집도 꽤 넓었다. 주방과 거실이 분리되어 있는 것도 모자라 거실은 소파와 벽걸이 TV 사이에 테이블을 놓고도 횅했다. 비어 있는 방이 두 개나 더 있다. 하나는 그나마 컴퓨터를 쓰는 방이지만, 나머지 방은 횅한 상태로 방치되어 있어 가끔 현우나 민우가 묵고 가는 손님용 방으로 이용되고 있었다.

"기분 나쁘게 집은 왜 이렇게 깨끗해."

누가 보면 남자 혼자 사는 집이라고 생각하겠는가. 신혼부부, 또는 여자 혼자 사는 집이라고 생각하고도 남았다. 유난히 깔끔한 성격답게 강은 더러운 꼴을 못 보는 성미였다. 그건 눈앞에 있는 사람에게도 해당되었으니, 친절하게 눈곱까지 떼어준 게 아니겠는가.

"미친개가 돌아다닌 것처럼 어지르면 알아서 해."

현우의 전과를 떠올리며 강이 낮게 경고했다. 남자 집은 더러워야 한다며 집에 들어서자마자 현관에서 양말을 벗어 던지질 않나, 겉옷은 소파에 걸쳐 놓는가 하면, 술 마신 그대로 치우지 않은 채로 나가 버린 것이다. 오징어 다리를 어떻게 분리해 놓았는지 소파 밑에 하나, 테이블이며 욕실까지 나뒹굴고 있었다. 그때를 떠올리자 강의 표정이 험악하게 변했다.

"미친개라니, 미친놈이지."

"알면 됐고."

어느덧 시각은 자정을 훨씬 넘어간 후였다. 하지만 좀처럼 잠이 오지 않았다. 푹 자고 싶어 맥주 한잔했는데 오히려 역효과가 난 모양이다. 그렇게 밤은 조용히 깊어가고 있었다.

*

"주입식 교육, 주입식 교육."

책상에 앉아 다이는 책을 펼쳐 놓고 읽고 또 읽었다. 읽고 쓰고 말하기까지 했다. 하지만 원두의 종류는 너무나 다양하고 그들만의 특색을 이해하는 것은 다이에게 어렵기만 했다. 학창 시절, 그나마 암기 과목은 점수를 꽤 잘 받았던지라 암기엔 자신이 있었는데 벌써 뇌에 노화가 찾아온 건지 집중이 되지 않았다.

빽빽하게 가득 메워 있는 필기는 남자가 썼다고 믿기지 않을 정도로 깔끔하게 정돈되어 있었다. 꼭 강의 성격을 보여주는 대표적인 예처럼 보이기도 했다. 글씨는 쓰는 사람의 마음을 그대로 보여주는 거라는데, 간결한 글씨체처럼 좀 둥글둥글한 성격을 가졌으면 얼마나 좋을까 싶다. 처음엔 차가워 보이는 표정과 말투 때문에 다가갈 수 없을 거라 생각했는데 어느새 이렇게 그의 제자가 되어 있다니. 세상에 다가가기 어려운 사람은 없는 모양이다.

"이제 좀 친해진 건가?"

이제 막 시작일 뿐인데 너무 자만하는 건가? 머리를 흔들었다.

호프집 알바를 마치고 나면 파김치가 되어 그대로 이불 위에 녹다
운되어 버리는데 오늘은 아니었다. 떨리는 첫 수업이었기 때문이
다.

어깨를 감싼 담요를 끌어당기며 잔뜩 움츠렸다. 날씨가 너무나
추워 보일러를 틀어야겠다고 생각했을 땐 이미 보일러가 얼어 있
었다. 사람을 불렀지만 현재 수리가 밀려 며칠 후에 온다고 한다.
다른 곳도 마찬가지였다. 진작 보일러를 조금씩 틀어놓을 걸 그랬
다. 집 관리에 소홀한 죄로 보일러 수리비까지 엄청 깨지게 생겨
버린 것이다.

기다란 하품을 하자 입김이 연기처럼 흩어졌다 사라졌다.

"집 안에서 입김이라니 너무해, 진짜."

빨리 돈을 벌어 여기보다 더 나은 집을 구하고 싶은 마음이 간
절했다. 화장실이 딸려 있고, 방음이 잘 되어 깊은 숙면만 취할 수
있으면 되었다. 다른 건 더 이상 바라지 않았다. 보증금이 없는 대
신 저렴한 비용으로 방을 구했더니 싼 게 비지떡이었다.

그래도 조금만 참자. 이 또한 언젠가 지나갈 테니까. 살면서 추
위보다 더 차가운 사람들의 시선을 받지 않았는가. 대학교를 중퇴
하고 막무가내로 사회에 뛰어들었을 때, 그녀는 아르바이트부터
시작했다. 파티플래너로 처음 시작했을 땐 38도의 끓는 듯한 무더
위에 동물 탈을 쓰고 뙤약볕 아래에서 쉴 틈도 없이 하루 종일 아
이들과 놀아준 적도 있다. 눈과 비를 맞으며 주유를 한 적도 있다.
뛰어다니다 기름에 미끄러져 넘어진 적도 한두 번이 아니었다. 음
식점 서빙을 할 때는 아저씨의 우악스러운 손이 허리를 매만진 적

도 있고, 연락처를 주고 간 중년남자도 있었다. 살다 보면 별일이 다 일어나게 마련이고 원치 않아도 그런 일에 휘말린 적이 여러 번이다.

이 정도 추위는 정말 별것 아니었다. 오히려 가뿐하게 느껴졌다.

몸은 피곤해도 행복하다. 하고 싶은 걸 하고 있으니까.

새벽부터 자정이 넘는 시각까지 일에 치이고 사람에 치이며 혹독하게 일만 하며 살았던 지난날들을 떠올리자 이런저런 생각을 할 수 있다는 것이 어색했다. 생각이 많아진다. 아니, 생각할 시간이 많아진 건지도 몰랐다. 오랜만에 느끼는 평온함에 눈물이 날 지경이었다.

6. 꼴통 제자

"돌대가리."

머리꼭지 위로 떨어진 독설에 다이의 어깨가 움찔거렸다.

"재능이 없으면 노력이라도 해야 할 거 아냐, 꼴통."

돌대가리에 무능한 사람에 이어 꼴통까지. 강이 독설을 쏟아붓
는 동안 다이는 고개를 푹 숙이고 손가락만 꼼지락댔다. 할 말이
없었다. 고개를 들 수가 없다.

책상에 앉아 책을 보긴 보았는데 어느 순간 잠이 들어버린 것이
다. 펼쳐진 책장이 흥건히 젖어 있기까지 했다.

"야, 꼴통, 고개 들어. 죄지었어?"

그제야 고개를 들곤 조심스럽게 강과 눈을 마주한 다이는 죽일
듯 노려보는 강의 시선에 다시 한 번 움찔했다.

알고 있다. 카페 일에 호프집 알바, 거기다 바리스타 공부까지. 새벽에 집에 들어가 글자가 눈에 들어오겠는가. 하지만 본인이 선택한 일이다. 어느 누구도 등을 떠밀지 않았다. 그렇게나 하고 싶어 하던 거라면, 아니, 그나마 있는 하나의 꿈이라면 어떻게 해서든 붙잡아야 했다. 저를 이용해서라도 말이다. 그게 재능이고 노력이라는 것이다. 하지만 그녀는 본인의 득을 위해 남을 이용하고 부려먹는 약삭빠름과 거리가 멀었다. 저에게 제자로 삼아달라고 했을 때도 순진하기 짝이 없는 멘트를 날리며 울던 모습이 그랬다. 그냥 차라리 대놓고 바리스타가 되어 카페에서 일하겠다고 했다면 몇 년이 걸리는 체리 맺힌 나무를 가져오라는 터무니없는 과제는 내주지 않았을 것이다. 어쩌면 그냥 그 자리에서 오케이했을지도 모른다. 그녀와 다르게 그는 득과 실을 철저히 따져 가며 이성적으로 머리를 굴리는 사람이니 말이다.

"호프집 알바 그만두고 여기서 마감 시간까지 일하는 건 어때?"

"마감 시간이라고 한다면, 열한 시까지요?"

"응, 어차피 네가 하고 싶은 일은 이쪽이잖아? 거기서 일해 술 장사할 게 아니라면 말이야. 오버타임 페이도 물론 챙겨줄게. 공짜로 부려먹겠다는 게 아니니까."

"말씀은 정말 감사합니다만, 그쪽도 지금 알바생이 그만둔 상태라 저까지 그만둬 버리면……."

"아, 이 꼴통. 지금 네가 남 걱정 할 때야? 그쪽에서도 사람 구하겠지. 급하면 사장이 홀에 나와 서빙하겠지. 그래도 안 되면 전에 일하던 놈한테 부탁을 해보든가. 해결책은 꼭 네가 아니어도 된다고."

답답한 마음에 설교를 한 강은 짜증 난 얼굴로 변했다. 뭐 이렇게 답답한 녀석이 다 있을까 하고 그녀를 노려보았다.

"말씀은 정말 감사합니다. 사장님께서 절 이렇게 생각해 주시는지 몰랐어요. 한번 생각해 볼게요."

"그래, 생각해 봐."

정작 아쉬운 사람은 저가 아닌데 졸지에 매달린 뉘앙스만 팍팍 뿌린 꼴이 되었다. 거절할 거라고 전혀 예상하지 못했기에 강의 자존심에 스크래치만 생겼다.

오픈 시간 전, 일찍 나와 어제 배운 것들에 대해 간단히 테스트 해 본 결과 강의 머릿속엔 '꼴통'이라는 단어만 맴돌았다. 더한 말도 할 수 있었는데 간신히 참은 거였다.

"참, 저 오늘 호프집 알바 쉬는 날이에요. 마감 시간까지 일할 수 있어요."

"그래? 그럼 고맹한테 휴가를 줘야겠군."

강은 에스프레소를 추출했다. 에스프레소 잔 특유의 미니멀함 때문에 앙증맞아 보였다. 설탕 한 스푼과 흰 우유를 에스프레소에 부었다. 가이드라인에 따르면 스팀 밀크를 넣으라고 명시되어 있지만, 찬 우유를 넣으면 좀 더 부드러운 맛을 즐길 수 있어 스팀 밀크 대신 가끔 찬 우유를 넣어 마시기도 한다. 강은 에스프레소를 다이에게 건넸다. 기다랗게 하품을 내쉬던 다이는 에스프레소를 보고 한 걸음 뒤로 물러났다.

"궁극의 독약을 제게 주시는 거예요?"

"독약?"

"오늘부터 복습 꼭 할게요. 벌주지 마세요."

"벌? 나 원 참. 이건 궁극의 독약 따위가 아니라고. 네가 진짜 궁극의 독약을 모르는구나?"

입술을 비틀며 사악하게 웃던 강에게서 다이는 에스프레소를 받았다. 우유와 섞인 에스프레소는 궁극의 독약이라고 보기 어려웠다. 진정한 커피의 맛을 알 리 없는 다이는 여전히 불안한 표정을 하고 있었다. 강은 변명하듯 말을 덧붙였다.

"설탕도 넣었어. 먹고 안 죽어."

"감사합니다."

훅 하고 마신 순간 다이는 혀에 감기는 부드러운 맛에 놀란 표정으로 변했다. 에스프레소 하면 '쓴 커피'란 단어가 머릿속에 박혀 있는 다이는 에스프레소도 다른 커피와 마찬가지로 다양하게 즐길 수 있구나 하고 느꼈다. 이 사람은 가끔 이렇게 저를 놀라게 한다.

"부드럽다."

"꼴통. 일할 때 졸면 곤란하니까."

눈 밑에 번진 그늘을 강이 손가락으로 가리켰다. 이 남자, 정말 예리하구나. 별걸 다 신경 쓰는구나. 직원의 눈 밑 그늘까지 신경 쓰다니. 완전 악덕 사장은 아니네.

왜 네가 여기에⋯⋯.

다이의 얼굴이 창백하게 변했다. 깔깔거리며 카페로 들어온 무리 중 다이의 눈에 익숙한 얼굴이 들어왔다. 한 명이 주문을 해가고, 그 후 다른 일행이 커피를 가지고 돌아갔다. 다이의 시선은 긴 생머리를 길게 늘어뜨린 채 웃으며 떠들고 있는 여자에게로 향했다. 그녀는 다이의 친척 동생 유진이었다. 몇 년 전 엄마가 치매 판정을 받고 도움을 청하러 갔을 때 문전박대하던 고모의 외동딸이다. 머리부터 발끝까지 화려하게 치장하고 있는 유진은 여전히 행복해 보였다. 다행히 유진은 다이를 알아채지 못한 듯 보였다.

유진과는 친하게 지냈다. 둘 다 다른 형제가 없었기 때문에 친자매처럼 지냈다고 생각했다. 하지만 그날 이후 다이는 핸드폰 번호를 바꿔 버렸고, 집을 이사했다. 요양원 가기 전 엄마가 간병인과 같이 있을 때 휴대폰을 던져 박살 난 이후 휴대폰을 구입하지 않았기에 고모가 먼저 연락을 취할 방법은 없을 것이다. 그 뒤로 몇 년간 마치 처음부터 모르는 사이였던 것처럼 지냈다. 남보다 못한 사이. 그렇게 되고 만 것이다. 다이는 유진과 마주치는 건 피하고 싶었다. 집요하게 둔 시선을 거두고 고개를 바닥으로 떨어뜨렸다.

"꼴통."

"……네? 부르셨어요?"

"어디 안 좋아? 얼굴이 창백한데?"

"괘, 괜찮아요."

왜 긴장하고 있는지 모르겠다. 왜 피하는지도 모르겠다. 행복하게 웃는 유진의 얼굴에서 벌레 보듯 싸늘하게 쳐다보는 고모의 시선을 느꼈는지도 모르겠다.

"이젠 우리 유진이 앞길까지 막으려고?"

싸늘하게 식은 고모의 목소리가 다이의 귀에서 윙윙거렸다. 개끌듯 끌고 나와서는 찬 바닥에 내동댕이치던 고모의 우악스러운 손길까지 떠올리자 또 다른 목소리가 귓가에 들렸다.

"제 아빠 잡아먹은 년."

잊었다 생각했는데 심장을 얼게 만드는 고모의 말은 늘 그녀를 죄책감의 구렁텅이로 빠뜨렸다. 지금 유진과 마주치면 고의적으로 유진 앞에 나타났다고 고모가 가게로 찾아와 행패를 부릴지도 모른다. 강에게 피해를 주게 될 것이다.

"정신 차려."

다이의 어깨를 붙잡은 강이 창백하게 질린 다이의 얼굴을 바라보았다. 그제야 다이는 지난 생각 속에서 빠져나와 강을 바라보았다.

"화장실 좀."

도망치듯 화장실로 들어간 다이는 연거푸 세수를 했다. 거울 속에 비친 제 모습을 확인했다. 마치 귀신이라도 본 사람처럼 하얗게 질린 얼굴이라니. 다이가 화장실에서 나왔을 땐 유진이 앉아 있던 테이블은 비어 있었다.

"무슨 일 있어?"

"예? 아, 아니에요."

"거짓말을 하려면 능숙하게 하든가."

강이 되레 다이에게 호통을 쳤다. 하얗게 질려서는 아무리 불러도 무응답으로 일관한 사람이 아무 일도 없다는 게 말이나 되는 소린가.

"정말 아무것도 아니에요."

"정말이지?"

"네."

더 이상 묻지 말라는 표정에 강은 입을 다물어 버렸다. 더 이상 물어도 고집스럽게 닫힌 입술이 말해줄 것 같지도 않았다.

마감 시간이 될 때까지 다이는 그 후로 한마디도 하지 않았다. 평소에는 강이 커피를 만들고 있을 때마다 와서 구경하곤 했는데 그런 것도 없었다. 질문도 없었다. 묵묵히 주문을 받고 테이블을 정리하고 바닥을 닦을 뿐이었다. 작업대까지 말끔하게 정리하고 쓰레기를 모아 분리수거를 한 비닐봉지를 밖에 버렸다.

유진이가 다녀간 후 많은 생각이 머릿속을 스쳤다. 몰라보게 예뻐진 유진이는 걱정했던 것과 달리 잘 지내는 듯 보였다. 물론 고모도 잘 지내고 있을 것이다. 문제는 또다시 마주치게 될 것이라는 거다. 오늘 마주쳤으니 또다시 마주치지 않으리라는 법은 없다. 거기다 유진이가 먼저 저를 알아본다면 그땐 어쩔 도리가 없다. 그러면 어떤 얼굴로 유진이를 바라봐야 하는 걸까. 또다시 저를 경멸하듯 바라보는 고모의 얼굴을 떠올리지 않을 자신이 없었다.

시각을 확인하자 어느덧 마감 시간이 지난 후였다.

"퇴근하자."

키를 챙겨 강이 먼저 밖으로 나왔다. 불을 끄고 뒤늦게 밖으로 나온 다이가 힘없이 인사했다.

"그럼 퇴근하겠습니다."

여전히 무언가에 쫓기듯 다이는 버스정류장으로 걸음을 재촉했다. 버스정류장은 카페 뒤 골목으로 100미터 정도 걸어가면 있다. 점퍼에 손을 찔러 넣고 잡념 따위는 잊기 위해 mp3 이어폰을 귀에 꽂았다. 추위에 어깨를 떨며 다이는 카페에서 본 유진을 떠올리고 있었다.

저렇게 가게 내버려 둬도 되는 건가.

이유를 묻고 싶은 걸 꼭 추궁하는 것 같아 그만뒀지만 창백한 얼굴은 여전히 마음에 걸렸다. 평소와 다르게 묵묵히 제 일에 충실한 모습에 분명 뭔가 있음을 예감했다. 그러나 본인의 사생활이기에 캐물을 수는 없었다. 다이가 걷고 있는 버스정류장 골목을 지켜보다 고개를 돌리려던 찰나 강의 시선에 다이의 뒤를 쫓고 있는 듯한 수상한 남자의 뒷모습이 보였다. 우연히 같은 방향이겠지 하고 넘겨짚기엔 행동이 수상쩍었다. 주변을 탐색하는 것도 그렇고 점점 걸음을 재촉하며 다이와 보폭을 좁히려는 것도 그랬다. 결국 강은 방향을 틀어 그쪽으로 향했다. 예기치 못하게 수상한 남자와 사이를 두고 걷던 강은 뒤에서 다이를 불러 세우기로 했다.

"꼴통."

목소리가 들렸을 법도 한데 묵묵부답이다. 남자는 흠칫 놀란 눈치였지만 행보를 바꿀 생각이 없는 듯했다. 결국 강은 남자를 지나쳐 다이의 팔을 잡아끌었다. 그러자 적잖게 놀란 다이의 표정이 보였다.

"둔해 빠져 가지고, 진짜."

"사장님."

"차 저기에 있어. 데려다 줄게, 따라와."

"괜찮아요. 버스정류장 바로예요."

"누가 꼴통 아니랄까 봐. 따라오라면 따라와."

그렇게 말하곤 강은 다이의 팔을 단단하게 잡아끌었다. 이상한 남자가 쫓아오는 것도 모르고 괜찮다니. 조금만 늦었으면 어쩔 뻔했을까. 생각만 해도 아찔하다.

다이를 차에 태우고 운전석에 앉은 강은 차를 출발시켰다. 일전에 한 번 다이의 집을 가 본 적이 있기에 강은 기억을 더듬거리며 운전했다. 웬만하면 뭐든 다 기억하는 강이었기에 길 정도 기억하는 건 아무것도 아니었다.

"왜 안 물어보세요?"

조용한 침묵을 깬 다이의 담담한 목소리가 들렸다. 먼저 이렇게 입을 열거라 생각지 못했지만 강은 그녀와 마찬가지로 담담하게 물었다.

"뭘?"

"궁금하시잖아요. 아까 카페에서……."

다이는 입술을 깨물었다. 또다시 조용한 침묵이 두 사람 사이에 맴돌았다. 묻고 싶지만 물어볼 수가 없었다. 단단한 표정이 저를 밀어내고 있는 것을 강은 느꼈다.

"직원의 사생활을 어디까지 물어야 할지 잘 모르겠어."

"사생활?"

"아까 어떤 여자 보고 흠칫 놀라는 거 봤어. 네 시선이 거기에 집요하게 머물러 있었으니까."

내가 그랬구나. 그랬었어. 그 순간 심장이 멎는 것 같았다. 강을 바라보던 다이의 시선이 창밖으로 던져졌다. 제 시선이 한곳에 머물러 있다는 것도 모른 채, 저를 바라보는 시선을 느끼지도 못한 채 멍해 있었다.

"몰랐어요."

그 뒤로 다이는 입을 앙다물었다. 집으로 가는 내내 조용히 침묵을 지켰다. 늘 시끄럽게 떠들던 녀석이 조용하자 이상한 기분이 들었다. 모르겠다. 안 그래도 시끄러워 귀찮던 참이라 잘됐다 싶으면서도, 어울리지 않게 침묵을 지키는 일관성 없는 녀석이 마음에 안 든다.

어느덧 목적지에 도착할 찰나였다.

"차 한잔 줘."

일방적인 요구를 하고 나서 강은 차에서 내렸다. 뒤따라 내린 다이는 난감했다.

"죄송한데 집에 대접해 드릴 만한 차가 없어요."

"녹차, 보리차. 아무거나 줘. 정 없음 냉수라도."

앞장서라는 듯 강이 턱짓을 하자 다이는 포기한 얼굴로 주택 안

으로 들어갔다. 좁은 골목 같은 계단을 올라가자 낡은 문 하나가
보였다. 다이는 가방에서 열쇠를 꺼내 문을 열었다.

"방이 좀 추워요. 들어오세요."

"그럼, 실례."

신발을 벗고 안으로 들어가자 발바닥부터 냉기가 그대로 전해
졌다. 다이는 서둘러 전기장판을 켜고 이불을 폈다.

"여기 앉으세요. 바닥이 차요."

"됐어. 그런데 집이 왜 이렇게 추워?"

"보일러가 얼었어요. 원래 웃풍이 심하긴 하지만 이 정도까진
아닌데."

다이는 커피포트에 끓인 물을 컵에 붓곤 녹차 티백을 띄웠다.
다이는 멋쩍은 얼굴로 강에게 건넸다.

"사람은 불렀어?"

"네. A/S 접수가 밀려 있어 금방은 못 온대요. 요즘 날씨 춥잖
아요."

다이는 괜찮다는 듯 웃었다.

"꼴통. 이렇게 추운 데서 어떻게 자?"

"전기장판 있어서 괜찮아요. 며칠만 참으면 되는걸요."

"참을 게 있고 참지 못할 게 있지. 사람이 오길 언제까지 기다
려? 보일러 어디 있어?"

버럭 화를 내며 강은 방금 받은 녹차를 바닥에 내려놓고 자리에
서 일어났다. 별것 아니라는 듯 어깨까지 으쓱하는 그녀를 보자
가만히 있을 수가 없었다. 방문을 여는 다이의 옆으로 가자 현관

문 사이로 작은 욕실이라고 말하기도 누추한 곳이 보였다. 그 옆에 작은 수도꼭지와 세숫대야가 있었으나 지금은 찬물만 나올 뿐이다.

"보일러는 왜요?"

"찬 데서 자면 입 돌아가."

점퍼를 벗고는 보일러를 살폈다. 역시 예상했던 대로 온수 공급용 파이프가 단단히 얼어 있었다. 영하 17도를 육박하는 추위에 어떻게 이런 방에서 잔단 말인가. 이해가 되지 않았다.

"커피포트에 뜨거운 물 끓여서 갖고 와."

다이는 강이 시키는 대로 커피포트에 물을 끓여 가져다주었다. 일단 단단히 얼어 있는 온수 공급용 파이프를 녹여주어야 했다. 시간이 꽤 걸리기도 하고, 안 될지도 모르지만 현재로서는 방법이 없었다. 해보는 수밖에.

다이가 물을 끓여 갖다 줄 때마다 강은 배관에 뜨거운 물을 연속적으로 부었다. 일전에 보일러가 얼어 고생했을 때 써먹었던 방법이다. 그땐 심하게 동파되지 않아 쉽게 녹일 수 있었지만 여긴 과연 어떨지. 거기다 현관문으로 보이는 낡은 철문 사이로 들어오는 바람 때문에 녹인다 해도 또 동파될 염려가 있었다. 어느 정도 배관을 녹였다 싶었을 때 수도꼭지를 틀자 한두 방울씩 뜨거운 물이 나오기 시작했다.

"됐다. 외출할 때도 보일러랑 뜨거운 물 약하게 틀어놔. 입 돌아가기 싫으면 말이야."

"와, 정말 감사합니다. 사장님 덕분에 살았어요."

다이는 뜨거운 물이 나오는 것을 손으로 확인해 본 후 안도의 한숨을 내쉬었다. 강은 다이에게 수건을 받아 뜨거운 물에 적신 수건을 배관에 칭칭 감았다. 열선으로 감아놓는 게 더 확실한 방법이지만, 이 늦은 시각에 열선을 구할 수 있는 방법이 없었다.

"녹차 식었어요. 다시 갖다 드릴게요."

"됐어. 녹차는 뜨거운 것보다 차가운 게 더 좋으니까."

그렇게 말하곤 녹차를 입에 대자 그새 녹차는 차갑게 식어 있었다. 남의 일에 손수 나서서 무언가를 해준 적이 처음이다. 이 녀석은 이상한 능력을 가졌다. 굳이 도와달라고 말하지 않는데도 보는 입장에서 그냥 지나칠 수 없게 만든다. 내가 직접 해줘야만 직성이 풀린달까.

"꼭 보일러 고쳐 달라고 부른 것 같아 죄송해요."

"이런 걸 그냥 두고 못 보는 내 더러운 성질머리 때문이니까 신경 쓸 것 없어."

그래, 일단 이렇게 일단락. 못된 성질머리의 일부라고.

"사실 아까 그 여자 말이에요. 제가 집요하게 보고 있었다는 여자."

한참 머뭇거리던 다이의 입술이 힘겹게 열리는가 싶더니 무심하게 닫혔다. 그런 그녀를 강은 그녀가 다시 입술을 열 때까지 묵묵히 지켜봐 주었다.

"……친척 동생이에요."

"친척 동생?"

다이의 목소리가 가늘게 떨렸다. 고모에 관한 일은 말해야 할 것 같았다. 언제라도 고모가 찾아와 행패를 부릴 수도 있는 일이기 때문이다. 이상해 보이기도 했을 테고. 친척 동생을 보고 하얗게 질린 얼굴이라니. 그도 그 이유가 궁금하다는 듯 바라보았다.

"그런데 이미 오래전 연락을 끊었어요. 누가 먼저 그랬는지는 저도 모르겠지만. 엄마가 치매 판정을 받았을 때 제일 먼저 찾아간 곳이 고모네 집이었어요. 도움을 청하러 갔는데 문전박대를 당했죠."

"어째서?"

"거슬렸겠죠. 당신네 가족을 물고 늘어질까 봐. 그랬던 게 아닌데. 단지 너무 겁이 나서, 이런 일에 도움 청할 곳이 유일하게 고모네뿐이었으니까. 그쯤이었던 것 같아요, 연락이 끊긴 무렵이. 오늘 동생을 봤는데 잘 지내는 것 같아 다행이에요."

진짜 꼴통. 세세하게 그때의 상황을 말하지는 않았지만, 문전박대라는 단어 하나로 어떤 처참한 상황이었을지 예상할 수 있었다. 그런 일을 당하고도 잘 지내는 것 같아 다행이라니. 이런 바보가 세상에 또 있을까 싶을 만큼 한심하다.

"인사 정도는 하지 그랬어? 다행이라고 말할 만큼 걱정했던 것 같은데."

"제 상황이 누굴 걱정할 만큼 여유롭지가 못해요. 가끔 생각나긴 했죠. 친자매 같은 사이였으니까. 하지만 인사는 할 수 없었어요."

인사를 했다간 어떤 일이 벌어질지 모르는 상황이다. 잠시 동안은 마음이 편하겠지만 그것은 폭풍 전야일 뿐이다.

"그렇게 되면 고모가 찾아올 게 뻔히 보였거든요. 고모가 동생을 끔찍이 아끼세요. 당신 딸 앞길 막으려고 고의적으로 나타났다고 생각할 거예요. 카페에 찾아와 소란을 피우지 않을까 하고……."

"넌 네가 하고 싶은 것만 생각해. 남들 시선까지 신경 쓸 필요 없어. 이렇게 풀 죽어 있는 것보다 차라리 시끄러운 게 더 나아. 그게 차라리 너답다고."

나답다……. 나다운 게 무엇인지 정말 오랫동안 잊고 살았는데, 그런 걸 알아주는 사람이 있을까 싶었는데.

말하는 목소리는 참 덤덤하고 별로 다정하지도 않은데 이상하게 울컥 눈물이 차올랐다. 생각해 보면 이런 위로를 누군가에게 받아본 적이 없었다. 늘 안쓰러운 듯 동정 어린 시선으로 바라보며 어깨를 두들겨 주는 손도 그렇게 따뜻하지 않았다. 그런데 그는 달랐다. 건네는 위로의 말은 퉁명스럽기 그지없는데 바라보는 눈빛은 익숙한 동정의 시선이 아니다. 안타까운 마음이 고스란히 느껴지는 눈빛이 따뜻해 저도 모르게 계속 바라보고 있었다. 겉과 속이 참 다른 사람이구나. 겉은 굉장히 차갑고 냉정해 보이는데 바라보는 눈빛은 따뜻하다니.

"넌 참 강하구나."

"예?"

"내가 그런 상황이었다면 진작 삐뚤어졌든가 아님 주저앉아 버렸을 테니까. 난 너처럼 괜찮다고 가식적으로라도 말 못해. 아무것도 못했을 거야. 엄두도 못 냈을 거라고."

"사장님."

참았던 눈물이 기어이 터지고 말았다. 다이의 시야에 강의 모습이 흐릿하게 보였다. 고였던 눈물이 뺨 위로 흐르는 감각도 무뎌진 채로 그를 바라보았다. 주저앉고 싶을 때가 한두 번이 아니었다. 그냥 편하게 모든 것을 손에서 놓고 살아가고 싶을 때도 많았다. 하지만 그럴 수 없었다. 세상을 떠난 아빠를 위해서라도 엄마를 돌봐야 했다. 주저앉아 칭얼거릴 여유가 없었다.

"울리려고 한 말은 아니었는데."

"……이런 말, 아니, 위로 처음이에요."

작은 어깨가 들썩인다. 잔뜩 포장해서 한 위로가 아니었는데 결국 울려 버리고 말았다. 전전긍긍. 우는 사람은 어떻게 해야 할지 모르겠다. 주머니에서 손수건을 꺼내려던 찰나, 휴지를 찾은 다이가 눈물을 닦고 코까지 시원하게 풀어버렸다. 빨갛게 충혈된 두 눈은 어느새 웃고 있다. 이제야 웃었다.

"이제 정말 괜찮아요. 울었더니 마음이 가벼워졌어요."

순간 안도의 한숨이 터졌다. 강은 주머니에서 손수건을 꺼내던 모습을 떠올리자 괜스레 얼굴이 화끈거렸다. 손수건을 건넬 생각을 하다니. 정말 현우 말대로 성격이 개조되고 있는지도 몰랐다. 다이의 시선을 피하기 위해 고개를 돌린 곳에 그가 건넸던 커피나무가 보였다. 영하의 추위를 이기지 못하고 바짝 말라 있었다.

"이거 너무 심하잖아."

"아, 이거. 안 그래도 어떻게 해야 할지 몰라서……."

"죽일 셈이야? 증거 인멸?"

"증거 인멸이라뇨. 당치 않아요."

"이건 내가 다시 가져간다. 증거 인멸은 허락할 수 없어."

강은 커피나무를 들고 자리에서 일어났다. 어느새 집 안엔 따뜻한 공기가 맴돌고 있었다. 방문을 열자 배관을 감싸놓은 수건이 차갑게 얼어 있는 게 보였다.

"다시 따뜻한 수건으로 감싸놓고 자. 안 그럼 내일 울면서 나한테 전화하게 될 테니까."

"네, 그럴게요. 조심히 가세요."

신발을 신고 집을 나서는 강의 옷자락을 다이가 살며시 움켜쥐었다.

"오늘 정말 고마웠어요."

"간다."

좁은 계단이 위태롭게 보였다. 이 계단을 수없이 오르락내리락했을 다이를 떠올리자 괜히 한숨이 흘러나왔다. 넘어지지나 않으면 다행이다. 강은 고개를 치켜들고 하늘을 바라보았다. 여름이 그리워지는 계절 겨울. 겨울의 밤하늘은 아득하게 깊어가고 있었다.

＊

커피나무를 소파 옆에 놓고는 방으로 들어왔다. 점퍼를 벗고 편안한 옷으로 갈아입었다. 시간은 벌써 자정을 넘어 어느새 한 시를 가리키고 있었다. 녹차 한 잔 얻어 마신 시간치곤 꽤 흘렀다.

동파된 배관을 녹인다고 설치지만 않았어도 진작 집에 들어왔을 것이다. 냉장고에서 맥주 한 캔을 꺼내 들고 소파에 편한 자세로 앉았다. 그러다 문득 귓가에 스치는 말이 있었으니.

"스승님은 왜 바리스타가 되셨어요?"

질문의 대답은 우스울 정도로 간단했다.

샐러리맨 체질이 아니어서였다. 새벽같이 일어나 출근길 전쟁을 치르고 기계적인 움직임으로 일하다 상사의 눈치를 보며 퇴근하는 저의 모습. 생각만 해도 표정이 일그러진다. 현우와 민우 밑에서 일하는 직원들의 모습을 생생히 전해 듣기에 꺼림칙했다. 하지만 진짜 이유는 다른 데 있었다. 강은 눈을 감고 그때를 떠올렸다.

✱

"미국이오?"

"그래. 이제 네 나이도 열일곱이니 고등학교 졸업하는 대로 미국으로 와서 경영 공부를 시작하거라."

이제 막 고1이 된 아들을 불러놓고 벌써부터 경영 공부를 시작하라는 아버지를 강은 망연자실한 얼굴로 바라보았다. 미국, 미국이라니. 청천벽력 같은 소리에 강의 표정은 점점 굳어져만 갔다.

"싫어요, 아버지."

"싫어?"

신문을 보고 있던 최 회장의 표정이 험악하게 굳어져 가는 걸 강은 느꼈다. 늘 사업상 해외에 나가던 부모님이 한국에 들어와 반가웠던 것도 잠시, 벌써 회사 후계자 수업을 받으라는 말이 달가울 리가 없었다.

"죄송합니다."

"이유가 무엇이냐? 따로 하고 싶은 게 있어?"

딱히 하고 싶은 것. 강은 생각해 본 적이 없었다. 언제부턴가 아버지 회사를 물려받을 것을 당연하게 여겨온 터라 미래 따위는, 아니, 꿈 따위는 애당초 없었다. 하지만 미국에 가는 건 싫었다. 이 땅을 떠난다는 건 현우와 민우와 헤어져야 한다는 것을 의미했다. 그리고 더 나아가 낯선 곳에서 또 다른 낯선 이들을 만나야 하는 것을 의미했다. 낯선 것에 익숙하지 않았다. 낯선 것이 싫었다. 강은 고개를 숙인 채 입을 열지 못했다. 최 회장의 질문에 답해줄 수가 없었다.

"말을 해보거라."

"전 이곳이 좋습니다. 떠나고 싶지 않아요."

"멍청한 자식. 단지 그 이유냐?"

혀 차는 소리가 이어지더니 한심하게 바라보는 시선이 느껴졌다. 사업만 하던 최 회장의 눈엔 강이 하는 말이 철없는 투정쯤으로 보일 뿐이었다.

단지 그 이유라니. 현재 그 이유가 얼마나 절실한지 모르면서 별것 아닌 취급이라니. 단 한 번도 웃으면서 바라봐 주지도 않고 오로지 사업밖에 모르는 아버지가 야속했다. 제대로 무언가 하고 싶다고 말했어도 아마 지금과 별반 다를 게 없는 반응이었을 것이다. 익숙해진 지 오래라고 생각하면서도 야속한 마음이 드는 걸 보면 아직 멀었다.

"전 샐러리맨 체질이 아닙니다, 아시겠지만."

"뭐가 어쩌고 어째?"

"늦었을지도 모르지만, 지금이라도 제가 하고 싶은 일을 찾고 싶습니다."

"너 지금 누구 덕에 이렇게 살고 있는 거라고 생각하는 거냐."

최 회장의 특기 중 하나, 생색내기. 아무리 그래도 당신이 뿌린 씨 정도는 거둬야 하는 것 아닌가. 적어도 성인이 될 때까지는 말이다. 누구 덕이라니. 강은 늘 당하는 일이지만 여전히 기가 막힐 뿐이었다.

"당연히 최 회장님 덕이죠. 아버지 잘 만난 덕에 늘 호화스럽게 잘 지내고 있습니다."

호화스럽고 부족함 없이 지냈지만 늘 넓은 빈 집에 혼자 있어야 하는 외로움 속에서 강은 싸워왔다. 현우와 민우가 없었더라면 아마 그 외로움 속에서 지금도 싸우고 있을 것이다. 생각만 해도 끔찍하다.

"아는 놈이 이래?"

"알지만, 원한 적은 없습니다. 아버지께서 멋대로 채워주신 것이죠."

원하는 건, 필요한 건 늘 생각하기도 전에 채워져 있었다. 외로

움까지도 말이다. 멋대로 세상 밖을 보게 하고, 철들기 전부터 외로움을 느끼며 살아왔다. 원하든 원하지 않든 뭐든 아버지 마음대로였다.

"뭐?"

"은혜는 잊지 않도록 하겠습니다. 지금까지 키워주신 대가로 아버지 회사의 후계자가 될 생각은 없습니다. 저에게 분에 넘치는 자리라는 걸 알지만 거절하겠습니다."

또박또박 막힘없이 제 생각을 최 회장에게 말했다. 자주 보는 아버지가 아니기에 늘 어렵고 조심스러워 마치 타인같이 느껴질 정도로 멀게 느껴졌다. 덕분에 일찍이 철이 들어버린 강은 이미 정해져 있는 앞날이 얼마나 고독할지 알고 있었다. 일을 저질러놓고 강은 발끝부터 전해져 오는 공포감에 어깨를 가늘게 떨었다. 앞으로 어떤 일이 일어날지 예감하고는 눈을 질끈 감았다.

쫙!

왼쪽 뺨이 쓰라렸다. 휙 하고 고개가 오른쪽으로 돌아갔다.

"네가 감히 그런 말을 할 자격이 있다고 생각하는 거냐! 네가 뭘 할 수 있는데?"

"저도 궁금합니다. 제가 뭘 하고 싶은지, 할 수 있는지. 알게 되면 아버지께 제일 먼저 말씀드리겠습니다."

더 이상 지체하지 않고 강은 자리에서 일어났다. 꿇고 있던 무릎을 펴고 방에서 나오는 순간 강은 잠시 휘청거렸다. 결국 최 회장에게 손찌검을 당했지만 강은 오히려 그쪽이 마음이 편했다. 언제 손이 올라오나 생각하고 있었다. 빨갛게 부어오른 뺨을 쓸며 피식 웃음이 났다.

결국 그 일로 최 회장은 그동안 강에게 베풀던 원조를 단칼에 끊었다. 같은 집에 살고 같이 식사를 하는 것 외에 최 회장은 아들에게 아무것도 해주지 않았다. 아들과의 관계에서도 '기브 앤 테이크'가 철저한 최 회장이 하는 일이니 당연했다.

"아버지가 미국 가서 경영 공부를 하란다. 반항했어."

"회장님, 단단히 삐치셨나 본데?"

"그러게. 네가 뚜벅이가 되다니."

늘 타던 외제차 대신 버스를 타고 등교한 강을 보며 재미있는 구경거리라도 난 것처럼 현우와 민우가 조잘댔다. 음료수를 홀짝이며 두 사람은 강 주변에 의자를 두고 앉았다.

"너희들 내가 미국 가면 어떨 것 같아?"

"부럽다."

"너 영어 안 되잖아. 지금이라도 공부해야 하는 거 아냐?"

부러움과 걱정 어린 시선이 교차했다. 내가 이 녀석들에게 어떤 대답을 원했던 것인가.

"영어 빼고 다 잘해."

영어는 바닥이지만 다른 과목은 다 만점을 받았다. 그래서 담당 선생님과 면담을 한 적도 여러 번이었다. 영어는 좀처럼 늘지 않았다. 늘 미국에 있는 부모님에 대한 작은 반항심인지도 몰랐다.

"네 덕분에 비행기 좀 타보나 했더니 아쉽게 됐네."

"내가 미국에 가도 아무렇지 않아?"

심각한 강의 말에 현우와 민우는 서로 시선을 주고받았다.

"징그럽게 왜 그래, 사내자식이."

현우가 닭살 돋는다는 듯 시늉을 하며 장난을 쳤다. 민우는 조용히 강의 어깨에 손을 얹고 진지한 얼굴로 입을 열었다.

"너 설마 나랑 고맹 때문에 포기했냐? 그런 거라면 걱정할 필요 없잖아."

"에? 그런 거야? 네가 비행기 티켓만 보내주면 언제든지 갈 수 있는 거 알면서."

여전히 진지하지 못한 현우의 말에 신경이 거슬렸다. 제 어깨에 올려 있는 민우의 손을 치우며 대답했다.

"꼭 그런 것만은 아니야."

"그럼?"

"잘 짜인 각본에 움직이는 꼭두각시 같아. 아버지 후계자가 되는 건 내 의견과는 무관한 일이니까. 난 내가 하고 싶은 일, 내가 할 수 있는 일을 하고 싶어. 그뿐이야."

더 이상 고독과 싸우고 싶지 않으니까.

"좋아, 그런 이유라면 더 이상 말하지 않을게."

"그래, 회장님이 뭐라고 해도 우린 네 편이다. 집에서 쫓겨나면 우리 집으로 와."

이런 걸 남자들의 우정이라고 하는 건가? 좋으면서도 내색하지 않으려고 애쓰는 강은 어찌할 바를 몰랐다. 그저 쑥스러워 발개진 얼굴을 감추기 위해 고개를 돌릴 뿐이었다. 터닝 포인트라고 할 정도로 떠들썩한 건 아니었지만 그 나름대로의 새로운 길을 찾은 셈이었다.

내가 하고 싶은 일……

우연히 강은 아버지 서재에 들어섰는데 반쯤 남은 커피가 눈에 들어왔다. 매일 아버지가 마시던 설탕조차 들어가 있지 않은 쓰디 쓴 커피. 그 커피를 왜 마시는지 그 이유를 알 리 없는 강은 그런 아버지를 이해할 수 없었다. 더 이해할 수 없는 건 마시지도 않은 커피를 옆에 둔다는 것이다. 강은 윤 비서에게 은근슬쩍 물었다. 아버지는 왜 이 검고 쓴 커피를 드시냐고.

"깔끔하답니다. 단 걸 싫어하는 분이잖아요."

"이 커피 이름이 뭔데요?"

"다크 아메리카노. 그런데 귀국한 뒤로는 한 모금도 안 드십니다."

"어째서요?"

"입에 안 맞으니까요. 미국에서도 단골 카페만 가시던 분이시니 별로 놀랍지도 않습니다."

최 회장이 남긴 커피를 입에 댄 강의 얼굴이 금세 구겨졌다. 도대체 이 커피가 무슨 깔끔한 맛인지 이해할 수 없었다. 제 입엔 그저 쓴 물로밖에 표현되지 않는데 말이다. 그 순간 강은 제가 하고 싶은 일이 무엇인지 떠올랐다. 어쩌면 쓴 물만 마시는 아버지를 이해하고 싶어서 시작했는지도 모른다. 네가 뭘 할 수 있냐고 비웃던 아버지에게 인정받고 싶은 마음 하나로 커피에 대해 공부하기 시작했다.

*

　오래전 일을 회상하는 얼굴은 추억에 깃든 표정이다. 덕분에 지금 이렇게 바리스타가 될 수 있었다. 바뀐 건 아메리카노는 이젠 더 이상 그에게 쓴물이 아니라 깔끔한 맛이라는 것이다. 예민해질 대로 예민해진 그의 혀는 이제 최 회장이 어째서 아메리카노만 고집하는지 이해할 수 있었다. 하지만 멀어진 거리는 좀처럼 좁혀지지 않았다. 한 번 깊어진 골은 점점 깊어질 뿐이었다. 아버지를 이해하려고 시작했고, 이해하기 시작했는데 좀처럼 용기가 나지 않는다. 그리고 아버지는 좀처럼 저를 이해해 주지 않는다. 한 번 틀어지기 시작한 관계는 이젠 더 이상 손을 쓸 수 없는 것인가.

　맥주 한 캔을 거의 다 비웠을 무렵 취해 소파에 누워버렸다. 오늘 무언가 굉장히 많은 일을 한 것 같은 기분이다. 녀석 덕분에 오랜만에 옛 기억을 떠올렸다. 그리고 덩달아 오랫동안 잊고 있던 소중한 무언가가 가슴을 채웠다.

7. 심장 떨리게 하는 여자

"눈이다, 눈."

유리문 너머로 하얀 눈이 펑펑 내리기 시작했다. 온 세상을 뒤덮을 기세로 빠르게 흩날리던 눈은 어느새 소복이 쌓였다. 그 모습을 가만히 지켜보던 강은 한숨부터 내쉬었다. 올해 세 번째 내리는 눈. 거기다 매번 눈의 양이 엄청나 가게 앞을 쓸면서 고생했던 악몽이 떠올랐다. 눈만 쓸고 나면 다음날 허리 한번 시원하게 펼 수가 없었다. 남자의 생명은 허리라는데 벌써부터 이러면 어쩌나 싶다.

"문 닫아. 추워."

"눈, 눈이에요, 사장님."

어느새 문을 열고 팔을 뻗더니 손바닥 위로 떨어지는 눈송이를 바라보며 즐거워하는 천진난만한 감성에도 강은 아랑곳하지 않았다.

"알아, 눈인 거. 추우니까 닫아."

"눈 예쁘죠? 눈이 내리는 것만큼 예쁜 것도 없어요."

"눈 온 뒤 개고생하고 난 후에도 그런 말이 나올지 참 궁금하다."

유리벽 너머로 흩날리는 눈을 바라보던 강의 시선은 오랫동안 머물지 않았다. 강의 메마른 감성에도 다이는 여전히 손을 뻗어 눈송이를 받아내는 중이었다. 활짝 핀 그녀의 표정은 꼭 눈을 처음 보는 어린아이 같았다.

오전부터 내리기 시작한 눈은 오후가 되어도 좀처럼 그칠 줄을 몰랐다. 오히려 눈발이 더욱 거세진 느낌이다. 덕분에 가게 안은 평소엔 볼 수 없는 고요함이 자리 잡고 있었다. 이런 날, 거센 눈발을 뚫고 커피 마시러 오는 사람이 있을까 싶기도 하다.

"좀처럼 손님이 없군."

오전에 한두 명 왔다 간 것을 제외하면 오후엔 텅 비어 있었다. 지독하게 내리는 눈은 사람 발길도 끊어버렸다.

"그러게요. 이러다 가게 문 닫는 거 아니겠죠?"

"실업자 될까 봐 겁나나?"

"전 다른 데 가서 일하면 되는데 사장님이 걱정이죠. 커피 머신기에 가구, 그릇들 처분하려면 손해 볼 거 아니에요."

걱정 어린 시선에 강은 정말 어이가 없었다. 하루 손님 없다고 남의 앞길까지 걱정해 주다니. 감개무량해서 눈물이 쏟아질 지경이다. 이건 뭐, 가게가 망하길 부채질하는 것 같기도 하고.

"네가 날 걱정해 줄 만큼 나 우습지 않아. 괜한 오지랖 발동하지 마."

다시 한 번 유리벽 너머로 시선을 던졌을 땐 모든 차들이 움직이지 못하고 그 자리만 맴돌고 있는 게 보였다. 눈 때문에 앞이 보이지 않는 건 당연하고, 바닥은 눈이 녹아 미끄러워 움직일 수가 없는 모양이다. 손님이 없는 것도 당연했다.

지루한 시간이 지속되며 짜증이 날 무렵 점차 눈발이 가늘어지기 시작했다. 다행이다. 이대로 늦은 저녁까지 지속되면 어쩌나 했다.

"손님도 없는데 나가서 눈이나 치워요."

점퍼까지 챙겨 입은 다이는 눈삽 두 개 중 하나를 당연하다는 듯 강에게 쥐어주었다. 쌓인 눈의 양은 발등을 충분히 덮고도 남았다.

"눈은 참 예쁜데 치우는 게 골칫거리란 말이에요."

"추우니까 들어가 있어. 괜히 감기 걸리지 말고."

"에이, 이래 봬도 겨울에 감기 한 번 안 걸린 몸이라고요. 혼자서 이렇게 쌓인 눈을 어떻게 치우려고 그러세요."

그러고선 익숙하게 눈삽을 들고 눈을 퍼다 한쪽에 쌓아두기 시작한다. 왼쪽에서부터 다이가 눈을 밀고 오면 쌓인 눈은 강이 처리했다. 손과 발이 꽁꽁 얼어 감각이 무뎌지고 있다. 입에서 연신 입김이 나와 호흡하는 두 사람 사이를 맴돌았다. 그래도 혼자보다는 낫네. 강이 속으로 말을 삼켰다. 여전히 약하게나마 눈이 내리곤 있지만 곧 그칠 기세였다. 쌓일 정도의 위력은 아닌 것 같아 대충 치운 두 사람은 카페 안으로 들어왔다.

"춥다."

"추워요."

누가 먼저랄 것도 없이 난방기에 손을 대곤 뜨거운 바람에 손을 녹이기 시작했다. 따가운 손끝이 어느새 녹아 간지러웠다.

"앉아."

"예?"

"보충수업이다."

딱히 할 일이 없었다. 그렇다고 눈 때문에 정체된 도로에 버스가 다닐 리 없다. 퇴근하라고 하고 싶지만 상황이 상황인지라 보충수업으로 시간을 때우기로 했다.

"와, 진짜요?"

어느덧 자리에 앉은 다이 앞에 강은 이번에 새로 구입한 생두를 꺼내 들고 왔다. 노동이 아니다. 일종의 수업이다. 핸드픽 과정을 익히는 수업.

"이건 얼마 전 구입한 생두다. 이걸 그대로 과연 로스팅해도 될까?"

"난센스인가요?"

강이 고개를 끄덕였다. 전혀 알 수 없는 그의 행동에 다이는 생두를 몇 개 꺼내 손바닥 위에 올려놓았다. 같은 모습인 것 같으면서도 가끔 다른 녀석들이 보였다.

"한 번 걸러내야 하지 않을까요? 이런 녀석들."

"그게 바로 핸드픽 과정이야. 생두나 원두의 나쁜 맛을 골라내는 과정. 뿐만 아니라 커피에 미칠 영향을 예측해 구매하거나 또는 구매할 커피가 좋은 것인지 나쁜 것인지 판단하는 과정까지 포함되어 있어. 즉, 생두나 원두를 구매할 것인지 하지 않을 것인지 결정하는 과정이라고 할 수 있지."

다이는 강의 말을 알아듣고는 고개를 끄덕였다.

"핸드픽을 꼭 거쳐야만 하는 과정이 아니라는 의견도 있지만, 난 그 의견은 절대적으로 무시한 채 핸드픽을 하고 있어. 생두에 섞여 있는 나쁜 맛을 내는 것들을 골라내는 과정이긴 하지만, 이 과정을 거치면 불량두가 포함되는 절대 비율이 줄어들어 커피 맛이 좋아지기 때문이지."

강은 비닐 속에서 생두를 풀어 거침없이 테이블 위에 쏟아부었다. 그리곤 한 움큼 쥐곤 그대로 계량 저울에 올려놓았다.

정확히 10그램. 강은 저울에 표시된 숫자를 확인하곤 입을 열었다.

"보통 한 잔의 커피를 추출할 때 10그램의 원두를 사용해. 200그램 정도의 원두로 약 스무 잔의 커피를 만들 수 있지. 걸러지지 않은 불량 두의 개수가 200그램 안에 열 개 내외라고 해볼 때 불량 두가 한 잔에 한 개씩 섞여 들어간다고 하면 이들이 들어가서 좋지 않은 맛을 낼 비율은 50% 내외야. 그전에 이 녀석들을 제거하면 그 확률은 제로가 되지."

"아하, 굉장한 작업이네요. 커피 맛을 결정한다고 해도 과언이 아니겠어요."

"뭐, 그렇게 보는 전문가들도 있긴 해. 하지만 그렇다고 해도 핸드픽 과정으로 커피 전체의 품질이 좋아지지는 않는다는 걸 명심해. 원래 불량 두가 섞여 있는 생두인데 핸드픽을 통해 불량 두를 걸러냈다고 해서 그 생두의 품질이 좋아지는 건 아니니까 말이야. 걸러내면 당연히 나쁜 맛은 적어지지. 하지만 그 이상의 맛을 내진 않는다는 얘기야. 3등급 한우가 1등급 한우가 될 수 없듯이."

그의 적절한 표현에 다이는 피식 웃었다. 지금까지 봐온 강은 커피를 만들 때가 가장 멋지다고 생각했지만, 수업을 할 때 그가 알고 있는 지식들이 그대로 전해져 진짜 바리스타라는 생각이 들게 만든다. 멋지다, 최강. 멋지다, 바리스타. 다이는 속으로 미소 지었다.

쏟아부은 생두 중 강은 노련한 손길로 몇 가지를 척척 꺼냈다.

"꼭 골라내야 하는 것. 이물질, 곰팡이가 핀 콩, 발효된 콩, 검은 콩."

수많은 괜찮은 콩들 중에서 골라내야 하는 콩들을 하나씩 집으며 골라내는 강의 손은 망설임이 없었다. 역시 프로는 다르구나. 대충 훑어보면서도 고르는 손은 매섭기 그지없다.

몇 번의 손을 놀려 골라내지 않아도 되는 생두와 골라낼지 말지 결정하는 생두를 고르곤 한참 설명을 이어갔다. 그중엔 모양은 이상하나 직접적으로 맛과 향에 영향을 주지 않은 피베리는 한참 동안 바라보며 눈에 담았다. 누구는 이 녀석을 기형이라 부르겠지만, 직접적으로 맛에 영향을 주지 않으니 쓸모 있는 녀석들이다. 몰랐다면 골라냈을 녀석들을 하나씩 눈에 담았다. 잊지 말아야지,

걸러내지 말아야지 하면서.

"해봐."

"예?"

"네가 핸드픽 해."

떨린다, 심장이. 고개를 끄덕이곤 콩을 하나씩 집은 다이는 두 눈으로 확인하며 그가 일러준 것들을 기억했다. 하나하나 찾는 데 꽤 오랜 시간이 걸린 것 같았다. 그럼에도 강은 아무 말 없이 그녀가 묵묵히 핸드픽 하는 것을 지켜보고 있었다.

"그만."

"휴……."

훅, 하고 들이마신 숨을 한 번에 뱉은 것처럼 한숨이 터졌다. 잔뜩 긴장한 손을 무릎 위로 올려놓았다.

"한숨?"

"긴장돼서요. 꼭 테스트당하는 기분이에요."

"맞아, 테스트. 진짜 돌대가린지 꼴통인지 보려고."

다이의 두 눈이 동그랗게 커졌다. 좀 더 신중하게 고를 걸 그랬다.

"꼴통. 꼴통. 꼴통."

그녀가 오류로 골라낸 것들을 하나씩 찾아낼 때마다 강의 목소리는 날카롭게 들렸다. 그때마다 다이는 고개를 푹 숙인 채 시선을 피했다.

"세 개 틀렸네."

"그럼?"

"역시 꼴통이지, 뭐."

당연한 걸 묻느냐는 강의 시선이 닿았다.

"이 으깨진 콩은 곰팡이 핀 콩으로 보고, 곰팡이 핀 콩은 으깨진 콩으로 착각하다니, 이거 진짜 꼴통이네."

"아…… 하하하."

다이는 뒷머리를 긁적이며 어색하게 웃었다. 다 비슷비슷해서 착각하고 만 것이다.

"웃어? 너 이걸로 커피 내려줄까?"

"아, 아뇨. 죄송합니다."

"곰팡이 핀 콩으로 커피를 내리는 건 우리 가게에 수치다, 수치. 더 나아가 바리스타 최강의 이름에 똥칠한 거고."

수치에 똥칠이라. 돌대가리와 꼴통에 버금가는 표현에 다이는 눈을 질끈 감았다. 하나도 달라진 것이 없어 보이는 저의 실력을 탓하며 다이는 풀이 잔뜩 죽어버렸다. 혹독하기 짝이 없는 그의 호통에 앞으로 가시밭길이 예상되었다.

"숙련하는 수밖에 없어. 손님 없는 시간마다 핸드픽 연습해."

"네, 알겠습니다."

강은 고개를 까닥하며 혼잣말을 했다.

"오늘 장사하긴 글렀군."

수업을 하는 몇 시간 동안에도 문 한 번 열리지 않았다. 예상했기에 실망은 하지 않았지만, 집이 먼 다이가 걱정이다. 버스가 다닐지 의문이다.

"옷 갈아입고 나와. 퇴근이다."

"벌써요?"

"더 이상 장사하긴 틀렸어. 문 열고 있어봤자 손님 없을 거야. 괜한 시간 낭비, 자원 낭비지."

옷을 갈아입고 다이는 카페 정리를 마친 강 뒤로 탈의실에서 나왔다. 강은 앞치마를 벗고 점퍼를 챙겨 입었다. 역시 도로 위의 차들은 여전히 제자리걸음 중이었다.

"타. 데려다 줄게."

"감사합니다."

보조석에 타고 도로에 진입했지만, 좀처럼 움직일 기미가 보이지 않았다. 눈은 이미 녹았지만 조금 있으면 꽁꽁 얼어붙을 것이다. 30분 동안 100m도 채 가지 못한 채 거북이걸음이다. 슬슬 강은 짜증이 나기 시작했다.

"이래서 오늘 하루가 걸려도 도착하겠어?"

"그럼 걸어갈까요?"

그걸 질문이라고 한다. 버스로 한 시간이나 되는 거리를 걸어가겠다니. 가게 앞은 눈삽으로 다 쓸어 깨끗하지만 그 외의 거리는 발이 푹푹 빠질 정도로 많이 쌓여 있었다.

"집으로 가야지, 뭐."

"집이오?"

"내 집."

강은 차가 움직이는 틈을 타 유턴을 해 카페 앞을 지나갔다. 순간 다이는 안전벨트를 꽉 쥐었다. 지입? 집? 내 집? 정신이 번쩍 들며 다이의 동공이 커졌다.

"스톱. 무슨 상상 하는지 알겠는데 지금 그런 상상 하는 거 꽤나 불쾌하거든?"

"아, 예."

"방 세 개. 문제될 거 없잖아."

따가울 정도로 집요하게 바라보는 다이의 시선을 느낀 강이 변명처럼 말을 잇고는 그대로 저의 아파트로 향했다. 그렇다고 박정하게 찜질방에서 자라고 길거리에 버려둘 수도 없지 않은가.

"찜질방에 하루 잔다고 생각해."

정말 그렇게 생각하라고 한다고 그렇게 느껴지는 건 아니겠지만 말이다. 여전히 안전벨트를 땀이 나도록 쥔 다이는 시동이 꺼지자 긴장된 표정이다. 타인의 집에서 자는 것도 처음이지만, 남자 집에서 자는 것도 처음이다. 차에서 내린 다이는 강의 뒤를 쫓았다.

"어, 어!"

녹은 눈 탓에 미끄러지는 다이의 팔을 강이 잡아끌었다. 십년감수한 얼굴로 다이는 그의 옷자락을 움켜쥔 채 그대로 있었다. 손이 떨리고 심장이 떨렸다. 머리가 하얗게 돼서는 잡은 옷자락을 놓을 줄 몰랐다.

"조심성 없기는."

머리 위로 떨어지는 잔잔한 음성에 다이는 곧 정신을 차렸다.

"사장님 덕분에 살았어요. 휴."

곧장 그의 품에서 벗어난 다이는 코를 킁킁거렸다. 순식간이지만 달콤한 향이 코를 자극하는 것 같았다. 하지만 곧 연기처럼 사라져 금세 잊어버렸다.

집은 꽤 깔끔했다. 혼자 살기엔 너무나 넓어 외로움이 묻어나는 느낌이다. 강은 아무렇게나 점퍼를 소파에 벗어 던진 후 물을 마시러 주방으로 갔다. 그사이 다이는 고개를 이리저리 돌려 집 내부를 훑었다.

"이 방에서 자면 돼. 먼저 씻을래?"

"……예?"

"그전에 저녁이나 먹자. 배고프다."

강다이. 무슨 생각을 한 거야! 미쳤어!

먼저 씻으란 배려의 말을 19금으로 오해해 버린 다이는 얼굴이 화끈거렸다. 귀까지 벌개져서는 그의 얼굴을 피하기 위해 방에 들어가 옷장에 점퍼를 걸어놓고는 쿵쿵거리는 심장을 움켜쥐었다. 사장님과 단둘. 사장님과 단둘이라……. 남자와 단둘. 남자, 남자. 심장이 미친 듯이 뛰어댔다. 한 번 긴장하기 시작하자 어느새 그가 사장이 아닌 남자로 보이기 시작했다. 너무 늦게 자각을 하고 말았다. 흔쾌히 그의 집에 발을 들여놓다니.

"남, 남자라니. 아니야. 사장님은 내 스승이라고."

진정하자, 진정해. 다이는 숨을 고르기 시작했다. 주방에서 그가 뭔가 하고 있는 듯 부산스러운 소리가 들렸다. 그래, 길거리에 버려두지 않고 집에서 재워주는 그의 호의를 왜곡하지 말자. 생각해 보면 그가 저에게 흑심을 품을 일은 없었다. 그런 상황이 일어날 가능성은 제로였다.

거실로 나온 다이는 소파에 널브러져 있는 강의 점퍼를 들었다. 아까와 같은 향기가 난다. 후각을 자극하는 달콤한 냄새.

"아, 이거였어."

이제야 찾았다는 듯 다이의 입가에 기분 좋은 미소가 번졌다. 주방으로 가 뒤에서 강의 셔츠 자락을 붙잡고는 코에 갖다 댔다.

"사장님한테 커피 향기 나요. 누가 바리스타 아니랄까 봐."

"뭐?"

당황한 강은 뒤집개를 든 채 그대로 멈칫했다.

"커피 향기 흘리고 다니시긴. 처음 만난 사람도 사장님이 바리스타라는 거 알겠어요."

좀 떨어지지. 강은 바짝 긴장해서는 목소리가 나오지 않았다. 여전히 다이가 하는 말에 대답도 하지 않은 채이다.

"그거 아세요? 어디서 들은 얘긴데, 커피 머신이 오래될수록 기계에 배어 있는 커피의 오랜 향이 묻어 나와 커피 맛이 더 진해진다는 거. 사장님한테 그런 향기가 났어요."

다이는 강의 점퍼를 들고는 콧노래를 흥얼거리며 거실로 걸어갔다. 그러다 몇 걸음 걷다 말고 뒤돌았다.

"점퍼 걸어놓을게요. 이 방이죠?"

얼떨결에 고개를 끄덕인 강은 계란 프라이가 타고 있다는 것을 뒤늦게 깨달았다. 탄내가 진동하는 계란 프라이를 개수대에 버리곤 냉장고에서 달걀 두 개를 다시 꺼냈다. 순간 가까이 다가와서 놀랐다. 뭐 하는 건가 싶었다.

아, 미치겠네, 정말. 쉬이 진정이 되지 않았다.

마치 대단한 걸 발견이라도 한 사람처럼 콧노래까지 흥얼거리는 꼴에 순간 뭐에 당한 기분이 들었다. 뭐지, 도대체 이 찝찝한 기분은?

익은 계란 프라이를 접시에 담고 냉장고에 있는 밑반찬을 꺼내 소박한 저녁 식탁을 차렸다. 혼자 사는 남자 집치곤 진수성찬인 셈이다.

"그럼 잘 먹겠습니다."

수저를 들고는 계란 프라이에 밥을 슥슥 비벼 먹는 그녀를 바라보다 강은 시선을 거두었다. 사람 놀라게 하고 태연하게 밥이 넘어가나? 애먼 남자 등에 왜 얼굴을 묻고 냄새를 맡는 건데? 진짜 이상한 녀석이네.

"맛있어요."

"그거 참 다행이네."

"잘 먹었습니다. 설거지는 제가 할게요."

오랜만에 먹어보는 따뜻한 밥 한 공기에 그저 행복했다. 제 밥그릇을 싱크대에 두고는 아직까지 밥에 손도 대지 않은 강을 걱정 어린 눈으로 바라보았다.

"사장님, 밥을 하나도 안 드셨네요?"

안 드신 게 아니라 못 드신 거다.

"응. 속이 좀 안 좋아."

"아깐 배고프다고 하지 않으셨어요?"

꼭 쓸데없는 데 기억력만 좋지, 눈치 없이.

"갑자기 속이 안 좋아. 그냥 치워."

강은 식탁에서 일어나 소파에 앉았다. 그사이 다이는 식탁을 정리하고 설거지까지 깔끔하게 마치곤 강 옆에 앉았다.

"TV 보시게요?"

강은 '그럴까?' 하고 짧게 대답하며 리모컨을 찾아 켰다. 한창 뉴스 속보가 진행되고 있었다. 채널을 돌리다 강은 지루한 얼굴로 방으로 들어갔다. 뒤에서 주무실 거냐고 묻는 다이의 물음을 무시한 채 말이다. 침대에 누워 천장을 바라보며 강은 뒤척였다. 꽉 닫지 않은 문틈 사이로 희미하게 빛이 흘러들어 강을 괴롭혔다. 혼자서 TV를 보고 있는 모양이다.

뭐가 저렇게 자연스러워.

제법 자연스러운 몸짓으로 강의 점퍼를 옷장에 걸어두곤 설거지까지 한 다이였다. 거기다 거실을 독차지한 채 TV까지 보고 있다. 못마땅한 건 아니지만, 강에겐 익숙하지 않은 행동들이다. 익숙지 않은 건 다이, 그 존재로 함축할 수 있었다.

유난히 잠을 청하지 못하는 밤이었다. 문틈 사이로 흘러드는 한 줄기 빛은 이미 차단된 지 오래. 그럼에도 벽 하나를 두고 타인과 같이 있는 게 신경이 쓰여 뒤척이기만 할 뿐이었다. 결국 못 참고 다이를 거실에서 방으로 쫓아낼 생각으로 침대에서 일어났다.

"이만 들어가서……."

이미 다이는 소파에 누워 자고 있었다. TV 소리에도 불구하고 이렇게 곤히 자고 있다니. 몇 시간째 뒤척이다 결국 거실로 나온 제 모습이 우스워 강은 머리를 긁적였다.

"벌써 자고 있잖아?"

코까지 골며 꿈나라 여행 중인 다이에게 다가간 강은 어깨를 잡고 흔들었다.

"꼴통, 방에 들어가서 자."

웅얼웅얼 알아들을 수 없는 말을 하는 입술이 움직였다. 그러거나 말거나 강은 다이의 어깨를 다시 흔들었다.

"들어가서……."

순식간이었다. 잠결에 손을 뻗은 다이의 손이 강의 셔츠를 제몸 쪽으로 잡아끌었다. 예기치 않게 강의 상체가 다이의 몸 위로기울어지면서 일촉즉발의 상황이 연출되었다. 입술이 닿을락 말락 해 숨을 내쉬면 다이가 깰까 봐 숨도 들이마신 채였다. 그저 눈을 깜박이며 잠든 다이의 얼굴을 바라볼 뿐이다. 그리고 얼마 지나지 않아 제 셔츠를 잡고 있는 다이의 손이 떨어졌는데도 강은움직일 수가 없었다.

방심, 했어.

뒤늦게 거실 바닥에 철퍼덕 앉은 강은 아무 일 없이 몸을 뒤척이며 자고 있는 다이를 노려보았다. 모르고 저러는 건지 알면서모르는 척하는 건지 도통 알 수 없는 행동에 강의 머릿속은 복잡하게 변했다. 한 가지 확실한 건, 스승일 때 빼고는 다이에게 휘둘리고 있다는 생각을 떨쳐 버릴 수가 없었다.

본인이 어떤 엄청난 일을 저지를 뻔했는지 자각하지 못한 채 쌔근쌔근 숨소리를 내며 자고 있는 다이를 노려보았다. 더 이상 깨우는 건 무모한 일이다. 또 어떤 짓을 할지 모른다. 강은 방에 들어가 이불을 펴고 다시 거실로 나와 잔뜩 웅크린 채로 있는 다이를 번쩍 들었다.

가볍다. 보이는 대로 깡말랐다.

다이를 이불에 눕혀두고는 방에서 나오기 전 다이의 얼굴을 지나가듯 눈에 담았다. 방에서 나와 거실을 가로질러 가는 방이 강의 방이다. 강은 먼저 TV를 끄곤 맥 빠진 사람처럼 소파에 앉았다. 차 안에서는 잔뜩 긴장한 채로 있었으면서, 정작 집에 와서는 전혀 그런 기색이 없다니. 말과 행동의 일관성을 찾아볼 수 없는 다이의 행동은 조심성이 없었다. 처음부터 찜질방이라 생각하라 했다고 남자 집에서 긴장을 늦추는 법이 어디 있는가.

애당초 녀석은 글렀다. 집에 데리고 오는 게 아니었다. 찜질방에 가라며 길거리에 버려둘 걸 그랬다. 어디서 노숙을 하던 알 게 뭐라고 집으로 끌고 온 것인가. 미치겠다, 나란 놈은.

평소보다 일찍 눈이 떠졌다. 거기다 소파에서 자고 있는 꼴이란. 제대로 숙면을 취하지 못한 탓에 강의 눈 밑은 어두웠고, 불편한 자세로 오랫동안 유지되었던 근육은 찌뿌듯했다.

째깍째깍 시계 바늘이 움직이는 소리가 유난히도 귀에 거슬렸다. 거실 불을 환하게 켜놓고 깜박 잠든 모양이다. 다이가 일어나기 전 먼저 씻을 요량으로 강은 욕실로 향했다. 무향인 바디 워시를 몸에 칠하고 따뜻한 물줄기로 몸을 뒤덮은 거품을 깨끗이 씻겨내었다.

"커피 향기 나요."

커피 향기? 늘 무향인 바디 워시로 샤워하는데 커피 향기라니.

순간적으로 강은 팔을 들어 냄새를 맡았다. 아무런 냄새가 나지 않는다. 하루 일과가 커피를 만드는 일이니 커피 냄새가 옷에 잔뜩 밴 모양이다. 아무리 그래도 세탁도 자주 하는 편인데.

"커피 향기 흘리고 다니시긴."

흘리고 다닌다고? 내가? 칠칠맞지 못하게 무언가 흘리고 다닌 적은 없다. 늘 깔끔하고 정돈된 모습. 이게 철칙이다. 수증기가 잔뜩 낀 거울을 손으로 문질러 제 얼굴을 확인했다. 무언가 깊은 생각에 빠진 표정이다. 어제처럼 방심해 버리면 또 어떤 일이 벌어질지 모른다. 긴장을 늦추지 말아야겠다. 타월로 머리를 털며 말리곤 다이가 자는 방을 조심스럽게 열었다. 역시 아직까지 자고 있었다. 옷을 챙겨 입고는 간단하게 아침을 만들었다.

요즘 들어 자주 해 먹는 샌드위치이다. 깔끔한 아메리카노 한 잔과 같이 마시면 제법 든든했다. 다이를 깨울까 하다 강은 혼자 샌드위치를 만들고 커피까지 내렸다. 식탁에 앉아 커피를 마시며 샌드위치를 먹는 동안에도 다이는 일어나지 않았다.

카페 문을 열고 들어온 강은 먼저 히터를 켰다. 차가운 냉기에 어깨가 절로 떨렸다. 청소를 하며 오픈 준비를 하는데 카페 문이 열렸다.

"아직 영업시간 전입니다."

"그래도 커피 한 잔 줘야겠는데."

돌아가며 아침에 마실 커피를 주문하는 이 형제를 어쩌면 좋을까 잠시 생각했지만 강은 주저 없이 에스프레소를 추출했다.

"민우 것도 한 잔 테이크아웃 해줘."

"여기가 무슨 편의점이야? 급하면 편의점 들러서 사가든가."

"편의점 커피는 맛없어. 여기가 최고야."

마음에도 없는 칭찬을 늘어놓는 현우를 바라보다 현우가 마실 커피를 먼저 만들었다.

"너 이렇게 먹다 살찐다. 살찐 남자 좋아하는 여자 없는 거 알지?"

"그래서 매일 운동하고 있어. 숨 쉬기 운동."

그리고선 과장된 행동으로 숨을 들이쉬는 현우를 한심한 눈으로 흘겼다.

"그건 운동이 아니라 산소 공급 아니냐?"

"폐활량 운동."

"미친놈."

화이트 카페모카와 진한 아메리카노 한 잔을 카운터에 내려놓았다. 현우의 실없는 말장난을 듣고 있기 힘들 만큼 피곤했다.

"잠 못 잤냐?"

"그래 보여?"

"눈이 충혈됐어. 어젯밤 뭐 했길래?"

"그냥 잠을 못 잤을 뿐이야."

"오호라? 밤새 야동이라도 본 거냐?"

"잘못 짚었어."

"왜? 피 끓는 청춘인데?"

피 끓는 청춘? 그래서 그랬나? 그래서 그렇게 방심했던 건가? 긴장했던 건가? 무수히 많은 질문을 던져 놓았는데 정작 돌아오는 해답은 없었다.

"커피 식는다. 가라."

잡념을 떨쳐 버리곤 턱을 괴고 귀찮다는 듯 강이 손짓했다.

"다이는? 아직 출근 전이야?"

"아직 자고 있겠지, 뭐."

무심한 얼굴로 대답해 버린 강은 순간 가늘게 뜬 눈으로 저를 바라보고 있는 현우의 시선을 느꼈다. 아차, 실수했다.

"네가 그걸 어떻게 알아?"

"왜 그런 눈으로 보고 난리야."

"대답해 봐. 궁금한데."

궁지에 몰아넣고는 재미있어 죽겠다는 얼굴을 하고서 집요하게 묻는 현우를 향해 한마디 툭 던졌다.

"어제 내 집에서 잤어."

"뭐?"

"그냥 잠만 잤어."

오해의 소지가 다분한 말을 하고도 강은 태연했다.

"너 언제 그렇게 진도 나간 거냐?"

"무슨 말이야? 어제 폭설이었잖아. 버스도 없고 집에 갈 상황이 아니라 집에서 자라고 한 것뿐이야."

어떤 오해를 하고 있는지 현우의 속을 훤히 꿰뚫은 강은 고개를 내저었다.

"손만 잡고 잘게. 오빠 믿지? 신파 찍냐? 하하!"

"왜 웃고 지랄인데?"

"웃기잖아, 잠만 잤다고 하니까."

웃기긴 도대체 뭐가 웃기다는 건지 강은 도통 알 수가 없었다. 현우가 말하는 그런 사이도 아니고 그냥 사장과 직원의 관계일 뿐인데, 그럼 뭔 일이라도 났어야 하는 건지 불쾌하기 짝이 없다.

"그럼 길거리에 버려두냐? 알아서 노숙하게? 내가 그렇게 박정한 놈으로 보여?"

말이 끝나기가 무섭게 이어지는 현우의 긍정에 강은 순간 당황했다.

"넌 그런 놈이잖아."

강은 입을 꾹 다물었다. 알고 있는 사실이기에 달리 반박하고 싶지 않았다.

"근데 난 알지. 의외로 순진하고 인정 넘치는 놈이라는 거."

"약 먹었냐?"

"이거 점점 재밌어지는데?"

현우는 흥미로운 얼굴을 하고선 포장된 테이크아웃 커피를 들었다.

"고 사장 전화 올라. 커피 심부름 얼른 가야겠다."

현우가 나가고 난 뒤 강은 깊은 생각에 빠졌다. 그래, 어제 두 번이나 심장이 떨리긴 했어. 놀랐으니 당연한 결과였다. 하지만 더 놀라운 사실은 바로 그것이다. 언제나 무심한 표정으로 일관하던 평온한 일상에 심장 떨릴 만한 일이 생겼다는 것.

"사장님, 왜 먼저 오셨어요?"

태연하게 들어오는 다이의 얼굴을 보는 순간 복잡 미묘한 감정이 솟구쳤다.

"같이 나오다 동네에 소문이라도 나게?"

"에이, 그래도 그렇지, 같이 출근하면 심심하지도 않고 좋잖아요. 어, 벌써 오픈 준비 다 하신 거예요?"

"어."

다이의 얼굴을 제대로 쳐다보지도 않은 채 강이 대답했다.

"제가 할 일을 사장님이 다 하시면 어떻게 해요. 제 할 일은 제게 맡겨두세요."

"오늘따라 되게 시끄럽다."

다이는 강의 경고를 무시하고 유니폼으로 갈아입고 나왔다. 다이는 여전히 표정이 좋지 못한 강을 보며 웃으며 말했다.

"참, 아침 잘 먹었어요. 답례로 청소랑 설거지는 제가 했어요."

"야, 너 은행이나 갔다 와."

결국 강은 통장과 봉투를 다이의 손에 쥐어주고는 가게에서 쫓아냈다. 가게에서 나갈 때까지 다이는 여전히 싱글벙글했다.

저 녀석은 왜 아무렇지 않은 건데?

그게 마음에 안 들었다. 정작 본인은 어제부터 상태가 영 아닌데, 반대로 녀석은 기분이 최고조에 달해 날아갈 듯 보였으니 말이다. 어쩐지 이상하다, 혼자 저주에 걸린 것처럼.

"호빵 사왔어요. 완전 따끈따끈해요."

금방 은행에서 돌아온 녀석은 김이 모락모락 나는 호빵을 반으로 갈라 한쪽을 강에게 건넸다. 그런 강은 무심히 그녀가 내민 호빵 반쪽을 바라보다 고개를 저었다.

"됐어."

"왜요? 어제 저녁도 안 드셨잖아요."

"……그냥, 여전히 속이 별로야."

"병원 다녀오셔야 하는 거 아니에요?"

"돌팔이들은 몰라."

나도 모르는데 돌팔이라고 알겠어? 의사란 놈들은 보이는 병밖에 치료를 하지 못하니까. 이렇게 고민하고 생각하고 심장이 떨리게 된 이유를 설명해도 알아먹지 못할 테니까. 아니, 어쩌면 정신과를 운운할지도 모르겠다.

그 순간이었다.

제 등을 쓸어내리는 따뜻한 손길에 강이 어깨를 움찔댔다.

"체했을 때 이렇게 등을 쓸어주면 속이 풀리거든요."

위에서 아래로 가볍게 손으로 등을 쓸어주는 다이의 손길에 강의 심장은 이미 멎은 후였다. 어쩔 도리가 없었다. 그만하라고 말하고 싶은데 목소리가 나오지 않았다.

제 나름대로의 민간요법인 것 같은데 강에겐 전혀 통하지 않았다. 오히려 증상이 더 악화되었다. 저의 등을 쓰는 다이의 손길이 지나간 자리마다 찌리릿 하고 전기가 흐르는 것 같았다.

어릴 적 어머니한테도 받아본 적 없는 민간요법이다. 이마를 짚거나 손을 따거나 한 적은 있지만, 이렇게 등을 쓸어준 적은 없었다. 낯설기 짝이 없는 손길인데 이상하게 따뜻했다.

또다시 심장이 떨렸다.

"다이 손은 약손, 다이 손은 약손."

꼴통 win.

"안 되겠다. 오늘 수업은 휴강."

8. 특별한 사이

문이 열리며 낯선 남자가 카페 안으로 성큼 들어왔다. 그 남자를 '사장'이라 부르며 카운터 밖으로 나간 다이가 반색했다.

"사장님, 여긴 어쩐 일이세요?"

"지나가는 길에 들렀어. 퇴근 시간이면 옷 갈아입고 나와. 알바 갈 거지?"

위트 있게 웃으며 사장이라는 놈이 다이에게 명령했다. 누구라고 딱히 소개를 해주지 않아도 그가 호프집 사장이라는 걸 강은 알 수 있었다. 그의 말을 잠자코 듣고 있던 강은 커피를 손님에게 내주곤 화기애애한 분위기로 농담을 주고받는 두 사람에게 시선을 던졌다.

"꼴통, 아직 업무 시간이야."

"죄송합니다. 퇴근 시간인 것 같아 별생각 없이 한 말이었는데."

호프집 사장 놈이 다이 대신 사과를 했다. 그러면서 제 명함을 강에게 건넸다.

"제 명함입니다. 다이가 일하는 호프집 사장입니다."

강은 건네는 손이 무안해지도록 쳐다보지도 않고 대답했다.

"지금은 제 밑에서 일하고 있는 직원입니다. 이래라저래라 하지 말아주시겠습니까?"

강의 싸늘한 반응에 적잖게 당황한 남자는 꺼낸 명함을 다시 지갑 속에 넣고는 무안한 내색을 했다. 강의 시선이 다이에게 닿았다.

"잡답은 그만 늘어놓지 그래?"

"죄송합니다. 안 그래도 먼저 가시라고 하려던 참인데."

허리를 숙여 사과하는 다이의 반응에도 강의 기분은 좀처럼 나아질 기미가 보이지 않았다. 애당초 사장 놈이 다이 대신 사과할 때부터 기분이 좋지 않았다. 거기다 저를 부를 때만 쓰는 호칭인 줄 알았던 '사장님' 소리로 다른 놈을 부르자 기분이 불쾌해졌다. 사장 놈은 비어 있는 테이블을 차지하고 앉았다. 어차피 조금만 더 기다리면 되니 앉아서 기다리겠다고 능청을 떨었다. 그냥 먼저 다이를 보낼 수 있었음에도 강은 조금도 아량을 베풀고 싶지 않다는 얼굴로 무시했다.

그리고 시간이 조금씩 지날 때마다 강의 시선은 여유롭게 앉아서 잡지를 보고 있는 사장 놈에게 향했다. 음료도 주문하지 않고 뻔뻔스럽게 자리에 앉아 있는 꼴이란. 당장 가게에서 쫓아내고 싶었다.

8시가 되기 5분 전, 강은 점점 짜증이 나기 시작했다. 다이의 퇴근 시간이 가까워질수록 손목시계로 시선이 가는 횟수가 점점 늘었다. 30대 중후반쯤 되어 보이는 남자는 저보다 나이가 서너 살은 많아 보였다. 거기다 능청스러운 말투, 다정하게 다이를 향해 짓는 미소, 거기다 이유 없이 직원을 기다리는 한량 사장. 초면임에도 이유 없이 마음에 안 드는 사람은 처음이다.

"너 저번에 내가 말한 거 생각해 봤어?"

"네? 어떤……."

"꼴통. 내가 그럴 줄 알았지."

어이지는 구박과 한심한 시선이 다이의 얼굴에 닿았다.

"호프집 그만두고 카페만 집중하라고 했던 말."

"아, 그건……."

컵을 씻어 정리하던 다이는 테이블에 앉아 저를 기다리는 사장 때문에 강의 말에 집중할 수가 없었다. 갑작스럽게 찾아와 놀라긴 했지만, 어차피 같은 길이니 잘되었다고 생각하던 참이다. 강의 물음에 대답하려던 순간 벌써 퇴근 시간이 지나 있었다.

"사장님, 저 그럼 이만 퇴근하겠습니다."

"야, 너."

부리나케 탈의실로 가버린 다이는 금방 옷을 챙겨 입고 퇴근 준비를 마친 후였다. 제 말이 아직 끝나지도 않았는데, 아니, 대답을 듣지도 않았는데 퇴근할 채비를 마치고 나서 고개를 까닥거린다.

옆에 있는 호프집 사장 놈도 고개를 까닥이며 카페에서 나갔다.

"다이, 퇴근하네. 옆에 있는 남자는 누구냐?"

카페로 출근한 현우가 코트를 벗곤 앞치마를 둘렀다. 강은 현우의 물음에 대답도 하지 않고 창밖을 바라보았다. 멀어져 가는 승용차 한 대가 보였다.

"인마, 밖에 뭐 있어?"

강의 시선을 좇은 현우가 창밖으로 시선을 던졌지만, 눈에 보이는 건 또다시 질리도록 내리는 눈발뿐이었다. 하지만 현우는 이미 강이 무엇을 집요하게 바라보고 있었는지 알고 있었다. 카페에 들어오자마자 살벌한 기운을 내뿜으며 건들지 말라는 표정을 하고 있었으니 말이다. 창밖에서 시선을 거둔 강이 등을 돌려 커피를 만들고 있다. 현우는 강의 어깨에 손을 얹었다.

"내가 대신 할까?"

"아니. 주문이나 받아."

어깨에 얹어 있는 현우의 손을 쳐낸 강이 에스프레소를 추출했다. 평소와 다름없는 움직임인데 더러운 찌꺼기가 잔뜩 껴 있는 검은 물이 잔에 담겨 있다. 미련 없이 컵째 개수대에 버리곤 다시 커피를 추출했다. 옆에서 가만히 지켜보던 현우는 실없이 웃었다. 지금까지 수도 없이 커피를 뽑아낸 최강이 실수하는 모습은 처음 보았다. 신기한 일이다. 현우는 노래를 끄곤 라디오를 켰다. 조용한 아나운서의 목소리가 카페 내부로 흘러들었다.

"또다시 한파 특보가 내려진 가운데 오늘 밤 사이 서울 경기 지역은 최대 15㎝ 눈이 내릴 것으로 기상청은 보고 있습니다. 강원 지방은 오늘 낮부터 내린 눈이 현재 10㎝가량 쌓여 있고 앞으로 더 많은 눈이 내릴 것으로 보고 있습니다. 이어서……"

세상을 휘감을 기세로 내리고 있는 눈은 밤에 보니 그럴싸했다. 라디오 뉴스대로 이대로 내린다면 15㎝가 아니라 그 이상도 가능할 듯 보였다.

"눈 엄청 내린다. 다이는 잘 갔을라나? 차 엄청 막힐 텐데."

시럽을 뿌리던 강의 손이 일순간 멈칫했다. 어제도 그랬다. 다행히 눈이 내리고 난 뒤였는데도 도로에서 30분 동안 움직이지 못했으니 말이다. 눈이 내리는 중이라고 하면 도로에서 이도저도 못하고 있을 게 뻔했다.

강은 생각을 접고 시럽을 뿌린 뒤 트레이 위에 커피를 올렸다. 그나마 있던 손님도 겉옷을 챙기며 마시던 커피를 내려놓고 밖에 나가고 있었다. 들어오던 손님도 멈칫하고 다시 나갔다. 한파의 위력은 대단했다. 늘 한 시간은 거뜬히 앉아 있던 여자들을 일어서게 만들다니 말이다.

"오늘도 장사 안 되겠다."

"넌 장사가 문제냐? 난 여기 고립되게 생겼는데."

"뭐가 문제야? 여관 있는데. 힐 스테이지 아파트 1204호."

카페 내부에 그나마 있던 손님이 빠져나가자 강은 앞치마를 벗어 던졌다.

"문 닫게?"

"이렇게 눈 오는데 누가 커피 마시러 오겠어."

의욕 없는 얼굴을 하고선 강은 점퍼를 챙겨 입었다. 마치 기다렸다는 듯 가게 문을 닫는 행동이 너무나 순식간이라 현우는 뒤늦게 코트를 챙겼다.

"이러다 가게 문 완전히 닫는 거 아니냐?"

"누구랑 똑같이 답답한 소리 하고 있네. 하루 이틀 장사 안 한다고 망하는 줄 알아?"

"진짜 문 닫을 거야?"

"그럼 너 혼자 있던지."

미련 없이 카페를 나가는 강의 뒤를 현우는 문이 닫힐세라 빠르게 따라나섰다. 오늘따라 의욕 상실한 놈처럼 보이다가 어느 순간 날카롭게 반응하는 걸 보면 분명 뭔가 있었다. 어느새 바닥은 하얀 눈이 소복이 쌓여 있다. 강은 점퍼 주머니 속에 손을 푹 찔러 넣었다. 골목 어귀로 들어가는 입구에 있는 편의점에 들러 육포 한 봉지를 계산대로 들고 가는 강의 모습을 조용히 지켜보던 현우가 물었다.

"안주냐?"

"맥주 사다 놓은 게 있어."

무심히 말하는 강의 낯빛은 어두웠다. 오늘은 참을 수 없는 고민이 있는 모양이다. 강의 얼굴에 모든 게 여실히 드러나 있다. 내뱉는 말도 솔직하지만 더 솔직한 건 표정이다. 거짓말을 해도 표정을 숨길 줄 모르는 놈이라 표정을 보면 알 수 있었다, 지금 상태가 어떤지.

집에 들어오자마자 강은 점퍼를 벗어놓고는 냉장고에서 맥주캔을 들고 소파에 앉았다. 맞은편에 앉은 현우는 강이 건네는 맥주캔을 따고는 한 모금 목으로 넘겼다. 맥주를 마시다 육포를 입에 물고는 멍하니 있는 강을 바라보다 그 모습이 너무나 우스워 가만히 지켜보았다.

"야, 고맹, 뭐 하나만 묻자."

"뭔데?"

"나한테 커피 냄새 나냐?"

묻는 얼굴이 너무나 진지해 현우는 웃음을 참았다. 어떤 의도로 묻는 건지는 모르겠으나, 누군가에게 뭔가 들은 건 분명했다. 냄새를 맡아보라는 듯 한쪽 팔을 내미는 강의 팔에 현우는 코를 갖다 댔다.

"응, 나네."

"어때?"

"뭐가?"

"냄새. 어떠냐고."

답답하게 말귀를 못 알아듣는 현우를 향해 강은 미간을 좁혔다. 두 번 말하는 걸 싫어하는 걸 알면서 여러 번 설명하게 하는 현우의 이해력에 강은 더 이상 말하기 귀찮아졌다. 현우는 다시 한 번 강의 팔을 잡아당겨 냄새를 맡았다. 진한 커피 냄새가 코를 자극한다. 그게 끝이었다.

"그냥 커피 냄새인데?"

그냥 커피 냄새. 그냥 커피 냄새였던 건가.

굉장히 호들갑스럽게 냄새를 맡아보라고 강요한 사람치고 강은 별 반응이 없었다.

"근데 왜 묻냐?"

왜 묻기는. 그때 심장이 철렁 내려앉아 버렸으니까. 환하게 웃으며 옷에 남아 있는 커피 냄새를 맡는 다이의 모습에 멍해져 버렸다. 하필 그 모습이 떠오르며 싫은 얼굴로 강이 육포를 뜯었다.

"고맹, 커피 머신이 오래될수록 기계에 배어 있는 커피의 오랜 향이 묻어 나와 커피 맛이 더 진해진다는 거 알고 있냐?"

"아니. 내가 그걸 어떻게 아냐."

별 성의 없이 현우가 대답했다. 오늘따라 유난히 말이 많은 강의 모습이 점점 흥미로워지고 있었다.

"커피의 오랜 향이 나한테도 난대."

"아, 그래?"

"그건 무슨 뜻일까?"

도통 의중을 알 수 없는 다이의 말을 현우라면 알 수도 있겠다 싶었다. 한참을 고민한 끝에 현우가 입을 열었다.

"오래된 홀아비 냄새 난다는 거 아냐?"

"뭐, 홀아비?"

강의 표정이 험악하게 변했다. 홀아비? 홀아비라니? 이제 겨우 서른셋일 뿐인 피 끓는 청춘에게 홀아비라니?

"그러니까 연애 좀 하라고, 커피에 미친놈아."

"야, 너 집에 가."

일어나더니 강은 현우의 다리를 툭툭 건드렸다. 하루 종일 차

안에서 운전대 잡고 있어봐야 정신 차릴 놈이다.

"이 시각에 어떻게 집에 가나?"

"가라면 가. 알아서 가. 기어가든 걸어가든."

작정한 듯 현우를 집에서 내쫓으려고 안달난 사람처럼 강은 으르렁거렸다. 남의 속도 모르고 속 긁는 소리만 해대는 현우가 꼴 보기 싫어졌다. 날뛰던 강의 행동이 일순간 잠잠해지자 현우는 목이 탔다. 갑자기 조용하니까 심심했다. 조금 전처럼 헛소리라도 하면 흥미가 생길 텐데 말이다. 현우는 물 한 잔 마시려고 주방으로 갔다. 그리고 반쯤 접힌 종이가 현우의 눈에 들어왔다.

"사장님, 샌드위치에 아메리카노, 정말 매력적이에요."

뒤늦게 강이 현우의 손에 있는 쪽지를 빼앗으려고 필사적이었지만 현우는 강에게 넘겨줄 생각이 없는 듯 한쪽 팔로 강을 밀어내고는 쪽지를 마저 읽어 나갔다.

"오늘 재워주셔서 정말 감사합니다."

"야! 너 이 자식!"

"정말 손만 잡고 잤어? 무능한 자식."

"쇠고랑 차고 싶냐?"

현우의 손에서 쪽지를 빼앗았지만, 내용을 다 봐버린 지금 썩 개운치 않았다. 대충 바지 주머니 속에 쪽지를 구겨 넣고는 강은 찬물을 들이마셨다.

"다이에겐 아주 친절한가 봐. 집에서 잠까지 재워주고."

"내가 그럴 것 같냐?"

"그럼 내가 꾀어도 되는 거지?"

"뭐?"

어째서 화두가 그쪽으로 흘러가는지 모르겠지만, 강의 표정은 점점 굳어져 가고 있었다. 썩 좋지 않은 기분에 강은 경고하듯 현우에게 말했다.

"내 것 건들지 마, 고현우."

"야, 다이가 왜 네 거야? 물건이냐?"

"내 사람이라고, 내 사람."

그래, 내 사람. 이젠 인정한다. 멍청하기 짝이 없는, 바보같이 오지랖만 넓어서 손해만 보는 그 녀석이 이제 제 사람이라는 것을 강은 인정했다. 그리고 어느 누구에게도 내주고 싶지 않았다. 형제 같은 친구라고 할지라도 말이다.

"나도 네 사람 아니냐?"

"넌 그냥 깍두기."

"반응 한번 재밌네."

"건들지 마라."

살벌한 얼굴로 강은 다시 한 번 경고했다. 건들지 말라고. 분명히.

✻

가게 앞에 쌓여 있는 눈을 치우고 가게로 들어왔을 땐 출근 시간이 한참 지난 후였다. 폭설이 내린 다음날이니 지각할 만도 했다. 현재 운행 중인 버스도 기어 다니는 걸 보니 지금쯤 버스에서 애간장 타고 있을 녀석이 떠올랐다.

12시.

어느덧 시간은 정오를 가리키고 있었다. 시간이 지나갈 때마다 시계를 보는 횟수가 잦아지고 있다. 손님은 있지만 혼자 감당 못할 정도로 많은 것도 아니고 카운터를 보면서 커피를 만드는 것 또한 능숙해진 터라 거뜬했다. 어느덧 카페엔 대학생들이 삼삼오오 모여 테이블을 차지하고 앉아서 수다를 떨고 있었다.

"이 자식, 뭐야, 진짜."

연락도 없이 무단결근이라. 아직 퇴근 전이니 결근이라 단정 지을 수는 없지만 지각이라 할지라도 불쾌하기 짝이 없었다. 얼마나 저를 우습게 봤으면 두 번이나 같은 행동을 반복할 수 있는가. 처음 지각했을 때 눈물 쏙 빠지게 혼쭐을 냈어야 하는데 그냥 넘어간 저의 불찰이다.

한 시간이 훌쩍 지났을 무렵, 강은 핸드폰을 가만히 응시했다. 분명 무슨 일이 있으면 미리 연락할 녀석이다. 저번에도 감기약 기운 때문이라고 거짓 변명을 문자로 늘어놓은 걸 보면 그랬다. 지금까지 성실하게 일하던 그녀의 모습을 떠오르자 강은 다이의 이름을 찾아 통화버튼을 눌렀다.

꼴통.

한 번, 두 번, 세 번.

전화 연결이 되지 않았다. 슬슬 걱정이 되기 시작했다. 마지막이라고 생각하고 강은 다시 통화버튼을 눌렀다.

⟨……네, 여보세요. 콜록콜록.⟩

다 죽어가는 다이의 목소리를 듣는 순간, 강은 머리끝까지 솟구쳤던 분노가 일순간 사라졌다.

"너 목소리가 왜 그 모양이야?"

〈콜록콜록. 죄송합니다. 미리 연락드렸어야 하는데.〉

"그니까 왜 그 모양이냐고 묻잖아."

〈감기에 걸려서…….〉

"감기?"

되묻는 강의 목소리엔 걱정이 서려 있다. 짧게 '네' 하고 대답하는 다이의 목소리에 강의 입에서 저절로 한숨이 터졌다. 원더우먼도 아니고 밤낮 없이 일을 하니 그동안 멀쩡한 게 대단할 정도였다. 그동안 언제 터질지 모르는 시한폭탄을 안고 있다 펑 하고 굉음을 내며 터진 기분이다.

"그럼 쉬어."

나름 그녀를 생각하고 한 말이지만, 목소리는 무심하기 짝이 없었다. 강은 전화를 끊은 후 후회가 밀려왔다. 밥은 먹었는지, 병원은 다녀왔는지, 그리고 약은 챙겨 먹었는지 물어보지 않았다. 이미 통화가 끊겨 있는 핸드폰을 바라보는 강의 표정은 후회를 가득 담고 있었다. 그러다 문득 결심한 얼굴로 선반에서 냄비를 꺼냈다.

직접 가서 확인하면 되지, 뭐.

＊

허름하고 낡아빠진 주택을 올려다본 강은 차에서 쇼핑백을 챙겨 계단을 올라갔다.

"꼴통!"

쾅쾅!

대답이 없자 주먹으로 현관문을 사정없이 내려쳤다. 미리 연락하지 않고 무작정 찾아왔다. 분명 집에 있을 것이라고 확신했다. 안에서 아무런 인기척 소리가 나지 않자 강은 다시 한 번 현관문을 두드렸다. 시끄러운 마찰음이 소음으로 변해 강의 귀에 날카롭게 박혔다.

"안에 있으면 대답해!"

설마 기절했나? 전화를 끊고 한 시간 반 이내에 도착했으니 그리 긴 시간도 아닌데 그사이 기절했을 리는 없다. 그래도 만에 하나라는 게 있으니 강은 초조해졌다. 마지막으로 불러보고 대답이 없으면 119를 부를 생각이다.

끼익.

현관문이 열리면서 몰골이 말이 아닌 다이의 모습이 강의 눈에 들어왔다. 놀란 건 그만이 아니었다. 다이 역시 전화를 끊고 별안간 찾아온 강의 방문에 놀라 말이 나오지 않았다. 찐득한 땀으로 범벅이 된 그녀의 몸 안으로 차가운 바람이 들어왔다. 시원하고 기분 좋은 바람. 하지만 추웠다.

"괜찮은 거야?"

맥없이 고개를 끄덕이며 툭 치면 쓰러질 것 같은 모습이 도대체 어디가 괜찮다고 하는지 알 수 없었다. 솟구쳤던 분노가 다시금 자리 잡았다. 그 분노는 조금 전과 다른 분노였다.

"들어오세요."

꽉 막힌 목소리를 남기고서는 집 안으로 사라진 다이의 모습에 강은 잠시 주춤했지만 이내 안으로 들어갔다. 그냥 죽하고 약만 챙겨주고 돌아갈 생각이었는데 생각이 바뀌었다. 이불 속으로 들어간 다이는 연신 기침을 하고 있었다. 그 모습에 너무나 화가 난 강의 입에서 막말이 새어 나왔다.

"등신, 괜찮단다. 저 몰골을 하고서."

"언어 순화."

"네가 도와주지 않잖아."

고칠 생각도 없지만 강은 그 핑계를 다이에게 슬쩍 떠넘겼다. 아니, 핑계가 아니었다. 언어 순화 운운하면서 털끝만큼도 도와주지 않았다. 매번 이렇게 사람 열받게 하면서 빌어먹을 언어 순화란다. 강은 가지고 온 쇼핑백에서 막 만들어 가지고 온 죽을 꺼냈다. 일회용 수저까지 꺼내 다이에게 내밀었다.

"이게 뭐예요?"

"죽이잖아."

"죽인 건 아는데 왜 사장님이……."

"혼자 사는 거 뻔히 아는데 모른 척할 수 없었어."

"아니, 그래도……."

"아플 때 혼자 있으면 꽤 서러운 거 나도 느껴봐서 알아."

락앤락 뚜껑을 열자 뜨거운 김이 나는 야채죽이 가득 담겨 있다. 이런 건 정말 오랜만에 느껴보는 따뜻함이라 다이의 눈가가 뜨겁게 달아올랐다.

"난 바리스타지 셰프가 아니야. 맛은 장담 못해. 맛없어도 남기지 말고 다 먹어."

수저를 건네는 강의 손이 무안해질 정도로 다이는 빤히 바라보다가 뒤늦게 수저를 들었다. 눈물을 참을 수가 없었다. 참으려고 하면 할수록 점점 눈물이 차오르고 있다. 무심한 듯 세심한 이 남자의 따뜻함에 눈물이 멈출 줄 몰랐다. 뜨거운 죽을 바라보는데 순간 엄마가 만들어준 죽이 떠올랐다. 감기에 걸렸을 때 늘 만들어주던 야채죽은 그녀가 정말 좋아했다. 그런 마음을 읽기라도 한 것처럼 같은 야채죽이라니. 이 남자는 자꾸 그녀를 울게 만든다. 강은 그런 다이를 물끄러미 바라보다 그냥 모른 척하기 위해 냉장고 문을 열었다. 그리고 텅 빈 냉장고 안에 있는 생수와 컵을 들고 자리에 앉았다.

"먹고 약 먹어. 약 먹고 기운 챙겨서 병원에 가."

눈물을 닦는 다이의 손이 분주해지다 멈추었다. 눈물은 멈추었는데 이런 모습을 강에게 보이기 싫어 다이는 고개를 푹 숙인 채 죽을 먹었다. 그리고 죽을 반쯤 비웠을 무렵 다이가 고개를 들었다.

"카페는 어쩌고 오셨어요?"

"잠깐 문 닫고 왔어. 왜?"

"이러다 정말 문 닫는 거 아니에요?"

"꼴에 지금 내 걱정 하는 거냐? 월급 밀리지 않고 줄 여력 되니까 걱정 마."

"폭설 왔을 때도 일찍 문 닫았잖아요."

한풀 꺾인 목소리였지만 여전히 걱정 어린 표정이다. 하루 이틀 잠깐 문 닫는다고 가게가 망한다는 발상은 도대체 어디서 나오는지 궁금할 따름이다. 그 대신 1년 365일 늘 오픈되어 있거늘.

"너 안 굶겨. 입에 풀칠하게 해준다고."

"정말이오?"

"그래, 정말이야."

"감사합니다. 저도 손이 닿는 데까지 할게요."

"그러니까 카페 일만 집중해."

강은 내친김에 다시 한 번 말했다. 난감한 얼굴로 바로 대답을 하지 못하는 다이를 보고 후회를 했다. 이렇게 고민할 줄 몰랐다.

"안 그래도 말씀드리려고 했는데, 호프집 사장님께 말씀드렸어요. 사람을 구해야 해서 당장 그만두는 건 어려울 것 같아요. 시간을 주세요."

"시간 주는 건 어렵지 않지. 그래, 알았어."

강은 순순히 다이의 말을 받아들였다. 조만간 호프집을 그만두고 카페 일만 전념하겠다는 그녀의 말에 강은 속으로 미친 듯이 웃고 있었다. 겉으론 별것 아닌 일 취급하면서 말이다. 그녀가 죽을 마저 먹고 약까지 입속에 털어 넣는 걸 확인하고 나서 강은 다이의 집에서 나왔다. 다이의 집에서 나와 카페로 향하는 그의 마음은 편안하기 그지없었다.

＊

"시간이야 얼마든지."

입안에 있는 얼음을 음미하며 강은 와그작 얼음을 씹었다. 이제 드디어 카페 일만 하는 다이를 생각하니 기분이 좋았다. 깨진 얼음 조각을 목으로 넘기며 강은 소파에 등을 기댔다. 그런데 그 녀석, 병원은 갔다 왔을라나? 대답은 했지만 미덥지 않았다.

바지 주머니에 손을 찔러 넣던 강은 손에 잡히는 종이 쪼가리를 꺼냈다. 현우의 손에서 빼앗아 그대로 주머니 속에 넣곤 까맣게 잊고 있었다. 구겨진 종이를 펴자 다이의 글씨체가 눈에 들어왔다. 이력서에 쓰인 글씨체와는 전혀 다른 악필이었다. 이 쪽지를 보고 있자니 얼마나 공들여 이력서를 작성했는지 알 만했다.

강은 핸드폰을 꺼내 통화버튼을 눌렀다. 한참 만에 들리는 다이의 목소리는 제법 쌩쌩해져 있었다.

"병원은?"

냅다 용건을 꺼내놓고는 대답을 기다렸다.

〈다녀왔어요. 괜찮아요, 이제.〉

"비실비실해서 어따 써먹어? 약은?"

〈약도 먹었어요. 내일은 출근할게요.〉

"그럴 것 없어. 푹 쉬어."

역시 녀석은 이기적인 것과 제 실속을 차리는 것엔 거리가 멀었다. 이럴 땐 내일까지 하루 더 쉬겠다고 철판 깔고 말하면 못마땅한 척 알았다고 대답할 텐데 말이다. 어쩌면 이렇게 바보같이 성실할 수가 있는가.

〈푸, 푹 쉬라고요?〉

"어. 내일까지 쉬어. 나올 것 없어."

〈아, 아휴. 난 또 뭐라고.〉

뭔가 잘못 들은 사람처럼 하이 톤으로 되묻더니 강의 한마디에 다이는 금세 안도의 한숨을 내쉬었다. 그러고선 멋쩍게 웃으며 말을 덧붙였다.

〈저 자르는 줄 알았어요. 영원히 쉬라는 줄 알고. 하하.〉

"내가 미쳤어? 널 한시라도 빨리 바리스타 만들고 싶은 건 나라고."

일순간 주변이 조용해졌다. 전화기 너머로 다이의 목소리가 들리지 않았다. 전화가 끊겼는지 핸드폰 액정을 확인한 강은 저가 무슨 말실수를 했나 싶었다.

"……꼴통."

〈너무 좋아서 혼자 웃고 있었어요. 사장님이 절 바리스타로 만들고 싶다고 말씀하시니까 좋아서.〉

"좋을 게 뭐 있어? 엄청 부려먹을 건데."

좋아할 일이 아니라는 강의 말에도 전화 너머로 또다시 조용해졌다. 별것 아닌 일에 좋아하고 감동받고 쉽게 우는 이 녀석의 감정은 참으로 풍부했다. 그리고 풍부해서 좋았다. 처음으로.

"감기 다 나으면 스파르타식으로 수업할 거니까 각오나 해."

〈생각만 해도 굉장히 즐거울 것 같아요.〉

"즐겁지만은 않을 거야."

〈하핫. 참, 아까 죽 잘 먹었어요. 엄마가 해준 것과 비슷했어요.

그래서 더 맛있었어요.〉

"어머님이 해준 죽?"

〈저 아플 때마다 죽을 만들어주곤 했거든요.〉

말하는 녀석의 얼굴이 어떨지 이젠 상상이 간다. 꽤나 그립다는 듯 쓸쓸해하고 있을 것만 같았다. 옆에 있었다면 뭐라고 말을 건 넸을까.

"참, 너 데리러 왔던 사장 말이야……."

〈네. 왜요?〉

"무슨 사장이 알바생 일하는 데까지 데리러 오고 그래?"

〈지나가는 길이었대요.〉

이럴 줄 알았다. 흑심 가득한 시커먼 말을 곧이곧대로 믿는 바보가 여기 있었다.

"아무리 생각해도 이상해. 조심하는 게 좋을 거야."

〈그러면 사장님도 조심해야겠어요.〉

"나? 어째서?"

고개를 갸웃거리며 강은 소파에서 일어났다. 호프 사장 놈과 같은 취급에 괜히 짜증이 일었다.

〈직원 아프다고 직접 만든 죽을 가지고 가게 문 닫고 찾아오는 사장이 어디 흔한 줄 알아요? 그런 면에서 사장님도 꽤 이상하다고요.〉

별생각 없이 다이가 한 말에 강은 제대로 정곡에 찔리고 말았다. 무딘 것 같으면서도 의외로 예리한 면이 있다. 저의 행동은 이렇게 잘 끄집어내면서 어째서 호프 사장 놈이 하는 행동엔 나사 풀린 것처럼 무방비 상태로 있는지 슬슬 기분이 나빠지기 시작했다.

내가 하는 건 저의고 그놈이 하는 건 호의란 건가?

"난 네 하늘 같은 스승이고 넌 내 하나밖에 없는 멍청한 제자잖아. 안 그래?"

〈멍청한 제자요?〉

"그럼 똑똑한 제잔 줄 알았어?"

〈앞으로 똑똑한 제자 될 예정이에요.〉

"그래, 정정. 앞으로 똑똑해질 예정인 하나뿐인 제자."

〈하나뿐인…….〉

"이런 걸 특별한 사이라고 하는 거야."

〈특별? 제가 사장님께 특별해요?〉

말을 해놓고 강은 머뭇거렸다. 분명 다른 놈들과 다른 건 맞지만 제 입으로 특별이란 말까지 하게 될 줄 몰랐다.

"그럼 넌 아니야?"

대답 대신 반문을 해버렸다. 여기서 '네'라고 순진무구하게 대답한다면 상처받을 게 뻔했지만 말이다. 긍정을 해버리고 나면 되돌릴 수 없기에 강은 다이의 대답을 기다렸다.

〈맞아요. 저에게도 하나뿐인 욕쟁이 스승님이니까요.〉

결국 원치 않게 '스승'과 '제자'로 일단락되어 버렸다. 앞에 어떤 서술어가 붙는다 해도 스승과 제자라는 사실은 변함이 없었다. 스승과 제자, 싫다. 왠지 싫다. 단지 그것뿐인 것 같아서.

전화를 끊은 강은 사전에서 '특별'이란 단어를 찾아보았다.

특별. 일반적인 것과 아주 다름. 다른 사람과 비교할 수 없거나 유별나게 가깝다.

*

머리가 깨질 듯한 두통이 동반되고 온몸이 멍이 든 것처럼 쑤셨다. 고열 때문에 아침에 사경을 헤매는 사람처럼 다이는 좀처럼 눈을 뜰 수가 없었다. 가까스로 눈을 떴지만 몸이 움직이지 않아 눈만 깜박거리고 있었다. 강에게 오는 전화도 힘겹게 받았다.

강이 다녀간 뒤 한숨 푹 자고 일어났더니 아직 미열은 남아 있는 듯했지만 몸이 한결 가뿐해지는 걸 느낄 수 있었다. 강이 가져온 약을 먹고 깊은 잠에 빠져 결국 병원 문이 닫을 시간에야 겨우 잠에서 깼다.

내일은 출근해야지. 폐를 끼칠 수는 없으니까.

통화를 끝내고 보니 핸드폰을 대고 있는 손바닥이 뜨거웠다. 이렇게 오래 통화를 하고 있었던 모양이다. 시간 가는 줄도 모르고 그와 통화를 하고 있었다니. 새삼스러워 미소가 입에 그려졌다.

집에 찾아와 그가 내민 죽을 여는 순간 묘한 기분이 들었다. 지금까지 사회생활을 하면서 아플 때 옆에 있어주는 이는 아무도 없었다. 어차피 오래 지속될 관계라 생각한 적도 없지만 아플 때 혼자 있는 게 서럽게 느껴진 적도 많았다. 그런 저의 마음을 이해한다는 듯 안타까운 표정으로 말하는 그의 말은 어떤 말보다 가슴에

와 닿았다.

그에 관해 아는 건 별로 없지만 그래도 무언의 동질감이 느껴졌다.

특별한 사이.

그런 말을 듣게 될 날이 오다니. 그의 입에서 그런 말이 나오게 될 날이 오게 될 줄이야. 마음에 차진 않지만 이제야 인정받는 기분에 다이는 아픈 것도 까맣게 잊어버렸다. 여전히 불만족스럽고 못마땅한 얼굴을 하고 있으면서 어느새 한 걸음 그가 저 앞에 다가와 있는 기분이다. 이젠 저 스스로만이 제자라고 우기는 우스운 꼴은 아니다. 당당하게 제자라고 말해도 그렇다고 수긍하는 스승이 있으니 말이다.

감히 저가 넘볼 수도 없는 유명한 국제 바리스타라는 타이틀을 떠나 그는 남들이 모르는 따뜻한 마음을 지닌 좋은 사람이었다. 처음엔 미처 몰랐던 그에 대해 다이는 좀 더 새로운 것들을 알게 된 기분이 들었다.

여전히 몰골이 말이 아닌 채로 있다 거울로 제 모습을 확인했다. 그러다 핸드폰 진동음에 다이는 전화를 받았다. 걸려온 전화의 수신인은 지민이었다. 오랜만이라 반가웠다.

"응. 어쩐 일이야?"

⟨어쩐 일은. 야근에 절어 살다 살아 있다고 신고하려고.⟩

"쿡쿡. 목소리가 쌩쌩한 게 살아 있네."

⟨그런데 넌 목소리가 왜 그래? 감기 걸렸어?⟩

"아, 응······."

다이는 거짓말을 하려다 수긍했다. 그러자 지민의 걱정스러운 목소리가 이어졌다.

〈약은? 병원은? 혼자 있는데 괜찮은 거야?〉

"괜찮아. 사장님이 죽하고 약 챙겨서 문병 오셨어. 먹고 괜찮아졌어. 걱정 마."

여전히 말하는 도중에 목이 칼칼하고 따갑게 느껴졌다. 다이의 말을 들은 지민이 의아한 듯 반문했다.

〈사장님? 카페 사장?〉

"응. 오늘 일도 못 나가고 말이 아니다. 휴."

다이의 입에서 짙은 한숨이 절로 터졌다. 내일은 반드시 출근하겠노라 다시 한 번 다짐했다.

〈사장이 너 좋아하나?〉

"하핫. 무슨 소리야, 뜬금없이?"

너무나 황당한 지민의 말에 다이는 절로 웃음이 터졌다. 그 잘난 사람이 좋아할 사람이 없어 저를 좋아하다니, 말이 되는 소린가 싶었다.

〈그렇지 않고서야 약을 챙겨 문병 왔다고? 그냥 직원일 뿐인데?〉

"사장님이 그 말 들으면 거품 물고 화내실걸?"

〈해봤어?〉

"당연히…… 안 해봤지. 누구 잘리는 꼴 보고 싶어?"

진지한 지민의 말을 장난으로 여긴 다이는 그저 깔깔거리며 웃을 뿐이었다. 벌써부터 거품 물고 뒷목 잡고 있을 강의 얼굴이 그려졌다.

〈그럼 뭐지? 남자가 여자한테 죽이랑 약까지 사 들고 갔다는 건 걱정했다는 건데. 좋아하지 않는 여자를 걱정한다는 게 말이 돼? 카페에서 네 집이 가까운 것도 아니고 말이야.〉

"한지민, 소설 그만 쓰셔."

〈남자가 여자한테 마음 쓰는 이유는 하나야. 좋아하니까.〉

도대체 무슨 말을 하는지 모르겠다. 지민과 통화를 끝낸 후 다이는 생각에 빠졌다. 좋아한다고? 사장님이 나를? 말도 안 되는 소리다. 아무것도 없는 저를, 별 볼일 없는 저를 좋아할 리가 없다. 그의 제자로 들어가서 바리스타 과정을 배우기로 했다는 소식을 전했다면 지민은 아마 확실하다며 일장 연설을 시작했을지도 모른다. 조금씩 그가 도와주긴 하지만 좋아하는 사람에게 하는 행동은 아니었다.

꼴통, 돌대가리, 등신, 무능아.

새삼스러울 것도 없는 그에게 들은 말을 곱씹어보다 다이는 웃음이 터졌다. 이런 말들을 듣고 '아, 이 사람이 날 좋아하는구나!' 하고 감동받을 여자는 어디에도 없을 것이다.

"좋아해? 나를? 하핫!"

절대 말도 안 되는 소리. 그렇지만 '특별한 사이'이긴 하지.

9. 좋아하는 여자

"너 내가 오늘 쉬랬잖아."

"어제 사장님 덕분에 많이 나왔어요. 걱정 마세요."

탈의실로 유니폼을 갈아입으러 가는 다이의 팔목을 붙잡아 세웠다. 여전히 창백한 얼굴을 하고서 괜찮다는 말을 입에 달고 사는 이 녀석의 얼굴을 보자 화가 치밀었다. 괜찮다고 거짓말을 할 거면 이렇게 다 죽어가는 얼굴로 출근하지 말았어야 했다. 강의 큼지막한 손이 다이의 이마로 향했다. 아직까지 미열이 그대로 강의 손바닥에 전해졌다.

"아직 미열이 남아 있는데 괜찮긴 뭐가 괜찮아?"

"이 정도 가지고 뭘 그러세요. 어제에 비하면 많이 좋아진 건데."

웃으며 다이가 대답했다. 월급쟁이 종업원이 하루 이틀 빠지면 좋아할 사장은 어디에도 없다. 쉬라고 말했지만 마음 편히 쉴 수가 없었다. 가게는 바쁜데 혼자서 일할 강을 생각하니 마음이 무거워 견딜 수가 없었다. 어제보다 훨씬 몸도 가뿐해졌고 미열이 남아 있긴 하지만 몸져누울 정도의 고열은 아니었다. 다이는 제 팔을 고집스럽게 쥐고 있는 강의 손을 바라보았다. 아플 정도로 제 팔을 잡고는 놔줄 생각을 하지 않고 있다.

"아파요, 사장님."

강은 뒤늦게 다이의 팔을 놓아주었다. 제 손에 잡힌 팔이 아픈지 손으로 쓸고 있다.

"들어가."

"예?"

"집에 가라고. 귀 먹었어?"

"출근했는데……."

"너 내 말이 그렇게 우습냐? 나한테 도전하는 거야? 빌빌대면서 출근하면 내가 마음 편히 부려먹을 수 있겠어? 얼굴만 봐도 아파 죽겠다는 거 알겠는데 일 시키라고? 뭐야, 너?"

좋게 말해서 들을 사람이었으면 이렇게 출근하지 않았을 것이다. 강은 참다참다 못 참고 결국 화산이 폭발하는 듯 한꺼번에 쏟아부었다. 번뜩이는 눈동자로 다이를 쳐다보며 강은 저가 이성을 잃어버린 걸 깨달았다.

"사, 사장님."

"오늘은 그냥 잔말 말고 가서 쉬어. 더 이상 일하겠다고 하면 하극상으로 보고 오늘부로 넌 해고니까. 자기 몸 하나 챙기지 못하는 놈 필요 없어. 제자고 뭐고 다 때려치울 거야."

뭐라 말하려는 다이의 말을 가로막고는 폭포수처럼 강은 제 할 말만 할 뿐이다. 듣고 싶지 않았다. 무슨 말 할지 아니까. 죄송합니다. 감사합니다. 뭐 이딴 말 할 게 뻔했다. 늘 저는 그녀에게 고마운 사람이고 죄송한 사람이라는 게 싫었다. 입술을 꾹 다물고 위태롭게 서 있는 다이에게 등을 돌려 피하듯 창고로 들어갔다. 제가 쏟아낸 말을 뒤늦게 곱씹어보며 바닥에 주저앉아 버렸다.

"미치겠다, 진짜."

어두컴컴한 창고에서 불도 켜지 않은 채 도망치듯 창고로 들어와 주저앉아 버리다니. 스스로 생각해도 너무나 어이가 없어 누가 보는 것도 아닌데 얼굴을 들 수가 없었다.

조금 후, 발걸음 소리가 들리더니 이내 소리가 멀어지기 시작했다. 창고에서 빠져나와 카페 안으로 들어가자 다이가 나가는 뒷모습이 보였다.

"……날 좋아한다고? 잘못 짚었네, 한지민. 그래도 다행이다."

누군가와 통화를 하고 있던 모양인지 살짝 틀어진 다이의 옆모습은 밝게 웃고 있었다.

그런데 좋아해? 누가? 다행이란 말은 뭔데?

팔을 잡아끌고 물어보고 싶은 말을 그저 속으로 되새길 뿐이다. 저만치 걸어가는 다이의 뒷모습을 집요하게 눈으로 좇다 강은 카페 안으로 들어오는 손님들로 인해 카운터로 걸음을 옮겼다. 여전히 정신은 버스정류장으로 향하는 다이를 좇고 있으면서 말이다.

정신 차려, 최강.

블루큐라소. 일반 음료에 배합해 다양한 음료나 칵테일을 만들 때 사용된다. 대표적으로 레몬에이드에 블루큐라소를 넣어 만든 블루 레몬에이드는 여름철 카페의 인기 메뉴에 속해 있다. 상큼하고 달콤한 맛이 적절히 어우러져 텁텁한 입맛을 확 사로잡은 것이다.

블루 하와이언, 블루 사파이어, 아디오스 마더파커, 섹시 마일드 등 블루큐라소를 넣은 칵테일 종류는 일일이 나열하기 힘들 정도로 많다.

그러다 문득 커피에 넣어 만들어보면 어떨까 하는 호기심이 일었다. 그렇게 해서 여러 번 시행착오를 겪은 후 결국 커피를 만드는 데 성공했다.

블루큐라소 위로 하얀 우유, 그리고 에스프레소가 순서대로 투명 글라스에 보였다. 강은 일단 눈으로 완성된 커피를 바라보다 스틱으로 저었다. 청아하고 맑은 바다가 구름과 섞여 하나가 된 것 같았다.

"테스트할 사람이 없군."

결국 강은 제 입에 한 모금 털어 넣었다. 커피와 우유는 부드럽고 블루큐라소의 특유의 오렌지 향이 강의 코를 간질였다. 너무 단 것 같은데. 블루큐라소를 30㎖에서 15㎖로 줄여 다시 만들고 강은 다시 한 모금 마셨다. 이제야 좀 더 커피의 진한 맛이 두드러져 제가 원하던 맛이 났다.

그리고 여러 가지 커피를 만들어보기 시작했다. 주문을 받고 손님 커피를 만들기도 벅차지만 저가 해야 할 일이다. 씻지 않은 컵이 개수대에 쌓여가고 있었다. 손님이 없는 한가한 시간에 설거지를 해치우고 마른 행주로 닦아 워머에 넣어두었다.

한참 일하다 시간을 확인하자 한숨이 절로 터졌다. 시간이 이렇게 빨리 가는 줄도 모르고 있었다. 다른 날보다 손님이 많기도 했고 혼자 하려니 벅차기도 했다. 다이에게 쉬라고 큰소리를 쳤으니 죽는소리 없이 해야만 했다.

"설마 이 자식, 호프집 알바 간 건 아니겠지?"

카페는 쉬라고 했지만, 저녁 알바는 어떻게 했는지 궁금했다. 카페보다 호프집 서빙 알바가 더 몸을 많이 쓰는 일이라 힘들다는 걸 알고 있기에 걱정되지 않을 수 없었다. 거기다 아픈 사람에게 소리를 지른 것이 마음에 걸렸다. 전화를 해서 물어보는 게 제일 빠르겠지만, 호프집 알바까지 가지 말라고 하는 건 터무니없는 간섭이다. 그것까지 관여할 관계는 아니었다.

그럼 어떤 핑계로 전화를 하지?

그저 저에겐 돌직구가 가장 어울렸다. 돌려 말하거나 숨기거나 거짓말을 하는 건 익숙지 않았다. 언제나 누구에게나 돌직구였다. 잔을 들고 고민하던 그는 이윽고 원하던 핑곗거리를 찾고는 통화 버튼을 눌렀다.

"보일러는 어때?"

〈보일러요?〉

결과를 물어보는 것치고는 며칠이 지난 후라 물어봐 놓고도 후회가 일었다. 차라리 내일은 좀 더 일찍 출근하라고 하는 쪽이 더 나을 것 같았다.

"응. 고쳐 주긴 했는데 요즘 날씨가 더 추워졌잖아. 내가 해주고 왠지 끝을 안 내면 영 찜찜하단 말이지."

〈아, 걱정 마세요. 뜨거운 물도 잘 나오고 방도 따뜻하니까.〉

"……뜨거운 물도 나오고 방도 따뜻하단 말이지. 다행이네."

〈네. 참, 오늘도 바쁘셨죠?〉

"당연하지. 엄청 바빴어. 화장실도 못 갔다고."

〈사장님 혼자 힘 드셨겠어요.〉

걱정 어린 다이의 목소리를 듣는 순간 강은 전화하길 잘했다는 생각이 들었다. 그녀와 통화를 하는 내내 입꼬리가 올라가 있다는 것도 자각하지 못할 정도로 즐거워하고 있었다.

"뭐, 이 정도쯤이야. 혹시 오늘 호프집 알바 가나?"

조심스럽게 최대한 이상하게 보이지 않는 선에게 강이 물었다.

〈아뇨. 병원 다녀와서 쉬고 있어요. 내일은 내쫓지 마세요.〉

"내쫓다니, 내가 언제 그랬다고."

강은 멋쩍은 얼굴로 머리를 긁적였다.

〈아침에 화내시면서 내쫓았잖아요. 엄청 무서웠어요.〉

"내가 그랬나? 안 그랬던 것 같은데."

물어보며 아무리 생각해도 내쫓았다고 할 수 없었다. 고집이 쇠심줄이라 빨리 보내려고 극단적인 말들을 했지만 본심이 아니었다.

〈참, 저녁은 드셨어요?〉

"뭐, 대충. 넌 저녁은? 약은?"

묻는 강의 목소리가 조급해지는 걸 느꼈다. 한꺼번에 두 가지 질문을 해놓고 강은 다이의 대답이 지연되는 짧은 시간이 너무나 길게 느꼈다. 그리고 들려오는 건 대답이 아니라 그녀의 웃음소리였다. 크게 소리 낸 웃음소리가 아니라 묘하게 웃음을 참는 쿡쿡거리는 소리가 귀를 간질였다.

〈하핫! 걱정해 주는 거 너무 좋아요.〉

"걱정?"

내가 하고 있는 게 걱정이었나? 그랬던 건가? 도통 모르겠다는 얼굴로 강은 손으로 제 얼굴을 쓸었다.

〈정말 좋아요.〉

순간 그 목소리에 심장이 찌릿해지는 걸 강은 느꼈다. 묘하게 느껴지는 이 저릿함에 강은 되묻고 말았다.

"뭐?"

〈좋다고요.〉

누군가에게 고백을 받았을 때도, 연락처를 남기고 간 여자에게도 느끼지 못했던 낯선 감정이다. 그냥 쓰레기통에 버리듯 무참히 버렸고 관심도 없었다. 거기다 지금 다이에게 들은 말은 고백, 아니, 고백 비슷한 것도 아니다. 아니었음에도 강은 심장이 오묘하게 떨고 있는 걸 느꼈다. 다시 한 번 듣고 싶어 못 들은 척하는 걸 보면 그랬다.

"……아, 미치겠다."

탄식 섞인 말이 터져 나왔다. 강은 이마를 짚으며 어쩔 줄 몰라

했다.

〈예? 왜요? 무슨 일 있으세요?〉

"아, 아니, 아무것도 아니야."

좋다고 말하는 그 목소리가 고백이었으면 좋겠다고 생각할 정
도로 좋았다. 심장이 떨리고 쿵 하고 아래로 내려앉는 기분이다.
말로 표현하기 복잡한 미묘한 감정에 뒤섞여 대답하는 강의 목소
리가 가느다랗게 떨고 있었다.

〈참……..〉

"뭐?"

〈저도 아무것도 아니에요. 내일 출근하면 말씀드릴게요.〉

뭔가 감추는 것 같아 추궁하고 싶었지만 강은 그만두었다. 이
상태로 더 이상 통화하고 있다간 어떤 말을 할지 몰랐기에 급하게
전화를 끝냈다. 별 시답지 않은 말만 장황하게 늘어놓은 것만 같
은 기분이 들었다.

"좋다고요."

귓가에 윙윙 떠도는 말. 그 말이 자꾸 떠올라 강을 미치게 만들
었다.

＊

"어때?"

"새콤하고 달콤하고 부드러워요. 블루큐라소 시럽, 커피랑 어울리지 않을 것 같은데 묘하게 어울려요."

블루 샤커레토. 강이 만든 메뉴를 한 모금 마신 다이의 입꼬리가 기분 좋게 올라갔다. 강의 메뉴를 맛보는 일은 저가 제일 먼저라는 것이 다이를 즐겁게 만들었다.

제 입에만 맞는다고 해서 대중의 입맛에 맞는다고 할 수 없었다. 냉정하게 평가해 줄 사람이 필요했다. 그런 면에서 현우는 단것만 찾고 민우는 단것은 입에 대지도 않으니 평가자로서 실격이다. 그나마 일전에 '카페 체리 베리'를 만들 때 테스트해 준 사람답게 다이는 냉정하게 맛을 음미하며 평가했다.

"보완할 점은?"

다이는 다시 한 번 커피를 맛본 후 맛을 음미했다.

"아뇨. 이 정도면 괜찮은 것 같아요. 너무 달다 싶으면 에스프레소를 더 추가하면 되지 않을까요?"

"응. 너무 단 것 같아서 블루큐라소 시럽 양을 줄여봤어."

"메뉴 개발하는 것도 쉽지 않네요."

"그 외에도 많아. 요 근래 시도해 본 몇 가지가 더 있어."

그리고선 강은 또다시 손을 바쁘게 움직여 커피를 만들기 시작했다. 가이드라인에 없는 저만의 커피를 만들고 싶은 포부를 이루게 된 것이다. 냉장고에서 갖은 재료를 꺼내고, 커피를 추출하고, 얼음을 믹서에 갈기까지 막힘없이 해내고 있다. 그런 강을 지켜보는 다이의 동경의 마음은 커져만 가고 있었다. 어느새 커피를 다만들고 나서 강은 작업대 위에 하나둘 올려놓았다.

"풀 바이탈리티, 카페 스노우, 그레나딘 아포가토."

강은 오른쪽부터 메뉴 이름을 소개한 뒤 간단하게 커피에 대해 설명했다. 단순히 마시는 커피에서 벗어나 건강까지 챙겨 백년초를 넣은 풀 바이탈리티, 요거트를 첨부해 만든 카페 스노우, 아이스크림과 에스프레소를 섞어 스푼으로 떠먹는 그레나딘 아포가토까지 설명을 할 때마다 듣고 있는 다이의 표정엔 즐거움이 가득했다.

"영광이에요, 제가 퍼스트로 사장님 커피를 맛볼 수 있다니."

"아무리 생각해도 그렇지?"

"네, 좋아요. 너무 좋아요."

좋아요. 너무 좋아요? 해맑게 웃는 다이의 눈을 피한 강은 발개진 제 얼굴을 가리기 위해 손으로 얼굴을 만지작거렸다. 어떻게 이런 말을 아무런 표정 변화 없이 할 수 있는지 이해할 수 없었다. 어제 느꼈던 심장의 떨림이 좀처럼 멈추지 않자 강은 화장실로 자리를 피했다. 거울 속에 비친 저의 모습은 우습기 짝이 없었다.

"도대체 뭐가 문젠데?"

미친 듯이 반응하는 심장과 표정 관리가 좀처럼 안 되는 얼굴이 문제라면 문제였다. 특별하게 유혹적이거나 매혹적인 것도 아닌데 떨림은 좀처럼 멈추지 않았다. 돌기 직전이다. 자꾸만 해맑은 미소와 함께 목소리가 떠올라 정신을 차릴 수가 없었다. 연거푸 얼음처럼 찬물로 세수를 하고 카페 안으로 들어온 강은 한참 테스트 중인 다이의 뒷모습을 바라보았다. 진정, 진정해. 최강, 미쳤어?

속으로 저에게 최면을 걸며 강은 다이 앞에 섰다.

"어머, 사장님, 어디 갔나 했더니……. 어디 안 좋으세요?"

새파란 입술 하며 하얗게 뜬 강의 얼굴을 보며 다이가 난리법석을 떨었다. 시끄럽다며 한 소리 하려던 찰나의 순간 강은 제 이마에 느껴진 따뜻한 온기에 심장이 정지된 것을 느꼈다.

"열은 없는데……."

"치워!"

"사장님 안색이 안 좋아서……."

의도치 않게 다이의 손을 뿌리치고 화를 내고 만 강은 뒤늦게 후회가 일었다. 이제 와서 미안하다고 사과하려니 입술이 떨어지지 않았다. 목소리를 듣는 것만 해도 미칠 것 같은데 손길까지 닿으면 어쩌란 말인가.

"죄송해요."

사과해야 할 사람은 그녀가 아니라 저였다. 강이 내친 제 손을 다이는 만지작거리며 어쩔 줄 몰라 했다. 뭐라 변명을 해야 할지 몰라 강은 입술만 달싹거리다 체념한 얼굴로 입술을 닫았다. 궁색하게 떠들 변명이 없었다. 상처받은 얼굴로 저를 바라보는 눈동자를 보는 순간 미친 듯이 후회가 일었다.

"……미안. 나란 놈이 원래 이래."

익숙지 않은 행동, 그리고 익숙지 않은 사람. 그래서 세포 하나하나가 반응하는 것인가? 떨린 심장은 좀처럼 추슬러지지 않은 것인가. 그래서 그런 것인가. 차라리 그랬으면 좋겠다. 그런 거라면 언젠가 제대로 돌아올 날이 올 테니까.

뒤늦게 사과를 하며 강은 제대로 된 변명도 하지 않았다. 그냥 솔직히 내가 이런 놈이라고 저에게 스스로 한탄하듯 말할 뿐이었다. 좀처럼 볼 수 없는 낯선 제 행동에 강의 머릿속은 복잡해져만 갔다.

그가 뿌리친 손이 불에 데인 듯 뜨겁다. 미안하다고 사과하는 목소리에 상처받은 얼굴을 지우고 카페 오픈을 했지만, 좀처럼 그의 얼굴을 제대로 바라볼 수가 없었다. 이젠, 제법 가까운 사이라고 생각했는데 좁혀진 거리만큼 그는 다시 멀어진 것 같았다. 복잡한 얼굴을 하고서 손님이 우르르 들어오는 무리 속에 익숙한 얼굴을 발견했다.

그리 오래된 일도 아닌데 다이는 유진이 카페에 다녀간 사실을 까맣게 잊고 있었다. 컵을 씻는 그녀의 손이 부들부들 떨리기 시작하면서 급기야 손에서 컵을 놓치고 말았다.

쨍그랑!

조용한 정적을 깨는 요란한 소리에 다이는 빗자루를 찾아서 바닥을 쓸기 시작했다. 걱정 어린 강의 시선을 못 본 척하며 깨진 컵을 마저 치웠다.

"비켜."

"다 했어요."

다이는 비닐봉지에 깨진 유리조각을 담고 잔 유리조각을 빗자루로 쓸었다. 누군가의 시선에서 벗어나야 한다는 일념하에 움직인 그녀의 행동은 인위적이었다. 강은 그녀의 손에서 빗자루를 빼앗았다.

"다치니까 비키랬지?"

"……왜 화를……."

"언니? 다이 언니?"

서러워 눈물이 왈칵 쏟아지려는 순간 저를 부르는 익숙한 음성에 다이의 표정은 점점 굳어져 가고 있었다. 유진이었다. 뒤에서 유진이 친근하게 다이를 부르고 있었다. 애타게 저를 부르는 유진의 목소리에 다이는 제 어깨의 떨림을 느꼈다. 저를 알아본 것이다. 알아보았다. 결국 이렇게 되고 말았다. 천천히 뒤돌자 반갑다는 듯 유진이 다이의 손을 붙잡았다.

"언니, 여기서 일하고 있었어?"

"유진아, 밖에 나가서 얘기하자."

다이는 유진의 팔을 끌고 카페 밖으로 나왔다. 영하의 강추위가 다이와 유진 사이를 가로질러 쌩 하고 지나갔다.

"언니, 왜 여태 연락을 안 했어?"

"내가 좀 바빴어. 잘 지냈지?"

"나야 잘 지냈지. 엄마가 언니 사는 집도 찾아가 봤었는데 이사하고 없더래. 언니, 어쩜 그럴 수 있어?"

유진은 서운하다는 듯 다이의 팔을 붙잡고 칭얼댔다. 그 행동이 7년을 헤어져 있던 사이라고 할 수 없을 정도로 다정해 다이는 당혹스러웠다. 하지만 그보다 다이를 당혹스럽게 만든 건 고모가 저를 찾아왔다는 사실이다. 누가 먼저랄 것도 없이 연락이 끊겼고, 고모가 두 번 다시 저에게 연락을 할 거란 생각은 하지 못했기에 고모가 전에 살던 집에 찾아왔다는 말에 다이는 당황한 기색이 역력한 표정으로 반문했다.

"뭐? 고모가 찾아왔었다고?"

"그래. 엄마가 언니 그렇게 보내고 마음이 편치 않다고 언니 걱정을 얼마나 했는지 알아?"

"고모가?"

'왜?' 라고 묻고 싶은 걸 간신히 참아낸 후 할 수 있는 건 반문하는 것뿐이었다. 아빠가 돌아가신 후 그 책임을 저에게 떠넘기고는 미워했던 고모이다. 단 한 번이라도 다정스럽게 말을 건네준 적 없는 고모였기에 제 걱정을 했다는 말은 여전히 믿기 어려웠다.

"그렇다니까. 나도 언니가 얼마나 보고 싶었는지 알아? 언닌 괜찮았어? 왜 연락을 한 번도 안 했어?"

가끔 한 번씩 유진이 보고 싶을 때도 있었다. 하지만 그렇게 저를 차갑게 대했던 고모를 생각하면 그런 마음을 더 이상 가질 수 없었다. 때때로 생각나고 괴롭혔지만, 현재 살고 있는 형편도 빠듯해 추억놀음이나 할 시간은 없었다. 아니, 오히려 더 바쁘게 지냈는지도 몰랐다. 잡념 따위는 잊어버리기 위해 말이다. 다이는 어설프게 웃으며 제 손을 잡고 있는 유진의 손을 꼭 잡았다.

"그래, 넌 대학생이겠네?"

"응. 벌써 3학년이야. 시간 참 빠르다. 그치?"

"그러게, 벌써 네가 대학교 3학년이라니."

까마득한 일을 회상하는 것처럼 다이의 눈가가 촉촉해졌다. 어느새 유진에게 가졌던 적대심은 사라지고, 눈이 녹는 것처럼 다이를 무겁게 짓눌렀던 마음도 사르르 녹는 것 같았다.

"언니, 핸드폰 번호 알려줘. 이제라도 연락하고 지내. 응?"

잠시 고민했지만 다이는 순순히 유진에게 핸드폰 번호를 알려주었다. 다이의 연락처를 받아낸 유진은 막 일행이 카페 밖으로 나오자, 그들에게 다가갔다. 순간 맥이 풀려 버린 다이는 그대로 주저앉아 버렸다. 도대체 무엇을 걱정하고 고민했던 것일까? 나란 애는 참 못났다.

"땡땡이?"

"사장님!"

"눈사람 되고 싶지 않으면 그만 들어와."

추운 줄도 모르고 겉옷도 입지 않은 채 밖에 오랫동안 있었던 모양이다. 카페 안으로 들어온 다이는 어깨를 감싼 채 부르르 떨었다. 하지만 왠지 기분은 좋았다. 유진과 다시 이렇게 예전처럼 대화할 수 있어 좋았고, 다시 만나서 좋았다. 오래전 잃어버린 소중한 것을 되찾은 기분이다.

"사장님, 제가 괜한 걱정 했던 것 같아요."

"무슨 말이야?"

"고모가 절 찾아오셨대요. 아빠가 돌아가신 후 고모가 절 굉장히 미워하셨거든요. 그날 고구마 먹고 싶다고 하지만 않았어도 아빠 밖에 나가지 않으셨을 거고, 그리고 사고도 나지 않았을 테니까요."

카페모카에 뿌릴 시럽을 찾던 강의 손이 순간 정지되었다. 슬픔이 잔뜩 묻어나는 목소리에 강은 말없이 그녀를 바라보았다. 죄책감이 뒤덮인 얼굴, 그 얼굴은 그동안 스스로 얼마나 고통 속에서 살았는지 보여주었다.

"고모가 날 미워하는 것도 이해 가요. 나도 날 용서할 수 없으니까. 그런데 고모가 날 찾는 걸 보면 이젠 용서해 주려는 걸까요?"

"네 탓 아니야."

"예?"

"네 엄마였으면 이렇게 말했겠지. 아버지가 돌아가신 건 네 탓이 아니야. 그런 얼굴 하지 마."

울어버리면 눈물을 닦아주고 싶어질 테니까. 저도 모르게 손을 뻗어 눈물을 닦아주고 안아버릴지도 모르겠다. 우는 건 딱 질색인데, 저가 싫어하는 건 골고루 갖추고 있는 이 녀석을 모른 척할 수가 없다. 그동안 이 작은 어깨를 짓누르고 있던 죄책감에서 이제는 벗어나길 바랐다.

"고마워요, 그렇게 말해줘서."

"고마워할 거 없어. 네가 생각하는 위로가 아니니까."

위로가 아니라니. 이게 위로가 아니면 뭐란 말인가. 불안했던 감정들이 차츰 안정되어 가는 걸 보면 그에게 참 많은 것을 받은 모양이다. 별것 없는 말에, 별로 다정하지도 않은 목소리에 감동을 받았나 보다.

"조만간 연락 준대요."

복잡 미묘한 감정이 다이의 마음을 헤집고 있었다. 유진을 다시 만나 기쁜 반면, 다시 고모를 만나면 어떤 얼굴을 해야 할지 몰랐다. 그때 7년 전 그녀는 이제 막 스무 살이 되어 고등학생 티를 벗어나 대학 생활에 적응해 나갈 즈음이었다. 어디에도 의지할 곳이 없었다. 그걸 알면서도 고모는 마치 처음부터 모르는 사람처럼 외면했다.

"연락 오면 만날 거야?"

"만날까요?"

"만나고 싶어?"

대답을 회피한 채 반문하는 목소리만 난무했다. 이를 앙다문 다이의 눈빛이 흐트러졌다. 모르겠다. 정작 나는 어떻게 하고 싶은지.

"잘 모르겠어요, 아직은."

"무서워?"

다이는 긍정도 부정도 하지 않은 채 대답했다.

"그런가 봐요."

"생각보다 배짱도 없고 겁쟁이였네."

"만나보란 말씀이세요?"

"아니. 네가 하고 싶은 대로 하라고."

정작 원하던 대답이 아니었는지 시무룩해 있는 다이를 바라보는 강의 마음은 편치 않았다. 하고 싶은 말은 사실 따로 있었다. 말리고 싶었다. 뻔히 또다시 상처를 받을 게 보였다. 그렇기에 가도록 등 떠밀고 싶지 않았다.

그러다 문득 강은 어제 그녀와 전화 통화한 게 떠올랐다. 궁금한 걸 못 참는 성격인데 어젠 다른 이유로 인해 생각할 겨를이 없었다.

"어제 나한테 할 말 있다고 하지 않았나?"

"아참, 그랬지."

그제야 생각난 얼굴로 다이는 손을 그러모았다.

"그새 안드로메다로 날려 버린 거야?"

"출근해서부터 정신없었잖아요."

좀 봐달라는 듯 그녀가 눈을 반으로 휘자 강은 헛기침을 하며 시선을 딴 데로 돌렸다. 다시 시선을 마주했지만 여전히 똑바로 바라보기 힘들었다.

"호프집 알바 그만뒀어요. 오늘부터 마감 시간까지 일할 수 있게 되었어요."

"그 얘기였어? 그냥 전화로 할 것이지."

기쁜 티는 내고 싶지 않아 강은 일부러 퉁명스럽게 대답했다. 속으로는 '나이스'를 외치며 대한민국이 월드컵 4강에 진출했을 때보다 더 기뻐하고 있었다. 좋아서 미칠 것 같은 표정을 감추기 위해 강은 다이에게 등을 돌렸다.

"에이, 반응 별로네요. 별로 안 기쁜가 봐요?"

기쁘다. 너무나 기쁘다. 말로 표현할 수 없을 정도로. 등 뒤에서 서운한 목소리가 몰아치는데도 강은 대꾸하지 않았다. 이 기쁨을 혼자 만끽해야 하는 게 아쉽긴 하지만 그래도 좋았다. 마냥.

"이게 뭐야?"

그녀가 내민 쪽지를 가만히 응시하며 반문하는 목소리는 겨울 바람보다 차가웠다. 가게 정리를 부리나케 하던 그녀가 내민 쪽지가 무엇인지 강은 알고 있었다. 알고 있음에도 불쾌한 기분은 좀처럼 감출 수가 없었다. 내민 손이 민망했는지 그녀는 반으로 접힌 쪽지를 카운터 위에 올려놓았다.

"알면서 물으신다. 사장님 울 카페 인기 짱인 거 알잖아요."

"왜 챙겨둔 건데?"

"부탁받았으니까요."

"내가 버리라고 하지 않았어?"

"……그랬죠."

몸서리치게 찬 그의 음성에 점점 다이의 목소리가 작아지기 시작했다. 번뜩이는 눈동자로 내려다보는 그 눈빛에 질식해 죽을 것만 같이 숨이 막혔다. 그럼에도 다이는 궁금했다. 어째서 연애를 안 하는 것일까? 그와 연애를 하려고 달려드는 여자들을 소 닭 쳐다보듯 하는 걸 보면 못하는 게 아니라 안 하는 거였다.

"한 번만 더 쓸데없는 짓 하면 날 우습게 보는 걸로 알겠어."

이렇게까지 화내는 그의 마음을 이해할 수 없었다. 저는 저대로 손님들에게 부탁을 받고 있는 상황인데 이쪽에선 싫다고 눈에 쌍심지를 켜니 중간에서 어떻게 해야 할지 정말 난감했다. 카페 손님 중 반 이상이 강의 얼굴 한번 보려고 오는 여자들이라는 걸 다이는 알고 있었다.

"사장님, 혹시 만나는 분 계세요?"

"없어."

혹시나 했던 마음은 역시나로 바뀌며 다이는 머신기를 청소하는 그 옆에 찰싹 달라붙었다.

"사장님은 연애할 생각 없으세요?"

"그게 왜 갑자기 궁금해졌는데?"

강은 청소 도구를 옆으로 던져 버렸다. 그 행동에 흠칫 놀란 다이가 한 걸음 뒤로 물러섰다.

"그냥 궁금해서."

"그니까 왜?"

"만나는 여자도 없으면서 좋다는 여자를 다 마다하시니까요."

불퉁하게 말을 쏟아낸 후 다이는 제 입을 손으로 막았다. 하지만 이미 상황은 종료된 후였다.

"나 좋다고 하면 누구든 다 만나야 해? 내가 그렇게 쉬운 놈으로 보여?"

"이, 이상형은 없어요?"

"없어, 없어."

여전히 대답은 무성의하다. 질문을 던지는 사람의 마음을 생각해서 성심성의껏 대답해 줄 수는 없는 것인가.

"그럼 좋아하는 여자는요?"

"있을 것 같아?"

"아뇨."

대답하는 어미의 끝이 묘하게 힘이 들어간 기분이 들었다. 그저 그와 더 가까워지기 위해 알고 싶다고 생각했을 뿐인데 오히려 역효과가 난 모양이다. 대답을 하는 내내 어쩐지 마음에 안 든다는 얼굴로 이쪽은 아예 시선조차 주지 않고 무성의하게 대답하고 있으니 말이다. 닦은 데 또 닦고, 쓴 데 또 쓸고 그는 반짝반짝하게 윤이 나도록 청소를 한 후 점퍼를 챙겨 입었다.

좋아하는 여자?

질문이 왜 이따위인지 모르겠다. 애당초 마음에 들지 않는 행동부터 시작해 질문들이 하나같이 대답해 줄 필요성이 없었다. 그런 건 본인이 알아서 뭐 할 것이며 왜 묻는지 모르겠다. 아니, 오히려 묻는 그녀에게 질문하는 이유를 물었다. 그러나 대답은 허무하기 짝이 없게도 '그냥' 이었다.

그냥, 그냥.

질문하는 그녀는 별생각 없이 '그냥' 이지만 대답하는 강은 머릿속이 복잡해졌다. 마지막 질문에서는 오히려 반문을 하고 말았으니까. 거지 같게도 강은 저만 슬슬 애가 타고 있는 걸 느꼈다. 상대방은 애당초 이런 질문을 던질 정도로 여유로운데 말이다.

"저걸 질문이라고 하고 있지?"

그녀의 머릿속에 저는 어떤 사람으로 인식되어 있을까?

바리스타? 사장? 스승?

몇 가지 유추해 보았지만 전부 마음에 안 드는 것들이다. 본인 스스로 내가 수상하다는 걸 알면서 왜 눈치를 못 채고 있는지 모르겠다. 모르는 척하는 건가? 아님 모르는 척하고 싶은 건가?

"정말 둔해 빠졌어."

이렇게 둔한 녀석, 아니, 여자는 처음이다. 쓸데없는 데 촉은 좋으면서 왜 이럴 땐 무감각한 것일까.

"사장님, 빨리 나와요. 먼저 갈 거예요!"

걸음을 재촉하는 다이의 부름에 강은 탈의실에서 나왔다. 골똘히 혼자만의 시간까지 무참히 방해한 방해꾼을 말없이 노려보았다.

좋아하는 여자?

강의 고민은 카페를 나선 후에도 계속되었다. 그녀를 데려다 주기 위해 주차장까지 걸어가는 동안 어느새 강은 다이와 보폭을 맞추며 걷고 있다는 걸 깨달았다. 그 모습이 어색해 걸음을 멈추고 다이를 바라보는데, 뒤에서 맹렬하게 달려오는 오토바이를 보고 다이를 품에 끌어안았다. 둔하다고, 정신 차리라고 화를 낼 수조차 없이 순식간이었다.

그 순간 강은 인정해 버리고 말았다. 작은 어깨를 들썩이며 겁먹은 이 여자를 내가 좋아하고 있다는 것을. 그녀를 삼킬 듯 지독한 슬픔까지도 대신하고 싶은 걸 보면서 좋아하는 여자가 생겼다는 걸 깨달았다. 좋아한다, 좋아해. 지켜주고 싶어.

꼭 끌어안은 두 손에 잔뜩 힘을 준 채로 강이 나지막이 말했다.

"있어, 좋아하는 여자."

10. 강다이, 너

 차 안에 어색한 공기가 넘실거렸다. 누가 먼저랄 것 없이 입을
꾹 다문 채 강은 정면을, 다이는 창밖으로 시선을 던진 채였다. 고
백 비슷한 걸 해놓고 뭐라 말을 꺼내야 할지 고민하는 틈에 그녀
의 집 앞에 도착했다. 꾸벅 인사를 하고 차에서 내리던 그녀가 움
직임을 멈추곤 의아한 표정을 했다.

 "왜?"

 "아, 아뇨. 집에서 나올 때 불을 끈 것 같은데."

 그녀의 시선을 따라 옮긴 주택 2층은 마치 누가 있는 것처럼 환
하게 불이 켜져 있었다. 내가 깜박했나 하고 혼잣말을 하며 차에
서 내리는 그녀의 뒤를 따라 내린 강은 이상하게 불안함이 엄습했
다.

"내가 보고 올게."

그렇게 말하곤 강은 계단을 올라가 집 앞에 섰다. 문이 살짝 열려 있었다. 아무리 꼴통이라도 문을 잠그는 것까지 잊을 리가 없다. 불안함은 점점 강의 온몸을 뒤덮었다. 현관문 손잡이를 잡고 문을 열자 아수라장이 된 다이의 집 내부가 눈에 들어왔다.

서랍장은 열다 만 채였고, 책상 서랍 할 것 없이 서랍이란 서랍은 이 잡듯 다 뒤진 듯했다. 도둑이 든 것이다. 집에 아무도 없는 틈을 타 벌건 대낮에 도둑이 든 것이다. 잠금 장치가 소홀한 낡아빠진 주택가를 노린 게 틀림없었다. 가타부타 아무 말 없이 서 있기만 하는 강의 뒤로 발걸음 소리가 들렸다.

"거기 있어."

말했지만 이미 늦은 후였다. 어느새 다이는 강의 옆에 바짝 붙어 있었다. 그리곤 집 내부를 확인하자 맥없이 바닥에 주저앉아버렸다. 찬물 세례를 받은 것처럼 온몸이 빳빳하게 굳어지는 공포를 느낀 것이다. 다리가 풀려 그대로 찬 바닥에 주저앉은 채로 어깨를 바르르 떨고 있다. 강은 핸드폰을 꺼내 경찰에 신고하고는 다이의 어깨를 붙잡았다.

"괜찮아?"

"……도, 도둑이 들었나 봐요."

다이는 가느다랗게 떨린 음성으로 강의 팔을 꼭 움켜쥐었다. 처음이다, 이 집에 2년 가까이 살면서 도둑이 든 것은. 이 동네도 마찬가지로 도둑이 들었다는 말은 들어본 적이 없었다. 그러다 문득 다이는 무엇에 홀린 듯 집 안으로 돌진했다. 그리곤 활짝 열려 있는 책상 서랍이 텅 비어 있는 것을 확인하고 나서 또다시 주저앉았다.

"강다이!"

"이번 달 월세에 엄마가 선물해 준 목걸이까지……."

돈은 또 벌면 된다. 하지만 대학 입학 선물이라며 엄마가 선물해 준 목걸이는 다시 살 수 없는 것이다. 엄마가 준 선물을 이렇게 허망하게 잃어버리게 되다니. 망연자실한 얼굴로 다이는 강을 바라보았다.

"다른 거 더 없어진 것 있는지 찾아봐."

"현금과 가지고 있는 귀금속은 그게 전부이니 아마 서랍을 샅샅이 뒤졌어도 없을 거예요."

"일단 진정하고 차에 가 있어. 경찰 불렀으니 곧 올 거야."

다이는 도둑이 그대로 열어둔 서랍장을 그냥 바라보기만 했다. 저가 모르는 사람의 손길이 닿지 않은 곳이 없었다. 만지고 싶지 않았다. 온몸에 벌레가 기어 다니는 것처럼 소름이 확 돋았다. 다이는 고개를 저었다. 혼자 있기 싫었다. 그와 같이 있어야 안심이 될 것 같았다.

조금 후 경찰이 도착했다. 강이 침착하게 상황 설명을 했고, 없어진 현금과 귀금속에 대해서도 말했다. 경찰은 늘 있는 일인 양 아무 감정 없는 얼굴로 집 내부를 둘러보았다.

"벌써 네 곳입니다. 여자 혼자 사는 집만 털고 다니는 상습범인 것 같은데……."

"아직 못 잡은 겁니까?"

"워낙 흔적을 남기지 않는데다 절도 사건은 잡기가 힘듭니다."

저들이 하는 일이 무엇인데 잡기 힘들다는 말만 하는 책임감 없는 행동에 강은 피식 웃음이 났다.

"잡기 힘들면 이런 일이 일어나지 않도록 사전 방지를 해야 하는 거 아닙니까? 벌써 네 번째라면서요? 그다음에 사람이 죽어 시체로 발견되면 그때 대책을 세우실 겁니까?"

눈에 핏대를 세우고 경찰에게 소리를 지르며 강이 몰아붙였다. 오늘 집에 있었으면 어쩔 뻔했나. 도둑과 마주쳐 나쁜 짓이라도 당했다면? 생각만 해도 끔찍하고 피가 거꾸로 솟는 기분이다. 생각하기도 싫었다. 그런데 태연하게 벌써 네 번째라고 말하는 경찰은 도대체 어떤 생각인지 궁금했다. 아니, 정말 잡으려고 노력은 하는 건가? 아님 다음 사건이 일어나길 바라고 있는 건가?

"이봐요."

"그쪽 가족이 이런 일을 당했다고 생각해 보세요. 태연하게 그런 말이 나옵니까? 만약 혼자 있다 마주쳤으면 어땠을까요? 놈이 도망이나 칠까요? 아님 죽일까요?"

"지금 많이 흥분하신 것 같은데……."

극단적이긴 하지만 강의 논리에 안일하게 대처했다는 걸 인정한 경찰은 강을 진정시키려고 애썼지만 소용없었다. 강의 옷을 잡아끌며 다이가 말리지 않았다면 강은 더한 말도 쏟아냈을 것이다. 아직까지 화를 삼키지 못하고 씩씩거리며 오히려 저를 말리는 다이를 노려보았다. 경찰은 한 번 다녀간 도둑은 기억해 두었다가 다시 올 확률이 높으니 문단속에 철저히 신경 써야 할 것이라고 충고하고는 집에서 나갔다.

"소 잃고 외양간 고치면 뭐 하냐고."

"이제 저 진정됐어요. 집 정리하려면 꽤나 시간 걸리겠네요."

애써 씩씩한 척 다이는 신발을 벗고 안으로 들어갔다. 집 안은 모랫바닥이었다. 검은 발자국이 선명하게 찍혀 있었다. 오늘 잠이 올지 모르겠으나 일단 아무 일이 없었던 것처럼 깨끗이 청소를 해야겠다는 생각이 들었다.

"짐 싸."

뒤에서 들려오는 낮은 음성에 다이는 뒤돌았다. 말뜻을 이해 못한 다이의 표정을 읽은 강이 덧붙였다.

"가, 집으로."

"사장님."

"대신 싸줘?"

한숨이 절로 터지자 차가운 입김이 동그랗게 말렸다 사라졌다. 강이 무슨 말을 하는지 이해했다. 생각해 주는 것만으로도 고마웠다. 하지만 그 집에 들어갈 이유는 없었다.

"괜찮아요."

"여기 있겠다고?"

"잠금 장치만 새로 달면……."

"지랄. 그런다고 못 들어올 것 같아? 이래서 다리 뻗고 잠이나 제대로 잘 수 있겠어? 자는 동안 들어오면 어쩔 건데? 아니, 당장 오늘은 어쩔 거냐고."

몰아치는 폭풍처럼 강은 숨도 쉬지 않고 목구멍에 있는 말들을 쏟아냈다. 그래도 분이 풀리지 않았다. 이렇게 대책 불가능한 상황에 마음 편한 소리만 하고 있는 그녀에게 화가 나 더한 말도 쏟아내고 싶었다.

"그렇다고 사장님 집에 가자고요?"

"뭐 어때서?"

"동네 소문 신경 쓰는 사람이 그런 태평한 말이 나와요? 어쩌라고요? 내가 싫어요, 내가."

"왜 싫은데?"

화를 내는 모습은 처음이었다. 늘 화를 내는 쪽은 강이었고 묵묵히 그 화를 받아주는 사람은 다이였다. 화를 낼 줄 모르는 사람처럼 늘 웃기만 하던 그녀이다.

"그럼 좋아해야 할 이유라도 있나요? 기다렸다는 듯 신나서 사장님 집에 갈 줄 알았어요?"

"아니. 그럼 너무 염치없긴 해."

"장난해요?"

"여기 월세 얼마야?"

날카로운 반응에도 강은 물러날 생각이 없었다. 이 집에 그녀를 혼자 둘 바엔 차라리 저도 같이 있을 참이다. 이렇게 낡아빠진 집을 집이라고 구했으니 지금까지 도둑이 들지 않은 게 신기할 정도라고 새삼 느꼈다. 강의 물음에 다이는 대답 대신 긴 숨을 내쉬었다. 그가 이상하다. 눈물을 흘릴 때 다정한 말 한마디 안 하던 사람이다. 티슈 한 장 건네는 손길도 다정하지 않았다.

그런 그는 고모의 일을 묵묵히 들으면서 말했다.

"넌 네가 하고 싶은 것만 생각해. 남들 시선까지 신경 쓸 필요 없어. 이렇게 풀 죽어 있는 것보다 차라리 시끄러운 게 더 나아. 그게 차라리 너답다고."

나다운 것이 무엇인지 모르는 나에게 네가 하고 싶은 대로 하라고 말하던 그때처럼 심장이 묘한 반응을 하고 있었다.

"여기 내는 거 2/3만 나한테 내고 살아. 보일러도 인색하지 않게 틀어줄게. 뜨거운 물도 혼자 쓰기 아까울 정도로 펑펑 나와. 그리고 카페에서 엎어지면 코 닿을 거리잖아. 이 정도면 그만 튕겨도 되지 않나?"

살다 보면 별일이 다 있다. 기가 막힌 일도, 코가 막힌 일도, 눈앞이 캄캄한 일도. 수없이 많이 지나쳐 왔다고 생각했다. 하지만 눈앞에 있는 상황은 그녀가 지금까지 지나쳐 온 일들에 비해 달콤했다.

그러나 아직 자존심까지 갉아먹을 정도로 약해 빠지지도 않았고 남의 집에 턱 하니 얹혀살 정도로 염치없지도 않았다. 그렇게 보이고 싶지 않아 얼마나 노력하며 살았는지 모른다. 그동안의 노력이 허무해지도록 그는 그런 모습을 잘 찾아내 보고야 만다.

"그래도 싫어요."

애써 그 유혹을 뿌리친 다이는 바닥에 무릎을 꿇고 어질러진 물건을 정리하기 시작했다. 이상하게도 이런 모습을 보여주고 싶지 않은 마음에 그냥 가버렸으면 하고 바랐다. 혼자 있고 싶다. 혼자 있는 게 익숙한 저니까. 꾸역꾸역 흘러나오는 눈물을 참는 것도 한계에 달한 듯 시린 뺨을 타고 뜨거운 눈물이 흘러내렸다.

"걱정돼. 걱정돼 미치겠다고. 그냥 내 눈에 보이는 데 있어. 돌겠어, 너 때문에!"

"……사, 사장님?"

성큼성큼 방 안에 들어오는 강의 걸음 소리가 들렸다. 신발은 벗지도 않고 옆에 있는 큰 가방을 움켜쥔 채 협박하듯 다이에게 말했다.

"네가 안 싸면 내가 싼다. 내가 어떤 걸 보게 되더라도 후회하지 마."

무심하지만 걱정이 가득한 목소리였다. 후두두둑 떨어지는 눈물을 손등으로 닦아냈다. 그리곤 강의 손에서 가방을 빼앗아 옷가지를 정리했다. 이상하게도 싫지 않았다. 화를 내는 목소리에 걱정이 서려 있고, 내민 손이 따뜻해 더 이상 거절할 수가 없었다.

"남자가 여자한테 마음 쓰는 이유는 하나야. 좋아하니까."

강력하게 목소리를 내던 지민의 말이 떠올랐다. 하지만 절 좋아하는 게 아니라서 다행이라고 생각했다. 흔해 빠진 연애를 하다 헤어지고 서로를 미워하고 상처 주는 사이보다는 스승과 제자, 아니, 사장과 직원의 관계에서 다이는 만족하니까 말이다. 더 이상 욕심내서는 안 된다는 걸 누구보다 잘 알고 있었다. 지금 연애니 사랑이니 하는 건 그녀에게 사치일 뿐이다.

짐을 다 싸고 다이는 강의 얼굴을 빤히 바라보았다. 그리고 저에게만 들리도록 주문을 걸었다.

좋아하지 말아야지. 빠지지도 말아야지.

*

길게 하품을 내쉬며 방에서 나왔을 때 이미 강은 출근한 후였다. 오늘은 다이의 휴무 날이다. 정해진 날이 있는 게 아니라 아쉽지만 일이 있을 때마다 적정선에서 휴무를 정할 수 있었다. 오늘고모네 집에 가기로 했다. 유진에게 전화가 걸려왔는데 고모가 집에서 같이 점심이나 하자고 한 것이다. 고민한 끝에 승낙했지만 여전히 마음이 편치가 않았다. 잡념을 떨치고 방에서 나온 다이는 거실을 가로질러 욕실로 향했다.

이틀. 그의 집에 얹혀살기 시작한 지 이틀이 되었다. 전에 살던 집에서 내던 월세의 2/3를 내기로 했으니 얹혀사는 건 아닐지도 몰랐다. 하지만 그 금액으로는 식비와 가스비도 부족하다. 그러니 얹혀산다는 표현이 정확했다.

샤워기를 틀자 뜨거운 물줄기가 다이의 몸을 휘감았다. 오랜만에 느끼는 따뜻한 온기이다. 그가 쓰는 바디 워시로 구석구석 몸을 칠하고 닦아냈다. 수납장에서 타월을 꺼내 젖은 머리카락과 몸을 닦고 속옷을 갈아입으려는데 순간 다이의 손이 벗어놓은 옷가지 속을 빠르게 휘저었다.

"갈아입을 속옷을 방에 두고 오다니."

그가 있었으면 어쩔 뻔했는가. 다이는 다행이다 싶으면서도 생각하기도 싫은 일이라 옅은 한숨을 내쉬었다. 타월로 몸을 휘감고는 문을 살짝 열고 밖에 그가 없는 걸 다시 한 번 확인하고 나서야 총총걸음으로 방으로 들어갔다. 그리고 속옷을 신속하게 챙겨 나오는 순간,

삐리리릭.

도어록 열리는 소리가 다이의 심장을 때렸다.

맙소사!

떨어지지 않는 발걸음으로 급히 욕실로 향하던 그녀는 제 다리에 걸려 그대로 앞으로 몸이 울어졌다. 그리고는 쿵!

문지방에 이마를 찧으면서도 몸에 말린 수건만은 절대 사수하려고 안간힘을 쓴 그녀였다. 그에게 알몸은 보이지 않아 다행이었지만, 이런 추한 몰골을 보이고 만 것에 대해서는 얼굴을 들 수가 없었다. 분명 도어록 열리는 소리가 선명히 들리고 나서 누군가 안으로 들어왔다.

거기까지만 들렸다. 그 이후로는 마치 정지된 영화의 한 장면처럼 그대로 멈춰 있었다. 힘겹게 다이가 고개를 돌려 뒤를 바라보았을 땐 넋이 나간 얼굴로 저의 뒤태를 감상하고 있는 강의 얼굴이 보였다.

"보지 마요!"

꽥 소리를 지른 다이는 본능적으로 손에 들고 있는 것이 무엇인지 잊은 채 강의 얼굴에 던졌다. 곧 그의 얼굴 위로 나풀거리며 떨어진 그것의 정체를 확인하고 나서야 다이의 얼굴이 경악스럽게 변했다. 그리고 제 눈을 가리고 있는 천 쪼가리를 치운 강의 표정이 묘하게 일그러졌다. 레이스 땡땡이 팬티?

"피, 피!"

문지방에 찍혀 이마의 살갗이 까지고 붉은 피가 고여 흐르는 걸 본 강은 놀라서 방으로 들어가 구급상자를 꺼내 들고 나왔다. 레이스 땡땡이 팬티 따위를 신경 쓸 정신이 없었다. 하지만 그녀는 이미 잽싸게 몸을 감춰 버린 후였다. 얼마나 허겁지겁 방으로 도 망갔는지 바닥에 떨어진 레이스 땡땡이 팬티는 그대로 있었다. 창 피하다고 상처를 그대로 두고 방으로 도망가 버리다니. 이마에 고 여 있던 붉은 피가 떠오르자, 강은 방으로 다가갔다.

그사이 다이는 그의 손에서 떨어진 팬티를 들고 방으로 들어가 빛의 속도로 옷을 갈아입었다. 스텝이 제대로 꼬여 추리닝 바지를 입는 동안 다이는 몇 번이나 휘청거렸는지 모른다. 여간 놀란 게 아니었다. 제 몸을 배회하는 무심한 그의 눈동자에 다이는 문지방 에 찍힌 고통 따위는 안중에도 없었다. 그렇다고 하필이면 던진 게 팬티라니. 팬티, 팬티. 낯짝이 아무리 두꺼워도 그의 얼굴을 아 무 일 없었다는 듯 바라보는 건 무리였다. 문을 잠근 채로 다이는 발만 동동 구르며 화끈거리는 얼굴을 어찌해야 할지 몰랐다.

"문 열어. 이마에 피 났잖아."

밖에서 저를 부르는 음성에도 다이는 숨죽인 채 있다가 호흡을 가다듬고 대답했다.

"다, 닦았어요."

"소독해. 안 그럼 흉 져. 그나마 괜찮은 구석이 이마뿐인데."

"괜찮아요."

"창피해서 그래? 그럼 평생 그 방에서 안 나올 거야?"

"지금은 그냥 모른 척해주세요. 그냥 증발해 버리고 싶은 마음 뿐이니까."

밖에서 쿡쿡거리며 웃는 소리가 들렸다. 웃는다, 그가. 잔뜩 웃음을 참는 소리에 다이는 세워놓은 무릎에 얼굴을 깊이 파묻었다.

"열쇠를 어디 뒀더라? 방에 있나, 서랍에 있나. 아, 여기 있군."

아, 이 집은 사장님 집이지. 문을 잠가도 열 수 있는 방법이 있었다는 걸 까맣게 잊고 있었다. 잔뜩 약 올리는 말투가 어찌나 얄밉던지 다이는 밖으로 나가기가 점점 더 지옥 같았다. 열쇠로 그가 문을 따고 들어오기 전에 당당하게 나가자는 생각으로 문을 열었지만 좀처럼 눈은 마주 볼 수가 없었다. 그는 그런 다이의 손목을 잡아끌더니 그대로 소파에 앉혀 버렸다.

"흉 지겠다."

안타까운 건 그녀 자신만이 아니었나 보다. 안쓰러운 얼굴로 이마에 난 상처를 바라보고 있으니 말이다. 여전히 말없이 손가락만 꼼지락거리며 그가 구급상자를 열고 능숙하게 솜에 소독약을 묻혀 상처 난 이마를 소독해 주는 동안 다이는 어쩐지 말 잘 듣는 강아지처럼 잔뜩 세운 꼬리를 내리고 가만히 있었다. 연고를 발라주고 호, 하고 입김을 불어주곤 밴드를 붙여주는 손이 여간 많이 해 본 솜씨가 아니다. 또다시 발갛게 달아오른 그녀의 얼굴은 여전히 부끄러워서이지만, 조금 전과는 다른 의미였다.

무슨 남자가 이렇게 직원에게 자상해도 되나 싶다. 같이 살고 있으니 직원은 아닌가?

룸메이트? 여전히 제자? 아님 그냥 직원? 그것도 아니라면 객

식구?

이런 관계를 어떻게 이해해야 하는지 묻고 싶지만, 지금은 그냥 그가 주는 손길을 받고 싶었다. 하지만 조금 후 숙인 고개를 들고 물었다.

"사장님, 왜 다시 들어오셨어요?"

"핸드폰을 두고 갔어."

"아……. 아까 일은 기억 속에서 지워주세요. 레드 썬!"

"너무나 충격적이라 잊을 수 있을지 모르겠다."

"어째서요. 레드 썬 하면 다 잊어야지."

우는소리를 잔뜩 내며 다이는 애원했다. 제발 잊어달라고, 기억 속에서 지워달라고.

"그러니까 누가 알몸으로 다니래?"

"알, 알몸이라뇨?"

"아, 손바닥만 한 수건이 걸쳐 있긴 했지."

"상상하지 마요!"

빽 소리를 지르며 강의 팔을 잡아끈 다이는 코앞에 다가온 그의 얼굴에 화들짝 놀랐다. 이렇게 가까이서 그의 얼굴을 보는 건 처음이다. 숨결이 닿을락 말락 너무 가까운 거리라는 걸 뒤늦게 인지한 다이가 먼저 그의 팔에서 손을 뗐다.

손이 뜨겁다. 그의 옷자락을 잡아당겼을 뿐인데 손이 뜨겁게 달아올랐다. 거기다 심장은 브레이크가 고장 난 자동차처럼 전력질주를 하고 있다. 미칠 것 같았다.

"너 앞으로 조심해."

무의식적으로 위험했다는 걸 깨닫고는 고개를 끄덕였다. 다정하게 밴드를 붙여준 그의 손은 지금 보니 굳은살로 도배되어 있었다. 섬세하기 짝이 없는 커피와는 달리 커피를 만드는 그의 손은 고뇌로 가득 차 있었다.

"손이 되게 안 예뻐요."

"아, 이거?"

손가락 마디마디도 모자라 손바닥까지 그의 손은 고뇌로 가득 차 있다. 손을 보며 그는 피식 웃었다.

"한참 커피에 미쳐 있을 때 커피 맛을 알기 위해 하루에 몇십 잔씩 에스프레소를 추출했었지. 아무것도 몰랐던 나는 열정만 가득해서 커피에 데고 스팀 밀크에 데고, 데고 또 데고 그랬지. 결국엔 카페인 중독으로 잠을 못 이룬 날이 일상이 되었지만."

"아, 그럼 사장님 손은 훈장 같은 거네요?"

"훈장? 그렇게 생각해 본 적은 한 번도 없는데."

다이는 그의 손 안에 있는 굳은살을 손으로 만져 보았다. 제법 오래됐을 녀석들은 그의 손에서 자리 잡고 살고 있었다.

"나도 나중에 바리스타 되면 사장님 손처럼 될까요?"

"다치는 건 안 돼. 귀찮으니까."

"원래 제자는 사수 닮아간다던데. 스승님처럼 멋진 바리스타 되는 건 걱정 안 해도 되겠어요."

"내가 멋지다고?"

몰랐나? 본인이 멋진 걸? 특이나 커피를 내릴 때 보이는 무표정에서 살아 있는 눈빛이 얼마나 멋있는지 그것은 다이 혼자만의 비밀이다.

"뭐, 바리스타인 사장님이 멋진 거지만요."

"김새는데?"

실망한 얼굴로 턱을 쓰다듬는 강을 바라보는 다이의 입가에 미소가 걸렸다.

2/3의 월세를 내는 대신 식사 준비는 그녀가 전담하기로 했다. 하루의 대부분을 카페에서 보내기 때문에 식사를 준비할 기회가 있을지 의문이다. 때문에 다이는 아침만이라도 제가 준비하기로 마음먹었다. 일주일에 한 번 정도는 청소를 하기로 했고, 빨래를 너는 것은 강이, 개키는 것은 다이가 맡았다.

"오늘 쉬는 날인데 뭐 할 거야?"

"친구 만나려고요."

거짓말이 술술 나온다. 고모네 집에 간다는 건 비밀로 하는 게 좋을 듯했다. 괜히 걱정하는 그의 얼굴을 보고 싶지 않았다.

"만나서 뭐 할 거야?"

"음, 일단 밥 먹고 차 마시면서 못다 한 얘기 나누고."

"차라면 카페에 와서 마셔도 되지 않나?"

"부려먹으려고 그러는 거죠?"

샐쭉한 눈으로 강을 노려보았다. 그는 긍정도 부정도 하지 않은 채로 웃기만 했다.

"어디 나만큼 맛있는 커피 만드는 데 있음 나와 보라고 해."

"잘난 척은."

"척이 아니라 잘난 거 맞잖아."

"알겠으니까 그만하시죠."

"그리고 또?"

"또?"

참 오늘따라 질문이 많다. 오늘 하루의 스케줄을 줄줄이 읊어야 알았다고 할 기세이다. 다이는 눈동자를 굴려 생각했다. 친구를 만난다는 것도 순전히 거짓말인데 뭘 할 건지 꼬치꼬치 캐물으면 또 다른 거짓말을 생각해 내야 한다. 하지만 마땅한 변명거리가 떠오르지가 않아 다이는 망설였다.

"글쎄요. 기분에 따라 정할래요."

"요즘 세상 흉흉하니까 늦게까지 돌아다니지 말고."

"늦게 들어오면 문 안 열어주나요?"

"그럴까?"

"4321."

한 번 들으면 절대 잊을 수 없는 도어록 비밀 번호를 말해놓고 다이는 웃었다. 어쩌면 이렇게 비밀번호가 단순할 수가. 이 남자는 절대 단순한 것 같지 않은데 어떻게 이런 비밀번호를 생각해 냈을까. 궁금했다.

"2단 잠금 장치도 하지, 뭐."

"사장님!"

"누가 왔다 갔다 하면 잠 못 자. 일찍 와."

다시 한 번 경고를 하고 나서 강은 집에서 나갔다. 그리 오래 걸리는 볼일도 아니다. 점심 한 끼 같이하는 것뿐이니 말이다.

＊

　고모는 산뜻하게 그녀를 맞이했다. 오랜만에 온 집은 여전했다. 인테리어도 가구도 모두 그대로였다. 아빠가 돌아가시기 전까지는 자주 왔었다. 유진과 책을 읽고 TV를 보며 시간 가는 줄 모르고 지냈다. 정말 그때가 얼마나 행복했는지 다시금 깨달았다. 오래전 잃어버린 추억을 찾으려는 듯 그녀의 시선은 한곳에 머무르지 않고 이곳저곳을 배회했다. 모두 그녀가 기억하고 있는 그대로였다. 하지만 고모는 7년이란 시간을 빗겨갈 수 없었던 모양인지 그간 많이 늙어 있었다. 다이는 들고 있던 과일 바구니를 고모에게 건넸다.

　"고모, 이거."

　"뭘 이런 걸 다 사오니. 우리가 남이니?"

　고모는 대답을 요구하듯 말해놓고 다이가 말하길 기다리고 있다. 다이는 어색하게 미소를 지었다. 얼른 들어오라며 다이의 손을 잡아끌곤 거실에 잠깐 앉아 있으라고 했다. 식사 준비가 다 된 모양인지 맛있는 냄새에 다이는 침이 고였다.

　오랜만이라 집 내부를 훑던 그녀는 소파에 앉았다. 그러다 문득 유진이 안 보이는 걸 깨닫곤 다이는 주방에 있는 고모에게로 다가갔다.

　"고모, 유진이는요?"

　"아직 학교에 있지. 겨울방학인데 공부하느라 학교 도서관에서 산다. 금방 온다고 했는데 얘가 정신이 없구나. 금방 오겠지. 먼저 먹자꾸나."

　그리고선 유진의 자랑을 줄기차게 늘어놓기 시작했다. 묵묵히 고모의 말을 들으며 다이는 그저 고개를 끄덕이는 것으로 대답을 대신했다. 그새 다 차려진 식탁은 진수성찬이었다. 식탁에 앉아 수저를 들 생각도 않고 멍해 있는 그녀를 고모가 재촉했다.

"얼른 먹어. 배고프지?"

"잘 먹겠습니다."

"어때? 맛있니?"

"네, 맛있어요."

고개를 끄덕이며 그녀가 대답했다. 고모와 다시 이렇게 마주 앉아 식사를 하는 날이 오게 될 줄 몰랐다. 마치 꿈처럼 느껴졌다. 그때 그렇게 날 미워하고 찬 바닥에 내동댕이친 고모가 맞나 싶을 정도로 고모는 상냥했다.

"엄마는 어떠시니? 내가 그때 정신이 없어서 그렇게 널 외면했구나. 이해하지? 그때 계주한테 돈 뜯기고 유진이는 돈 들어갈 구석이 천지라서 내가 제정신이 아니었구나."

이해는 한다. 하지만 용서가 될지는 아직도 모르겠다. 엄마의 상태를 묻는 고모의 말엔 악의는 없는 듯했지만 묘하게 거슬렸다. 고모는 그동안 당신이 얼마나 힘겹게 살았는지부터 시작해 유진의 대학 등록금에 대한 한탄을 한참 동안 이어갔다. 그리고 세상을 떠난 고모부가 남긴 빚을 아직까지 갚고 있다는 말로 마무리지었다. 그 말을 묵묵히 듣고 있던 다이는 목에 가시가 박힌 것처럼 칼칼했다. 그리고 따가웠다.

"넌 그동안 꽤 예뻐졌구나. 유진이가 그러던데, 꽤 큰 카페에서 일한다며?"

"네."

어느새 밥 먹을 기분이 사라진 다이는 수저를 내려놓았다.

"왜, 더 안 먹고?"

"속이 안 좋아서요. 고모, 저 물 좀."

고모가 건네준 냉수 한 잔을 마신 후 수저를 내려놓았다. 고모는 날 용서하기로 한 것일까? 저를 경멸스럽게 바라보던 고모의 눈빛이 가끔 떠올라 그녀를 괴롭혔다. 너 때문이라고, 네가 아빠를 죽인 것이라고 쏘아대던 고모의 입술을 가만히 바라보다 제 입술을 깨물었다.

"고모, 점심 잘 먹었습니다."

"잘 먹긴, 다음엔 네가 좋아하는 거 차려줄게."

"네."

"참, 네게 물어볼 게 있는데 말이다."

어렵게 입술을 뗀 고모는 잠시 망설이는 듯 보였다.

"말씀하세요."

"혹시나 해서 묻는 건데, 네 아빠 보험 얘기 들은 거 있니?"

"보험이라니요?"

다이는 고개를 갸웃거렸다. 아빠의 보험금? 엄마와 아빠는 보험엔 가입하지 않은 걸로 알고 있었다. 그래서 받은 거라곤 피의자에게 받은 몇 푼 안 되는 합의금이 전부였으니 말이다. 고모는 다이의 반문에 당황한 기색으로 물 한 잔을 마셨다.

"아, 그러니까……."

할 말이 남은 듯했지만 다이는 점퍼 주머니에서 부르르 떨고 있는 핸드폰을 급하게 찾았다. 발신인은 지민이었다.

"고모, 잠시만요."

고모에게 양해를 구하고 다이는 지민에게 다시 전화를 걸겠다고 하곤 끊었다.

"저 그만 일어날게요."

"급한 일 있니?"

"네, 어디 들를 데가 있어서요."

"출근하는 건 아니고?"

"오늘 쉬는 날이에요. 저 그럼 이만 가볼게요."

뭔가 용건이 남아 있는 듯 아쉬워하는 기색이었지만 고모는 순순히 그녀를 보내주었다. 점퍼를 걸치고 가방을 챙겨 집에서 나온 다이는 허탈한 웃음이 터졌다. 뭘 기대했던 걸까? 도대체 무엇을? 다시 예전으로 돌아가고 싶었던 건가?

고모는 여전했다. 억지로 미소 짓고 있지만, 저를 경멸스럽게 바라보는 눈빛, 말은 하지 않지만 눈빛은 감출 수 없었다.

다이는 지민에게 전화를 걸어 집으로 가겠다고 통보하곤 끊었다. 전화로 모든 걸 설명하기엔 너무나 지쳐 있었다.

✳

찬바람이 성난 듯 몰아치고 있었다. 코가 빨개지고 볼이 알싸했다. 발을 동동 구르며 지민의 집 앞에 도착해 초인종을 누르고 문이 열리길 기다렸다. 달그락거리며 문이 열리자 다이는 급하게 집 안으로 발을 들여놓았다. 지민이 따뜻한 녹차를 다이에게 내밀었다.

"밖에서 만나서 맛있는 것도 먹고 놀려고 했는데."

아쉬운 목소리를 내는 지민을 흘깃 바라보다 녹차를 한 모금 마셨다.

"나, 고모 만났어."

"누굴 만났다고?"

당연히 놀랐겠지. 어떤 꼴을 당했는지 누구보다 잘 알고 있는 지민의 목소리가 하이 톤이 되어 다이의 귀를 찔러댔다. 그 꼴을 당하고 태연하게 고모를 만났다는 말이 나오느냐고 묻고 싶은 지민의 표정이 적나라하게 드러났다.

"응. 실은 얼마 전 카페에서 유진이를 만났어, 우연히. 그리고 연락처를 교환하게 되었고 고모가 날 찾았다고 하더라. 아무리 좁은 땅이라고 하지만 카페에서 유진이를 만나게 될 줄이야."

"그래서 고모를 만났다고?"

믿을 수 없다는 듯 재차 반문하는 지민을 향해 다이는 무표정으로 고개를 끄덕였다. 지민은 주방으로 가서 냉수 한 잔을 벌컥벌컥 들이켜더니 성난 발걸음으로 다이 앞에 앉았다.

"고모는 여전해. 아빠 죽음의 책임을 나에게 돌려놓고 경멸스럽게 바라보는 눈빛은."

"별말 안 해?"

다이는 떠올렸다. 아빠의 보험금에 대해 물어보곤 더 이상 묻지 않았다. 하지만 다이가 느끼기에 더 할 말이 있는 듯 보였지만 급하게 일어서는 저를 마지못해 내보낸 기분이었다. 하지만 보험금에 대해서는 엄마에게 들은 얘기가 없었다. 설사 엄마가 알고 있다고 하더라도 현재 엄마 상태를 누구보다 잘 아는 다이로선 엄마에게 물어볼 수도 없다. 이제 와서 보험금에 대한 걸 물어보는 이유가 뭘까? 당시 피의자 측과 합의금을 받은 건 어렴풋이 기억이 난다. 그쪽 보험사에서 나와 교통사고 진위 여부를 조사한 후 받았지만, 아빠 목숨 값치고는 몇 푼 안 되었다. 그 돈을 받고 가슴을 치며 통곡하던 엄마의 모습이 떠올랐다. 생각하고 싶지 않은 기억을 떠올린 다이는 고개를 내저으며 털어버렸다.

"응. 별말 안 했어."

대답을 하면서도 다이는 찜찜한 기분을 감출 수 없었다. 걱정 어린 표정으로 바라보는 지민의 물음에 대답을 하고 나니 가슴이 답답한게 술 생각이 절로 났다.

"술 있니?"

"술? 어제 사다 놓은 맥주 있어. 한잔할래?"

고개를 끄덕이자 지민이 맥주와 오징어를 내왔다. 금세 술상이 차려지고 두 사람은 주거니 받거니 술을 마셨다. 어느새 취기가 오르고 기분이 묘한 게 술맛이 이런 건가 싶어 피식 웃음이 입에 배었다. 지민은 노처녀 선배의 히스테리에 대한 고충을 털어놓으며 울분을 토했고, 다이는 그 얘기를 들으며 웃음을 터뜨렸다.

그리고 다이는 강의 제자로 들어가서 커피에 대해 배우는 얘기부터 강의 집에 얹혀살기 시작했다는 얘기를 조심스럽게 꺼냈다. 지민은 역시 그럴 줄 알았다는 반응을 보이며 지지배, 하며 다이의 등짝을 사정없이 때렸다.

"거봐, 내 말이 맞지?"

"맞긴 뭐가 맞아. 틀렸어, 틀렸다고."

"틀렸다니? 마음에도 없는 여자를 제집에서 살게 한다는 게 말이 돼?"

"있대, 좋아하는 여자."

"있대?"

당사자인 다이보다 지민이 더 실망감을 감추지 못한 얼굴이다.

"사장님이 날 뭐라고 부르는지 알아?"

"뭐라고 부르는데?"

"꼴통, 돌대가리, 무능아, 등신, 또 뭐 있지……? 아, 놈."

"놈?"

"어떤 남자가 좋아하는 여자를 그렇게 막 부르냐?"

그런가, 하며 지민은 머리를 긁적였다. 하나하나 나열하고 나니 그가 저를 부르는 호칭은 정말 다양하다는 걸 새삼 깨달았다.

"잘됐지, 뭐. 연애하다 헤어지고 남보다 못한 사이가 되는 것보단 그냥 이렇게 사장과 직원도 좋고, 스승과 제자도 좋으니까 이렇게 지내는 게 좋아."

걱정된다고 말하던 목소리가 메아리처럼 그녀의 귀에서 떠나지 않았다. 그 말이 마치 없던 게 될까 봐 다시 확인하고 싶기도 했지만, 그녀는 한 걸음 뒤로 물러났다. 고동치는 심장 소리는 어쩌지도 못하면서 도망치겠다니……. 정말로 나는, 이대로도 좋은 걸까?

"오호라, 그럼 넌 사장한테 마음이 있단 거야?"

"누가 그렇대?"

"실망한 얼굴인데? 괜히 나중에 헤어져서 두 번 다시 못 보게 될까 봐 겁먹은 거 아냐?"

"아니래도 그런다."

그래, 아니다. 사랑이니 연애니 시시덕거리며 즐길 수 있는 사정도 아니고, 아직은 제 일로도 벅차 누굴 마음에 담을 여유가 없다. 거기다 제 짐까지 상대방에게 짊어지게 할 수는 없는 일 아닌가. 그러면 너무 이기적이다. 좋아한다니, 그런 말도 안 되는 소리를.

"그럼 사장에게 애인 생기면 축하해 줄 수 있어? 진심을 다해."

그런 생각은 한 번도 해본 적 없는데. 매번 연락처를 주고 가는 여자들에게 단 한 번도 관심을 보인 적이 없으니까. 그런데 내가 과연 축하해 줄 수 있을까? 진심으로?

뒤늦게 고개를 끄덕이는 다이에게 지민은 발갛게 달아오른 볼을 주욱 잡아당겼다.

"퍽이나. 울지나 마라."

쳇. 울긴 왜 울어? 다이는 눈이 반쯤 풀려서는 냉장고에서 맥주를 더 가지고 왔다. 한 잔이 두 잔이 되고 두 잔이 석 잔이 되더니 급기야 맥주 세 병을 마시고 그대로 뻗어버렸다.

술이란 건 참 좋다. 잊고 싶은 것도 잠깐이나마 잊게 해주고, 나사 풀린 채로 이렇게 허우적대는 것도 기분 최고다.

＊

말없이 창밖을 응시하는 강의 표정은 굳어 있었다. 검은색 코트

를 입은 중년여인의 뒷모습을 바라보는 강의 눈빛은 시리도록 매
서웠다.

조금 전, 그녀의 고모라는 여자가 다녀갔다. 당당한 목소리로
강에게 다이가 여기서 일한 지 얼마나 됐으며, 급여와 사는 곳이
어디인지 세세하게 물었다. 하지만 그 여인은 강에게 어떤 정보도
얻지 못한 채 헛걸음을 해야 했다. 절대 어느 것 하나 알려주지 않
을 것이란 걸 알고는 그제야 당신이 다이 고모라고 밝혔다. 카페
를 나가면서도 마치 그녀를 상당히 아끼는 목소리를 남겼다.

"우리 다이 잘 부탁해요."

그리고 다이가 저에게 거짓말을 한 것을 알아버렸다. 친구를 만
나러 간 게 아니라 사실은 고모를 만나러 간 것이다. 그리고 고모
는 그녀가 출근하지 않은 사실을 알고는 카페로 찾아와 그녀의 뒷
조사를 한 것이리라. 도대체 무슨 이유로?

고개를 돌리고 커피를 만드는데 뒤에서 주문하는 목소리가 들
렸다.

"깔끔한 아메리카노 한 잔 주세요."

그녀다. 히죽 웃으며 주문을 하더니 곧장 카운터에 자리를 잡는
다. 가까이 온 그녀에게서 술 냄새가 풍겼다. 한두 잔 마신 냄새가
아니다.

"술 마셨냐?"

"헉! 냄새 나요?"

"지독해."

"잠깐 뻗어 자다 와서 정신은 말짱해요."

"그래서?"

"저 오늘 휴무니까 핸드픽 연습해도 되죠?"

"핸드픽한 생두 가져와."

"검사하시게요?"

"아니. 그걸로 커피 내려주게."

그럴 줄 알았다는 듯 샐쭉한 표정으로 다이는 창고로 들어갔다. 결국은 틀리지 말란 얘기다. 잘못하다간 썩은 생두 커피 마시게 될 수도 있으니까.

저 바보, 저 안에서 우는 건 아니겠지? 손님이 없는 틈을 타 강은 창고 문을 살짝 열어보았다. 다이는 정말 그 안에서 핸드픽 연습을 하고 있었다. 그리고 그녀의 핸드픽 솜씨는 점점 완벽에 가까워지고 있었다.

"100% 꼴통은 아니네."

강은 혼잣말을 하곤 카페로 들어와 테이블 정리를 하기 시작했다. 그러다 문득 화려한 불빛을 자랑하며 우뚝 서 있는 트리 앞에 섰다. 상자 안은 어느새 손님들이 넣은 소원 종이로 가득 차 있었다.

나도 써볼까?

뭐라고 적을까 잠시 망설이던 그가 펜을 움직였다.

―강다이, 너.

그래, 내 소원은 너야. 늘 네가 웃었으면 좋겠어. 늘 행복했으면 좋겠고. 내 소원은 그거야. 이제야 알겠다, 소원이라는 건 그리 거창하지 않아도 된다는 것을. 종이를 접고 상자에 넣는 순간 묘한 기분이 들었다. 이제야 그녀가 했던 말을 실감하게 되었다.

"써놓고 나면 왠지 정말 이뤄질 것 같달까?"

정말 그렇게 될 것만 같다. 내 소원이 이루어졌으면 좋겠다.

부르지 않으면 나오지 않을 것처럼 창고에 박혀 있는 그녀를 불러 퇴근 준비를 했다. 그녀는 자신감 넘치는 얼굴로 골라낸 생두를 강의 얼굴 가까이 들이밀었다.

"보세요."

"잘했어."

그는 슬쩍 보곤 그녀의 머리를 쓰다듬었다.

"애쓴다, 너."

11. 너야, 너

"볶을 때마다 맛이 변하고, 볶는 정도에 따라 맛이 변하는 과정
을 직접 경험하면서 즐기는 것이 로스팅의 출발점이야. 커피가 얼
마나 다양한 표정을 가지고 있는지 실감하게 되면 비로소 로스팅
에 한 발 다가갈 수 있다고 할 수 있어. 거기다 로스팅의 숙련도가
높아질수록 취향에 맞는 원두를 찾을 수 있을 거야."

얼마나 어떻게 로스팅을 하느냐에 따라 같은 커피라 하더라도
전혀 다른 맛을 느낄 수가 있었다. 로스팅의 핵심 원리부터 시작
된 이론을 끝내고 강은 직접 로스팅에 나섰다. 영국에서 제작된
로스틸리노 열풍식 로스터기에 생두를 넣고 전원 버튼을 눌렀다.
눈에 훤히 보이는 로스터기 안의 생두가 압력을 받아 파핑이 일어
나는 소리가 들리고, 화력 조절에 의해 색이 점점 진한 갈색으로

변하기 시작했다. 생두부터 시작해 이탈리안에 이르기까지 로스팅한 원두를 그릇에 담았다.

"로스팅은 30분 이내 끝내야 하고, 250도를 넘어서는 안 된다. 30분을 넘어가면 향미를 잃어버려 개성적인 맛이 사라지고, 생두는 기본적으로 나무의 성질과 같기 때문에 250도를 넘어가는 순간 탄내가 난다. 로스팅 후 재빨리 쿨링 모드로 들어가 열을 식히지 않으면 원두에 남아 있는 열로 인해 계속해서 로스팅 반응이 일어나. 그대로 타버리면 버려야겠지?"

"로스팅은 세밀한 작업이군요."

"로스팅의 기본적인 핵심은 적당히 열을 가하고 열이 고르게 콩으로 전달될 수 있는 방법을 찾는 거야. 설명 끝."

백 마디 말보다 제일 좋은 건 직접 해보는 것이다. 해보지 않고 어렵다고 말하는 것은 구제 불능이다. 수업 태도만큼은 바리스타가 되어 있는 그녀에게 미소를 지었다.

"해봐."

"네, 그럼."

다이는 그의 설명을 기억해 내고는 로스터기에 생두를 넣고 전원 버튼을 눌렀다. 연녹색이던 생두는 노란색으로, 곧 갈색으로 변하기 시작했다. 그가 일러준 대로 쿨링 버튼을 누르고 다이는 그의 표정을 살폈다. 원두를 꺼내 확인도 하지 않은 강은 눈을 질끈 감았다.

"1차 파핑 소리 들었어, 못 들었어?"

"들었습…… 니다."

"그럼 할 일은?"

"아, 수분 배출."

"댐퍼 열어서 잡내 제거. 다시."

지금 눈앞에 있는 그녀가 초짜라는 것을 인지하며 강은 최대한 인내심을 발휘하여 화를 참았다. 그렇게 목이 쉬어라 강조한 것을 그새 안드로메다로 날려 버리는 그녀의 능력에 감탄할 따름이었다. 그녀는 다시 생두를 넣고 로스팅을 하기 시작했다. 1차 파핑 소리에 이어 2차 파핑 소리가 들렸다. 강은 다시 로스팅된 원두를 살펴보았다.

"스코칭."

골고루 생두가 섞이지 못해서 얼룩덜룩해진 원두를 꺼내 다이에게 보여주었다.

"다시."

또다시 시작된 로스팅. 로스팅을 어떻게 해야 한다고 명확하게 설명할 방법이 없었기에 감으로, 손으로 익히게 하는 수밖에 없었다. 그 후로 몇 번씩 로스팅을 할 때마다 터핑이나 치핑이 된 원두가 속출했다. 제대로 로스팅된 원두는 좀처럼 보기 힘들었다.

"제대로 안 하지?"

"하고 있습니다."

"근데 왜 이 모양이야?"

"많이 발전한 겁니다."

"장난하냐?"

작은 어깨를 움찔거리며 꼬박꼬박 말대답하는 다이를 매서운 눈으로 봤다. 요 근래에 보기 힘들었던 한기 서린 모습에 다이의 어깨가 움찔댔다.

"똑바로 하자."

"네."

"대답은 국가대표 바리스타 못지않게 자신만만하지?"

"실제로도 그렇게 될 겁니다."

"어느 세월에?"

"스승님이 그렇게 만들어주실 테니까요."

날 믿고 이러는 거다? 어쭈?

"나한테 혼나지 마라."

기가 팍 죽어 있는 모습은 보기 싫으니까. 아무리 저라고 해도 그녀를 야단치는 건 하고 싶지 않았다. 그의 말에 다이가 빙그레 웃었다. 방금 혼나고도 웃음이 잘도 나온다.

"웃어?"

"저 혼내고 마음 불편해하시는 거죠?"

이렇게 예리하면서 다른 건 왜 무딘 건데? 일부러 그러는 거야, 뭐야. 강은 다시 싸늘한 표정으로 그녀의 이마에 딱밤을 놓았다.

"적당히 해."

한가롭게 앉아 커피를 마시는 손님과는 달리 카운터 뒤는 전쟁터가 따로 없었다. 한꺼번에 몰아친 손님의 커피를 만들고 난 강은 냉수 한 잔을 벌컥벌컥 마셨다. 문이 열리는 소리에 다이의 시선이 옮겨졌다. 그리곤 안으로 들어온 손님을 확인한 다이의 표정이 사색이 되어갔다.

"고모?"

여긴 어쩐 일이냐고 묻는 다이의 표정을 읽은 고모는 태연하게 다이의 손을 잡았다.

"지나가다 들렀다. 바쁘니?"

"지금은 괜찮아요."

"그럼 잠깐 시간 좀 내줄래?"

"지금은 업무 시간이라⋯⋯."

"볼일 봐."

거절하는 다이의 말을 가로막은 건 무심한 강의 목소리였다. 다이는 카운터 앞에 비어 있는 자리로 고모를 안내했다.

"갑자기 찾아와 미안하구나."

"말씀하세요."

오렌지 주스를 한 잔 고모에게 건네는 강은 다시 그녀를 찾아온 고모의 속내가 무엇인지 어느 정도 예감한 후였다. 하지만 애써 모른 척하며 강은 다시 카운터로 돌아갔다. 다이는 고모에게 음료수를 건네는 강에게서 시선을 거두곤 할 말이 있는 얼굴로 저를 바라보는 고모에게 시선을 두었다.

"다름이 아니라⋯⋯ 너 혹시 도장 가지고 있니?"

"도장이오?"

"그래. 이제 와서 이런 말 어떻게 들릴지 모르겠다만, 네 아빠가 살아 있을 때 대출 받은 게 있었다. 그 돈은 이미 내가 다 갚았지만, 대신 고모부가 남긴 빚 때문에 빚 독촉을 받고 있다. 그런데 네 아빠가 사망보험에 들어 있다는 걸 우연히 알게 되었어."

"그, 그래서요?"

"너만 허락한다면 네 아빠 보험금으로 고모부 빚을 좀 갚고자
한다."

갑자기 현기증이 일어 다이는 손으로 관자놀이를 꾹 눌렀다. 아
빠가 오래전 대출을 받았다는 사실도 놀라운데 엄마와 저 몰래 사
망보험에 가입하고, 그 돈을 고모무가 남긴 빚 갚는 데 쓰겠다는
고모의 당당한 요구에 기함을 토했다. 마치 모든 게 당연하다는
듯 요구하는 모습은 뻔뻔하기 그지없었다. 아빠가 정말 대출을 받
았을까? 대출을 받아서 그 상당한 돈을 어디에 쓴 걸까? 좀처럼
신뢰가 가지 않는 고모의 말에 다이는 뭐라 대답해야 할지 고민되
었다.

"그럼 대출 받은 기록을 가져오시죠. 어디 은행에 어떤 용도로
돈을 대출 받았는지 말입니다."

위에서 들리는 낮고 굵은 목소리에 다이는 고개를 들었다. 침착
한 표정으로 고모에게 쏘아붙이는 강의 얼굴엔 묘한 분노가 섞여
있었다. 강의 말에 고모의 눈썹이 날카롭게 솟았다.

"그쪽이 무슨 상관이죠?"

"제 직원입니다."

"우린 가족이에요. 남의 가정사엔 끼지 않는 게……."

"가족? 가족이라는 분이 어째서 이 녀석 급여와 거주지에 대해
캐물으셨습니까? 왜 이 녀석이 카페에 없는 틈을 타 뒤를 캐고 다
니셨던 겁니까? 힘들 때 상처를 줬던 분이 가족이란 말입니까?"

강의 입가에 비릿한 미소가 걸렸다. 가족? 가족이라니? 감히 가족이라는 단어를 입에 올릴 만큼 떳떳하냐고 묻고 싶은 걸 참았다. 고모의 표정이 점점 일그러지며 입을 반쯤 벌린 채로 충격에 휩싸인 다이에게 해명하기 시작했다.

"그게 아니다. 난 다만⋯⋯."

"고모, 혹시 우리 아빠가 가족 몰래 든 사망보험금이 탐나셨던 건가요?"

혹시나 하고 묻는 다이의 목소리는 가느다랗게 떨리고 있었다. 그래도 아니라고 말해주길 내심 바라고 또 바랐다. 오랜만에 만난 고모가 아빠의 사망보험금 때문에 저를 애타게 찾고 있었다는 사실은 믿고 싶지 않았으니까. 고요한 적막이 길어질수록 다이의 눈빛은 점점 흔들리고 있었다. 그것이 진실인가 보다. 나는 겨우 그것밖에 안 되는 '가족'이었나 보다.

"고모!"

"아니다, 그게 아니다. 네 아빠가 빌린 돈 때문에 집이 어려워지는 바람에⋯⋯."

"정말 아빠가 대출을 받긴 받으셨나요? 아빠 명의로 고모가 쓰신 건 아니고요?"

더 이상 스무 살이 아닌 그녀는 예전이었으면 엄두도 못 낼 말을 고모에게 쏟아부었다. 고모의 눈썹이 파르르 떨리고 어깨를 부르르 떨더니 오렌지 주스를 그대로 다이의 얼굴에 뿌렸다. 졸지에 오렌지 주스를 뒤집어쓰고도 다이는 눈 하나 깜짝하지 않았다.

"더 남으셨어요?"

"뭐?"

"발로 짓밟고 머리채를 잡지는 않으실 거냐고요. 이걸로 고모의 분이 풀리시겠어요?"

"네 이년이!"

"내가 아빠를 죽게 만든 몹쓸 딸이라고 해도 이건 아니죠. 고모가 어떻게 그 돈을 탐내요? 아빠 목숨 값을 고모 빚 청산하는 데 쓰시겠다고요?"

기가 막혀 헛웃음이 입술을 비집고 흘러나왔다. 저의 예상이 맞아떨어졌는지 고모는 더 이상 구차한 변명을 늘어놓지 않았다. 어떻게 고모가 그 돈을 탐낼 수 있는지 여전히 믿기지 않았다. 믿을 수가 없었다. 나에게는 아빠이고 고모에겐 하나뿐인 혈육이다. 어떻게, 어떻게……

"그래, 말 잘했다. 네가 그 돈을 가질 자격이 있다고 생각하는 거니?"

"고모, 더 이상 욕심내지 말아요. 죽어도 고모에게 그 돈 못 줘요. 허망하게 쓰게 두지 않을 거라고요."

"뭐? 어디서 눈을 똑바로 뜨고……"

손을 올린 고모의 손목이 공중에서 멈추었다. 강이 고모의 손목을 꽉 잡은 채 낮게 말했다.

"영업 방해는 이쯤에서 그만하고 나가주시죠."

더 할 말이 남은 듯 고모는 얼굴이 붉으락푸르락해져 씩씩댔다. 그런 그녀를 보던 다이는 순간 일말의 미련을 털어내듯 고모를 쳐다봤다.

"고모도 어지간히 급하셨나 봐요, 집까지 뒤진 걸 보면."

"……뭐?"

아닐 거라 생각했지만 순간 그녀는 직감했다. 집 안을 샅샅이 뒤져 정말 원한 것은 보험금을 청구하기 위한 무언가였다. 결국은 찾지 못하고 대놓고 요구를 하는 걸 보면 그랬다. 고모는 그 돈을 내가 가질 자격이 없다고 생각하고 가로챌 생각이리라.

자격, 자격이라……. 자격 운운하는 고모는 어떻게 몰래 그 돈을 가로챌 생각을 했을까. 생각만 해도 소름이 끼쳤다. 설마 하고 물어본 말에 고모의 눈썹이 파르르 떨렸다. 멈칫한 고모의 흔들리는 눈빛과 다이의 눈빛이 마주쳤다.

"목걸이 돌려주면 그냥 넘어갈게요. 어차피 고모 손을 더럽혔을 거라곤 생각 안 해요. 심부름 시킨 사람에게 목걸이 돌려달라고 하면 알 거예요. 그 목걸이, 엄마가 준 대학 입학 선물이니까 그것만 돌려줘요."

"……난 모르는 일이다."

멈칫했지만 끝까지 모른 척하기로 작정한 듯 고모는 도망치듯 카페에서 나갔다. 어떻게 해서든 도장을 받아갈 줄 알았는데 생각 외로 고모는 순순히 물러났다. 집을 난장판으로 만들어놓은 사람이 고모란 사실을 그녀가 눈치챘기 때문인지도 몰랐다. 마지막이다. 인내심의 마지막. 만약 고모가 그냥 넘어간다면 경찰에 신고해 목걸이만큼은 어떻게든 돌려받을 생각이었다.

고모가 나간 문을 바라보며 시선을 내리깔았다. 석고상처럼 한동안 그렇게 앉아 있다 힘겹게 자리에서 일어났다. 애써 아무렇지 않은 얼굴을 했지만 몇 걸음 걷다 그만 휘청거리고 바닥에 주저앉아 버렸다. 강은 말없이 수건을 들고 다이의 곁으로 다가와 얼굴을 휘감은 오렌지 주스를 닦아내기 시작했다. 보여주고 싶지 않은 모습을 그에게 들키고 말았다. 이렇게 고모가 밑바닥까지 저를 몰고 갈 줄은 몰랐다. 참았던 눈물이 손등으로 툭툭 떨어졌다.

"울어도 돼."

그 말에 참았던 눈물을 강의 셔츠 자락을 붙잡고는 셔츠가 젖을 때까지 쏟아내는 다이를 강은 말없이 안아주었다. 쏟아내고 또 쏟아내도 좀처럼 눈물이 멈추지 않는다. 고모에게 그런 존재뿐이 되지 않는다는 사실보다 그 돈을 욕심낸 고모의 모습에 치가 떨렸다. 엄마가 온전한 정신이었으면 충격을 받았을 것이다. 가만히 등을 쓸어주는 손길에 그의 옷자락을 쥐고 말았다. 눈물이 멈출 때까지.

*

찬장과 서랍장을 뒤지는 다이의 손이 바삐 움직였다. 욕실에서 샤워를 하고 나온 강이 머리의 물을 털며 가까이 다가갔다.

"뭐 찾아?"

"아, 로스팅용 수망이오. 가만히 있으려니까 손이 근질거려서."

강은 말없이 찬장에서 로스팅용 수망을 꺼내고 부르스타와 선풍기까지 찾아주었다. 저도 한참 배울 때 집에서 난리를 치며 밤새 로스팅 연습에 매진한 적이 있었다. 절실한 마음을 알기에 강은 말릴 수 없었다. 부산스럽게 준비 도구를 마련해 놓고는 물었다.

"할 줄 알아?"

"그럼요. 검색해 봤죠. 조용히 할 테니까 방해 말고 주무세요."

"정말 괜찮겠어?"

못 미더운지 재차 확인하는 강을 방으로 밀어내곤 다이는 문을 닫아버렸다. 물론 그가 같이 해준다면 거절할 이유는 없다. 당연히 고마워해야 할 일이라는 걸 안다. 하지만 이 늦은 시각까지 그에게 폐를 끼치고 싶지 않았고, 무엇보다 혼자 힘으로 해내고 싶었다. 그에게 또 다른 가능성을 보여주고 싶었다.

"먼저 로스팅용 수망에 생두 적당량을 넣고 부르스타 불을 켠다. 불 위로 높게 수망을 흔든다."

팔목 스냅을 이용해 생두가 골고루 섞이도록 위아래로 흔들었다.

"불에 가깝게 수망을 들고 흔든다."

팔을 아래로 내려 수망을 화력과 가깝게 한 뒤 다시 흔들었다. 1차 파핑 소리가 들렸다. 다이는 다시 수망을 화력에서 떨어뜨린 뒤 흔들었다. 마지막으로 선풍기를 틀곤 원두를 식혔다.

"에이, 완전 얼룩덜룩. 좀 더 세밀하게 흔들어야겠어."

무한 반복을 하며 또 시행착오를 겪으며 다이는 로스팅에 대한 감각을 익혀 나갔다. 점점 손목이 시큰거릴 때쯤 다이는 식탁에 앉아 냉수 한 잔을 들이켰다. 세상에 공짜는 어느 것 하나도 없다. 무언가 얻기 위해선 피나는 노력을 하거나 재능이 따라주거나 둘 중 하나라도 만족시켜야 한다. 재능이 없으니 그녀에게 필요한 건

피나는 노력뿐이다.

고개를 돌려 벽시계로 시각을 확인했다. 어느덧 작은 바늘이 숫자 3에 못 미쳐 있었다.

그러다 문득 바지 주머니에서 종이쪽지 하나를 꺼냈다. 오늘도 어김없이 손님이 부탁한 연락처이다. 당당하게 건네는 손길이 부러웠다. 반으로 접힌 종이를 펼치는 순간 저 밑에서 끓어오르는 질투심을 느끼고 말았다. 저 잘난 남자를 좋아하지 않을 여자는 어디에도 없을 것이다. 잘난 남자에게 마음이 끌리는 현상은 지극히 정상이다. 문제라면 대상이 올려다보지 못할 나무라는 데 있었다. 한숨이 끝없이 터져 나왔다. 로스팅처럼 제 마음 하나도 다스릴 줄을 몰랐다. 저가 이렇게 나약한 사람인 줄 이제야 깨달았다.

좋아하지 말자고 다짐해 놓고 그에게 퉁명스러운 위로를 받을 때마다 가슴이 따뜻해지고 있었다. 가슴이 채워지는 느낌. 그것은 기분 좋은 채움이었다.

역시 집에 발을 들이는 게 아니었다. 고집을 피워서라도 들어오지 말 걸 그랬다. 저 자신이 제어할 수 없을 정도로 마음이 점점 커져 가고 있었다. 같은 공간에서 숨 쉬고, 자고, 먹는 사소한 것들의 위력이 이토록 대단할 줄 몰랐다. 자꾸 그를 훔쳐보게 되니 말이다.

"그럼 사장에게 애인 생기면 축하해 줄 수 있어? 진심을 다해."

아니. 그럴 수 없다. 설령 축하해 준다 해도 그건 모순이다. 그의 가슴팍에 얼굴을 묻고 봇물 터지듯 눈물이 터지던 순간 그의 옷자락을 움켜쥐고 말았다. 안아주는 사람의 손길이 그렇게 따뜻한 건지 처음 알았다. 생각해 보면 그의 손은 언제나 따뜻했다. 손을 내밀면 언제나 닿을 듯한 거리에 있었고, 그에게 많은 도움을 받은 주제에 그 사실을 이렇게 늦게 깨달아 버렸다. 그리고 언제부터인가 그의 도움을 받고 싶지 않았다. 아마도 그를 좋아하게 되었기 때문인지도 모른다. 좋아하는 사람에게 못난 모습은 보여주고 싶지 않은 건 당연하니까. 오렌지 주스를 뒤집어쓴 자신에게 다정하지 않은 듯 티슈 몇 장 쥐어줬으면 접을 수 있었을지도 몰랐다. 그런데 타월을 꺼내 들고 와서는 구석구석 닦아주는 행동에 그냥 저를 놔버리고 말았다. 주는 손길을 모두 받고 싶었다.

"내 마음도 엉망진창이야."

복잡 미묘한 감정이 소용돌이 치고 있었다. 얼룩덜룩해진 원두를 보며 씁쓸하게 웃었다. 고모가 다녀가고 늦은 저녁때쯤 유진이에게서 장문의 문자 한 통이 왔다.

〈언니, 미안해. 엄마가 정신이 나갔었나 봐. 엄마가 한 말 가슴속에 담아두지 마. 내가 뭐라 할 말이 없다. 설마 엄마가 그런 일로 언니를 찾았을 거라는 생각은 못했는데. 우연히 엄마가 어떤 남자와 통화하는 걸 들었어. 목걸이는 내가 꼭 찾아서 돌려줄게. 우리 엄마 용서하지 마.〉

문자메시지를 확인하는 손이 덜덜 떨렸다. 어떤 심정으로 유진이 이런 문자를 보냈을지 짐작이 갔다. 늘 밝고 명랑한 아이였는데 상처받지 않길 바라는 마음뿐이다.

애써 마음을 다잡으며 간결하게 답장을 보냈다.

〈목걸이는 꼭 돌려줘. 소중한 거야.〉

그 말뿐이 하지 않았다. 상처받았을 유진의 마음을 쓰다듬어 주기엔 이미 그녀가 만신창이가 되어 있었다. 지쳤고, 힘겨웠다.

✻

매장 안에서 한참 이 실, 저 실을 만지작거렸다. 넓은 매장 안엔 손님이 꽤 많았다. 크리스마스 시즌이니 가게가 제법 잘되는 모양이다. 인테리어뿐만 아니라 실의 종류도 많은 것이 손님들의 시선을 끈 것이리라.

"어떤 실이 좋을까?"

워낙 외모가 출중한 사람이니 어떤 색의 니트를 입혀도 소화해낼 것이다. 형형색색의 실뿐만 아니라 종류도 다양해 어떤 실을 골라야 할지 고민되었다. 종류가 많은 것도 고민이구나.

"어떤 실을 찾으시나요?"

점원이 다가와 친절하게 물었다.

"스웨터를 짤 실을 찾고 있는데요. 종류가 너무 많아서 잘 못 고르겠네요."

그녀가 난색을 표하며 양손에 들고 있는 실을 바라보았다.

"혹시 선물하실 건가요?"

"네."

"실례가 안 된다면 어떤 분에게 선물할 건지 말씀해 주시면 제가 몇 가지 추천해 드릴게요."

어떤 분이라……. 대답을 하기에 애매한지라 다이는 손으로 볼을 긁었다. 현재로서는 고마운 사람에게 주는 선물이지만, 사심이 조금도 들어 있지 않다고 할 수 없었다. 참 간단한 대답인데 말을 하고 나면 주워 담을 수 없기에 한참을 실만 바라보았다.

"……좋아하는 남자한테 선물할 거예요."

고마운 마음을 가득 담아서. 기쁘게 받아주었으면 좋겠는데.

점원의 추천을 받아 파란색 실과 엄마 목도리를 짤 빨간색 실을 골랐다. 선명한 파란색이 시원해 보였다. 그에게 잘 어울릴 것 같았다. 이렇게 설레며 누군가의 선물을 골라본 적은 처음이다. 그래서 행복하고 기쁘다.

하루, 이틀, 몇 날 며칠 잠을 설쳐 가며 만든 스웨터가 완성되었다.

"완성! 짜잔!"

파란색 스웨터를 펼쳐 본 다이는 그대로 방에 대자로 뻗었다. 엄마 목도리를 짜는 것도 시간이 촉박한데 그의 스웨터까지 짜느라 그동안 잠도 제대로 못 잔 그녀이다. 그의 체격은 빨래 바구니에 있는 티셔츠를 훔쳐 다 대략 쟀으니 반드시 맞을 거라 장담한다. 엄마한테 배운 뜨개질을 쓸 일이 없을 줄 알았다. 그런데 이렇게 좋아하는 사람을 위해 뜨개질을 할 날이 오게 되다니. 투정을 부리면서도 배우길 잘했다는 생각이 들었다.

오랜만이라 짜임이 엉성하고 어설프기 짝이 없는 이 니트를 그래도 그를 위해 짠 거니 전해주기로 했다. 깔끔하게 포장해 쇼핑백에 담곤 카드를 펼쳤다.

—스승님, 메리크리스마스.

이 한마디면 족했다. 쇼핑백에 카드를 담아 그의 방문 앞에 놓고는 집에서 나왔다. 오늘 오전에 엄마를 보러 갔다가 오후에 출근하기로 했다. 크리스마스 당일은 안 되도 이브 날이라도 전해주고 싶었다. 엄마에게 크리스마스 선물을.

간호사 언니와 사회복지사 분께는 맛있는 원두를 선물하고 다이는 엄마가 있는 병실에 들어갔다. 창밖을 응시하던 엄마는 문이 열리자 고개를 돌려 빙긋 웃었다.

"언니 왔어?"

"짜잔! 엄마가 좋아하는 빨간색 목도리."

"와, 예쁘다. 이거 나 주는 거야?"

다이는 목도리를 펼쳐 엄마의 목에 둘러주었다. 새하얀 엄마의 피부에 빨간색 목도리가 잘 어울렸다.

"그동안 간호사 언니 말 잘 듣고 치료도 잘 받고 지냈지?"

"응. 그럼, 그럼. 아, 나도 줄 거 있는데."

기다렸다는 듯 엄마는 서랍에서 사탕으로 만든 목걸이를 꺼내더니 주변을 살폈다. 그리곤 조심스럽게 다이의 목에 사탕 목걸이를 걸어주었다.

"이거 어제 만든 건데 옆방에 있는 땡자 할머니가 뺏을까 봐 숨겨놨어. 언니 주려고."

"이거 나 주는 거야?"

"응. 사탕도 맛있는 것만 넣었다. 꼭 혼자 먹어야 돼."

당부하며 엄마는 다이의 목에 걸린 사탕 목걸이를 보며 흡족한 듯 미소 지었다.

"고마워, 엄마."

고마워, 고마워, 정말. 여전히 날 반갑게 맞아주고 이렇게 밝게 있어줘서. 내가 엄마 딸이라서 정말 다행이야.

다이는 엄마의 손등을 쓰다듬으며 어렵게 입을 열었다.

"엄마, 나 있지, 좋아하는 사람이 생긴 것 같아. 엄마한테 제일 먼저 말하고 싶었어."

"얼레리꼴레리, 좋아한대요."

"그래, 얼레리꼴레리."

다이는 엄마와 이마를 맞대고 환하게 웃었다. 말하고 나니 마음이 한결 편해졌다. 이런 고백은 엄마에게 제일 먼저 하고 싶었다.

방에서 나온 강은 발끝에 부딪친 쇼핑백을 집어 들었다. 쇼핑백을 펼치자 카드가 먼저 눈에 들어왔다. 강은 포장지를 먼저 뜯을까 고민하다가 카드를 펼쳤다.

"스승님, 메리크리스마스. 이게 끝? 무슨 크리스마스카드 내용이 이렇게 심플해?"

못마땅한 얼굴로 강은 포장지를 뜯어 내용물을 확인했다. 돌돌 말려 있는 파란색 니트를 펼치곤 곧장 방으로 들어가 거울로 확인했다.

"역시 옷걸이가 좋으니까 잘 어울리는군."

만족스러운 얼굴로 강은 입고 있는 티셔츠를 벗곤 니트로 갈아입었다. 맨살에 닿는 니트의 까슬까슬함이 느껴졌지만 그래도 좋았다. 거기다 사이즈는 자로 잰 듯 딱 맞았다. 아니, 속에 티셔츠 한 장 정도 덧대 입기 좋을 정도로 넉넉했다. 옷가게에서 파는 니트와는 달리 실 짜임이 군데군데 엉성한 게 꼭 그녀 같아 미소가 절로 지어졌다.

꼭 너같이 엉성하기는.

오늘 이 니트를 입기로 한 강은 샤워를 하는 내내 콧노래를 흥얼거렸다. 나만을 위한 니트, 날 위해 짠 니트, 그리고 날 생각하며 짠 니트.

그러다 문득 강은 요즘 들어 부쩍 기운이 없어 보이는 그녀의 얼굴이 떠올랐다. 그녀는 며칠 동안 주방에 틀어박혀 로스팅 연습에 매진하고 있었다. 바닥은 볶은 원두로 발 디딜 곳이 없었고, 수망은 새까맣게 타 집을 태워먹지 않은 게 다행이라고 여겨질 정도였다. 주방을 그 꼴로 만들어놓은 장본인은 식탁에 엎어져 코까지 골며 태평하게 자고 있었다. 어질러 놓은 사람 대신 주방을 복원하는 일은 강의 몫인 듯 당연하게 여겨졌다. 지저분한 걸 못 보는 성미라는 이유보다 코까지 골며 자는 그녀를 내버려 두고 싶은 이유였다. 아무것도 해줄 게 없으니까. 이 바보는 고모가 다녀간 뒤로도 줄곧 아무 일 없었다는 듯 평소처럼 씩씩하게 일했다. 셔츠가 젖을 정도로 우는 그녀의 등을 쓸던 강은 뭐라 위로해야 할지 몰랐다. 이런 데 약한 놈이니까. 그래서 싫다. 이럴 때 아무짝에도 쓸모없는 놈 같아서. 뒤집어 버리고 싶은 마음을 얼마나 억눌렀는지 모른다.

얼마나 유능한 바리스타가 되려고 이렇게 열심인지 모르겠다. 툭 치면 뚝 하고 부러질 것 같은 얇은 손목을 얼마나 혹사시킨 것일까. 화난다, 정말.

카페를 오픈한 지 얼마 안 돼서 카페 일을 도와주러 온 현우는 강의 파란색 니트를 보곤 의아한 표정을 했다.

"너 원래 파란색 안 입지 않았냐?"

"이제부터 입으려고. 왜?"

가까이 다가오더니 니트의 짜임을 보고 풋, 소리를 내며 현우가 웃었다.

"이거 누가 짠 거냐?"

"그건 알아서 뭐 하게?"

"너 스머프 같아."

아침 댓바람부터 신경 긁는 소리를 해대는 현우를 보는 강의 얼굴이 점점 굳어져 갔다. 명품 숍의 몇십만 원 하는 값비싼 니트보다 훨씬 좋은 니트를 보며 비웃는 것도 모자라 스머프 같다니.

"이렇게 보는 눈이 없어서는. 쯧쯧."

"보는 눈은 네가 없는 것 같은데? 패션 센스가 바닥이야."

"너, 그냥 가. 가서 나 홀로 집에 원, 투, 쓰리 다운받아 보면서 바닥이나 긁어."

카운터에서 현우를 밀어내고 이젠 카페에서도 내쫓을 기세로 달려드는 강은 여전히 불쾌한 얼굴이다. 그런 강의 모습을 보는 현우는 배를 잡고 뒹굴고 싶었다. 딱 봐도 누가 선물한 건지 알 수 있었다.

"사랑의 힘이 이토록 위대한 거냐?"

혼잣말을 하는 현우의 얼굴은 그래도 부러운 눈빛이다. 사랑, 좋지.

일찍 온다고 서둘렀는데 차가 밀려 예상 시간보다 늦게 카페에 도착했다. 다이는 허겁지겁 카페로 들어와 쌩 하고 탈의실로 들어갔다. 옷을 갈아입고 나온 다이는 니트를 입고 있는 강의 모습에 절로 미소가 지어졌다.

"다녀왔어요."

"그래, 왔어?"

묘하게 말끝이 부드러워진 느낌이다. 다이는 고개를 끄덕이며 얼굴을 붉혔다. 역시 예상대로 니트가 잘 어울렸다. 그가 입으니

명품 니트를 걸친 것처럼 옷걸이가 확실히 받쳐 주었다.

"생각보다 훨씬 잘 어울리네요."

"알아, 나도."

"파스텔 톤이 잘 받으세요."

"안다니까, 칭찬은."

제가 짠 니트를 입고 있는 그를 보니 왠지 쑥스러워 얼굴을 쳐다보기가 힘들었다. 둘의 핑크빛 분위기를 뒤늦게 감지한 현우는 창고에서 나와 다정하게 다이의 어깨에 손을 둘렀다. 그러자 찌릿한 눈으로 절 바라보고 있는 강의 시선이 느껴졌다.

"다이야, 내 크리스마스 선물은?"

"아, 고 사장님 선물은……."

"손 내려."

다이의 말허리를 자른 강은 다이의 어깨 위에 올려 있는 현우의 손을 찌를 듯 노려보았다. 그럴수록 현우는 다이와 몸을 밀착시키며 미소 지었다.

"너 가라. 이 녀석 왔으니까 가."

현우를 내쫓다시피 카페에서 내보낸 강은 십 년 묵은 체증이 내려간 듯 홀가분해졌다. 누구 어깨에 손을 올려? 내 사람 건들지 말라고 얘기했건만, 무시해?

창밖을 바라보는 강의 눈빛에 한기가 서려 있었다.

다이에게 크리스마스 선물을 받은 강은 뭔가 주고 싶어 생각해 본 결과 항상 점퍼 주머니에 손을 찔러 넣고 다니는 그녀의 모습이 떠올랐다. 장갑. 그는 오전에 현우에게 가게를 잠깐 맡기고 그녀에게 줄 선물을 사가지고 왔다. 하지만 어떻게 줘야 할지 고민하다 결국 카페 문을 닫을 때까지 전해주지 못한 채 가지고 있었다. 결국 그는 같이 집에 가는 길에 선물을 주기로 결심했다.

"손 내봐."

"예?"

점퍼 주머니에 깊숙이 들어가 있는 그녀의 손을 잡아끌었다. 그리곤 제 주머니에서 장갑을 꺼내 손에 끼워주었다. 손이 작은 그녀에게 클까 봐 걱정했는데 다행히 딱 맞았다.

"저 주시는 거예요?"

"세상에 하나뿐인 니트를 선물 받았는데 그냥 입 닦으면 나쁜 놈이지."

"잘 쓸게요. 감사합니다."

"바리스타에겐 손이 중요하니까. 소중히 하라고. 물론 머리도 따라줘야겠지만."

"네, 명심할게요."

다이는 장갑을 바라보며 미소 지었다. 얼마 만에 받아보는 크리스마스 선물인지 까마득하다. 좋아하는 사람에게 받는 크리스마스 선물은 처음이다. 크리스마스 선물을 교환하고 같이 웃을 수 있는 사람이 있다는 게 이렇게 행복한 일인지 처음 알았다. 그를 만난 후로 늘 입에서 웃음이 떠나지 않는다. 그는 어떤 마법을 부린 거지? 나에게 어떤…….

"위험해!"

멍하니 서 있는 그녀의 팔을 와락 잡아끈 강의 손길에 따라 다이는 그의 품에 안겨 버렸다. 방금 전 얼마나 위험한 상황이었는지 알게 해주듯 쌩 하니 오토바이 한 대가 지나가는 게 보였다. 벌써 두 번째 맞는 똑같은 상황이다. 똑같이 그의 품에 안겨 미동도 할 수 없는 걸 보면 그랬다. 위험한 상황은 지나갔는데도 불구하고 다이는 그대로 꼼짝할 수가 없었다. 몸이 그대로 굳은 것처럼 그의 품에 안겨 머리 위로 떨어지는 그의 거친 숨결을 느끼고 있었다. 제 손을 잡고 있는 그의 손은 영하의 날씨에도 불구하고 온기가 느껴졌다. 심장이 달음질치기 시작한다. 두꺼운 겉옷에도 불구하고 그의 가슴에 묻은 그녀의 귀로 그의 심장 소리가 귀를 때렸다.

움직일 수가 없어. 발이 떨어지지 않아. 어쩌지?

고민하는 사이 손목에서 느껴졌던 온기가 사라졌다. 그의 눈을, 그의 얼굴을 제대로 쳐다볼 수가 없다. 제 마음을 그대로 읽어버릴 것 같다.

"조심할게요."

"그래."

"앞으로는 거리를 둬야겠어요. 이런 식의 상황이 되면 곤란하니까."

"두지 마, 거리 따위. 기분 거지 같아."

싸하게 올라오는 기분에 다이는 고개를 치켜들고 강의 얼굴을 바라보았다. 영하의 날씨보다 더 싸늘한 얼굴을 하고선 저를 내려다보고 있다.

"도저히 안 되겠어."

그녀가 알아차리길 기다리는 것도, 스스로 마음을 다잡는 것도 그만두기로 했다. 그가 내뱉은 가느다란 하얀 입김은 어느새 공명하듯 그녀의 입김과 맞닿았다. 손을 뻗어 발개진 그녀의 얼굴을 감싸고는 흔들리는 그녀의 눈빛을 마주했다. 다른 손도 마찬가지로 그녀의 뺨을 감싼 채로 강은 그녀에게 입을 맞추었다. 뜨거운 입김을 밀어 넣고 붉은 입술을 뭉그러뜨렸다. 고른 앞니의 잇몸을 훑다가 그녀의 입안을 탐닉하듯 그의 혀가 입안을 헤집다 마침내 입술을 떼었다. 타액으로 젖어 있는 그녀의 입술을 엄지손가락으로 훔쳐 내고는 낮은 음성으로 말했다.

"너야. 너라고."

"……"

"좋아하는 여자, 너야, 이 멍청아."

"……!"

"너한테만 이래."

진지한 눈빛으로 말하는 그의 목소리에 그녀의 동공이 커졌다. 갑작스런 키스 후라 온몸이 떨렸고 이어지는 고백에 정신을 차릴 수가 없었다. 그녀의 어깨를 잡은 두 손에 힘이 들어가며 하던 말을 마저 이었다.

"그러니까 거리 따위 두지 마, 화나."

크리스마스이브가 막 지난 크리스마스가 시작되던 날의 고백이었다.

12. 사랑은 사람을 변하게 만든다

"다시."

조용한 카페 안에 그의 목소리가 낮게 울렸다. 시베리안 겨울의 눈보라보다 차디찬 그 음성에 다이는 숨이 멎는 듯했다. 그의 명령이 떨어지기가 무섭게 로스터기에 다시 생두를 넣고 로스팅을 시작했다. 긴장한 탓에 밤새 연습한 결과는 참담했다. 로스팅 순서는 엉망이었고, 결과물은 쓰레기통으로 직행했다.

"다시. 다시."

또다. 어쩔 수 없는 한숨이 다이의 입에서 절로 터졌다. 그 모습을 본 강은 눈썹을 꿈틀대며 로스터기의 코드를 빼버렸다.

"지겨워? 때려치울까?"

"아닙니다."

"며칠 동안 밤낮 없이 연습한 결과가 이거야?"

"……"

고개를 푹 숙인 채 말없는 그녀의 모습을 보자 방금 전 그녀와 같은 한숨이 그의 입에서 맴돌았다. 가까스로 한숨을 참고는 나직하게 말했다.

"내가 널 좋아하지만 수업에 집중 하나 제대로 못하는 놈은 싫다."

말하는 목소리는 살벌하면서도 그녀를 바라보는 눈빛은 애잔했다. 안쓰럽고 안타까운 마음이 고스란히 비쳐졌다.

"실망스러워지려고 한다. 십 분 휴식."

밖으로 나오자 찬바람이 그의 몸을 휘감았다. 담배를 입에 물고 불을 붙이며 고개를 돌렸다. 고개를 숙인 채 서 있는 그녀의 모습은 벌서는 여학생 같았다. 벌세운 사람이 저이기에 강은 가슴이 짠했다. 심한 말을 할 생각은 없었는데 졸지에 사심을 가득 담아 독설을 쏟아붓고는 후회하는 꼴이라니. 거기다 혼내면서 또다시 고백해 버리고 말았다.

그렇게 그녀에게 고백을 하고 어색한 하루가 시작되었다. 이런 어색함은 처음이다. 그녀와 같이 일을 하며 느껴본 최초의 어색함이 아닐까 싶을 정도이다. 좋다, 싫다 그녀는 아무런 말이 없었다. 그냥 알아줬으면 하는 마음이었지만 지금은 같은 마음이길 바라는 욕심이 생겨났다. 그 마음에서 비롯되어 그녀에게 마음에도 없는 말을 퍼부었다. 실망 같은 건 애당초 한 적도 없는데 말이다. 다시 고개를 돌려보지만 그녀는 여전했다. 또 자책을 하면서 울고 있는 건 아닌지 걱정이 되었다. 담배가 반으로 줄어갈 때쯤 카페 문이 열렸다.

"죄송합니다. 다시 한 번 해보겠습니다."

그녀의 눈은 반짝였지만 울고 있는 낯빛은 아니었다. 그녀는 제가 생각했던 것보다 훨씬 강한 사람이었다. 울고 있으면 어쩌나 했는데 다행이다. 강은 피우던 담배를 발로 비벼 끄고는 카페 안으로 들어갔다. 심호흡을 한 번 크게 한 그녀는 로스팅을 시작했다. 그가 일러준 대로, 연습한 대로 머릿속에 있는 것들을 정리해 나갔다.

30분 이내에 끝낼 것.

타이머로 시간을 확인한 그녀는 한숨 돌린 얼굴로 결과물을 그에게 보여주었다.

"완벽하진 않지만 어느 정도 요령은 익힌 것 같네. 이 정도면 뭐 쓸 만하겠어."

"정말요?"

"내 마음엔 여전히 안 차지만 말이야."

"더 노력하겠습니다."

어색함은 어느덧 사라진 후였다. 하지만 그렇다고 관계가 개선되었다고 볼 수도 없었다. 저의 대답에 그래도 만족한다는 듯 미소를 머금은 그녀와 눈이 마주치자 어색함이 오 분도 채 되지 않아 찬물을 끼얹은 듯 사라졌다. 하지만 누가 먼저랄 것도 없이 오픈 준비를 하고 손님을 맞이했다. 언제나처럼 카페 안은 손님들로 북적거렸다. 연인, 친구, 가족끼리 앉아 커피를 마시는 사람들의 모습은 정말 행복해 보였다. 신 메뉴 커피의 주문량이 제법 많았다. 거기다 반응도 좋았다. 그동안 고생하며 만든 보람이 있었다. 두 사람의 손이 부족할 정도로 주문도 많았고, 손님이 많아 작업대와 테이블 정리하는 다이의 손은 어느 때보다 바빴다. 크리스마스가 막 시작된 날의 고백엔 신경 쓸 여유가 없었다. 평소보다 더 몸이 고되고 지쳐 버렸다.

"오늘 정말 바빴어요. 수고하셨어요."

"그래, 너도."

하루가 1년처럼 길게 느껴졌다. 그럼에도 그녀는 시종일관 미소를 잃지 않으며 몰아치는 손님을 응대했다. 그런 면이 약한 그로서는 존경스러울 따름이었다. 자정이 다 되어서 집으로 가는데도 옆에 그녀가 있다는 것만으로 발걸음이 가벼웠다. 한 사람이 끼어들 정도의 거리를 두고서 걷는 그녀를 바라보던 강은 걸음이 뚝 멈추었다.

"대답은?"

걷던 걸음을 멈추고 몸을 비스듬히 한 채로 올려다보는 그녀의 눈을 마주했다.

"널 좋아한다고 했어."

"저한테 실망하지 않았어요?"

"실망했다고 쉽게 싫어지는 감정 아니야."

혹한 바람이 그녀의 볼을 때리고 지나갔다. 볼은 얼얼한데 그가 준 장갑 덕분에 손은 따뜻하다. 그의 마음이 느껴지는 것 같아서 손끝이 시리지 않았다.

그가 날 좋아한다니. 다시금 들어도 거짓말 같은 현실에 정신이 몽롱해진다. 꿈이 아니길 간절히 바라면서 좋아하는 사람이 저와 같은 마음이라는 것이 얼마나 다행인지 모르겠다.

기쁘다는 말로 표현할 수 없을 정도로 행복했다. 그런데 그녀는 마냥 좋아할 수만은 없었다. 상황과 처지가 그렇게 만들었다. 못나서 부끄러운 모습을 앞으로도 계속 보여줄 텐데 그가 여전히 같은 마음으로 바라봐 줄까? 정말 실망하는 날이 오지 않을까?

싫다고 먼저 손을 놓아버리면 그땐 잡았던 그의 손을 어떻게 놓을 수 있을지 막막하기까지 했다. 나도 모르는 사이에 이만큼이나 마음속에 최강이라는 남자가 차지하고 있었다. 바람에 흩날리는 머리카락을 매만지며 다이의 입술이 열렸다.

"나 같은 애가 어디가 좋아요?"

"하나하나 나열하려면 밤이 길어질 텐데 들어줄 거야?"

말하는 목소리는 어느 때보다 진지했다. 그는 진심으로 그녀를 좋아하고 있었다. 키스를 했을 때 뿌리칠 수 있었음에도 그의 입술을 받아들였다. 그러나 좋아한다고 말하는 그의 고백에는 대답이 없었다. 다시 입술을 닫은 채로 말 없는 그녀에게서 강은 불안감에 휩싸였다.

"내가 키스했을 때 싫다고 하지 그랬어. 그럼 기대도 안 하잖아."

"싫다는 게…… 아니에요."

"그럼 뭔데?"

대답을 재촉하듯 고개를 비스듬히 해 그녀의 얼굴 가까이 다가
갔다. 당황한 그녀가 한 걸음 뒤로 물러났다.

"잘 모르겠어요."

"설마 키스 '만' 좋았던 거야?"

노골적인 그의 질문에 다이의 얼굴이 발갛게 달아올랐다. 키스
만이라니. 좋아하지도 않는 남자와 어떤 여자가 키스를 할 수 있
겠는가. 얼굴색 하나 변하지 않고 말하는 다이의 얼굴은 상처를
받은 듯 변했다.

"싫어하는 남자와 키스 같은 걸 할 리가 없잖아요."

"그럼 연애해, 우리."

어깨를 바로잡고 눈을 마주한 그가 진지하게 말했다. 한참을 말
없이 그를 바라보던 그녀는 고개를 가로저었다.

"싫다는 거야?"

"내가…… 너무 부족해요."

"완벽했으면 넌 나 거들떠도 안 봤을 거잖아."

"난 사장님 집에 얹혀사는 사람이라고요. 이제 막 바리스타가
되기 위해 몸부림치고 있고요. 이것보다 더 부족해요, 나는."

일언지하에 거절하지 못한 것이 후회스러웠다. 좋아하는 마음
을 단번에 잘라내는 게 쉽지 않았다. 아랫입술을 깨문 그녀는 자
신이 처한 상황에 비참함을 느꼈다. 비참함은 그것뿐만이 아니었
다.

"거기다 난 치매 걸린 엄마까지 있는 여자예요. 내겐 늘 엄
마가 첫 번째고 평생 엄마를 안고 가야 해요. 사장님, 제정신이

세요?"

"그럼 뭐 미쳤나 보지. 돌 때 됐잖아. 네가 너무 좋아서 다른 건 눈에 안 보이는데 어떡하라고."

"사장님!"

"무정한 딸보다는 그래도 효녀가 그럴듯하지. 너희 어머님께는 질투가 좀 나지만 그 정도는 감수할게. 두 번째면 돼, 나는."

"미쳤나 봐, 정말!"

인자한 얼굴로 미소를 보이는 그를 어떻게 좋아하지 않을 수 있겠는가. 악조건을 다 갖춘 여자의 존재 그 자체를 인정해 주는 남자를 어떻게 뿌리쳐야 할까. 더 이상 싫다는 티를 어떻게 낼까. 나는 어떻게 하고 싶은 거지? 내 마음은 도대체……

"혹시 알아? 내가 너에게 천국일지."

부드러운 목소리로 제 얼굴을 쓰다듬는 그의 따뜻한 손길에 차갑게 얼어붙었던 볼이 스르륵 녹아내리는 것 같다. 부드러운 눈빛으로 바라보는 그의 눈빛에 취해 다이는 그의 손길을 뿌리치지 못했다. 이기적인 여자가 되어볼까? 그래도 되는 걸까? 다른 건 다 욕심내지 않을 테니까 이 사람 하나만 욕심 내볼까?

"약속해요, 천국이 되어주겠다고."

"약속의 키스."

여전히 뺨을 감싼 채로 그녀의 입술 위로 제 입술을 겹쳤다. 뱉어내는 그녀의 숨결을 받아들이고, 붉은 잇몸을 지나 입안까지 부드럽게 침범했다. 움찔한 그녀의 혀를 잡아두고는 입안 곳곳에 흔적을 남긴 채 떨어졌다.

"아쉽다. 더 할까?"

"아쉬운 게 딱 좋아요."

생각지도 못한 그녀의 말에 강의 눈이 반달로 휘었다. 이 여자는 가끔 생각지도 못한 말로 당혹감을 안겨준다.

"예쁘다, 다이."

드디어 통했다.

마주 본 두 사람은 같은 마음이라는 것을 알 수 있었다. 서로의 눈에 비친 눈동자를 바라보며 다이는 강의 손을 꼭 잡았다. 혹한 겨울바람에도 이젠 춥지 않겠다.

"새까맣게 탔어."

탄내가 나는 원두를 보는 강의 미간이 좁아졌다. 잘한다고 칭찬하고 돌아서자마자 원두를 태워 버린 그녀를 휙 노려보았다. 쿨링 작업이 늦은 탓에 로스터기 내부의 열로 인해 원두가 타버렸다. 냉랭한 그의 반응에도 불구하고 그녀는 히죽히죽 웃음이 터져 나오는 걸 참고 있는 중이었다. 며칠 전이었더라면 고개를 푹 숙인 채 안절부절못했을 그녀지만 상황이 180도 달라져 있었다. 새삼스러울 것도 없는데 화내는 모습이 멋있다.

"웃어?"

"아, 아닙니다."

대답을 하고 나서 입을 다무는데 누가 잡아당기는 것처럼 입술 끝이 올라갔다. 그 모습에 고개를 삐뚜름하게 하고서 웃는 그녀의 얼굴을 찬찬히 훑었다.

"혼나는데 웃고 싶어?"

"그게 아닙니다."

"언행 불일치."

웃고 있으면서 아니라고 박박 우기는 그녀에게 강은 짧게 한마디 했다. 웃음을 참는 시늉이라도 하면서 반박하던가. 화내는 사람 무안하게 입술까지 깨물며 그녀는 미소 짓고 있었다. 분명 본인도 웃고 있는 걸 인지하지 못하고 있는 모양이다.

"자꾸 웃으면 탄내 나는 커피 마실 줄 알아."

"스승님이 만들어주시는 거라면 최고겠죠?"

"어쭈? 웃는 이유라도 알자. 무슨 생각 했어?"

한 발짝 다가간 그가 허리를 구부려 그녀와 시선을 마주했다. 그녀는 헛기침을 두어 번 하더니 손가락으로 볼을 긁었다.

"화내는 모습도 멋지십니다."

"혼나는 네 모습은 보기 흉한 거 알지?"

"압니다."

시선을 내리깔고 그녀가 당차게 대답했다. 공과 사는 확실하게 구분해야 한다고 생각했는데 막상 로스팅을 하려니까 두근거려 제대로 할 수가 없었다. 결국 원두를 새까맣게 태워 버리고 말았지만, 그 덕분에 정신을 바짝 차릴 수 있게 되었다.

"알면 혼나지 말라고."

"다시 하겠습니다."

"실수하면 탄내 나는 커피 먹인다?"

그녀의 머리를 헝클어뜨린 그의 손이 떨어져 나가자 심장이 달음질하기 시작했다. 이래서는 오늘 하루도 당장 버티기 힘들었다. 정신을 바짝 차린 그녀는 로스터기에 생두를 넣었다. 시나몬부터 이탈리안까지 로스팅을 완료한 원두를 접시에 담았다.

"잘하면서 가끔 삐딱선 타는 거 알지?"

"관심받고 싶어서 그런 겁니다."

"네가 개야, 관심받고 싶게?"

꼬리만 살랑 안 흔들었지 애교부리는 강아지처럼 그녀가 칭얼대는 것 같았다.

"동물이든 사람이든 좋아하는 사람에게 관심받고 싶어 하는 건 당연한 거잖아요."

"아니, 틀렸어. 동물은 주인한테만 관심받고 싶어 해."

공과 사 하나는 확실하게 선을 긋는 그의 행동에 다이는 입술을 삐죽 내밀었다.

"그래도 관심, 좋지. 어떻게 줄까?"

의미심장한 미소를 지으며 그녀에게 다가간 그는 몸을 최대한 밀착시켰다. 그녀가 당황한 표정으로 한 걸음 뒤로 물러서자 그녀가 물러선 만큼 거리를 좁혀갔다. 마른침을 삼키며 뒤로 물러선 그녀는 이윽고 더 이상 물러날 곳이 없다는 걸 깨닫고는 발을 동동 굴렀다.

"뽀뽀할 거예요?"

도망친 사람이 던진 질문치고는 참으로 당돌했다.

"원하는 쪽으로."

숨결이 닿을락 말락 거리를 좁혀왔다. 강은 그녀의 팔을 잡아 더 이상 도망치지 못하도록 붙잡아두었다.

"뽀뽀는 싫어요."

"나도 싫어."

그와 처음 키스할 때 현기증이 일었고, 다리가 풀려서 주저앉을 뻔했다. 좋아하는 남자와 하는 키스가 이토록 황홀감을 주는지 처음 알았다. 아쉬움만 남긴 채 끝나는 뽀뽀는 싫었다. 그와 좀 더 오랫동안 입술을 나누고 싶었다. 솔직한 그녀의 대답에 강은 만족스럽다는 듯 그녀의 입술을 제 입술로 덮었다. 따뜻한 그녀의 혀가 그의 입안으로 밀려와 그의 혀를 휘감아 버렸다. 서툴지만 같이 키스를 하고 있다. 서툴지만 표현을 하고 있다. 같은 마음이라고 말이다. 그녀의 손을 잡고 있던 손으로 어느새 허리를 휘감았다. 그러자 해방된 그녀의 손은 허공에서 머무르다 까치발을 들고 그의 목을 감았다. 농도 짙은 키스였음에도 그는 여전히 진득한 눈빛으로 그녀를 내려다보고 있었다. 아쉽다. 갈증이 난다.

"백여우."

"예?"

"꼬리 아홉 달린 백여우."

"내가요?"

강은 주저 없이 고개를 끄덕였다. 이유를 묻는 그녀의 눈빛을 보자 확실했다.

"날 자꾸 홀려."

"피잇."

여기는 일해야 하는 직장이라고 머리로는 확실하게 인지하고 있는데, 그녀만 보면 제어 장치가 무너져 버린다. 이성과 감정 사이에서 오락가락하다 이성이 와르르 무너진다. 오늘도 어김없이 그녀의 완승이다.

"오늘은 여기까지. 더 이상 진도 나갔다가는 일이 안 될 것 같아."

힘차게 고개를 끄덕이는 그녀를 보자 아쉬운 건 혼자뿐인 것 같다는 생각에 실망감이 든다. 카페에서 보고 집에서도 보는데 자꾸 아쉽다. 아쉬움만 남는다.

"사장이 되면 좋을 줄 알았는데 아니네."

"왜요?"

무슨 고민 있느냐는 듯 그녀가 가까이 다가와 물었다.

"너랑 데이트도 즐기고 싶은데 그럴 수가 없잖아. 내 마음대로 하고 싶어서 카페 차렸더니 이럴 땐 아쉽군."

"집에서도 보고 카페에서도 보는데요, 뭘. 하루 종일 붙어 있는 걸로 모자라요?"

당연한 질문을 태연자약하게 잘도 한다. 카페에서 붙어 있어봤자 서로 일하느라 바빠 눈 한 번 제대로 맞출 수가 있나, 뽀뽀를 마음대로 할 수가 있나. 집에서는 서로 씻은 후 곯아떨어지기 바쁘다. 거기다 요즘 그녀는 틈틈이 공부 중이라 말 걸기도 무서울 지경이다. 그런데 모자라냐고 반문하는 건 도대체 무슨 의도란 말인가.

"하루 종일은 아니지."

"예?"

"자는 얼굴은 못 보잖아."

발개진 그녀의 얼굴을 구경하는 재미도 쏠쏠하다. 무슨 생각을 그렇게 성실하게 하시는지 귀까지 발개진 그녀의 모습에 강은 쿡쿡 웃었다.

"무슨 생각 해?"

"19금."

새치름하게 눈을 치켜뜨고선 발개진 얼굴을 감췄다.

"난 그냥 네 자는 얼굴이 보고 싶을 뿐인데."

"……아, 그런 거였어요?"

"원하던 게 아니라 아쉬워?"

"뭐, 살짝."

정말 순진한 건지 아님 백여우인지 모를 그녀의 아리송한 대답에 강은 혼란에 빠졌다. 고개를 흔든 그의 손이 그녀의 볼을 쭉 잡아당겼다.

"정신 바짝 차려야겠다."

저녁이 되자 카페 안은 손님들로 자리가 대부분 다 찼다. 요즘 같은 연말 시즌엔 커플들이 카페에서 한가롭게 데이트를 즐기는 모습이 자주 눈에 띄었다. 부러운 눈빛을 머금은 다이는 손님들을 훑었다. 다들 눈이 반짝반짝 빛나며 행복해 보인다.

"커피와 사랑, 닮았어요."

"어떤 점이?"

모르겠다는 듯 강이 물었다. 다이의 눈빛은 어느새 촉촉해져 있었다.

"달콤함에 중독되고 강렬한 맛에 매혹되고, 점점 끌려요."

"그 말은 나한테 끌린다는 말?"

흐뭇한 미소로 묻는데 다이는 한참을 뜸들인 후 애매한 대답을 내놓는다.

"그럴지도?"

"대답이 왜 그 모양이야?"

"명쾌한 대답인데요?"

점점 그녀의 손아귀에서 놀아나는 기분에 강은 미간을 좁혔다. 명쾌하긴 개뿔. 예, 아니오 정도는 되어야 명쾌한 대답이지.

"그런데 어디 사랑이 달콤하고 강렬하기만 하냐? 달지만 쓰고, 뜨겁지만 때론 차갑다고."

"그리고 미지근하게 식기도 하겠네요."

"그럴지도."

애매한 대답을 내놓으며 숨을 고른 그가 덧붙였다.

"그래도 난 너무 뜨거운 것보다 식은 게 좋더라."

짐짓 실망한 표정을 지은 그녀가 희미하게 웃었다.

"단, 손님이 마실 커피는 무조건 뜨겁게, 92도로."

"옙."

힘차게 대답하며 그와 같은 마음이라는 게 기뻐서 웃음이 절로 나왔다. 빨리 바리스타가 되어서 옆에서 커피를 만들 날이 어서

왔으면 좋겠다. 오늘같이 손님이 많은 날에는 옆에서 같이하면 얼마나 좋을까? 그 모습을 떠올리자 왠지 로맨틱한 분위기가 물씬 풍겼다.

"저번에 고모가 와서 했던 말 중에 아버지 보험금 얘기 말인데."

"아, 네."

조심스럽게 말을 꺼내는 그에게 다이는 애써 괜찮은 내색을 해야 했다. 축 처진 모습은 더 이상 보여주고 싶지 않았다.

"알아봐야 되지 않나? 받지 못한 보험금이 있다면 법적 기간이 지난 후에도 청구하면 받을 수 있는 걸로 알고 있어. 시간이 많이 지난 후라 힘들지도 모르겠지만 네 아버지 목숨 값이잖아. 어머니께 드려."

"그럴까요, 그럼."

사실 그 일로 많은 고민을 했다. 법적으로 아는 것도 없고, 오래 묵은 보험금을 보험회사에서 순순히 내줄까 하는 우려도 있었다. 하지만 고모가 그 돈을 노리고 있다면 찾아야 했다.

"고맹이 아는 변호사가 있어. 일단 보험회사로 청구해 보고 안 되면 변호사를 통해서 소송을 걸든가 하자. 시간은 좀 걸리겠지만 그쪽 전문이라 꼭 받을 수 있을 거야."

이렇게까지 세심하게 생각하고 있을 줄은 몰랐다. 혼자서는 아무것도 못했을 텐데 옆에서 이렇게 든든히 지켜주고 있다는 사실을 새삼 느끼자 더 이상 혼자가 아니란 생각에 절로 미소가 지어졌다. 이렇게 잘해주면 계속 기대게 될 텐데…….

"저는 이렇게까지 생각 못했어요."

"앞으로는 고민하지 말고 다 털어놔. 이젠 나도 알아야 하는 사이잖아."

"그럴게요."

"그리고 나, 네 어머니를 뵙고 싶어."

"엄마를요?"

반문하는 그녀에게 진지한 눈빛으로 대답했다.

"응, 만나서 정식으로 사귄다고 인사드릴 거야."

"사장님."

"안 되나?"

대답 없는 그녀의 모습에 멋쩍어 머리를 긁적이며 어색하게 웃었다.

"저도 소개하고 싶어요."

"그럴 줄 알았어."

늘 혼자 버스로 다녔던 그 길을 좋아하는 사람과 함께 가게 될 날이 오게 되다니, 모든 게 꿈만 같다. 하지만 제 손에 깍지를 낀 그 손을 보면 꿈이 아니다. 현실이다, 그와 같이 있는 모든 시간이. 자꾸 내 세상 속으로 들어오는 그를 이젠 막을 수가 없다. 나도 이제 그의 세상 속으로 들어가 볼까.

＊

고속도로를 달리는 그 길이 오늘따라 유난히 짧다는 생각이 든다. 창밖으로 시선을 던진 그녀는 제 손을 잡는 온기에 시선을 돌렸다.

"운전에 집중해요."

"하고 있어."

"이 손 놓고."

"그럼 차 세운다?"

말 같지 않은 협박을 던져 놓고 악마 같은 미소를 짓는 그 모습에 다이는 콧방귀를 뀌었다. 여전히 한 손으로 익숙하게 운전하고 있어 불안하기는 하지만 잡은 이 손을 놓고 싶지가 않았다.

"혼자 다닐 땐 꽤 멀다 느꼈는데 같이 있으니까 그렇지도 않네요."

"앞으로는 같이 가. 그럼 시간 가는 줄도 모를 거야."

"카페는 어쩌고요?"

좋은 분위기에서 카페 걱정을 하는 그녀의 산통 깨는 말에 강은 미간을 구겼다. 이래서 싫다. 이래서 카페 따위 접고 싶어진다. 같이 시간 한번 내기 어렵고 데이트도 못하니 말이다. 한동안 커피 홀릭이더니 순식간에 러브홀릭으로 바뀌었다.

"카페 접을까?"

"접을 거면 나한테 양도해요."

"안 된다는 말이군."

"잘 알아들었어요?"

주차를 해놓고 밖으로 나오자 찬바람이 몸을 휘감았다. 강은 손을 내밀어 그녀의 손을 맞잡았다. 요양원 안으로 들어가기가 무섭게 다이에게 부러움의 시선이 느껴졌다. 옆에 나란히 걷고 있는 잘난 남자 덕분이었다. 지나가는 아줌마, 할머니도 예외는 아니었다. 간호사 언니의 부러워하는 시선까지 받으면서 병실에 도착했다.

"우리 엄마는 치매 환자예요. 놀라지 말아요."

"알고 있어."

문을 열고 들어가자 크레파스로 색칠을 하고 있던 엄마가 반색하며 일어났다. 나이에 맞지 않게 리본 핀을 꽂고서 뛰어온다.

"언니 왔어?"

"응, 엄마. 잘 있었지?"

손을 맞잡은 두 모녀는 떨어질 줄을 몰랐다. 서로를 바라보는 눈빛이 너무나 애틋해서 감히 끼어들 엄두가 나지 않았다. 뒤늦게 엄마는 낯선 남자를 인식하고는 다이의 등 뒤로 숨었다.

"언니, 저 아저씨 누구야?"

"엄마, 내 친구야. 소개해 줄게."

다이의 등 뒤로 숨어서는 얼굴만 빠끔히 내민 엄마는 경계의 눈빛으로 강을 바라보았다. 강은 허리를 숙여 인사했다.

"처음 뵙겠습니다. 최강이라고 합니다."

"아저씨 누구야? 언니 친구야?"

"네, 인사드리러 왔습니다."

그의 살가운 미소에 엄마는 경계심을 풀곤 덩달아 웃었다. 빨간 립스틱으로 입술을 칠하고 나이에 맞지 않은 옷에 그녀가 떠준 목도리를 실내에서도 하고 있는 여인의 모습은 그의 가슴을 애잔하게 만들었다.

"아저씨, 잘생겼다."

"그런 말 많이 듣습니다."

"언니랑 얼레리꼴레리야?"

"예?"

반문하는 그의 시선이 당황한 다이의 얼굴에 닿았다. 얼레리꼴레리?

"좋아하냐고 묻는 거예요."

"맞습니다, 얼레리꼴레리!"

당찬 목소리가 병실을 크게 울렸다. 엄마가 신난 얼굴로 방방 뛰며 '얼레리꼴레리' 하며 노래를 신나게 불러대는 바람에 다이는 웃음이 터져 버렸다. 이렇게 시끌벅적한 건 처음이었다. 그가 엄마를 싫어하지 않고 있는 그대로 받아줘서 다행이다. 엄마의 눈높이에 맞춰 대화를 이어나가는 그의 모습을 다이는 그냥 지켜볼 수밖에 없었다. 사실 많이 걱정했다. 이런 엄마의 모습에 실망하면 어쩌나 하고. 하지만 괜한 기우였다. 그는 이렇게나 배려가 깊은 사람이었다. 지금껏 많이도 받아놓고 이제야 깨닫다니, 나는 참 바보다. 병실에서 나와 벤치에 앉은 그녀는 그의 어깨에 머리를 기댔다.

"날씨 좋다."

"응. 하늘이 참 맑다."

구름 한 점 없는 맑은 하늘을 두 사람은 같이 바라보고 있었다.

어깨에 기댄 그녀의 얼굴이 비스듬히 기울어졌다. 그러자 서로를 바라보는 눈동자가 마주쳤다.

"놀라지 않았어요?"

묻고 싶은 요지가 무엇인지 알 수 있었다. 강은 입꼬리를 슬쩍 올렸다.

"놀랐지, 처음엔."

"싫지 않았어요?"

"응, 싫지 않았어."

"에이, 거짓말."

기다란 그녀의 손가락이 매끈한 그의 볼을 쿡 찔렀다.

"너와 닮아서 싫지 않았어. 어머니와 많이 닮았더라, 눈이."

"내가 쌍꺼풀은 없어도 큰 눈이에요. 봐요."

어서 보라고 재촉해 대며 눈을 부라리는 그녀의 모습에 강은 쿡 쿡 웃었다.

"슬픈 눈이 말이야, 웃는 눈동자가 그렇게 짠할 수가 없더라."

"내가 그래요?"

몰랐다는 듯 묻는 그녀에게 강은 고개를 끄덕였다.

"똑같아, 모녀지간이."

그녀를 처음 봤을 때 그랬다. 씩씩하게 웃는 그 눈동자가 이상하게 거슬렸다. 근본이 원래 씩씩한 사람과 그렇지 않고 애써 씩씩한 척하는 사람의 차이는 분명 있다. 깊고 까만 그 눈동자에서 슬픔을 먼저 찾아낸 덕분에 그녀의 채용 여부에 대해 심한 고민을 했었다. 어쩔 수 없다는 이유로 그녀를 채용하고 시간이 지난 지금은 그 슬픔에 대해 공명하고 공유하는 사이가 되어 있었다.

"진짜 웃었으면 좋겠다."

"사장님도요."

"난 매일 웃어, 너 때문에."

"나도 매일 웃는다, 뭐. 사장님 때문에."

몰랐다. 이렇게 자신의 속까지 바라봐 주는지를. 이런 사람이 있을 줄. 이렇게 행복해도 되나 싶을 정도로 과분한 이 남자가 점점 더 좋아지기 시작한다.

"이 또한 지나가리라. 내가 매일 가슴속에 새긴 말이에요. 요즘엔 이 말을 가슴속에서 지우는 중이에요."

"어째서?"

"행복한 순간이 끝나 버릴 것 같아 두렵거든요. 마치 꿈처럼."

희미하게 웃는 그녀의 볼을 쓰다듬는 그의 손이 따뜻하다.

"지나고 또 지나도 지금보다 더 행복할 테니까 걱정 마."

이러다 정말 그의 손을 놓지 못하게 되면 어쩌나 싶을 정도의 호언장담에 다이는 제 볼을 감싼 그의 손에 제 손을 겹쳤다. 차갑지만 따뜻하다. 달지만 때론 쓰다. 그가 그렇다. 그런데 요즘 들어 따뜻하고 달기만 하다. 그런 그에게 물드는 건 그녀였다. 따뜻하고 달게 물들어가고 있었다.

*

"왜 둘이 같이 와?"

한가롭게 책을 보던 현우가 다정하게 카페로 들어오는 두 사람을 의미심장한 눈초리로 바라보았다. 오전에 카페를 봐달라는 강의 부탁을 흔쾌히 수락한 현우는 혼자임을 알고는 굉장히 실망했다. 다이가 없었다. 같이 있어야 놀리는 재미도 쏠쏠하고 시시때때로 변하는 강의 재미있는 표정도 구경할 텐데 말이다. 그런데 둘이 사이좋게 출근을 했다. 거기다 평소와 다른 분위기에 현우가 강의 팔을 붙잡았다.

　"둘이 뭐 했어?"

　"뽀뽀했어."

　"성희롱?"

　현우의 농담은 실로 진지했다. 고개를 끄덕이면 바로 경찰에 신고할 기세이다.

　"합의하에."

　"언제 그런 사이가 된 거야?"

　"알아서 뭐 하게?"

　"심심할 때마다 놀리게."

　"심심하면 너도 연애해. 이제 자유잖아. 강제 노동 착취 풀어진 지 오래야."

　현우는 실망한 표정으로 변했다.

　"그렇게 좋다고 부려먹을 땐 언제고 이젠 자유라고?"

　"응. 네가 원하던 자유, 주겠다고."

　선심 쓰듯 인자한 얼굴로 강이 말했다. 연애하라고 등 떠밀 땐 언제고 실망한 표정은 뭐란 말인가.

"다이랑 할래, 그 연애."

"죽고 싶지, 네가?"

"그 반응 때문에 놀리는 재미에 빠졌는데."

강은 그러거나 말거나 앞치마를 두르곤 냉수 한 잔을 마셨다.

"나 시럽 잔뜩 들어간 카라멜 화이트 마끼야또."

투정하듯 하는 현우의 주문에 강은 못 이기는 척 커피를 만들어 대령했다. 반색하며 커피를 받아 들고는 다디단 커피를 즐겁게도 마신다. 탈의실에서 유니폼으로 갈아입고 나온 다이의 곁에 다가간 현우는 그녀에게 귓속말을 했다.

"녀석에 대해 궁금한 게 있으면 연락해. 이것저것 재미있는 걸 많이 알려 줄 테니까."

"정말요?"

"응. 그리고 제일 중요한 팁."

"떨어져, 좀."

친근해 보이는 두 사람 사이를 매섭게 자르곤 그새 그녀를 제 옆에 둔다. 현우는 못다 한 말이 아쉬운지 얼굴로 핸드폰을 가리켰다.

"연락하지 마."

미간을 좁히며 제대로 화를 내는 그의 분노 탓에 현우는 피식 웃으며 코트를 챙겨 입고 카페에서 나갔다.

"고맹이 뭐랬어?"

"둘이 잘 어울린다고."

"그건 당연한 거고. 딴 말은?"

"없었어요. 뭐 찔리는 거 있어요?"

고개를 비스듬히 한 다이가 질투하는 그의 얼굴을 마주했다. 질투하는 것도 꽤 멋있다.

"일해, 백여우."

그녀는 모른다. 고개를 비스듬히 한 채로 초롱초롱한 눈망울이 저를 얼마나 홀리는지.

"홀리기 시작했어요?"

"그래, 이미."

더 이상 그녀와 마주하면 사람들 있는 데서 키스를 하고 말 것 같아 강은 주문서를 보고 커피를 만들기 시작했다. 다이는 주머니 속에 넣어둔 핸드폰의 진동음에 핸드폰을 꺼냈다.

〈1월 3일, 최강 생일.〉

현우의 문자였다. 알려주려던 팁이 그의 생일이라니. 늦기 전에 알게 돼서 다행이라는 생각이 들었다. 저 성격에 제 생일을 떠들고 다닐 리 만무하고 현우에게 듣지 않았다면 생일이 지난 후에도 다이는 알지 못했을 것이다. 현우에게 답장을 하려던 찰나 또 한 통의 문자가 도착했다.

〈그리고 고맙다, 저 녀석 사람 만들어줘서.〉

그 문자 한 통이 무엇을 의미하는지 알기에 다이는 미소 지었다. 자신만 그에게 많이 받은 줄 알았다. 서늘했던 가슴이 알게 모르게 따뜻해지는 건 자신만 느끼고 있는 줄 알았다. 그런데 아니었나 보다. 그에게 자신도 무언가 주고 있었나 보다. 줄 수 있어 행복하다. 이젠 서로가 사람이 되어가는 중인가 보다. 가슴이 따뜻한 진짜 사람으로.

13. 톰만의 크리스마스

　과테말라, 아르가체페, 케냐, 온두라스를 에스프레소로 추출해 맛을 보고 여기에 콜롬비아와 브라질로 비율을 조정해 맛을 보는 강이 냉정하게 말했다.

　"과테말라:콜롬비아의 비율이 4:6으로 조절했을 때는 전체적으로 향이 좋고 커피다운 느낌이 좋지만 신맛이 강해. 대신 우유를 넣은 라테에는 적합하지. 하지만 과테말라:브라질의 비율이 4:6이었을 때는 향이 죽고 전체적으로 텁텁한 느낌이 강했어."

　블랜딩은 서로 다른 커피를 섞어서 새로운 맛을 내는 작업이다. 모든 커피는 장점과 동시에 단점도 가지고 있게 마련이기 때문에 커피가 가진 단점을 보완하고 장점은 더 보강해서 좀 더 높은 품질의 커피를 만들기 위해 블랜딩 과정을 거친다.

"이런 식으로 하면 돼. 특징을 잘 살려서 단점을 보완하고 장점은 보강하는 거지."

"머리에 쥐날 것 같아요."

"우는소리 해도 소용없어. 아르가체페를 중심으로 한 에스프레소 블랜딩에 콜롬비아와 브라질의 비율을 조절해 봐. 커피는 내가 추출해 줄 테니까."

"아르가체페:콜롬비아의 비율을 4:6으로."

아르가체페 10일 때의 커피는 화장품 냄새와 찌르는 듯한 자극뿐만 아니라 나쁜 쓴맛이 풍겼다. 그녀의 주문대로라면 화장품 냄새는 사라지겠지만 나쁜 쓴맛은 여전할 것이다. 강은 말없이 추출한 커피를 그녀 앞에 내려놓았다. 커피 향을 맡은 그녀의 표정이 묘하게 일그러졌다.

"쓴맛이 강해요. 그것도 텁텁한 쓴맛."

"그럼 이제 어떻게 할까?"

"아르가체페:브라질의 비율을 4:6으로 해보면 어떨까요?"

그녀의 블랜딩한 대로 추출된 커피는 쓴맛은 여전하고 브라질에 의한 텁텁한 맛도 증가했다.

"궁합이 안 맞네요."

"이런 식으로 서로 어울리는 원두를 찾아내야 해. 직접 맛을 보면 혀끝에 남아 있는 감각 때문에 기억하기 쉽지."

"네, 그런 것 같아요."

"그럼 여기서 질문."

작업대 위에 팔꿈치를 내려놓고 그녀와 얼굴을 가까이 한 강이

의미심장한 미소를 지었다.

"너와 나의 비율은?"

"5:5."

"어째서?"

"최강 반, 강다이 반. 반씩 장단점을 보완하고 보강하면 될 것 같은데."

"난 9:1, 강다이 9, 최강 1."

이해가 안 된다는 듯 다이가 턱을 괴고 그를 바라보았다.

"너로 채워지는 것도 나쁘지 않을 것 같거든."

그 말이 끝나기가 무섭게 발꿈치를 들어 다이는 그의 입술을 짧게 훔쳤다. 무슨 남자가 말도 이렇게 예쁘게 할까. 이렇게 예쁘게 말하면 자꾸 설레는데. 점점 더 좋아질 텐데 어떻게 책임지시려고……

힘들었던 하루가 끝나갈 무렵, 테이블을 정리하던 바쁜 손이 그의 부름에 멈추었다. 쇼케이스에서 케이크를 내오더니 이쪽에 와서 앉으라고 의자를 탁탁 친다. 테이블을 닦던 행주는 그대로 놓은 채 그가 가리킨 대로 테이블에 앉았다.

"여기."

따뜻한 국화차를 건넨 그가 맞은편에 앉았다. 다이는 따뜻한 차를 한 모금 마시며 그를 바라보았다.

"크리스마스는 지났지만 크리스마스 분위기 좀 내보려고."

"뒷북치는 거예요?"

쌜쭉하게 눈을 가늘게 뜬 다이가 불퉁하게 물었다. 크리스마스가 지난 지금, 크리스마스 분위기를 낸다고 크리스마스가 되는 건 아니었다. 분위기가 안 난다.

"왜, 마음에 안 들어?"

"이게 무슨 크리스마스야. 거리에 깔려 있던 캐럴송 안 들린 지가 언젠데."

"분위기가 안 난다 이거지?"

삐쭉 입술을 내민 그녀를 보며 씩 웃은 강은 캐럴송 CD를 라디오에 넣고 볼륨을 높였다. 흥겨운 캐럴송에 다이는 마지못해 웃어 버렸다. 크리스마스가 지난 지금, 캐럴송이 나오는 카페는 여기뿐일 것이다. 다이의 미소에 강은 산타 모자까지 챙겨서는 그녀 머리에 씌어주었다.

"이 정도면 만족하나?"

"그나마 좀 낫네요."

올해는 그냥 지나가는 줄 알았는데 늦게라도 크리스마스를 즐길 수 있어 다행이라는 생각이 들었다. 다이는 케이크를 한입 먹으며 한쪽 구석에 배치되어 있는 트리를 바라보았다. 크리스마스도 지났는데 치워 버려야겠다.

"트리 치워야겠어요. 소원 종이는 어쩌죠?"

"음, 글쎄……."

다이와 마찬가지로 트리를 바라보며 강이 난감한 얼굴을 했다. 제 소원도 있는데 어쩌나 싶다. 상자를 뜯어 종이를 일일이 펴서 확인해야 하는 번거로움이 그를 괴롭혔다. 그녀에겐 보이고 싶지 않았다. 괜히 부끄러웠다.

"보드판에 소원 종이 붙여놓을까요? 손님들에겐 추억이 될 텐데."

"그럴지도 모르겠지만, 보이고 싶지 않은 손님도 있을지 모르잖아."

"에이, 어차피 익명인데."

익명이라고 해도 알아차릴 게 뻔했다.

"어쨌든 안 돼. 아니, 안 하는 게 좋겠어."

강력하게 반대의 목소리를 내던 강은 수긍하는 듯한 모습의 그녀를 보고 안도의 한숨을 내쉬었다.

"사장님 부모님은 어디 계세요?"

대화의 화두를 바꿔 그녀가 질문을 던졌다. 늘 궁금했다. 그 커다란 집에 혼자 사는 그의 부모님은 어떤 분인지. 실례가 될지도 모른다는 생각에 묻지 않았는데 지금이라면 물어봐도 괜찮을 것 같았다. 어떤 부모님 밑에서 자랐는지, 그의 유년 시절은 어땠는지 묻고 싶은 게 많았다. 내리깔았던 눈을 그녀와 마주한 그가 입술을 열었다.

"외국에서 사업하셔."

"사업이오?"

"응. 혼자 살기 시작한 건 스무 살 때부터였던가."

아무렇지도 않은 얼굴로 말하는 그의 얼굴은 어딘가 쓸쓸해 보였다.

"부모님이 굉장히 보고 싶으시겠어요."

"그런가? 그랬었나?"

오히려 반문하는 그의 목소리에 다이는 당혹스러움을 감출 수 없었다. 모르겠다는 듯 반문하는 그 목소리는 태연하기 그지없었다.

"처음엔 보고 싶었던 것 같아. 매일 벼락같이 화를 내는 아버지라 할지라도. 어머니 또한 지독한 워커홀릭이라 프로젝트를 한번 시작했다 하면 끝내지 않는 이상 얼굴 한 번 보기 힘들었거든. 두 분은 결혼을 하지 말아야 했어."

"사장님⋯⋯."

"그런데 그리움도 쌓이면 미움이 되고, 더 심해지면 감각이 무뎌져. 그래서 어느샌가 타인처럼 느껴지기 시작했어. 미워하는 마음도 티끌만큼의 감정이 있어야 가능하다는 걸 깨달았지."

지독한 외로움이 그대로 전해졌다. 아무런 감정을 담지 않은 듯 담담하게 들리는 그의 목소리가 그녀의 가슴을 후벼 팠다. 이해할 수 있을 것 같았다. 빈집에 들어와 '다녀왔습니다' 하고 인사하는 목소리가 허공을 맴돌 때 그녀는 대답 없는 목소리를 기다렸다.

'그래, 수고했어.'

이 말이 듣고 싶었다. 그래서 그녀는 집에 들어오며 빈집에 대고 이렇게 인사했다.

'오늘도 수고했어.'

스스로를 위로하는 법을 배웠다, 침묵 속에서.

그는 어땠을까. 어릴 때부터 큰 집을 혼자 독차지했을 때의 심정은 어땠을까. 그의 성격에 투정을 부리거나 말썽을 부리지는 않앉을 것 같다.

"지금도 부모님이 보고 싶지 않으세요?"

"별로. 반갑진 않지."

"마지막으로 뵌 게 언제예요?"

그녀의 질문에 강은 턱을 괴고 생각에 잠겼다.

"올해 여름이었나? 일 년에 한두 번 오시니까."

"오래되었네요."

"아무래도. 생각해 보니 워커홀릭끼리 만났으니 찰떡궁합이
네."

피식, 메마른 웃음이 그의 입에 걸쳐졌다. 비아냥거리는 목소리
엔 조금이나마 미움이 남아 있는 것 같았다. 여전히 부모님이 그
리운 것이다. 표현이 서툴 뿐이지 그 나름대로의 표현이었다.

"또 언제 오세요?"

"아직 연락 없으시네."

"사장님의 부모님 궁금해요."

어떤 부모님일까? 그를 보면 굉장히 철두철미하고 일말의 실수
도 용서되지 않는 완벽한 분일 것 같다. 거기다 한기를 머금은 냉
철함까지 닮았다면 그야말로 완벽한 부자지간이 아닌가.

"현우 자식은 우리 아버지한테 전화가 걸려오면 벌떡 서서 전
화 받는다지? 허공에 90도로 깍듯이 인사하고. 겁쟁이라니까."

"헉! 진짜요?"

"최 회장님은 적응하기까지 꽤 오랜 시간이 걸리거든. 현우는
아직까지 적응 중이고."

"벌써부터 긴장된다."

"빨리 적응하는 방법 알려줘?"

방법이 있기나 할까? 다이는 생각했지만 상체를 앞으로 기울이며 말하는 그의 목소리에 어느새 귀 기울이고 있었다.

"쫄지 마."

"쫄지 마요?"

"그래. 쫄면 얕잡아 보게 되어 있어."

비책을 전수해 주는 모습이 이토록 미더울 수가 없다. 그런데 직접 만나 뵙고 과연 쫄지 않을 수 있을까. 어떤 부모님일지 머릿속으로 상상하면서 궁금해지기 시작했다.

걱정 반, 기대 반. 그에게 부끄러운 여자가 되지 않기 위해서라도 박차를 가해 바리스타가 되기 위한 노력을 게을리하지 말아야겠다.

✳

새벽부터 일어나 강의 방을 열어 자고 있는 걸 확인하고는 주방으로 향했다. 오늘은 1월 3일. 그의 서른네 번째 생일이다. 생일날 어떤 선물을 해줄지 그동안 고민해 왔다. 지금까지 남자를 사귀어본 적이 없으니 생일 선물로 어떤 걸 해줘야 할지 도통 감이 오지 않았다. 그런 그녀가 현우에게 SOS를 청했고, 현우의 한마디에 그녀는 결정했다.

"그 자식, 생일날 미역국 먹어본 적이 손가락에 꼽을걸."

그래서 그녀는 그의 생일상을 차려주기로 했다. 그동안 자취한 경력으로 인해 그녀는 요리에 꽤 자신 있었다. 엄마가 좋아할 만한 반찬을 만들어 병원에 갈 때마다 간호사 언니들이 탄성을 내지르곤 했다. 그 경력을 토대로 새벽부터 부리나케 일어나 생일상 차리기 준비에 돌입했다.

일단 쌀을 씻어 밥을 안치고, 어제 강의 눈을 어렵게 피해 미리 불려놓은 미역은 깨끗이 씻어 소고기와 함께 팔팔 끓였다. 거기다 밑반찬 몇 가지를 하는 사이 시간이 후딱 지나갔다. 현우의 말에 의하면 간장게장 빼고는 웬만한 것은 잘 먹는다고 했다. 콩나물무침, 가지무침도 하고 제일 손이 많이 가는 잡채까지 끝마치고 나자 아홉 시가 다 되어 있었다.

다이는 주방 정리를 하고 미역국 간을 맞추고 나서 강의 방문을 열었다. 그는 여전히 곤히 잠들어 있었다. 지금 같은 상황은 마치 신혼 생활을 하는 듯 설레었다. 잠들어 있는 남편을 깨우러 들어온 전업주부. 로맨틱하지 않은가. 몸을 옆으로 돌리고 잠들어 있는 그의 팔을 흔들었다.

"사장…… 꺅!"

순식간에 그의 손이 그녀의 팔을 잡아끌었다. 무방비 상태로 있던 그녀는 졸지에 그의 몸 위로 올라타게 되었다. 똑같은 속도로 달음질하는 그의 심장 소리가 들렸다.

"한 번쯤은 해보고 싶었어."

"얼른 일어나세요."

잠이 묻어나는 나른한 음성이 그녀의 귀를 간질였다. 일어나자마자 듣는 콱 막힌 목소리가 매력적으로 다가왔다.

"각오하고 방에 노크도 없이 들어온 거 아니었나?"

"얼른 안 일어나면 밥 없습니다."

"밥?"

그녀의 팔을 잡고 있던 강은 고개를 갸웃거리며 일어났다. 다이는 그의 팔을 잡아끌어 식탁에 앉혔다. 말없이 식탁에 앉는 그가 어리둥절해한다.

"웬 진수성찬이야?"

"사장님 귀 빠진 날이잖아요."

"그걸 어떻게······."

"고 사장님이 저에게 귀띔해 줬죠."

"쓸데없는 짓을 했군."

머리를 헝클이며 강이 혼잣말을 했다.

"모르고 그냥 지나갔으면 내 마음이 편했을 것 같아요?"

"고작 생일 가지고, 뭘."

"고작 생일이라뇨? 사장님 이제 저에게는 소중한 사람인데."

턱으로 손을 쓸던 강은 멋쩍게 웃었다. 소중한 사람이라······. 이렇게 생일상은 받아본 게 얼마 만인지 쑥스러웠다. 반찬 가짓수도 너무 많아 뭘 먼저 먹어야 할지 고민해야 할 정도이다. 새벽부터 일어나 고생했을 그녀에게 괜히 미안한 마음이 들었다.

"잘 먹겠습니다."

미역국을 한 수저 뜬 그의 입가에 미소가 배었다.

"어때요?"

"둘이 먹다 하나가 죽어도 모르겠어."

"다행이다. 많이 드세요."

그가 먼저 수저를 들자 다이도 수저를 들었다. 맛있게 먹는 그의 모습을 보니 일찍 일어나 생일상을 차린 보람이 있었다.

"간장게장은 왜 못 드세요?"

"알레르기 있어. 삼키자마자 식도가 따가워지면서 그대로 게워내."

"간장게장 알레르기는 처음 듣는데요."

고개를 갸웃거리며 동물원 원숭이 보듯 그를 바라보았다.

"어릴 적 멋모르고 먹었다가 응급실 실려 가서 처음 알았어."

"정말 큰일 날 뻔했네요."

"그날이 내 생일이었어. 황천길로 갈 뻔했지. 덕분에 병원에 입원해 있는 며칠 동안 부모님이 계속 옆에 계셔서 살짝 좋았어."

바보. 죽을 뻔하고도 부모님과 같이 있어 좋았다는 말을 저렇게 천연덕스럽게 하다니. 조금씩 들려주는 그의 이야기는 다이에게 소중한 보물이 되었다. 생일상 하나에 세상을 다 가진 양 감격해서는 허둥지둥 먹는 모습이 이토록 보기 좋을 줄이야. 이렇게 잘 먹는 사람인데 그동안 얼마나 굶었을까.

그는 밥 한 톨도 남기지 않고 깨끗이 비우곤 만족한 듯 웃었다.

"고마워. 생일 선물 잘 먹었어."

"내년엔 더 푸짐하게 차려줄게요."

든든하게 아침을 챙겨 먹은 두 사람은 출근 준비를 했다. 다이는 책상 위에 반으로 접힌 종이를 펼쳐 보며 흐뭇한 미소를 지었다.

—강다이, 너.

남자치고는 잘 쓴다고 생각했던 글씨체이기에 절대 잊을 수 없다.

어제 그와 같이 트리를 정리했다. 트리를 창고에 넣고 분리하는 동안 그녀는 상자 속에 있는 소원 종이를 꺼내보곤 경악했다. 그가 인기 많은 줄은 알고 있었지만, 소원 종이 대부분이 그와 관련된 것이었다. 연락처를 적은 종이도 있었다. 그 속에서 이 종이를 보자마자 다이는 주머니 속에 감추었다. 보드판에 붙여놓자고 했을 때 강력하게 반대했던 이유가 있었던 것이다. 그는 언제부터 날 좋아했던 것일까. 자꾸만 입가에 행복에 젖은 미소가 번지고 있었다.

"하는 행동이 귀엽기는."

집에서 나오자 그녀의 손을 잡아 강은 제 주머니 속에 넣었다. 보폭을 맞춰 카페까지 걷는 시간이 너무나 짧아 아쉬움에 한숨이 터졌다.

"카페에 들어가면 나는 악덕 사장에 욕쟁이 스승이 되니까 오늘도 잘 버텨줘."

"걱정 말아요, 저도 썩 똑똑치 못한 제자니까."

그녀의 어깨를 잡고는 입술에 짧게 쪽 하고 맞추었다. 입술이 떨어지기가 무섭게 아쉬워하며 입맛을 다시고 있는 그의 입술을 이번엔 그녀가 덮쳤다.

"하루가 너무 길어서 못 참겠어요."

"나도 그래. 못 참겠어. 손님이 안 들어왔으면 좋겠어."

무시무시한 농담에 다이가 활짝 웃었다. 같은 생각을 하고 있을 줄 몰랐다. 몰아치는 손님들을 보며 둘이서만 있고 싶다는 터무니없는 생각을 했었다. 하루 종일 붙어 있는데도 얼굴 한번 보며 흔한 농담조차 주고받을 시간이 없으니 말이다. 물 흐르듯 지나가는 1분 1초가 너무나도 아쉬웠다.

이 남자는 이제 내 남자라고 터뜨려 버릴까? 그날부로 그녀는 카페 손님들의 공공의 적이 되어버리겠지. 어김없이 오늘도 연락처를 받은 그녀는 고민했다. 물론 그에게 전해지지 않을 것이다. 하지만 계속해서 전해지지 않을 이 종이를 받아도 되는 것인지 고민되었다.

"저기, 손님."

그녀의 부름에 또각또각 걷던 구두 소리가 일시 정지되었다.

"죄송합니다."

여자의 연락처를 적은 종이를 내밀며 사과했다. 이유를 묻는 여자의 시선이 느껴졌다. 위풍당당하게 여자는 카운터 앞에 서서 그녀의 말을 기다렸다.

"사장님은 얼마 전부터 제 남자가 되었습니다. 죄송하게 되었습니다."

말귀를 못 알아들은 얼굴로 여자는 그녀가 내민 종이를 빤히 바라보다 붉은 입술을 요염하게 열었다.

"그럼 그쪽이랑 사귀는 사이라는 건가요? 뭐, 그래도 상관없지만."

"예?"

"골키퍼 있다고 골 안 들어가나요?"

그 말은 계속해서 찔러보겠다는 건가? 황당해 말문이 막혀 버린 그녀는 제법 당당해 보이는 여자의 손에 정중하게 종이를 쥐어주었다.

"제가 받아봤자 쓰레기만 더 생기는 꼴이라 사장님께 혼나거든요. 알아서 버려주시겠어요?"

"뭐야, 이……."

"손님, 손 내리시죠."

나직하게 들려오는 목소리엔 위험이 잔뜩 실려 있다. 손을 올렸던 여자의 시선이 그녀의 뒤로 향했다. 순간 당황한 표정으로 올렸던 손을 내리고는 붉은 입술을 깨물며 물러났다.

"죄송하긴 뭐가 죄송해서 사과를 하고 있어?"

"만인의 남자를 혼자 차지했으니 죄송하긴 하죠. 나도 양심이 있는데."

"혼자 독차지해도 돼. 여러 여자한테 관심받고 싶은 마음 없으니까."

"……이미 하고 있는데."

"한 번만 더 이딴 종이 받고 죄송하다고 해봐, 엎어버릴 테니까."

순식간에 둘 사이가 탄로 나 버리자 카페 안이 술렁거렸다. 짐짓 질투와 부러움의 눈빛이 교차한 시선은 한곳에 쏠려 있었다. 거기다 그까지 순순히 인정해 버렸으니 그녀 혼자 허풍 떠는 것이 아니라 사실임이 입증되었다. 다정해 보이는 두 사람을 바라보던 여자들은 굉장히 실망한 표정이었다. 하지만 카페에 또 다른 잘생긴 남자가 들어오자 여자들의 시선은 그에게로 향했다. 카운터로 저벅저벅 걸어온 민우는 쇼핑백을 들고 있었다.

"바쁘네."

"뭐, 늘 그렇지, 이 시간대에는. 커피 줘?"

질문에 민우는 들고 있던 쇼핑백을 카운터 위로 올리며 그에게 건넸다.

"뭐야?"

강은 쇼핑백을 열어 내용물을 확인했다. 같은 색깔, 같은 디자인의 셔츠 두 장이 들어 있었다.

"커플 티. 생각한 대로 생일 선물."

"와, 예쁘다!"

다이의 입에서 탄성이 튀어나왔다. 선물 받은 사람보다 훨씬 더 기뻐한다.

"고맹의 쌍둥이 형 고민우라고 합니다. 고맹한테 얘기 많이 들었습니다."

"아, 저도 반갑습니다."

어쩐지 현우와 닮았다는 생각이 들면서도 굉장히 날카로운 인상이 대조적이었다. 그래도 현우와 마찬가지로 미남형의 얼

굴인 건 사실이었다. 카페 안의 여자들이 술렁거리는 걸 보면
확실했다.

"이거 주려고 일부러 온 거냐?"

"아니, 커피도 마시고 싶어서 들렀어."

"잠깐 기다려."

강이 커피를 만들기 위해 등을 돌린 사이 민우는 다이를 빤히 바
라보았다. 현우의 말에 의하면 두 사람은 물과 기름 같다고 했다.
어울릴 것 같지 않은 두 사람이 연인이 될 줄은 몰랐다고. 먼저 좋
아한 쪽이 강이라는 사실에 민우는 놀랄 수밖에 없었다. 이런 녀석
도 사랑을 하는구나. 처음 보는 부드러운 미소에 민우는 두 사람이
제법 잘 어울린다고 생각했다. 물과 기름이 제법 잘 어울릴 줄이야.

"잘 어울린다."

커피를 받아 든 민우가 부러운 시선을 보냈다. 그 말에 다이의
표정이 밝아졌다. 분에 넘칠 정도로 잘난 남자라 부담스러웠던 것
도 사실인데 그 한마디에 불안했던 감정들이 사라졌다.

"우리 잘 어울린대요?"

"들어놓고 뭘 물어?"

"혹시나 해서."

"혹시나는 무슨, 당연한 거지."

만족한다는 듯 미소를 띤 그의 손이 그녀의 머리꼭지를 눌렀다.
머리를 쓰다듬는 그의 큼지막한 손이 이토록 따뜻할 줄이야. 중독
되겠다, 커피처럼. 카페인 중독이 아닌 최강 중독.

늦은 저녁, 퇴근하기 전에 블랜딩에 대한 수업이 이어졌다. 워낙 세밀한 작업이라 조금이라도 알려주고 싶은 그의 배려였다. 다이는 기지개를 켜곤 기다랗게 하품을 했다. 카페 정리를 하는데 문이 열렸다.

"영업시간 끝났…… 유진아!"

테이블 정리를 하던 것을 멈추고 카페 안으로 들어오는 유진에게 다가갔다. 유진의 얼굴을 그간 수척해져 있었다.

"찾는 데 시간이 조금 걸렸어. 한시라도 빨리 돌려주고 싶어서 이렇게 왔어. 다행히 안 늦었네."

"유진아."

가방에서 꺼낸 목걸이를 받은 그녀는 네잎 클로버 펜던트를 바라보다 유진에게 시선을 돌렸다.

"미안하다는 말로는 부족하겠지, 엄마가 한 짓은?"

"용서한다는 말은 못할 것 같아."

"알아. 용서하라는 말 안 해."

긴 머리를 뒤로 쓸어 넘기며 말하는 유진의 목소리는 가느다랗게 떨리고 있었다. 하지만 애써 모른 척하며 입술을 깨물었다.

"목걸이 찾아줘서 고마워."

"언니에게 소중한 물건이잖아. 엄마가 다시 언니를 찾는 일은 없을 거야."

카페를 나가는 유진의 모습을 지켜보았다. 문이 열리고 차가운 공기가 뺨을 스치고 지나갔다. 쥐고 있는 손을 펴 목걸이를 다시 바라보았다. 드디어 찾았다, 내 소중한 보물.

"찾아서 다행이다."

"네, 다행이에요."

"목걸이 예쁘다. 잃어버리지 않도록 걸고 다녀. 줘봐."

목걸이를 그에게 건네자 그는 그녀의 뒤에서 긴 머리카락을 옆으로 정리해 놓고 목걸이를 걸어주었다. 오랜만에 하는 목걸이는 여전히 반짝반짝 빛을 내고 있었다.

"이 목걸이는 제가 대학 입학 선물로 엄마한테 받은 거예요."

"소중한 거네."

"네. 그래서 이것만큼은 찾고 싶었어요."

"어머님이 부러워지려고 해."

행복에 젖어 있는 그녀의 코를 살짝 비틀며 투정을 부렸다.

"왜요?"

"퍼스트니까."

몰라서 묻느냐는 시선으로 그녀를 바라보았다. 하지만 상대가 그녀의 어머니라면 백 번, 천 번도 양보할 수 있었다.

"지금 질투해요?"

"질투?"

"그렇잖아요."

뭐가 웃긴지 그녀는 까르르 웃음을 터뜨렸다. 농담 한번 한 걸 가지고 어머니께 질투나 하는 속 좁은 놈으로 만든 그녀를 번쩍 안아 들고는 테이블 위에 앉혔다.

"뭐 하는 거예요?"

어깨에 두른 손을 아래로 내리며 테이블에서 내려오려는 그녀를 그가 막았다.

"안 돼. 지금 키스할 거야."

"무슨 키스를 통보하고 해요?"

"기습적으로 할까?"

고개를 비스듬히 한 그가 진지한 얼굴로 물었다. 어이가 없어 헛웃음이 입을 비집고 흘러나왔다.

"그럼 기습 키스, 접수."

"예? 읍……."

순식간에 반쯤 벌려 있는 그녀의 입술을 뭉그러뜨리고서 그대로 혀로 감아버렸다. 아래로 내렸던 그녀의 손은 어느새 그의 목을 감싼 채 키스를 받아들이고 있었다. 점점 더 깊숙이 들어가 혀를 휘감고 입안 곳곳을 누비고 다녔다. 달다. 그녀의 입술이 달다. 달콤해서 빠져나올 수가 없다. 그녀의 타액까지 모조리 삼켜 버릴 기세로 달려들었다. 가느다란 허리를 감싸고 있던 그의 손은 그녀의 매끈한 등에서 다른 곳으로 이동하고 싶어 안달이 나 있는 상태였다.

"하아……."

입에서 탄성 섞인 신음이 터졌다. 그녀의 이마에 키스하고, 콧방울에 키스하고, 턱에 키스를 하던 그는 타액으로 얼룩진 그녀의 입술로 돌진했다. 그리고는 그녀의 셔츠 단추를 하나둘 풀기 시작했다. 셔츠 안으로 몸에 피트된 흰색 민소매 위로 풍만한 가슴골이 보였다. 그의 손이 점점 깊숙한 곳까지 침투하기 시작했다. 살짝 몸을 떨 뿐 그의 손길을 거부하지 않았다. 얇은 민소매 속으로 손을 넣어 매끈한 속살을 만졌다. 부드러운 촉감에 손바닥 전체가 전율이 일어나는 느낌이다. 그의 손은 어느새 브래지어 속에 있는 가슴을 움켜쥐고 있었다.

"하아! 사, 사장님……."

손에서 놓고 싶지 않았다. 손 안에 가득 쥐어지는 말랑한 가슴을 움켜쥐고는 그녀의 입술을 빨아들였다. 갖고 싶다. 그녀의 모든 것을. 그녀의 말캉한 입술에서 내려와 하얀 목덜미에 내려앉았다. 순간 목덜미의 뜨거운 입김에 놀란 그녀가 어깨를 움찔했다. 그는 더 이상 멈추지 않고 움푹 파인 쇄골까지 입술로 찍어 내려갔다. 한 손으로는 가슴을 움켜쥐고 다른 한 손은 그녀의 허리를 지탱하고 있다. 셔츠는 풀어헤쳐져 가느다란 어깨가 훤히 드러났다. 마른침을 삼키며 그녀는 그가 주는 육체적 쾌락에 정신을 잃어가고 있었다. 허리를 지탱하던 손은 어느새 매끈한 등을 어루만지더니 브래지어 후크를 풀었다.

"잠깐……."

쥐어짜듯 목소리를 낸 그녀가 그의 어깨를 밀었다. 너무나 이르다. 너무나 갑작스럽다. 두근거리는 가슴을 움켜쥐고 두려움과 떨림이 교차하는 눈동자로 그를 올려다보았다.

그러자 놓았던 이성을 되찾은 그는 뒤늦게 상체가 훤히 드러난 그녀를 바라보았다. 미치겠다, 나란 놈은. 그는 그녀의 옷가지를 정리해 주고는 목덜미에 입술을 맞췄다.

"정신을 놓았어."

"……."

붉게 달아오른 그녀의 뺨을 손으로 쓸어주고는 품에 안았다.

"네 몸만 좋아하는 놈 아니야. 너니까, 너라서 그래."

"……네."

수줍게 대답하면서 그녀는 그의 품으로 고개를 묻었다. 부끄러워서 얼굴을 들 수가 없다. 한 번 달음질하기 시작한 심장은 좀처럼 제어가 되지 않았다.

14. 늘 소중히 할게

올해 바리스타 2급 시험 일정을 본 그녀의 눈이 휘둥그레졌다. 필기시험은 1년에 네 번, 실기는 한 달에 두 번 정도의 일정으로 A4 한 장에 **빽빽**하다.

"올해는 한국커피협회에서 주관하는 Kces 바리스타 자격증 2급 시험을 준비해 볼까 해."

긴장한 얼굴로 마른침을 삼킨 그녀는 고개를 끄덕였다.

"필기는 커피학 개론, 커피 추출, 커피 배전, 서비스 및 식품위생, 우리차 등에 대해서 나오는데 기존 60문항에서 50문항으로 줄어들었고, 그중 30문제만 맞으면 된다는 얘기지. 필기는 그렇게 어렵지 않아. 달달 외워. 그러면 돼. 문제는 실기야."

"실기요?"

"그래. 시험 준비 자세부터 결과물까지 꼼꼼하게 따지니까 아무래도 신경을 더 써야겠지? 일단 필기 붙으면 실기는 하반기를 목표로 준비해 보는 거야."

"그럼 이것들이 전부……."

다이가 탁자에 올려져 있는 문제집 더미를 보며 불안한 음성으로 물었다. 두꺼운 문제집 네 권을 들고 건네는 강의 손을 빤히 바라보다 울며 겨자 먹기로 받았다.

"두 달 동안 달달 외워. 알았어?"

"네, 달달 외울게요."

일하다 잠깐 가게를 비운 이유가 이것 때문이었구나. 퇴근하고 집에 오기가 무섭게 어깨를 짓누르는 부담감에 다이는 휘청거렸다. 오늘, 아니, 내일부터는 퇴근하고 세 시간씩 공부하리라 다짐했다. 유능한 바리스타 밑에서 배웠다고 자랑할 만한 명함은 내밀어야 하지 않겠는가.

"모르는 거 있음 즉각 물어보고."

"네, 꼭 합격할게요."

"당연하지. 떨어지면 집에서 쫓겨날 줄 알아."

무시무시한 협박에 눈썹이 저절로 아래로 휘었다. 그런 말을 어떻게 웃으면서 할 수 있을까. 남자인 그는 달콤하지만, 스승인 그는 사악하다. 자비를 모르는 얼굴로 저런 말을 서슴없이 하는 걸 보면 그렇다.

"빨리 사장님과 같이 커피 만들고 싶어요."

꽤 무게가 느껴지는 책을 바라보는 그녀의 눈은 어느새 반짝거렸다. 카페에서 커피를 만드는 기분은 어떨까? 사람들이 내 커피를 마시는 기분은 어떨까? 생각만 해도 가슴이 벅차다.

"나도 네가 만든 커피가 어떤 맛일지 궁금해졌어."

"정말요?"

"응. 꽤 기대돼."

"정말?"

"그래, 정말."

큼지막한 손이 머리에 내려앉았다. 다정하게 쓰다듬는 손길은 언제나 따스하다. 그녀는 저도 모르게 팔을 뻗어 그의 허리를 와락 안았다. 순간 놀란 그의 몸이 휘청거리는 것처럼 느껴졌지만 이내 중심을 잡았다. 품에 안겨오는 그녀의 허리를 꼭 붙잡았다.

"나 열심히 할게요."

"입만 산 놈 말은 안 믿어."

"그럼요?"

"이 시험은 워밍업 수준이야. 이것도 못하면 그냥 때려치워."

와락 안겼는데도 여전히 말투는 스승이다. 스승인 그는 절대 좋게 말하는 법이 없다. 거기다 봐주는 법도 넘어가는 법도 없다. 야박하기 그지없는 스승은 남자일 때와는 전혀 다르다.

"여전히 스승님이세요?"

고개를 들어 올려다본 그의 입꼬리가 올라갔다.

"왜, 다른 게 하고 싶어?"

"저는 공부가 하고 싶어요."

가까이 다가오는 그의 얼굴을 피한 그녀는 방으로 후다닥 들어갔다. 얼굴만 빠끔히 내밀고는 얄밉게 혀를 쏙 내밀어 있는 대로 놀려주었다.

그때와 같은 상황이 오면 곤란하니까. 그를 많이 좋아하지만 아직은 준비가 안 되어 있었다. 그에게 모든 걸 보여주고 그를 온전히 받아들일 시간이 필요했다. 본능에 충실한 남자니까 자제할 수 없다면 밀폐된 공간에서는 최대한 그를 피하기로 했다.

문제집을 책상 위에 올려놓고는 의자를 끌어다 앉았다. 한 번 쭉 훑어보는데 중간중간 빨간 펜으로 밑줄이 쫙 쳐져 있는 게 보인다.

"이걸 다 언제……."

언제 다 보고 이렇게 정리해 둔 거야. 사실 이 문제집을 언제 다 볼지 막막했다. 그런 마음을 읽기라도 한 듯 부탁도 하기 전에 먼저 그가 선수를 쳐놓은 것이다. 이렇게 신경 써주는데 기필코 합격해야 한다. 실망시키고 싶지 않으니까. 최선을 다해 제자로서, 그의 여자로서 부끄럽지 않은 사람이 되도록 노력해야겠다.

고민 끝에 유진이에게 다시 연락할 수밖에 없었다. 그동안 아빠가 납입한 보험료에 대한 납부 내역이 고모에게 있을 가능성이 컸기 때문이다. 어째서 아빠는 사망보험에 가입하며 엄마와 한마디 상의를 하지 않았는지 의문이 들었다. 그 의문에 답해주는 것처럼 유진은 납부 내역을 주며 말했다.

"외삼촌 말이야, 사망보험을 외숙모 몰래 가입한 건 이런 날을 위해서였던 것 같아."

이렇게 먼저 가버리고 달랑 보험금만 남겨놓는다고 해서 고마워할 가족은 없다. 얼마가 될지 모르지만, 아빠의 목숨과 맞바꿀 값어치는 없을 것이다. 보험 수익자가 엄마로 되어 있는 것을 확인한 뒤 보험료를 청구할 서류를 꾸려 보험회사로 우편으로 보냈다. 아빠의 사망진단서를 발급받아 본 것이 처음이다. 보험금을 청구하려고 서류를 발급받는 못된 딸이라니. 죄스러운 마음에 한참 동안 서류를 바라본 다이의 눈이 금세 눈물로 차올랐다. 아빠가 남겨둔 마지막, 이거 꼭 엄마를 위해 쓸게. 소중히 쓸게.

사망보험금 청구 기간은 법적으로 2년이지만, 법적 청구 기간이 지난 후라도 보험금을 청구하면 받을 수 있다는 사실을 알게 되었다. 강의 말대로다. 찾아보니 그와 관련된 판례도 여러 건이고, 모두 소송에서 승소하여 보험료를 받아내었다. 거기다 매년 사망한 건수에 비에 보험료를 찾아가는 건수는 적어 보험사 쪽에서 가지고 있다는 신문기사까지 확인했다.

"우체국 다녀왔어요."

"그래, 서류는 빠짐없이 챙겼겠지?"

"네. 아마도 그럴 거예요."

"애썼다."

고개를 끄덕이며 머리를 쓰다듬는 손길을 받아내며 다이가 싱그러운 미소로 그를 올려다보았다.

"받을 수 있겠죠?"

"받아야지, 어떻게 해서든."

"네, 꼭 받을게요."

보험 수익자인 엄마에게 그 돈을 찾아주리라 다짐했다. 그리고 앞으로 그 돈은 엄마를 위해 쓰기로 결심했다. 몰랐으면 넘어갔을 돈을 찾았으니 엄마를 위해 쓰는 게 마땅했다. 옆에 이렇게 든든하게 버팀목이 되어주는 그가 있기에 가능한 일이었다. 그로 인해 점점 강한 내가 되어가는 것 같았다.

"그럼 이제 슬슬 테스트해 볼까?"

"테스트요?"

"지금까지 반복했으니 무사통과할 거라 믿는다."

마른침을 삼키며 그녀가 고개를 끄덕였다. 실망시키면 어쩌나 고민하며 원두의 원산지부터 시작해 블랜딩 과정까지 테스트를 거쳤다. 물론 지금까지 매일 반복적으로 연습해 왔으니 별 무리 없이 통과하는 게 당연하지만 어쩐지 그 앞에만 서면 긴장이 되어 알고 있던 것마저 기억 속에서 지워 버린 적이 한두 번이 아니었다.

"여전히 멀었지만, 일단 통과."

그 말이 떨어지기가 무섭게 터지는 안도의 한숨. 숨 돌리기도 전에 그는 에스프레소 머신기의 명칭에 대해 설명한 후 그라인더를 놓고 설명을 이어나갔다.

"굵기 조절 손잡이[Collar]로 분쇄 입자 크기를 조절해. 나사산으로 본체와 결합되어 있어 조일수록 칼날 간의 간격이 좁아져서 가늘게 분쇄되지."

호퍼(Hopper)에 원두를 넣고 굵기 손잡이를 조절해 원두를 분쇄한 결과물을 손에 담아놓고는 그녀에게 보여주었다.

"커피를 가늘게 분쇄할수록 커피와 물이 닿는 면적이 늘어나 커피의 성분이 물에 더 잘 녹아 나와. 분쇄된 커피 사이의 간격이 좁아지기 때문에 물이 지나가는 속도가 느려져 맛이 좀 더 진하고 쓴맛이 강하게 나지."

그의 설명을 이해한 그녀가 분쇄된 커피 가루를 보며 말했다.

"그럼 반대로 굵게 분쇄할수록 커피와 물이 닿는 면적이 줄어들어 상대적으로 성분이 덜 녹아 나오겠네요. 분쇄된 커피 사이의 간격이 넓어지기 때문에 물이 지나가는 속도가 빨라져서 맛이 연하고 숨어 있던 신맛이 강조되는 거죠?"

"겨우 똑똑한 제자로 거듭나기 시작했군."

만족스러운 대답에 그의 입가에 미소가 그려졌다. 밤새 책을 보고 공부했으니 이론적으로 어느 정도 터득한 게 당연했다. 포르타 필터에 커피 가루를 담고 고르게 담기[Disrrbuting]와 표면 고르기[Surfacing]를 병행한 후 탬핑을 한 후 머신기에 장착했다. 잔 위에 진한 갈색의 에스프레소가 떨어지는 것을 확인한 그가 입을 열었다.

"잘 봤지?"

"네."

"그럼 해봐."

진부한 설명 없이 곧장 해보라는 명령은 언제나 그녀의 가슴을 떨게 만들었다. 마른침을 삼키며 포르타 필터에 커피를 담고는 그가 한 대로 고르게 담기를 하고 손으로 표면 고르기를 하는데 나직한 목소리가 들렸다.

"손을 45도 각도로 세워서 커피를 밀어줘. 여러 방향으로 고르게 커피를 밀어 빈 곳에 커피를 채워주며 밀도를 맞춰주는 거야."

손을 잡고 각도를 자세를 잡아주었다. 고르게 담기와 표면 고르기를 병행한 후 탬퍼를 손에 쥐었다. 포르타 필터를 손에 쥐고는 탬핑까지 마친 후 머신기에 장착했다.

"제대로 된 커피 나올 확률 0.000%."

"어째서요?"

보라는 듯 턱짓을 하는 그의 시선을 따라 옮겼을 땐 역시 그의 말대로 편 추출이 되어 찌꺼기가 뜬 물이 잔을 채우고 있었다.

"탬퍼를 너무 움켜쥐어서 팔목에 무리가 가고 수평으로 힘을 줄 수 없어서 편 추출의 원인이 된 거야. 탬핑 과정은 단순화하고 대신 정교하게 수평을 맞추는 데 중점을 둬야 편 추출을 막을 수 있어."

"그렇군요."

"그리고 계속 그 자세로 탬핑을 하다간 어깨 결림이나 손목 부상이 생길 테니까 자세를 바꾸는 게 좋을 거야."

"아!"

그녀의 손등 위로 손을 겹쳐 포르타 필터 위로 탬퍼를 잡는 자세를 잡아주었다.

"팔꿈치부터 탬퍼까지 직선을 유지해야 해. 이 직선이 포르타 필터와 직각을 이루면 자연스럽게 탬핑은 수평을 이루게 되지. 이

상태에서 팔로 누르는 게 아니라 몸을 살짝 앞으로 숙이면 탬퍼에 체중이 실리게 되면서 일정한 압력으로 탬핑할 수 있어."

처음부터 알려주는 법 없이 실수를 거듭한 후에야 제대로 알려 준다. 언제나 채찍이 먼저인 그의 학습법엔 무언가 있다. 당근보 다 채찍을 먼저 맞고 나면 잘못된 것을 반복하지 않게 된다.

"다시 해볼게요."

알려준 대로 몇 번이고 추출했지만 여전히 편 추출이 되었다. 원인은 탬핑 시 수평이 맞지 않아 밀도 차이 때문이다. 탬핑을 할 때 자세도 중요하지만 수평을 이루는 것이 중요하다.

"수평을 맞추라 했잖아."

"아…… 하나를 신경 쓰면 다른 하나는 놓쳐 버리게 돼요."

"반복하는 것도 중요하지만, 잘못된 걸로 아무리 반복해 봐야 소용없어."

그는 몇 번이고 틀린 자세를 디테일하게 잡아주었다. 사소한 것 하나도 놓치는 법 없이 예리한 눈빛은 그녀의 가슴을 두근거리게 만들었다. 팔목을 잡는 그의 손길을 받을 땐 전기가 통하는 것처 럼 얼굴이 붉게 변했다.

"집중해."

"하고 있어요."

"무슨 생각을 했길래 얼굴이 빨개지는데?"

가까이 다가온 짓궂은 얼굴에 한 걸음 뒤로 주춤 물러났다. 자 동적으로 손을 휘저으며 강력하게 대답했다.

"아무 생각 안 했어요."

"무슨 생각 했는지 내가 한번 맞혀볼까?"

대답 없이 그녀는 그를 빤히 올려다보았다. 속을 훤히 꿰뚫어 보는 듯한 눈빛을 피하고 싶은 마음이 굴뚝같다. 피할까 말까 고민하는 사이 그의 입술이 얄궂게 비틀어졌다.

"19금."

"헉."

곧장 입에서 탄성 섞인 감탄사가 튀어나오자 그는 만족한 미소를 입가에 머금었다. 귀신, 귀신이다. 눈을 깜박이며 바라보는 그녀의 얼굴을 바라보자 제어할 수 있는 본능의 한계에 달했음을 직감했다. 더 이상은 위험하다. 그랬다가는 저번과 같이 그녀를 놀라게 할 수도 있었다.

"집중. 알았어?"

이렇게 좋은데, 보기만 해도 좋아 죽겠는데, 얼어죽을, 수업이고 뭐고 때려치우고 싶었다. 달리는 심장을 제어하려고 발악하고 있는 모습은 그녀에게 보여주고 싶지 않아 늘 같은 표정으로 아무렇지 않게 지내고 있었다. 게다가 단단히 붙잡은 이성의 끈을 놓지 않으려고 애쓰고 있는데 똑바로 바라보는 시선에 주저앉아 버릴 것 같았다.

어쩌라고. 무너질 것 같잖아, 젠장.

어떻게 하루가 지나갔는지 모를 만큼 쏜살같이 지나갔다. 퇴근한 그녀는 방에 틀어박혀 그가 구해준 문제집을 읽고 풀고 머릿속에 집어넣고 있었다. 시각은 어느덧 새벽 한 시를 가리키고 있다. 기지개를 크게 켜고서 자꾸 감기는 눈을 비비는데 노크 소리가 들렸다.

"먹고 해."

어느새 테이블 위엔 치킨과 맥주가 그럴듯하게 자리 잡고 그녀를 유혹하고 있었다. 꼴깍, 고인 침이 저절로 넘어갔다.

"맛있겠다!"

나란히 앉은 두 사람은 맥주캔을 따서 허공에 건배했다. 야식의 꽃이라고 할 수 있는 치킨은 그녀가 제일 좋아하는 기름진 음식 중 하나다.

"안 주무셨어요?"

닭다리 하나를 야무지게 뜯으며 그녀가 물었다.

"자려고 했는데 출출해서."

"통했네요."

피식 웃음이 절로 나왔다.

"시험 준비는 잘 돼가?"

"워밍업이라고 하셨으니 떨어지면 완전 창피할 것 같아서 기를 쓰고 공부 중이에요."

쌜쭉하게 눈을 뜨고서 그를 노려보았다. 그가 표시해 둔 부분만 봐도 그럭저럭 턱걸이로라도 간신히 붙을 수도 있을 것 같기도 하다. 그래도 이왕 하는 거 제대로 해봐야 하지 않을까.

"그렇게 기를 쓰고 했는데도 떨어지면 그냥 떨어지는 것보다 더 창피하겠지?"

"사장님!"

"그러니까 꼭 붙으라고."

"꼭 붙고야 말겠어요."

의지를 불태운 그녀가 악을 쓰며 대답했다. 저렇게 얄밉게 속을 긁어대면 해내야만 할 것 같다는 의지가 저절로 생겨난다. 그것도 참 기이한 능력이다.

"마음에 안 들어."

"예? 뭐가요?"

고개를 비스듬히 한 그가 시무룩하게 대답했다.

"퇴근한 후에도 내가 사장님이야?"

"……아, 그럼 뭐라고 불러요?"

"지금 나한테 묻는 거야?"

고개를 끄덕이려다 간신히 참은 그녀는 고민에 빠졌다. 그럼 누구에게 물어볼까? 뒤틀린 표정으로 바라보는 그의 시선에 그녀는 눈동자를 이리저리 굴렸다. 호칭. 연인 사이에 부르는 호칭이라. 생각해 본 적이 없어 달리 뭐라고 불러야 할지 난감하다.

"……강이 씨?"

시선을 마주한 그녀의 입술이 새치름하게 열렸다. 수줍은 듯 양 볼을 붉히고서 부르는 그녀의 목소리에 강은 그녀의 턱을 움켜잡고는 제 입술로 뭉개 버렸다. 참을 만큼 참았다. 제어할 만큼 제어했고, 이성의 끈을 놓지 않는 선에서 그녀의 입술을 탐하면 된다. 미칠 듯 끓는 욕망을 지금까지 참은 것만 해도 대단한 일이라 여겼다. 뜨거운 숨결을 모조리 삼킬 듯 그녀의 입술 사이로 혀를 밀어 넣고는 이리저리 피하는 혀를 감아버렸다. 그녀의 입술 끝이 올라가는 게 느껴진다. 웃고 있는 모양이다. 한 손은 그녀의 뒤통수를 잡아 고정시킨 후 상체를 그녀와 가까이 했다. 그는 그녀를 번쩍 안아 제 무릎 위에 앉혀 버렸다. 놀란 듯 외마디 비명을 지른 그녀는 그의 목에 손을 두르곤 제법 진한 키스를 이어나갔다. 말 캉한 그녀의 혀가 그의 입안으로 들어와 장난을 치고 있었다. 가 는 그녀의 허리를 잡고 있던 그의 손은 등을 어루만지며 배회했 다. 갖고 싶다. 미칠 듯이 원한다. 안고 싶다.

엉클어진 숨 타래가 두 사람 사이에 머물렀다. 달짝지근한 입술 을 뗀 그가 나직하게 말했다.

"나도 내가 무슨 짓을 할지 몰라. 싫으면 싫다고 말해도 돼."

"……."

"지금이면 널 놓아줄 수도 있을 것 같으니까."

원하지도 않는 그녀를 억지로 안고 싶은 마음은 없다. 그녀에게 묻고 있다, 안아도 되겠냐고. 촉촉하게 젖은 입술만큼 눈동자도 젖어 있다. 그녀를 갈구하고 원하는 눈빛과 두려움이 깃든 눈이 마주했다. 하지만 그녀는 그를 놓지 않았다. 목을 두른 손에 힘을 주며 그의 입술을 덮쳤다. 대답보다 더 강한 그녀의 행동에 멈칫 했던 그의 손은 어느새 얇은 셔츠 안으로 들어와 브래지어 안을 파고들었다. 소담하게 부풀어 있는 가슴을 움켜쥐고는 하얀 목덜 미에 입을 맞추었다.

"……하아."

저절로 그녀의 입술에서 탄성이 터져 나왔다. 목덜미를 훑고 쇄 골로 내려온 입술이 뜨거워 데일 것만 같다. 처음 맛보는 이상한 기 분에 단단한 어깨를 붙잡은 손에 힘을 주었다. 브래지어 후크가 툭,

하고 열리자 거추장스러운 셔츠를 벗겨 버리곤 분홍빛 유두를 물었다. 한 손은 여전히 가슴을 주무르며 우뚝 솟은 유두를 손가락으로 툭툭 치며 간질였다. 그때마다 그녀는 허리를 비틀며 그의 목덜미에 얼굴을 묻었다. 그는 더 이상 참을 수 없다는 듯 그녀를 번쩍 안아 들고는 방으로 들어갔다. 조심스럽게 그녀를 침대에 눕히고는 그 위에 올라탔다. 추리닝 바지를 벗겨내자 그를 당황하게 만들었던 땡땡이 레이스 팬티가 눈에 들어왔다. 입술이 저절로 올라갔다.

"팬티 예쁘다."

"예?"

"저번에 나한테 집어 던졌던 팬티 맞지?"

"잊어달라니까요."

몸을 비틀며 끈덕지게 제 몸을 배회하는 그의 눈빛을 피하기 위해 이불을 끌어당겼다. 하지만 그는 그녀의 팔을 붙잡고는 더 이상 움직이지 못하게 만들었다.

"다이야."

"네."

"사랑해. 사랑해."

귀를 간질거리는 음성에 저절로 눈물이 터질 것 같았다.

"저도요. 저도 사랑해요."

손을 뻗어 그의 얼굴을 쓸었다. 이런 사람이 나에게 왔음을 정말 감사하고 다행이란 생각이 들었다. 그는 그녀만의 천국이 되어주고 있었다. 이젠 그가 없으면 어떻게 지내야 할지 두렵기만 하다. 따뜻하게 내려오는 입술이, 사랑한다고 말하는 그의 입술이 너무나 좋다. 그의 입술을 모두 가지고 싶다. 부드럽게 입술을 훑고 지나간 그는 그녀의 몸 구석구석 흔적을 채웠다. 점을 찍듯 아래로 내려간 그의 입술은 다리에서 발등까지 내려갔다. 그녀는 몸을 비틀며 부끄러워 몸 둘 바를 몰랐다. 그러다 급기야 그녀의 다리 사이를 벌려 그 안에 얼굴을 묻었다.

"……아, 자, 잠깐."

이미 늦은 후였다. 양손으로 다리를 벌려 고정시킨 후 꽃잎 안으로 혀를 밀어 넣었다. 다리를 오므리려는 힘이 느껴졌지만 멈추지 않고 꽃잎에 묻은 얼굴을 들지 않았다. 오히려 더 깊숙이 얼굴을 묻고는 안에서 나오는 액을 모두 들이마셨다.

미칠 것 같은 이 기분을 말로 표현할 수 있을까. 점점 안으로 깊숙이 들어오는 그의 입술에 몸이 부들부들 떨려왔다. 발가벗고 있는 것도 부끄러운데 그것도 모자라 은밀한 곳이 젖어가고 있으니 어찌해야 할지 몰라 그녀는 이불을 움켜쥔 손에 더욱 힘을 줄 뿐이다.

"예쁘다. 다 예뻐."

고개를 들고 말하는 목소리가 감미로웠다. 이미 나체인 그의 몸은 군더더기 없이 깔끔했다. 다이는 이불을 움켜쥐었던 손의 힘을 풀고 단단한 그의 가슴을 매만졌다.

꼿꼿하게 솟은 분신은 이제 안으로 들어가고 싶어 안달이 난 상태였다. 하지만 곧 터질 것 같은 욕망을 제어하며 그는 천천히 입구에다 문질렀다. 액이 흘러나오는 좁은 문에서 서성거리다 천천히 안으로 들어가기 시작했다. 고통스러운 듯 미간을 좁히는 그녀의 이마에 입을 맞추고는 더 깊은 곳까지 들어갔다.

"하악."

고통이 쾌감으로 바뀌는 것은 순식간이었다. 몇 번의 움직임에 곧 쾌감으로 바뀌더니 저절로 입에서 색정적인 신음 소리가 흘러나왔다. 질퍽거리는 살 부딪치는 소리와 서로의 숨결이 엉켜 내지르는 신음 소리만이 조용한 방 안을 가득 메울 뿐이었다. 서로를 바라보는 눈빛이 무엇을 원하는지 직감적으로 알 수 있었다. 원한다. 원하고 또 원한다.

"하아, 하아……."

상체를 숙여 그녀의 가슴을 입에 무는 그의 입김이 뜨겁게 달아올랐다. 한 손에 쥐어질 정도로 소담한 가슴은 끓는 욕망을 더욱 부채질하고 있었다. 가슴에서 점점 아래로 내려와 배꼽까지 입을 맞추는 동안 그의 머리카락을 매만지는 부드러운 손길이 느껴졌다. 온몸의 잔털이 비쭉 날을 세울 정도로 유혹적이다.

"하…… 사랑해요."

"나도…… 하악! 사랑해."

점점 움직이는 속도가 빨라지더니 절정에 달한 신음 소리가 두 사람 사이에서 터져 나왔다. 그리고 그는 그녀의 몸 위로 쓰러질 듯 덮치곤 말간 입술을 훑었다. 그녀의 눈은 촉촉하게 젖어 있었다. 사랑받고 있다는 기분에, 이렇게 자신을 사랑해 주는 이 남자를 더욱 사랑하게 된 것 같아 복받치는 감정을 추스를 수가 없었다. 강은 손끝에 묻어 나오는 촉촉한 물기를 슥 닦아주고는 이마, 코, 입술까지 정성껏 입을 맞추고 그녀를 품에 안았다.

오랜만이다, 이렇게 깊이 잠든 것은. 새벽에 꼭 한 번씩 깨곤 했는데 오늘은 아침까지 깨지 않았다. 눈을 뜨자 잔뜩 몸을 웅크린 채로 쌕쌕 숨소리를 내며 잠들어 있는 그녀의 얼굴이 눈에 들어왔다. 자는 모습은 이렇게 생겼구나. 가끔씩 눈썹을 꿈틀거리면서 깨지 않고 자는 모습이 사랑스러웠다. 자는 모습이 더 예쁠 줄이야.

머리카락을 쓸어 넘기고 뺨을 매만졌다. 보드라운 살결의 감촉이 손등에 전해졌다. 몸을 돌려 자는 그녀의 얼굴을 감상하다 몸을 바짝 제 몸 가까이 끌어당겼다. 그 바람에 졸음이 가득한 그녀의 눈이 깜박였다.

"미안, 깨워 버렸네."

"미안한 얼굴이 아닌데요."

불퉁한 어조로 대꾸하면서 그의 품에 얼굴을 깊이 묻었다. 나른한 그녀의 음성도 제법 듣기 좋았다.

"자는 얼굴 보고 있었어."

"창피해요. 보지 말아요."

"전에 자는 얼굴 보고 싶다고 말했지?"

품에 묻은 그녀의 얼굴이 끄덕거렸다. 자는 얼굴이 예뻐 보일 리 없다는 걸 누구보다 잘 알기에 얼굴을 들 수가 없었다.

"생각보다 볼만하던데. 꽤 조심성 있게 자나 봐. 침 자국도 없어."

"뭐, 뭐예요!"

주먹을 쥔 손으로 가슴팍을 치며 소리쳤다. 예쁘다는 말까지 바

란 건 아니지만, 침 자국 운운하는 건 아니지 않나. 지난밤 사랑을
나누고 같은 침대에서 막 일어난 여자에게 할 소리는 아니었다.
현재로선 침 자국이 없는 것에 감사할 따름이다.

"앞으로 쭉 내 옆에서 자."

"왜요?"

"자는 얼굴 보게. 눈 뜨자마자 자는 네 얼굴 보고 싶어."

카페 문 열어야 하는데 그녀와 조금만 더 이렇게 있고 싶어 늑
장 부리고 있었다. 보드라운 뺨을 손으로 쓸고, 머리카락을 쓸고,
동그란 어깨를 쓸었다. 예쁘지 않은 곳이 없어서 손이 저절로 멋
대로 움직이며 그녀를 탐하고 있다. 마지막으로 뺨을 잡고는 그대
로 입술을 훔쳤다. 끓는 뜨거운 숨결을 반쯤 벌린 입술 안으로 모
조리 집어넣고는 다른 손으로는 말랑한 가슴을 쥐었다.

"하아."

이미 흥분되어 있는 유두를 튕기자 그녀의 입에서 탄식 섞인 신
음이 터졌다. 더 이상 참지 못하겠다. 그녀를 다시 안고 싶어 미칠
지경이다. 눈앞에 있는 그녀를 모른 척할 수가 없다. 그녀를 똑바
로 눕혀놓고는 그 위로 올라 목덜미를 물어뜯을 듯 훔쳤다.

"······출근해야······."

"할 거야."

단박에 말을 자르고서는 이불을 벗겨낸 후 눈으로 그녀의 나신
을 훑었다. 겉으로 보기엔 너무나 왜소해서 깡마르기만 한 줄 알
았더니 아니었다. 가슴은 소담하면서도 적당히 풍만했고, 허리는
잘록해서 그녀를 안을 때마다 곧 부러질 듯 아슬아슬했다. 그의

시선이 부끄러운지 이불로 몸을 숨기려 했지만 그의 손에 의해 저지당했다. 그는 쇄골부터 천천히 입을 맞추며 아래로 내려왔다. 가슴, 배꼽, 종아리에 이어 발등까지 입을 맞추었다. 뜨거운 열꽃이 피는 것처럼 그녀의 몸은 뜨겁게 달아오르고 있었다. 잔뜩 오므린 다리를 벌려 손가락으로 겉을 문질렀다. 그러자 액이 흘러나와 손가락이 축축해졌다.

"하앗!"

"힘 빼."

단단하게 솟은 분신은 좁은 입구로 또다시 들어가기 위해 안간힘을 쓰고 있었다. 하지만 얼마 지나지 않아 뜨거운 안으로 들어가 쾌감을 느꼈다.

"하아."

허리를 움직일 때마다 조여오는 그녀의 내부는 뜨겁고 강렬했다. 멈출 수가 없었다. 그녀 또한 아찔한 기분이 바이킹을 타는 것같이 어지러웠다.

"핫."

침대 위에서 꿈틀대던 그녀의 손은 그의 단단한 복부를 어루만지고 있었다. 이 남자 몸은 이렇게 생겼구나. 자기관리가 이렇게 철저한 사람이었구나. 또다시 실감하게 해주는 잘빠진 몸매이다. 한차례의 폭풍이 몰아친 후 쾌락이 점점 잦아들 때쯤 그의 몸이 그녀의 몸 위로 떨어졌다. 숨을 몰아쉬자 숨결이 닿는 귓불이 뜨겁게 달아올랐다. 그녀는 손을 들어 그의 등을 가만히 쓸었다.

사랑한다, 사랑한다, 사랑한다.

이 또한 지나가리라.

지나고 또 지나도, 사랑한다, 사랑한다, 사랑한다.

주춤했던 마음이, 불안했던 감정이 조금씩 사라지는 기분이다. 지나고 또 지나도 지금과 같을 거란 걸 이제야 알겠다.

"늘 소중히 할게."

귀에 대고 속삭이는 그의 목소리가 귓가를, 그리고 심장을 간질였다. 진심 어린 목소리에 가슴이 벅차올라 저도 모르게 눈가가 젖어버렸다. 소중히 한다는 말이 이렇게나 눈물이 날 정도로 따뜻한 말이란 걸 깨달았다.

나도 당신을 늘 소중히 할게요. 그럴게요.

∗

평소보다 조금 늦게 카페 문을 열었다. 서둘러 청소를 하고 오픈 준비를 마친 두 사람은 서로를 보며 다정하게 미소 지었다. 조금 더 가까워진 것 같은 기분에 서로를 알아가고 있다는 사실이 기뻐서 저절로 미소가 그려졌다.

에스프레소 머신기를 점검하는데 주머니에 넣어두었던 핸드폰에서 진동음이 울려 행주를 내려놓고 핸드폰을 꺼냈다. 발신인을 확인한 그의 낯빛이 어두워졌다. 잠깐 고민하다 창고로 들어가 통화버튼을 눌렀다.

"네, 윤 비서님."

〈도련님, 회장님 내일 귀국하십니다.〉

느닷없는 통보. 거기다 최 회장의 귀국 소식은 그에게 있어 더이상 반가운 소식이 아니었다. 한숨이 입 끝에 걸려 있다가 나지막이 터졌다.

〈도련님, 듣고 계십니까?〉

"도련님 소리 좀 집어치우라고 몇 번 말합니까?"

되레 윤 비서에게 애꿎은 화풀이를 하고야 말았다. 도련님. 그가 제일 듣기 싫어하는 호칭. 본가에 있을 때마다 지겹도록 듣던 말이라 별 감흥이 없는 호칭이기도 하지만, 바리스타가 되기로 결정했을 때 이미 도련님 자리도 내놓았다. 듣기 싫다.

〈하, 하지만……〉

"몇 시 비행기입니까?"

〈한국 도착 시각이 오후 두 시입니다.〉

"어머니도 같이 귀국하십니까?"

〈부회장님께서는 프로젝트 때문에……〉

아무렴, 일이 먼저겠지. 강은 늘 그렇듯 담담하게 대답했다.

"픽업은 못 나갑니다."

뚝. 비명을 질러대는 윤 비서의 목소리를 외면한 채 멋대로 전화를 끊었다. 벽에 기대 머리를 헝클었다. 언제부터였나. 아버지가 귀국을 해도 더 이상 기쁘지 않게 된 게. 반갑지 않게 된 게 언제쯤이었나. 생일날 맞춰 초를 불었던 날이 있던가. 늘 생일 전후로 일주일쯤 부모님의 스케줄에 맞춰 보내곤 했으니 그게 당연시되었다. 이번에도 생일날 맞춰 귀국한다고 온 게 며칠 늦은 모양이다. 그렇겠지, 바쁘신 회장님인데.

그런데 왜 하필 지금인데?

문득 아무것도 모르고 있을 그녀가 걱정되었다. 분명 가만히 계실 분이 아니다. 그녀를 마음에 들어 하지 않을 거란 사실을 누구보다 잘 알고 있다. 상처가 될 만한 말만 골라서 무차별로 공격할 것이 뻔했다.

"그러기만 해봐, 가만 안 둘 테니까."

각오를 다진 그가 밖으로 나오는데 그녀가 화장실로 들어가는 게 보였다. 다시 행주를 들고 머신기 청소를 하는데 카페 문이 열리고 현우가 들어왔다.

"윤 비서가 질질 짜며 전화하더라."

강은 신경질적으로 행주를 집어 던졌다.

"그새 너한테 전화했어?"

"내일 저녁 시간 비워두라던데?"

"내가 왜?"

"회장님 명령이겠지."

"회장이면 다야? 자기 멋대로야."

낮게 투덜거리면서도 그냥 지나칠 수가 없다. 오랜만에 귀국하는 아버지이다. 만약 시간을 비워두지 않으면 가게로 찾아올지도 모른다. 지루한 걸 싫어하는 양반이니까.

"어쩔 거야?"

"무시할까?"

강은 턱을 쓸면서 개구진 표정으로 반문했다. 현우는 그것도 좋은 생각이라고 같이 맞장구를 쳤다.

"같이 안 갈래?"

오랜만에 놀릴 거리가 생겼다. 아버지 앞에서 바짝 얼음이 된 현우의 얼굴을 구경하는 것도 꽤 재미있을 거란 생각이 들었다. 역시나 녀석은 말뿐인데도 적나라하게 드러난 싫은 표정을 숨기지 못했다.

"꺼져."

획 하고 단박에 손을 뿌리치는 현우의 행동에 강은 웃음이 터졌다.

"그렇게 쫄아서 어쩔래?"

"긴장한 거야, 인마."

"긴장이란다."

잔뜩 비아냥거리며 있는 대로 현우를 놀려주었다.

"그래서 어쩔 건데?"

"어쩌긴 뭘? 당연한 걸 묻는다."

화장실에서 나오는 다이를 보며 현우가 걱정스러운 표정을 숨긴 채 강을 바라보았다. 그 눈빛이 무엇을 의미하는지 알고 있다.

"정면 돌파."

"뭐?"

"재미있겠지? 구경하러 너도 와라."

무슨 속셈인지 가늠할 수 없는 표정으로 여전히 실없는 농담처럼 말하고 있다. 하지만 강은 진심이었다. 그녀를 반대한다면 가만있지 않을 것이다. 상처 준다면 받은 만큼 돌려줄 것이다. 이제야 겨우 생긴 소중한 사람이니 지켜야겠다. 윤 비서의 말을 전해

주고는 현우는 카페에서 나갔다.

"고 사장님이네요? 무슨 얘기 했어요?"

현우가 나가는 뒷모습을 바라본 그녀가 궁금한 얼굴로 물었다.

"별 시답지 않은 얘기."

"예?"

"아버지가 귀국하신다네."

남 얘기 하듯 그가 말을 툭 뱉었다. 목이 까끌하다. 별로 좋지 않은 기분에 이마를 찡그렸다.

"언제요?"

"내일."

"그런데 표정이 왜 그래요?"

"내 표정이 어떤데?"

반문하면서도 거울로 확인하지 않아도 알 것 같았다. 오랜만에 부자 상봉하는 아들의 표정이 먹구름이 잔뜩 낀 것처럼 어두울 테니까.

"구려요."

"뭐?"

"말로 표현하기 어렵지만, 구려요."

구리다. 그 말을 어떻게 해석해야 할까. 그녀의 입에선 구리다는 말밖에 나오지 않았다. 하지만 표정이 썩 좋지 않다는 건 알겠다.

"내일 아버지 뵈러 가야겠네요."

"그래야겠지."

"뭐 하실 거예요?"

꼭 뭘 하겠다고 계획을 세운 것은 없었다. 온다 하니 만나는 것뿐이다. 늘 그래 왔다. 당황한 그가 대답을 머뭇거리다 뒤늦게 입을 열었다.

"저녁이나 먹겠지, 뭐."

"오랜만인데 같이 쇼핑도 하고 영화도 보고 그러지 않고요?"

"됐어."

생각만 해도 오글거린다. 말없이 서로 시선조차 주지 않고 백화점 한 바퀴를 도는 장면을 떠올리며 고개를 내저었다.

"사장님이 만든 커피 드셔본 적 있어요?"

"없을걸?"

"왜요? 굉장히 감동하실 것 같은데."

"감동? 퍽이나. 그런 걸로 감동할 양반이 아니야."

바리스타가 된다고 했을 때 혀를 쯧쯧 차며 정강이를 걷어찼던 아버지를 떠올렸다. 무지 아팠다. 아파서 주저앉고 싶었지만 죽을 힘을 다해 참았다. 그걸 보면서도 눈 하나 깜짝 안 한 양반인데, 커피 한 잔에 감동의 눈물을 바라는 건 과욕이다.

"내가 한 말 기억하지?"

그녀의 어깨를 바로잡은 그가 진지한 얼굴로 입을 뗐다.

"쫄지 말라고 한 거요?"

"잘 기억하네."

"걱정 말아요. 사장님 앞에서도 기죽지 않은 나예요."

"그래, 잘하고 있어."

머리를 쓰다듬으면서도 걱정 어린 시선으로 그녀를 바라보았다. 아무리 강한 그녀라 해도 걱정이다. 겉으론 아무렇지 않은 척하지만 사실은 속이 많이 여린 여자다. 때론 그게 참 안쓰럽다. 늘 소중히 하겠다고 말했다. 그 말은 꼭 지킬 것이다.

15. 당신은 참 고마운 사람

H호텔. 회전문을 통과하자 윤 비서가 반갑게 아는 체를 해왔다.

"도련……."

험악하게 변하는 강의 표정에 윤 비서는 곧장 입을 다물었다. 강은 문책하는 걸 그만두고 귀찮은 표정으로 입을 꾹 다문 채 라운지 안으로 걸음을 옮겼다.

"이번엔 얼마나 계십니까?"

"미정입니다."

뚝, 걸음을 멈추고는 찌를 듯한 시선으로 윤 비서를 쳐다봤다. 바지 주머니에 찔러 넣은 손가락이 꿈틀댔다. 이유를 묻는 그의 표정에 뒤늦게 변명을 하듯 윤 비서의 입이 열렸다.

"바쁜 일정도 끝나셨고, 한국에서 잠시 휴식을 취하신다고 하십니다."

"……그렇습니까?"

무슨 꿍꿍이지? 휴식을 취하러 귀국하셨단 말이야? 그럼 꽤 오붓한 부자 상봉을 기대해도 되겠는데. 마른침을 삼키는 입안이 모래를 씹는 것처럼 까끌하다. 불쾌한 표정을 지우곤 턱을 쓸며 윤 비서가 안내한 곳으로 걸음을 옮겼다. 최 회장은 창가 쪽 햇빛이 잘 드는 끝자리에 앉아 있었다. 현재로선 어두운 그림자만이 창문에 비춰질 뿐이다. 최 회장은 커피잔을 앞에 두고 전화 통화 중이었다. 직접 눈으로 확인하지 않아도 최 회장이 주문한 커피는 다크 로스팅한 아메리카노일 게 뻔했다.

가까이 걸어오는 강을 확인한 최 회장은 전화를 끊고는 커피잔을 들었다.

"커피는 식사 후에 마시지 않고요?"

강의 말에도 불구하고 최 회장은 그대로 커피잔을 입에 가져다 댔다. 하지만 곧 미간을 좁히고는 커피잔을 내려놓았다. 늘 마시던 커피가 아니라 입에 맞지 않는 모양이다. 한 모금 마신 후 그대로 입에 대지 않을 게 훤히 보였다. 이렇게 될 걸 뻔히 알면서 입에 맞지도 않은 커피를 주문하는 최 회장의 고집은 이해할 수 없었다.

"오랜만에 본 아버지한테 하는 인사치고는 나쁘지 않은 조언이구나."

"이번엔 오래 계신다면서요. 계속 호텔에 계실 겁니까?"

본가에 내려가지 않겠냐고 묻는 말이다. 본가는 윤 비서가 관리하고 있어 오랫동안 홀로 방치된 집이라고는 보이지 않을 정도로 깨끗하게 보존되어 있었다. 짧은 기간 동안 한국에 머무를 일이 많아 그동안은 본가 대신 호텔에서 묵었지만, 언제 다시 출국할지 모르는 상황에서 호텔보다는 본가에서 지내는 게 더 편안하지 않을까 싶었다.

"혼자 지내기엔 호텔이 편하지."

툭 내뱉은 최 회장의 대답은 말하는 사람의 의중을 꿰뚫고 있는 듯했다. 강은 더 이상 말하지 않고 슬쩍 최 회장이 마시다 만 커피에 시선을 던졌다. 미지근하게 식은 커피는 향미를 잃은 지 오래였다.

조금 후, 직원이 다가와 메뉴판을 내밀었다. 강은 메뉴판을 눈으로 훑다 늘 먹던 스테이크를 최 회장의 것까지 주문했다.

"얼음 가득 넣은 냉수 한 잔도 부탁합니다."

한겨울인데도 속이 탔다. 무슨 생각을 하고 있는지 가늠할 수 없는 최 회장의 낯빛은 페이스를 유지한 채로 신문을 보고 있었다. 강은 직원이 갖다 준 냉수 한 잔을 들이켜곤 얼음을 와그작 씹었다. 산산조각 난 얼음 조각을 삼키곤 입을 열었다.

"신문 보는 시간이 늦었네요."

"그래, 오늘은 좀 늦었구나. 여러 가지로 바빴으니."

마지막 장까지 다 본 신문을 접어 윤 비서에게 건넸다. 오랜만에 하는 부자 상봉치고는 오고 가는 대화 속에 감정이 없다. 속을 알 수 없는 날카로운 눈빛을 피한 강은 주문한 스테이크로 시선을 향했다. 두 사람 사이엔 고요한 침묵이 자리 잡았다. 스테이크를 썰고 입에 넣으며 강은 그녀 생각을 했다. 오늘 최 회장을 만나러 오기 위해 일찍 가게 문을 닫았다. 혼자 집에 있을 그녀를 떠올리자 걱정이 되었다. 문단속은 잘 했을까, 저녁은 먹었을까, 지금쯤 잠들었을라나 하고 생각하며 손목시계로 시각을 확인했다. 아직 잠자리에 들기엔 이른 시각이다. 늦으면 기다리지 말고 먼저 자라고 말했지만, 강은 그녀가 잠들기 전에 집으로 가고 싶었다. 기다리다 잠든 모습은 보고 싶지 않았다. 갑자기 그녀가 미치도록 보고 싶었다. 하루 종일 붙어 있다 잠깐 떨어져 있어서 그런지도 몰랐다.

"약속 있는 거냐?"

"아닙니다."

"표정이 부드러워졌구나."

스테이크를 입에 넣은 최 회장의 입에서 생각지도 못한 말이 튀어나왔다. 지금까지 한 번도 이런 얼굴을 한 아들을 본 적이 없다. 초조한 얼굴로 시계로 시각을 확인하는 강의 얼굴엔 걱정이 서려 있었다. 창밖으로 시선을 던진 아들의 입매가 슥 올라가는 것을 보며 최 회장의 입에도 비슷한 미소가 걸렸다 사라졌다. 미소 짓는 아들의 얼굴은 정말 오랜만이었다. 조금 더 보고 싶었지만 당황한 표정으로 바라보는 눈빛과 마주쳤다.

"그 애 때문이냐?"

직접적인 물음에 강은 아랫입술을 꾹 깨물었다. 포크와 나이프를 내려두곤 냅킨으로 입 주변을 닦았다. 알고 있을 줄은 몰랐다. 그리고 이렇게 물어볼 거란 생각도 하지 못했다. 얼마나 어디까지 알고 있는지 모르겠으나 뒷조사를 당한 기분은 썩 유쾌하지 못했다.

"아들 뒷조사까지 하십니까?"

"맞는 모양이구나."

서슬 퍼런 눈동자로 묻는 목소리에 최 회장은 확신했다. 귀국하고 나서 바로 강의 카페에 갔었다. 들어가 보지 않고 차를 세워두고 밖에서 잠깐씩 비치는 아들의 얼굴을 바라보았다. 잘 지내는 모양이다. 가끔씩 보여주는 미소에 최 회장은 그 옆에 있는 여자에게로 시선이 닿았다. 종업원인 듯 보이는 여자는 계산을 하면서 힐끔 강을 쳐다보며 같은 표정으로 서로를 바라보고 있었다. 최 회장은 곧바로 윤 비서에게 여자에 대해 알아보라고 지시했다. 그리고 프로필을 확인한 최 회장의 표정이 어둡게 변했다.

"네, 지금 만나고 있는 여자 있습니다. 사랑하는 여자입니다."

"그렇다고 집까지 들여?"

"아버지."

자초지종을 설명하려다 강은 입술을 다물었다. 노한 최 회장의 눈썹이 날카롭게 변했다.

"너답지 않은 행동이었어."

"절 제대로 봐주신 적이 있기나 합니까?"

"멍청한 놈."

"그 녀석은 절 제대로 봐줍니다. 있는 그대로 봐주고 인정해 줍니다. 아버지는 그런 적 있으십니까?"

바리스타가 된 이후로 어떤 대회에 나가 우승을 차지해도 칭찬에 인색한 아버지였다. 늘 못마땅하게 여겼고, 그만두길 바란다는 걸 알고 있었음에도 그런 아버지한테 인정받고 싶었다. 그런 마음을 알지도 못하면서 너답지 않은 행동이라니.

"그래서 결혼이라도 할 셈이냐?"

"한다면요?"

"반대한다면?"

"그래도 해야죠. 제가 언제 회장님 말씀 잘 듣는 아들이었습니까? 아들에 대해 너무 모르십니다."

지체 없이 자리에서 일어난 강은 고개를 까닥하곤 뒤돌았다.

"너도 아버지에 대해 너무 모르는구나."

뒤통수에 꽂힌 나직한 음성에 걸음이 멈추었다. 반쯤 몸을 돌려본 최 회장은 언제나 그렇듯 여유 넘치는 모습이었다. 느긋하게 냅킨으로 입을 닦고 물을 마시고는 의자에서 일어났다. 불같이 언성을 높이며 협박을 하는 것보다 훨씬 위협적이었다. 가타부타 말도 없이 대면했을 때처럼 두 부자는 서로 멀어져 갔다.

가만히 계시지 않겠다?

선전포고인 셈이다. 대놓고 마음에 들지 않다고 말하고 있다.

왜 궁금하지 않은 걸까. 문득 그런 생각이 들었다. 처음으로 아들이 사랑하는 여자가 있다고 말했는데 어떤 사람이냐고 묻는 대신, 불쾌한 표정으로 바라보고 있었다. 처음이었는데, 이렇게 말하는 게 마지막이 될 텐데 어째서 궁금해하지 않는 걸까. 왜 알려고 하지 않는 걸까.

"당신 아들이 사랑하는 여자가 생겼다잖아."

그냥 어떤 사람이냐고 물어봐 주면 안 되는 거였어? 반대가 먼 저가 아니라. 늘 아버지 멋대로지.

집으로 돌아왔을 땐 소파에 기대 잠들어 있는 그녀와 마주하고 말았다. 테이블엔 문제집이 펼쳐져 있고 손엔 펜을 꼭 쥔 채로 웅 크려 있다. 잠들기 전에 오려고 했는데 결국 늦어버렸다. 그리고 기다리게 해버렸다. 기다리지 말라고 했건만, 이렇게 소파에 앉아 잠들어 있는 모습을 보게 하다니.

"일부러 그러는 거야?"

무릎을 꿇고는 손가락으로 그녀의 코를 튕겼다. 그녀는 미간을 좁히더니 곧 깊이 잠들었다. 이렇게 예쁜 여자를 반대하다니. 사 람 보는 눈이 도대체 어디에 달렸는지 모르겠다. 꼭 쥔 손에서 펜 을 빼어내고는 그녀를 번쩍 안아 방으로 들어갔다. 이불을 가슴께 까지 덮어준 후 침대에 걸터앉아 머리카락을 쓸었다.

누구보다 치열하게 사는 여자다. 최선을 다해 하루하루를 살아 가고 있는 이 여자가 자랑스러울 따름이다. 잘 웃고 씩씩하지만, 눈물도 많고 여린 여자. 강한 척해도 가끔은 안쓰러운 여자가 강 다이다. 내 여자 강다이. 보듬어주고 싶고, 이끌어주고 싶고, 안아 주고 싶은 여자, 내 여자 강다이. 그리고 누구보다 사랑스러운 여 자. 정말 사랑하는 내 여자.

이만큼 사랑하니까 반대해도 소용없다.

이불 속으로 들어가 그녀 옆에 누웠다. 손으로 뺨을 쓸고 머리 카락을 쓸다 뺨에 입을 맞추었다. 품 안 가득 그녀를 안고서 눈을 감았다.

잠에서 깨 창밖을 바라보았다. 아직 날이 어둑한 걸 보니 새벽인 모양이다. 자욱하게 어둠이 드리워져 있는 창밖에서 시선을 떼 여전히 깊은 잠에 빠져 있는 그녀를 사랑스러운 눈길로 바라보았다. 누가 업어가도 모를 만큼 그녀는 한 번 잠들면 어지간해서는 일어나지 않는 타입이었다. 뭐, 그래서 그녀의 이곳저곳을 탐하는 게 재미있기도 하다.

가만히 등을 쓸던 손길이 그녀의 얇은 옷자락 안으로 들어갔다. 맨살에 닿는 촉감이 부드러워 절로 미소가 지어진다.

"흐음."

위로 올라가려는 손길을 그녀가 막았다. 졸음 가득한 눈길로 콱 막힌 헛기침을 내뱉는 모습이 제법 귀엽게 보였다.

"깼어?"

"너무 양심 없어요. 자는데 이러기예요?"

"무딘 네 잘못이야. 자는데 업어가도 모르겠더라."

"그래서 뭐 하고 있었어요?"

쌜쭉하게 눈을 흘긴 그녀가 옷자락에서 손을 꺼내 보이며 심드렁하게 물었다.

"그냥 혼자 재미있게 놀고 있었어."

뺨에 입을 맞추며 허리를 안았다.

"저녁 식사는 잘 했어요?"

"응."

대답을 하며 그의 입술은 어느새 그녀의 목덜미로 향해 있었다.

어느새 셔츠를 벗겨 버리고 브래지어를 들어 올려 손에 쥐었다.

"하아."

잠이 묻어나는 신음 소리가 매력적이다.

"보고 싶었어."

살짝 벌어진 입술을 훑으며 미소 지었다. 잠깐 떨어져 있었을 뿐인데 그리웠다. 그녀가, 그녀의 품이. 바지를 벗기고 팬티까지 벗겨 버린 그는 손가락으로 그녀의 꽃잎을 문지르고 가슴에 얼굴을 묻었다. 그녀의 살 냄새가 코를 간질였다. 기분 좋게 만드는 냄새.

단단하게 솟은 분신을 그녀의 손으로 만지게 했다. 그가 이끄는 대로 그녀는 여전히 어색한 손길로 그의 분신을 손으로 애무했다. 신기하게도 손이 닿자마자 더 꼿꼿하게 솟아오르고 있다.

"네 냄새가 너무 좋아."

그녀의 복부에 입을 맞춘 그의 목소리는 늘 그렇듯 감미로웠다. 끓는 욕망을 제어하며 내부로 들어간 그의 분신은 쾌감에 충만하게 젖어들어 갔다. 그녀가 주는 것은 몸으로 주는 쾌감뿐만이 아니라 사랑이었다. 온전히 내 것인 그녀의 사랑. 그게 기분 좋게 만들었다.

그녀의 내부에서 에너지를 모두 쏟은 기분이다. 그대로 풀썩 쓰러져서는 그녀를 꽉 안았다. 말없이 등을 쓸어주는 그녀의 손길을 가만히 받아냈다.

"나 달에 가보고 싶어요."

"달?"

"거긴 한 번 발자국을 찍으면 내가 죽을 때까지 안 지워진대요.

현재 열두 명의 발자국이 있대요. 신기하죠?"

동그랗게 말아 쥔 주먹을 그의 가슴에 올려놓은 손 뒤로 따뜻한 손이 겹쳐졌다. 손가락을 만지작거리며 그의 손이 장난치고 있다.

"차라리 에베레스트 정상에 올라가 깃발을 꽂아. 거기도 현재 몇 명 안 될걸?"

반짝이는 눈으로 감성에 젖어 있는 그녀완 달리 그는 심드렁하게 대꾸했다. 이렇게 낭만이 없는 사람 같으니. 그녀는 그의 손에서 제 손을 빼내며 입술을 삐쭉 내밀었다.

"애당초 내가 해줄 수 있는 범위 내에서 요구해야지. 달에 데려가 달라고 아무리 졸라도 못해주잖아. 나 참, 욕심도 많아."

"내가요?"

바짝 그의 얼굴 가까이 다가간 그녀가 말도 안 된다는 듯 반문했다.

"그렇잖아. 나란 놈의 세상을 가져가 놓고는 달에 가고 싶다니, 욕심이……."

하늘을 찌르잖아.

하던 말은 그녀의 입안에서 사라졌다. 입술 끝을 말아 올린 그녀의 입술이 느껴졌다.

그는 이렇다. 늘 이렇게 다시금 새겨준다. 불안하지 않도록, 주춤하지 않도록 잡아당긴다. 아는 듯 모르는 듯 여우처럼 당신이 내 남자임을 다시금 새겨준다. 그러면 나는 또 못 이기는 척 다가갈 수밖에.

＊

　손님이 없는 한가한 오전 시간. 나른한 햇볕이 투명 유리창 너
머로 들어와 다이의 뺨에 닿았다. 겨울이긴 하지만 한파 특보가
한차례 다녀간 뒤로 겨울치곤 제법 따뜻한 날씨가 이어지고 있었
다. 이런 날, 아버지를 뵈러 가면 얼마나 좋을까. 그러나 그건 어
디까지나 저의 생각이니 그에게 강요할 수 없었다. 머신기에서 커
피를 뽑아 건네는 그의 얼굴엔 잡념이 많아 보였다.

　"오늘은 아버지 뵈러 안 가요?"

　"생각 중."

　"무슨 생각?"

　커피잔을 들고 한 모금 마시자 피곤이 눈 녹듯 사라지는 기분이
다. 질문을 던진 그녀는 자물쇠로 입을 채운 양 집요하게 닫혀 있
는 그를 바라보다 피식 웃었다.

　"할까, 말까. 갈까, 말까."

　"무슨 대답이 그래요?"

　"……이렇게 고민해도 역시 돌직구밖엔 없지."

　여전히 알아들을 수 없는 말. 그래도 그가 생각을 정리한 것만
큼은 알겠다. 말하는 그의 표정이 한층 밝아졌다.

　"아버지 뵈러 갈 거야."

　흔들림 없는 눈빛으로 바라보며 강은 그녀의 손을 잡았다. 절대
놓지 않을 것이라 다짐했던 그녀의 손을 맞잡은 뒤 말을 이었다.

　"너와 같이."

"저와 같이요?"

휘둥그레진 눈동자로 반문하는 그녀는 놀란 듯 보였다.

"사랑하는 여자 생겼다고 말씀드렸어. 당연히 소개시켜 드려야지."

"……뭐라세요?"

불안한 눈동자로 그녀가 물었다. 잠깐의 침묵이 이어지자 그녀는 조급한 마음에 그의 팔을 붙잡고 채근했다.

"솔직히 말해도 돼요."

"쉽지 않을 거야. 내 아버지지만 고집스러운 양반이라 웬만해서는 정한 마음 돌리는 법이 없지. 그래도 밀어붙일 거야."

"예상했어요."

실망했지만 그래도 불편한 마음은 어쩔 수가 없다. 이미 드러난 표정을 애써 감추며 그녀가 웃었다. 그런 그녀의 볼을 쭉 잡아당긴 그가 그녀를 품에 안았다.

"그렇게 웃지 마. 미안해지잖아."

"조금 화나요, 내 겉모습만 보고 반대하는 것 같아서."

"가서 보여줘, 네가 얼마나 반짝거리는 여자인지."

"내가 반짝거려요?"

그의 품에서 나온 그녀가 눈을 동그랗게 뜨곤 물었다. 기분 좋은 칭찬은 언제나 확인하고 싶어진다.

"반짝거려. 처음엔 몰랐는데 자꾸 반짝거려서 시선이 가. 쳐다보게 돼."

"고마워요."

그의 허리를 바짝 끌어안은 그녀는 그의 가슴에 얼굴을 묻었다.

"뭘?"

"내가 반짝거리는 여자라는 걸 알게 해줘서."

"이젠 아버지한테도 보여줘. 분명 마음에 들어 하실 거야."

가슴에 묻은 채로 고개를 끄덕였다. 추락했던 자신감이 상승하고 있다. 그의 한마디에 거짓말처럼. 언제 그랬냐는 듯 잘할 수 있을 것 같다.

당신은 참 고마운 사람.

＊

고급스러운 한정식 집 외부를 훑는 눈이 바쁘게 돌아간다. 그가 잡아끄는 손이 아니었다면 고풍스러운 한옥 외부에 한참 동안 감탄하고 있었을 것이다. 예약된 방으로 안내해 주는 종업원은 계량한복을 입고 있었고, 바닥은 짙은 갈색의 고급스러운 나무로 되어 있다. 군데군데 도자기가 전시되어 있는데 꽤 값이 나가 보였다.

"다이야, 쫄지 마."

잡은 손에 힘을 주며 말하는 목소리가 꽤 긴장한 듯 보였다. 정장을 입은 그의 모습은 평소와 비교가 안 될 정도로 멋있었다. 비딱해진 넥타이를 정리해 주며 미소 지었다.

"나 배고파요. 들어가요."

긴장이 안 된다면 거짓말이겠지. 그보다 더 떨고 있는 게 저니까. 하지만 내색하지 않기 위해 오는 내내 차 안에서 혼자 얼마나 떠들었던가. 그 모습을 떠올리자 괜히 피식 웃음이 새어 나왔다.

종업원이 열어주는 방 안으로 들어가자 김이 모락모락 나는 찻잔을 들고 있는 최 회장이 보였다. 한 모금 차를 마시더니 문이 열리는 쪽으로 시선을 돌렸다. 아들보다 그 옆에 있는 낯선 여자에게 시선이 먼저 닿은 최 회장의 눈길은 전혀 반가운 기색을 찾아볼 수가 없었다. 다이는 허리를 숙여 인사를 했다.

"처음 뵙겠습니다. 강다이라고 합니다."

"앉아라."

기회를 준다면 자기소개까지 할 수 있을 정도로 최 회장을 만나기 위해 만반의 준비를 다한 그녀였다. 그런데 그 노력이 무색하리만큼 최 회장은 별 관심 없는 표정으로 찻잔을 내려놓았다. 그 모습에 발끈한 강의 표정을 읽은 그녀가 그의 손을 꼭 쥐었다. 그녀의 표정이 절실하게 말하고 있었다, 가만히 있으라고.

두 사람의 앞에 비어 있는 잔에 따뜻한 차가 채워졌다. 곧 식사를 들이겠다며 직원이 방에서 나갔다. 고요하고도 무거운 침묵이 조용히 자리 잡고 있다. 이렇게 긴 침묵을 지키는 것이 강과 많이 닮았다고 생각했다. 처음 카페에서 일하게 되었을 때 하루에 열 마디 이상 나눠본 적이 없었다. 이런 침묵쯤엔 익숙했다. 날카로우면서도 차가운 표정은 그를 떠올리게 만들었다. 한마디 들었을 뿐인데 느껴지는 위압감은 대단했다. 목소리는 무겁고 표정은 살벌해서 감히 뭐라 말을 꺼낼 수가 없었다. 거기다 처음 보는 낯선 사람에게 세우는 적대심이 느껴졌다. 그 적대심을 어떻게 무너뜨리는지 그녀는 이미 알고 있었다.

"정말 뵙고 싶었습니다, 회장님."

"어째서?"

"이 사람을 있게 만든 분이시니까요."

날카로운 시선으로 바라보는 눈빛이 피하고 싶을 만큼 두려운데 그녀는 피할 수가 없었다. 오히려 똑바로 응시하며 최 회장이 묻는 말에 떨리는 음성을 감추며 대답했다. 여전히 두려운 건 변하지 않았는데 그를 만나게 해준 분이라는 생각이 들자마자 긴장이 풀리는 듯했다.

"뭐, 그렇기도 하겠군."

의미를 물어보려던 찰나, 종업원이 노크를 하곤 안으로 들어왔다. 그리곤 테이블엔 한가득 먹음직스러운 음식이 채워지기 시작했다.

"드세요, 아버지."

최 회장이 수저를 드는 것을 확인한 그와 그녀도 수저를 들었다. 먹음직스러운 한국 전통 음식들로 채워지자 어느 것부터 손을 대야 할지 난감했다. 김치만 해도 종류가 세 가지였고, 그 외에 노각무침이라던가 신선로 등 반찬이 굉장히 푸짐했다.

"부모님은?"

느닷없는 최 회장의 질문이다. 약간 아픈 부분이긴 하지만 그녀는 애써 담담하게 물음에 대답했다.

"아빠는 제가 중학교 때 교통사고로 돌아가셨습니다. 엄마는 현재 요양원에서 생활 중이시고요. 형제나 자매는 없습니다."

"어머니의 요양원 생활, 이유가 뭔가?"

"아버지!"

알고 있음에도 캐묻는 최 회장은 정말 잔인했다. 언성을 높였지만 여전히 잡은 손을 꼭 쥐는 그녀 때문에 더 이상 말을 할 수가 없었다.

"정확히 말하면 엄마는 치매 환자입니다. 아빠가 사고로 돌아가시고 나서 그렇게 되셨어요."

"그럼 어머니는 자네 혼자 돌보는 건가?"

"네, 형제자매도 없을뿐더러 엄마의 상태가 악화된 게 저에게도 책임이 있기 때문에 제가 책임을 져야 한다고 생각합니다."

아픈 곳만 찌르는 칼날은 잔인하고 고통스러웠다. 하지만 거짓말을 하고 싶지도 않고, 이미 그도 인정해 주고 감싸준 부분이기 때문에 부끄럽다고 생각하지는 않았다. 그냥 옛 기억을 떠올리는 가슴 한구석이 욱신거릴 뿐.

"꽤 힘들었겠군."

"회장님께서 절 측은하게 보실 만큼 힘들진 않았습니다. 힘들었지만 단연코 헛된 시간이라고 생각하지 않으니까요."

"훗. 정말 힘들면 일어나지도 못하는 법이지. 신음 소리조차 못내. 자네는 아직 견딜 만한 거지."

그녀의 말을 잔뜩 비꼬며 최 회장이 말을 받아쳤다. 그녀보다 더 오랜 인생을 살며 인생의 단맛부터 쓴맛까지 골고루 맛봐온 최 회장이다. 그런 그 앞에서 그녀의 말은 그저 투정쯤으로밖에 보이지 않았다. 어린 나이에 혼자가 되어 치매 환자인 어머니를 돌보며 살아온 것은 기특하다. 효심은 존경할 만하다고 생각한다. 하나 그것뿐이다. 그것만으로 그녀를 허락할 수는 없었다. 살아온 배경이나 주변은 만족스럽지 않았다. 가진 것이 아무것도 없는 빈털터리인 여자를 아들이 사랑하는 상대란 이유로 허락을 해도 되는지 의심이 들었다.

"이제는 이겨내는 법을 터득했으니까요, 회장님."

"터득했다…… ."

"회장님 아드님 덕분입니다."

컵을 만지작거리던 최 회장의 눈빛이 번뜩였다. 기죽지 않고 꼬박꼬박 대답을 하는 것도 마음에 차지 않는데 마지막 일격을 가하는 그녀의 목소리에 냉수를 들이켰다.

"다 먹었으면 일어나도록 하지."

먼저 일어선 최 회장이 강을 보며 말을 덧붙였다.

"H호텔 1530호다. 당분간 거기서 묵을 테니 가끔씩 오거라."

썩 내키지 않은 제안에 고개를 까딱하고는 강이 먼저 방에서 나갔다. 다이는 최 회장이 먼저 방에서 나가도록 몸을 비켰다.

"자네, 우리 또 볼 일 있을까?"

싸하게 피가 식는 기분이다. 역시 그의 말대로 쉽지 않은 분이다. 나가는 최 회장의 뒤통수에 대고 바짝 마른 입을 열었다.

"네, 있을 겁니다."

찡그린 눈썹으로 바라보는 최 회장과 눈이 마주치자 그녀는 남은 말을 쏟았다.

"없으면 만들겠습니다. 또 만나 뵈러 가겠습니다."

당찬 그녀의 목소리에도 최 회장은 동요하지 않았다. 어떤 생각

을 하는지 가늠할 수 없는 최 회장의 눈빛과 물러서지 않겠다는
각오를 다지고 있는 그녀의 눈빛이 공중에서 소리 없이 맞부딪쳤
다. 눈은 거짓말을 못한다고 했다. 그러나 최 회장의 눈빛은 진실
인지 거짓인지 가늠하기 어려웠다. 먼저 피할까 고민하는 사이 최
회장이 묘한 미소를 보이며 밖으로 나갔다.

철퍼덕.

긴장이 풀려 그대로 바닥에 주저앉고 말았다. 그 미소는 무엇을
의미하는 것일까. 네까짓 게 해볼 테면 어디 한번 해보라며 기다
리고 있겠다는 식의 비웃음? 감았던 눈을 스르륵 뜨며 자리에서
일어났다.

*

뜨거운 물줄기가 몸을 뒤덮었다. 머리끝에서부터 떨어진 물줄
기는 쉬지 않고 그녀의 동그란 이마, 콧방울에서 턱으로 떨어져
내렸다. 손으로 얼굴을 쓸어내리며 물줄기를 걷어냈지만 이내 언
제 그랬냐는 듯 물줄기로 인해 시야가 흐려졌다.

"아드님 덕분입니다."

생각하면 할수록 어떻게 그런 말을 생각했을까 하고 부끄러워
진다. 그때 그의 표정을 살피지 않은 게 다행이다 싶을 정도로 지
금 와서 생각하니 쥐구멍이라도 들어가고 싶은 심정이다. 최 회장

은 별 감흥 없는 얼굴이었지만 속으로 웃긴 애라고 흉봤을지도 모른다. 여전히 다리는 후들거려 똑바로 서 있기도 힘들 지경이다. 그저 저녁 식사 한 끼 했을 뿐인데 에너지 소모가 막대하다. 아직까지 최 회장에게 적응 중이라던 현우를 이해할 수 있을 것 같았다.

비틀거리다 벽을 짚고는 바닥에 주저앉았다. 그는 어떻게 봤을까. 멋대로 대답하고 멋대로 질문하는 제 모습을 어떤 눈으로 보고 있었을까. 그때도 내가 반짝거렸다고 선뜻 말해줄까.

심장의 피가 바짝 마르는 듯한 고요한 침묵 속에서 어떻게든 분위기 전환을 하려는 나름의 노력이었다. 만반의 준비를 했다고 생각했는데 부질없었다.

"으악, 미치겠다."

여전히 진정되지 않은 심장을 움켜잡으며 혼자 읊조렸다. 또다시 어떻게 최 회장을 만날지 고민이 되었다. 실체를 알아버린 최 회장 앞에서 당당하게 대답을 할 수 있을지, 가끔씩 날아오는 대처 불가능한 질문에 신속하고 유도리 있게 대처할 수 있을지 의문이다. 어쩌면 지금처럼 주저앉아 버릴지도 모른다.

H호텔 1530호.

머릿속에 똑똑히 새겨두었다.

같은 시각, 강은 식탁에 앉아 냉수 한 잔을 들이켰다. 욕실 안에서 쏴아, 하고 떨어지는 물줄기 소리가 들려온다. 먼저 씻으라고 해놓고 강은 속이 타 냉수 한 잔을 들이켜곤 그것도 모자라 한 잔

가득 컵에 따라 대기 중이었다. 그녀는 여전히 씩씩하게 웃고 있지만 괜찮을 리가 없다. 혼자 속앓이를 하고 있을지도 모른다. 티나지 않게, 상대방이 신경 쓰지 않도록 내색하지 않을 게 뻔했다. 뭐라 말을 꺼내 마음을 쓰다듬어 주고 싶은데 그럴 재간이 없다.

나란 놈은 정작 필요할 때 쓸모가 없구나.

제대로 최 회장에게 한마디조차 던지지 못한 그다. 오히려 그녀가 아버지 앞에서 기죽지 않고 또박또박 대답했다. 예나 지금이나 아버지는 두려움의 대상일 뿐이라 말을 꺼내는 게 쉽지가 않았다. 거기다 서로 진지하게 속을 터놓고 대화한 적이 없어서 그런지 어색한 사이이기도 했다. 타인 같은 아버지. 이처럼 간결하고 명확한 관계를 어떤 말로 설명할 수 있을까. 언제부터 대화가 단절되고 남보다 못한 사이가 된 걸까. 기억이 나지 않는다.

때론 그 사실이 서글플 때가 있었다. 내색한 적 없지만 그랬다. 아버지도 그랬을까. 그랬다면 진작 관계 개선이 되었겠지. 혼자만 느끼는 서글픔은 혼자만의 것이니까.

"정면 돌파 좋아하고 있네."

큰소리 떵떵 쳐놓은 것과는 다르게 아무것도 한 것이 없었다. 다른 말 못하도록 그녀를 소개해 주었지만 득은 없었다. 오히려 그녀에게 상처가 되는 말들을 듣게 했고, 옆에서 아무것도 못했으니 말이다. 집으로 오는 내내 그는 그녀를 제대로 쳐다볼 수가 없었다. 너무나 미안해서, 이렇게 못난 놈이라서 아무렇지 않게 농담을 던질 수조차 없었다. 나란 놈에게 너무나 화가 날 뿐이다.

그러다 문득 상황과 맞지 않은 미소가 번졌다.

"아드님 덕분입니다."

미치겠다, 정말. 그렇게 말을 예쁘게 하면 어떡하라고. 더 반해 버리게.

그래서 반짝거린다는 것이다. 어디서나 당당하고, 기죽지 않고, 열심히 사는 모습이 반짝거렸다. 그리고 언젠가는 정말 별이 될 것 같다는 그런 생각이 들었다.

그 순간 살짝 당황한 듯 최 회장의 눈썹이 꿈틀거렸다. 오랜 시간 봐온 최 회장의 아들이 유일하게 페이스를 구별하는 방법이다.

1530호.

가야 될 이유가 생겼다.

16. 평생 같이 자자

호랑이를 잡으려면 호랑이 굴에 들어가라고 했다. 손에 든 테이크아웃 커피를 들고 택시를 잡았다.

"H호텔로 가주세요."

택시는 빠르게 출발했다. 뜨거운 커피를 흘깃 내려다본 얼굴은 긴장감이 뒤섞여 창밖을 쳐다보았다. 건물들이 휙휙 빠르게 지나간다. 최 회장에게 가기 전까지 많은 고민을 했다. 그리고 어떻게 하면 최 회장의 관심을 조금이라도 끌 수 있을까 현우에게 도움을 청했다. 그라면 뭔가 알지 않을까 생각했다.

"회장님을 만나러 호텔에 갈 거예요. 뭔가 좋아하실 만한 거 없을까요?"

"커피 한 잔 사가. 다크 로스팅한 아메리카노를 즐겨 마신다고 하시는데 한국에 오셔서는 입에 맞는 커피가 없어서 한 모금 마시고 입도 안 대신다더군."

깔끔한 아메리카노.

굉장히 어려운 미션이었다. 어떤 입맛을 가지고 계신지도 모르는 분에게 있어 깔끔한 아메리카노 한 잔이란……. 어느 커피숍에서 테이크아웃을 하든지 분명 평소 마시던 커피처럼 한 번 마시고 눈길조차 주지 않을 게 뻔했다. 그렇다면 자신이 만들면 된다. 세계적으로 인정받은 스승에게 배우고 있으니 저라면 그래도 시선 정도는 끌지 않을까 생각했던 것이다. 아직 미숙하긴 하지만, 여전히 배우는 입장이지만, 최 회장을 만나러 가기 전부터 원두의 종류를 바꿔가며 머신기 추출 속도를 조절해 가며 연습해 왔다. 편 추출 없이 제대로 커피를 추출해 낸 것만으로 다행이다 싶을 정도인데, 여러 가지 시도를 해가며 커피를 만든다는 것은 그녀에게 있어서도 발전하고 있다는 의미였다. 그녀의 첫 번째 손님 최 회장. 그를 만족시켜야 한다.

1530호. 문 앞에 서서 그녀는 좀처럼 진정되지 않은 숨을 가라앉히고는 초인종 앞에 갖다 댄 손가락 끝에 힘을 주었다.

딩동.

맑고 청아하기 그지없는 초인종 소리가 조용한 호텔 복도를 울렸다. 마른침이 저절로 목구멍으로 넘어간다. 손에 들고 있는 커피를 한 번, 굳게 닫혀 있는 문을 한 번 쳐다보다 초인종으로 팔을 뻗는 사이 철컥 하고 문이 열렸다.

"어쩐 일이십니까?"

밖으로 나온 사람은 윤 비서였다. 최 회장의 눈치를 살피며 나온 듯했다. 소리 나지 않게 문이 닫히자 그녀가 허리를 숙여 인사했다.

"회장님께 전해주세요."

아까부터 계속 들고 있던 커피를 윤 비서에게 내밀었다.

"회장님께요?"

"네."

난감한 표정이 얼핏 스쳤다. 아침 댓바람부터 찾아와 커피를 내미는 모습이 결코 달갑지 않겠지. 최 회장이 입에 대지 않을 것이라 확신한 윤 비서의 입에서 난감한 듯 혼잣말이 튀어나왔다.

"버리실 텐데……."

"알고 있어요. 그래서 매일 오려고요."

"예?"

조금 전과는 비교도 할 수 없을 정도로 당혹스러운 낯빛이 드리워졌다. 마치 그 모습을 즐기는 사람처럼 그녀는 반문하는 윤 비서에게 대답해 주었다.

"회장님이 만족하실 때까지 올 거예요."

"예?"

"그런 줄 알고 커피나 잘 배달해 주세요. 식으면 맛과 향미가 떨어지거든요."

말문이 막혀 반문만 하는 윤 비서에게 또박또박 다시금 새겨준 그녀는 미련 없이 뒤돌아섰다. 돌아가는 발걸음은 무척이나 가벼웠다.

"아, 아가씨!"

뒤늦게 정신을 차린 윤 비서가 손에 들려 있는 커피를 보며 그녀를 불렀지만 소용없었다. 이미 멀찌감치 떨어진 그녀는 손을 흔들며 잘 부탁한다는 말만 남기고 엘리베이터 안으로 사라졌다.

"제멋대로인 건 도련님이랑 천생연분이네."

가타부타 설명도 없이 커피를 회장님께 전해드리라니. 손바닥에 고스란히 느껴지는 따뜻한 커피를 들고 안으로 들어갔다.

✻

점퍼를 여미며 카페 문을 열었다. 차가운 공기에 몸을 움츠리며 난방기 전원을 눌렀다. 옷을 갈아입고는 바닥 청소부터 테이블까지 깔끔하게 정돈했다. 그래도 시간이 남았다. 손님이 없는, 아직 오픈하지 않은 조용한 카페 내부를 훑다 의자에 앉았다.

이제야 첫 단추를 끼웠다. 아주 어렵게 끼웠다. 최 회장이 커피를 한 모금 마신 뒤 개수대에 버린다 해도 최 회장을 찾아갈 용기를 얻은 것만으로 큰 수확을 얻었다. 그 용기로 매일 최 회장에게 커피 배달을 갈 것이다. 그에겐 카페에서 혼자 연습한다는 적당한 핑계를 둘러대고서.

"뭐, 따지고 보면 100% 거짓말은 아니네. 연습 맞으니까."

어제, 오늘부터 일찍 카페로 가서 에스프레소 추출 연습을 한다는 그녀의 말에 그도 도와주겠다고 했다. 하지만 그녀는 혼자 해야 집중이 잘된다는 그럴싸한 말로 그의 고집을 꺾어버렸다. 쉽지 않았다, 그의 고집을 꺾기란. 매일 전쟁일 텐데 그때마다 어떻게 고집을 꺾어야 할지 생각하니 한숨이 절로 터졌다.

"땡땡이 치고 있어?"

"사장님."

"잘하고 있나 감시하러 왔더니 놀고 있어?"

가까이 다가온 그가 주머니에서 호빵을 꺼내 들고는 반으로 쪼갰다. 뜨거운 김이 모락모락 나는 반으로 쪼개진 호빵을 보니 잡념은 잊은 채로 미소가 그려졌다.

"잘 먹을게요."

호호 불며 팥이 잔뜩 들어가 있는 가운데 부분을 한입 베어 먹었다.

"연습은 잘 돼가?"

"네, 잔소리꾼 없으니 조용하니 집중이 아주 잘되던데요?"

"잔소리꾼?"

"이제 알았어요?"

미간을 좁힌 그가 호빵을 큼지막하니 베어 먹었다. 잔소리꾼? 피와 살이 되는 조언들을 그간 잔소리로 들었을 그녀를 생각하니 절로 얼굴이 험악하게 변했다. 상대방 기분을 망쳐 놓고서는 오물오물 참 맛있게 호빵을 먹는 그녀의 입술을 빤히 바라보았다.

응징해 줘야겠다.

그대로 그녀의 얼굴 가까이 다가간 그는 일말의 아량 없는 얼굴로 그녀의 입술을 삼켜 버렸다. 덕분에 달짝지근한 팥이 그의 입 안으로 넘어왔다. 윗입술을 훑고, 아랫입술을 삼킨 입에선 그녀를 안고 싶은 욕망에 젖은 신음 소리가 나올락 말락 턱 끝에 걸렸다.

"호빵, 다 먹어버렸어요, 사장님이."

말하는 목소리가 떨리고 눈동자가 흔들린다. 다이는 잠깐의 입 맞춤이 심장을 움켜쥔 것처럼 정신을 차릴 수가 없었다. 호빵을 먹다 키스라. 호빵을 먹다가 이렇게 눈이 맞을 수도 있구나. 처음 알았다. 붉힌 얼굴을 감추기 위해 그의 손에서 호빵을 빼앗아 제 입속으로 넣었다.

"그럼 테스트해 볼까? 틀릴 때마다 키스 한 번씩. 어때?"

"계속 틀리고 싶어질 것 같은데……."

수줍은 듯 솔직한 모습이 좋다. 인색하다 싶을 정도로 말로 표 현을 안 하는 그녀는 표정으로 대신하고 있었다. 곧바로 늑대로 변신하고 싶을 정도로 좋아하다니. 아프지 않게 코를 비틀며 뺨에 입을 맞추었다.

"여기서 늑대로 변신해도 환영해 준다면."

"쿡."

"내일도 혼자 나와서 연습할 거야?"

"네. 그러니까 방해할 생각 말아요."

으름장을 놓으며 쏘아보는 눈이 매서웠다. 근래 제자 강다이의 모습만 보는 것 같아 서운함이 밀려온다.

"그렇게 열심히 해서 떨어지기만 해봐."

"안 떨어질 거예요."

"일 년은 매일 놀려야지."

"어째 말투가 은근히 떨어지길 바라는 것 같네요."

팔짱을 끼고서 가자미눈을 한 그녀가 살벌한 목소리를 냈다. 그는 그럴 일 없다고 손을 내저었다.

"제자 강다이는 싫어."

"네?"

"제자 강다이 말고, 여자 강다이로 돌아와."

그는 속내를 보여주고는 쑥스러운 듯 시선을 피했다. 그제야 삐딱선을 타는 그 모습이 이해가 간 그녀가 다시금 소리를 내며 웃었다.

"지금 질투해요?"

"내가?"

"커피에게 질투하냐고요."

질투하는 모습이 아니라 질투 대상이 어이가 없어서 웃음이 끊이질 않았다. 세상에나, 질투할 대상이 없어서 커피라니.

"미쳤어?"

"사장님 나한테 미쳤다면서요."

"……그래도 이건 아니지. 완전 미친놈 취급이잖아."

이미 반쯤 그녀의 페이스에 휘말리고 있으면서도 인정하고 싶지 않았다. 차라리 질투하는 상대가 사람이었으면 좋겠다. 하루 종일 카페에 붙어 있고, 집에 와서는 공부만 하는 그녀다. 창창한 연애 초기에 웬 날벼락이냔 말이다. 시험 스케줄까지 뽑아주며 공부하라고 등 떠민 저가 죽일 놈이다. 잠들어 있는 얼굴 말고 제대로 얼굴을 마주한 적이 손에 꼽을 정도이다. 보고 있으면 키스하고 싶고, 키스를 하며 안고 싶은 욕구가 점점 주체할 수 없을 정도로 커지고 있었다. 이런 마음을 아는지 모르는지 그녀는 관심 없다는 듯 시종일관 '커피'에 대해서만 파고들고 있으니 환장할 노릇이었다.

그녀의 꿈을 누구보다 응원하지만, 내 사랑도 응원한다. 그러니 어쩔 수 없다.

슬프지만 이런 저를 보며 적절한 단어가 떠오른다.

커피보다 못한 놈.

"맞네, 질투하는 거."

"관심받고 싶나 보지."

"관심, 좋죠. 단……."

"단?"

희번덕거리며 어느 때보다 눈이 커졌다. 그녀에게 시선을 돌린 그의 표정은 환희에 가까웠다. 그녀가 가까이 그의 귀에 대고 속삭였다.

"침대에서."

"……침대?"

저절로 마른침이 목으로 넘어간다.

"시험 볼 때까지 아침에 카페 좀 빌려줘요."

"당연하고말고."

"방해, 안 할 거죠?"

두말하면 잔소리. 어느새 말 잘 듣는 한 마리 강아지가 된 듯 순종적으로 변했다. 관심, 좋지. 그것도 침대에서.

4일째 같은 일상이 반복되었다. 새벽같이 일어나 카페로 출근해 아메리카노 한 잔을 만들어 H호텔로 배달하는 일은 다이를 늘 설레게 만들었다. 회전문을 통과하는 그녀 앞에 윤 비서가 다가왔다.

"오늘도 오셨습니까?"

"당연하죠. 어제도 커피 한 모금 마시고 버리셨어요?"

안타까운 얼굴로 윤 비서가 고개를 까닥했다. 쉽지 않을 것이라 예상했던 터라 그녀는 손에 든 테이크아웃 커피를 내밀었다.

"번거롭게 해드려 죄송해요. 이건 윤 비서님 커피."

"제 것도 있습니까?"

"매일 부탁하는데 당연하죠. 오늘 처음 만든 카페모카예요."

"……오늘 처음?"

윤 비서는 불안하게 떨리는 음성을 감추며 뿌듯한 얼굴을 하는 그녀에게 감사의 인사를 전했다. 어쩌면 이렇게 순수할까. 아니, 무한 긍정이라고 해야 하나? 결단코 좋지 않은 결과를 듣게 될 게 뻔한데 하루도 거르지 않고 같은 시각에 찾아오는 걸 보면 그랬다.

"윤 비서님, 오늘도 수고하세요. 파이팅!"

활기찬 인사를 건네며 그녀는 다시 택시에 올라탔다. 아메리카노를 만드는 레시피를 바꿔보아야겠다. 원두를 바꿔볼까? 원두를 좀 더 가늘게 갈아볼까? 이런 생각을 하고 있자니 최 회장이 마루타 같다. 쿡쿡대며 갑자기 웃음이 터진 그녀를 이상한 눈초리로 힐끔 쳐다보는 택시 기사의 시선이 느껴진다. 여전히 상황은 최악인데 좋다고 낄낄대는 모습이란. 매일같이 찾아와도 문전박대는 안 해서 다행이다. 살짝 틈을 내주시는 것일까? 그가 그랬던 것처럼. 그랬으면 좋겠는데.

창밖으로 시선을 던졌다. 크고 작은 건물들이 휙휙 쏜살같이 지나간다. 창문으로 들어오는 햇살이 따뜻하게 뺨을 어루만지고 있다. 그 따스함에 취해 그녀는 잠시 눈을 감았다. 1월의 햇살, 참 따뜻하구나. 이렇게 따뜻했구나. 처음이다. 그가 없었다면 택시 안으로 스며드는 햇살이 이렇게 따뜻한지도 몰랐을 거고, 커피를 만들어 누군가에게 내준다는 게 이렇게 희열을 느끼는 일인지도 몰랐을 테지. 거기다 어렵기만 한 공부를 하는 것도 꽤 즐겁지. 그의 세상은 천국이다. 나를 참 따뜻하게 해주는 천국.

"강은 아직인가?"

오픈 준비를 마치고 라디오를 듣고 있던 그녀의 귀에 낯익은 목소리가 들렸다. 검은색 코트의 단정하게 여몄던 단추를 풀며 현우가 카운터로 걸어오고 있었다.

"제가 좀 일찍 나왔어요."

"커피 배달은 잘 돼가?"

"음, 아직까진 뭐 별탈 없어요. 여전히 곧장 개수대로 향하긴 하지만."

"계속하게?"

걱정스러운 얼굴로 조심스럽게 묻는 현우에게 그녀는 일말의 고민도 없이 고개를 끄덕였다.

"당연하죠. 한 번 시작한 일은 끝을 봐야죠."

"끝이 날까?"

"그만둘까요?"

어느새 의자를 끌어당겨 카운터 앞에 자리를 차지하고 앉은 현우는 턱을 괴고 편하게 자세를 고쳐 앉았다. 최 회장이나 다이나 누구 하나 물러서지 않는 이상은 끝이 나지 않을 것 같은데 과연 승자가 누가 될지 현우는 궁금해졌다. 왠지 의외의 결말이 기다리고 있을지도 모른다는 생각에까지 접어들자 미소가 그려졌다. 오랜만에 재미있는 구경 하겠는데.

"그만두라면 그만둘 거야?"

"아뇨."

"그럼 열심히 해."

그의 손이 길게 뻗어와 그녀의 어깨를 툭툭 쳤다.

"늘 고마워요, 여러 가지로."

"고마우면 회장님을 겟(Get) 해봐, 구경이나 하게."

"네, 겟 할게요!"

"겟?"

화기애애한 분위기에 찬물을 끼얹은 것처럼 목소리 하나가 난데없이 끼어들었다. 피곤함을 덕지덕지 얼굴에 붙이고서 현우를 지나 다이의 옆에 선 그는 그녀의 허리를 와락 안았다.

"헉! 사장님."

"외로운 솔로 앞에서 지금 염장 지르냐?"

못 볼 꼴을 봤다는 듯 현우는 인상을 찌푸리며 강을 노려보았다. 그러자 강은 그녀의 목에 얼굴을 묻다 고개를 들었다.

"그래서 뭘 겟 하겠다는 건데?"

강의 시선을 피한 다이와 현우의 시선이 부딪쳤다. 최 회장에게 커피 배달하는 일은 강에게 비밀이었다. 알면 펄쩍펄쩍 날뛸 게 뻔했고 반대할 게 자명했다. 혼자 힘으로 저가 어떤 사람인지 최 회장에게 어필하고 싶었기에 아직은 그에게 말할 때가 아니었다.

"겟? 우린 사장님 욕하면서 떠들고 있었는데요?"

"맞아. 겟이라니? 도대체 뭘?"

죽이 척척 맞았다. 환상의 호흡을 자랑하며 그에게 사기 치는 수준은 최상이었다. 오히려 고개를 갸웃거리며 겟을 연발하고 있었다. 도대체 무슨 소리지 하며. 전혀 못 알아듣겠다는 멍청한 얼굴로. 다행인 건 강이 앞의 말은 제대로 못 듣고 '겟'이라는 단어만 제대로 들었다는 점이다. 안 그랬다면 모든 게 들통 날 뻔했다.

"뭐야, 둘이?"

"에이씨, 너 기다리다가 늦었다. 커피는 다음에 받으러 올게."

급히 자리를 뜨는 현우에게 손까지 흔들며 배웅해 주는 그녀가 여전히 수상쩍었다. 커피야 금방 만드는데 그새를 못 참고 그냥 가버릴 건 또 뭐고, 그런 현우가 자리를 뜨는 모습에 반색하는 그녀는 또 뭔가 싶었다. 뭔가 있는데, 뭔가. 저만 모르는 수상한 기류가 흐르고 있었다. 여전히 의심의 눈빛으로 바라보는 그의 시선을 피한 그녀가 그의 허리를 안았다.

"뽀뽀."

"왜 이래?"

"싫어요? 이제 안 할 거야?"

"할 거야. 할 건데……."

"그럼 지금 뽀뽀."

추궁하려다 다물어 버린 입에서 나직한 한숨이 터져 나왔다. 그래, 포기다, 포기. 이렇게 예쁘게 입술을 내미는데 더 이상 지체하면 나쁜 놈이지. 눈을 감고 앙증맞게 내민 입술에 제 입술을 덮쳤다. 더 이상 아무 말도 못하게 만들어 버리니 그냥 넘어갈 수밖에. 지금은 이쪽이 더 끌리니까.

"일찍 왔네요."

"일찍부터 보고 싶었으니까."

뺨을 만지는 그의 손이 부드러워 눈을 지그시 감았다.

"나도요. 나도 그랬어요."

"정말?"

"응, 정말."

강하게 긍정하며 허리를 안은 손을 뗄 줄 몰랐다. 바라보는 것만 해도 좋다. 보고만 있어도 좋다. 깊고 검은 눈동자 속에 비친 제 모습을 발견한 다이는 웃음 지었다. 보고 싶다는 한마디에 절로 미소가 지어지다니. 그윽한 눈빛에 취해 그대로 그의 품에 안겨 버렸다.

지이이잉—

그때 주머니에 넣어둔 핸드폰이 부르르 몸을 떨었다. 아쉬운 표정으로 그의 품에서 나와 전화를 받았다.

"여보세요."

〈강다이 씨 되시죠? AG보험 보험청구팀입니다.〉

"네."

〈보내주신 서류는 잘 받았고요…….〉

다이는 마른침을 삼키며 상냥한 여직원의 목소리를 듣기만 했다. 서류는 누락된 것 없이 잘 받았고, 청구 기간이 훨씬 지난 후라 심사에 들어갔는데 보험 수익자분이 치매환자에 사망보험 가입 여부에 대해 모르고 지낸 것을 감안하여 보험료를 지급해 주겠다고 했다.

다이는 전화를 끊고는 털썩 주저앉았다. 놀란 강이 그녀의 어깨를 바로잡았다.

"무슨 전화야?"

"보험금 지급해 주겠대요."

이제야 받을 수 있게 되었다. 겨우 돌려받은 아빠의 목숨 값. 귀하고 값진 아빠의 목숨 값을 내가 감히 받아도 되는 것인지 희비가 교차했다. 그래도 고모의 손에 들어가 더럽게 사용되지 않아서 다행이다. 엄마가 온전한 정신이었다면 가슴을 치며 또다시 통공했을 것이다.

"다행이다. 정말 다행이다."

진심 어린 그의 목소리에 꿈이 아님을 깨달았다. 귓속을 간질이는 따스함에 그의 목을 와락 끌어안았다.

*

"아가씨, 저와 같이 가시죠."

"어딜요?"

"회장님께서 기다리십니다."

윤 비서의 입에서 뜻밖의 말이 전해졌다. 최 회장의 시선을 받기 위해 시작한 일이고 이제 성공한 것 같은데 말문이 턱 막혀 버렸다. 믿기지 않았다. 현실감이 느껴지지 않았다. 그러다 문득 불안한 감정이 스멀스멀 올라왔다.

"혹시 제가 그동안 실수라도……."

"아닙니다. 안심하십시오. 어젠 회장님께서 정확히 세 모금 입에 대셨습니다."

겨우 세 모금? 그걸 기뻐하라고 말하는 거야, 지금?

긴 손가락 세 개를 펼쳐 보이며 기운 내라는 말을 덧붙이는데 전혀 그럴 기분이 나질 않는다. 세 모금에 기뻐하고 자신감을 가질 상황인 건지 얼떨떨했다.

윤 비서가 잡아놓은 엘리베이터를 타고 10층 VIP룸에 들어섰다. 윤 비서가 안내하는 대로 뒤를 쫓아 어느새 최 회장이 묵고 있는 방 앞에 섰다. 아직까지 온기를 잃지 않은 커피는 여전히 그녀에게 따뜻함을 선사해 주고 있었다. 문이 열리자 탁 트인 거실 내부가 눈에 들어왔다. 고급스럽고 고풍스러운 내부를 훑는 눈동자는 쉴 새 없이 돌아가고 있었다. 눈에 담기도 벅찬 내부를 훑으며 마른침이 저절로 입안에 고였다.

내가 이런 곳에 들어오다니. H호텔 VIP룸에.

기가 막히고 감격에 젖어 있는 것도 잠시, 윤 비서가 안내하는 방으로 들어갔다. 최 회장은 신문을 보고 있었다. 넓은 테라스에 있는 테이블에 앉아 신문을 보는 모습은 그와 참 어울렸다.

"안녕하세요."

들었음에도 최 회장은 아랑곳하지 않고 신문을 넘겼다.

삭삭삭.

조용한 적막 속에서 신문 넘어가는 소리가 소음처럼 그녀의 귀를 찔렀다. 벌서는 학생처럼 최 회장이 신문을 마저 볼 때까지 무작정 서 있었다. 이윽고 신문 넘어가는 소리가 멈추었다.

"오늘은 빈손인가?"

"아닙니다. 오늘도 가져왔습니다."

최 회장이 있는 테라스로 들어가 커피를 내밀었다. 최 회장의 입가에서 언뜻 잠깐의 미소를 본 듯했다. 희미했지만 그 모습이 정말 미소라면 한 번 더 보고 싶었다.

"이유가 뭔가?"

"예?"

"매일 찾아와 마시지도 않는 커피를 주고 가는 이유 말이네."

"관심받고 싶어서요."

일말의 망설임도 없이 대답했다. 사랑하는 사람 아버지니까 궁금해졌다. 그가 그토록 애잔하게 미워하는 아버지가 어떤 분인지 알고 싶어졌다. 최 회장의 눈빛은 여전히 무슨 생각을 하는지 가늠하기 어려웠다. 아무런 감정도 담고 있지 않은 듯했다.

"관심…… 혼자이니 사람들의 정이 그리웠겠지."

"모든 사람에게 받고 싶은 동정이 아닙니다. 사랑하는 남자의 아버지께 인정받고 싶은 관심입니다."

"내가 끝까지 인정하지 않겠다면?"

"그러면 저도 끝까지 포기하지 않을 생각입니다."

결코 물러나지 않겠다는 각오를 드러냈다. 최 회장은 커피를 한 모금 마신 뒤 옆에 두고는 그녀에게 시선을 돌렸다.

"그 녀석이 자네에게 뭔데 이러는 건가?"

"천국입니다."

"뭐?"

"그 사람 세상은 제게 천국입니다."

목소리는 흔들릴지언정 눈빛만큼은 흔들리지 않았다. 두려워하는 모습을 들키고 싶지 않아 최대한 당당하게 서 있었다. 다리가 후들후들 떨려 몇 번이나 주저앉고 싶은 걸 간신히 참아냈다. 서랍에서 통장을 꺼낸 최 회장은 그것을 테이블에 던지듯 내려놓았다.

"10억."

"……"

"앞으로 자네가 하고 싶은 건 뭐든지 할 수 있네. 부족한가?"

떨리는 손으로 통장을 들어 액수를 확인했다. 어마어마하게 붙어 있는 숫자 '0'이 이토록 위협적일 줄이야. 그보다 더 위협적인 건 아무렇지 않은 얼굴로 감당하지 못할 돈을 쉽게 내놓으며 협박하는 최 회장이었다.

"부족하지 않습니다."

"그럼……."

"부족하진 않은 액수인데 욕심나지는 않습니다."

"어째서?"

묻는 최 회장의 음성이 날카롭게 변했다.

"세상에 공짜는 없는 법이니까요. 이 돈을 받는 대가로 전 뭔가 해야겠죠. 안 그런가요?"

다시 한 번 액수를 확인한 입가에 허무한 웃음이 맺혔다. 일말의 미련도 없는 얼굴로 통장을 반으로 잘라 가치를 상실한 종잇조각들을 테이블 위에 올려놓았다.

"돌려드리겠습니다."

"분명 자네는 거절했네."

감정이라곤 눈곱만큼도 없는 아버지 밑에서 그는 얼마나 외로웠을까. 문득 생각하니 눈가가 시큰거린다. 제가 당한 수치보다 더한 일들을 당했겠지. 그와 비슷한 게 아니라 감정이 없는 걸로 치면 우월한 사람이었다.

"한 가지 부탁만 드리겠습니다."

"부탁?"

"제가 이번에 바리스타 시험에 합격하면 그 사람에게 조금은 다정한 아버지가 되어주세요."

터무니없는 것을 내놓으며 거래를 하자고 떠드는 여자가 조금은 어이없을 뿐이다. 그랬다. 내민 10억을 가지고 사라져도, 거절을 해도 상관없었다. 이만한 액수면 누구나 눈이 돌아갈 만한 액수였으니 아들 옆에 있는 그녀의 진짜 속내를 알고 싶었다. 최 회장에게 있어 10억은 회사가 휘청거릴 정도로 어마어마한 액수는 아니기에 손해 보는 장사는 아니라고 생각했다. 하지만 그녀는 보통 사람이면 눈이 돌아갈 액수를 보고도 웃기만 했다. 어떤 여자인지 궁금했다. 아들이 사랑한다고 목에 핏대를 세우고 떠드는 여자가 어떤 사람인지 알아봐야 했다. 그런데 결론은 자신을 손바닥 위에서 가지고 놀고 있었다.

매일 같은 커피를 다른 맛으로 가져오는 모습도 지켜보았다. 그리고 지칠 무렵, 늘 가져오던 커피인데 미국에 있을 때 최 회장이 마시던 커피와 맛이 비슷한 커피를 가져왔다. 흉내 수준이지만 호감이 생겼다. 이 여자는 녀석에게 도움이 될 만한 사람이다. 그렇지만 쉽게 허락할 수는 없었다.

"그리고……"

"그리고?"

"제 커피가 생각나시면 언제든지 카페로 오세요."

"내가 갈 거라 생각하나?"

"네. 이미 제 카페인에 중독되셔서 아침마다 제 커피가 생각나실 겁니다."

"훗."

그녀의 말을 가볍게 무시한 최 회장이 비웃었다.

"절 인정해 주신다면 매일 아드님을 웃게 만들겠습니다."

"……"

"덤으로 회장님도요."

꾸벅 허리를 숙여 인사를 하곤 뒤돌아섰다. 그러자 깊은 숨이 터져 나왔다.

"그 녀석이 많이 웃던가?"

무심한 듯 메마른 음성이다. 실은 회장님도 아들이 그리웠던 거다. 웃는 아들의 모습에 가슴이 짠해지신 것이다.

"네, 웃는 얼굴이 더 멋집니다."

회장님도 보시면 반하실 겁니다. 웃을 때 얼마나 멋있는지, 소유욕을 느끼게 해주는지 모르실 겁니다. 턱 끝까지 올라온 말을 삼키며 방에서 나와 거실을 가로질러 현관문으로 걸어 나온 그녀는 순간 예기치 못한 사람과 마주했다. 눈이 마주치자 성큼 다가와 팔목을 움켜쥐고는 놓아줄 생각을 하지 않는다.

"너, 네가 왜 여기 있어?"

"사, 사장님⋯⋯."

"나와."

그가 단단히 화가 났다. 이토록 굳어 있는 얼굴은 처음인 듯하다. 움켜쥔 팔목이 아팠지만 놓아달라는 말을 할 수가 없었다.

그는 신발을 신는 둥 마는 둥 하며 방에서 나와 엘리베이터 안으로 그녀를 밀어 넣고는 한마디 말도 하지 않았다. 엘리베이터에서 내려 호텔을 나오자 잡았던 팔에서 손을 떼고는 입을 열었다.

"뭐 하고 있었어?"

"그게⋯⋯."

"대답해."

"커피⋯⋯."

"똑바로 말해."

어디서부터 어떻게 설명해야 할지 판단이 서지 않았다. 나직하게 굳어 있는 목소리에 한기가 서려 있는 눈동자를 보자 두려움에 떨렸다.

"보여주라면서요, 내가 얼마나 반짝거리는지."

"그렇다고 너 혼자 여길 와? 너, 날 이렇게 한심한 놈으로 만들래?"

"제대로 인정받고 싶었어요. 그것뿐이에요."

"제 여자를 전쟁터로 혼자 내보내는 내 심정은? 왜 나한테 말안 했어? 왜?"

"이렇게 화낼 게 뻔하니까."

화가 나서 미칠 지경이다. 그동안 그녀가 뭘 하고 다니는지도 모르고 뒤늦게 아버지를 만나러 오다니. 먼저 와서 아버지를 만났어야 하는데 한걸음 늦어버렸다. 제길. 제길. 욕이 입안에서 맴돈다. 아버지께 심한 말은 듣지 않았을까, 수모는 당하지 않았을까 걱정이 되고 안쓰럽다. 발에 닿는 찌그러진 깡통을 신경질적으로 걷어차고는 뒤돌았다. 얼굴을 마주할 수가 없었다.

"끝이에요?"

"……."

"화 다 냈어요?"

"아직 안 끝났어. 생각날 때마다 우려먹을 거야."

뒤에서 그의 등을 바라보던 그녀의 눈에 이슬이 맺혔다. 저렇게 덩치는 큰 사람이 어깨를 축 늘어뜨리고 있는 모습이란…… 어쩐지 가슴이 짠해서 안아주고 싶어진다. 그동안 혼자서 외로웠을 그의 옆을 이젠 지켜주고 싶다. 걸음을 뗀 그녀가 그의 등 바로 앞까지 걸어가서는 팔을 뻗어 허리를 안았다. 등 너머로 들려오는 그의 심장 소리. 춤추는 듯 일정하게 뛰던 심장 소리가 일순간 빨라지는 듯했다. 그녀의 손 위로 그의 손이 겹쳐졌다.

"가자."

"그래, 가요."

별말 하지 않았는데도 '가자' 그 한마디가 이상하게 안심이 된다. 더 이상 화내면 어떻게 풀어줘야 할지 고민하는 마음을 읽기라도 한 것처럼 그는 더 이상 묻지 않았다. 넘어야 할 산을 이제야 겨우 넘은 느낌에 마음이 한결 가벼워졌다. 뒤돌아 얼굴을 마주한 그가 그녀의 뺨을 쓸었다.

"아버지랑 무슨 얘기 했어?"

"비밀."

"어째서?"

"회장님과 나만의 교감이라고 할까요? 그런 게 있어요."

새치름하게 입술을 내밀며 그녀는 그의 집요한 물음에도 대답하지 않았다. 맑은 하늘을 올려다본 그녀의 눈이 반달로 휘었다.

"예전에 나한테 물어봤던 거 있죠. 바리스타가 뭐라고 생각하냐고."

"응, 그랬었지."

"이젠 대답할 수 있을 것 같아요. 물어봐 줄래요?"

"그래, 말해봐. 듣고 싶어."

마주 잡은 손을 슬쩍 바라본 그녀는 잡은 손에 더 힘을 주었다.

"커피로 마음을 채워주는 사람."

"그거면 됐어."

만족스럽다는 듯 미소를 입에 올리고는 머리를 쓰다듬어 준다. 더 이상 묻지 않고 따지지도 않고 있는 그대로 인정해 준다. 그의 커피로 마음이 움직였으니 나는 그의 마음을 채워주려고 한다. 아득하기만 했던 깊은 눈동자에서 외로움이란 녀석을 읽어버린 이후론 비뚤어진 마음을 이해할 수 있게 되었다. 누구보다 따뜻한 사람이다. 서로를 바라보는 눈빛은 애잔하게 빛나고 있고, 누구보다 사랑스럽게 바라보고 있다. 이럴 때 보면 같은 마음이라서 참 다행이란 생각이 든다. 이런 눈빛으로 다른 여자를 바라보는 상상만 해도 끔찍하다. 한참을 바라보기만 하다가 그녀가 먼저 입술을 열었다.

"사랑해요."

세상 누구보다.

"나도 사랑해. 눈 감으면 그리울 정도로."

눈을 깜박이는 1초가 아까울 지경이야.

힘껏 그녀를 품에 안았다. 갑작스레 불어오는 매서운 바람이 뺨을 스치고 옷깃을 스치고 심통을 부리며 달아났다. 그러자 그는 그녀를 안은 팔에 더욱이 힘을 주었다.

그래, 천천히 가자. 급할 거 없잖아? 지금은 같이 있는 것만으로도 충분해. 그냥 지금은 맘껏 사랑하는 거야. 후회 따위 하지 않도록.

오픈 준비를 마치고 라디오를 켰다. 잔잔한 음악 사이로 고요하게 들리는 아나운서 특유의 목소리가 듣기 좋았다. 옆에서 머신기 청소를 하는 그의 모습을 지켜보다 문이 열리는 소리에 곧장 카운터로 자리를 옮겼다.

"회장님……."

느릿한 걸음으로 윤 비서의 안내를 받으며 카운터로 걸어오는 최 회장을 바라보며 그녀는 묘한 기분에 휩싸였다.

등을 돌리고 있던 강은 최 회장을 부르는 다이의 목소리에 멈칫하고는 이내 몸을 돌렸다. 카페 오픈할 때도 와보지 않고 흔해 빠진 화환 하나 던진 양반이 이 카페에 온 용건이 무엇인지 궁금했다. 그리고 어느 때보다 불안했다.

"여긴 어쩐 일이십니까?"

"카페에 왜 왔겠냐? 커피 마시러 왔지."

착각일까. 목소리에 힘이 빠진 듯, 부드러워진 듯하다. 커피를 마시러 왔다고 말하는 최 회장의 낯빛이 이상했다. 거기다 발에 차이는 게 카페인데 굳이 여기까지 오다니. 말도 안 된다.

"주문 안 받아?"

시선을 주고받는 다이와 강을 보며 최 회장이 채근했다. 10억을 내밀던 위압감은 온데간데없었다. 여전히 낮게 깔린 목소리는 두려운데 전보다는 위압감에 몸을 떨지 않게 되었다. 나, 적응한 건가?

"주문 도와드리겠습니다."

"아메리카노 한 잔."

윤 비서가 결제를 하고 난 뒤 최 회장은 햇빛이 잘 드는 창가 쪽에 자리를 잡았다. 어쨌든 주문을 받았으니 커피는 만들어야 하기에 강은 머신기 쪽으로 몸을 돌렸다.

"도련님 말고 아가씨가 만들라고 하셨습니다."

"뭐?"

"아가씨가 만든 커피 마시러 오셨습니다."

"이 자식 아직 바리스타 자격증도 없는데……."

"항의는 회장님께 직접 하시죠. 전 지시만 따를 뿐."

얄밉게 가지런히 뻗은 손을 최 회장에게로 향한 윤 비서를 노려보다 강은 그녀에게 자리를 양보해 주었다. 도대체 두 사람 사이에 어떤 일이 있었기에 최 회장이 다이를 만나러 왔는지 궁금했다. 겟 하겠다는 게 이거였나?

능숙하게 커피를 뽑은 그녀는 따뜻한 아메리카노 한 잔을 가지고 최 회장에게 다가갔다.

"여긴 손님이 직접 커피를 가져가야 하지 않나?"

"특별 손님이시니까요."

"특별 손님?"

"네, 제 커피를 드시러 오셨잖아요."

"자만이 하늘을 찌르는군."

빈정대면서도 최 회장은 부정하지 않고 커피를 한 모금 마셨다.

"오실 줄 알았습니다."

"하나만 묻지."

커피를 바라보며 진지한 표정으로 최 회장이 운을 뗐다.

"커피에 뭘 넣은 건가?"

"신선한 원두요."

"그리고?"

"그리고…… 제 사랑이요."

허리를 숙인 그녀가 최 회장에게만 들리도록 조용히 읊조렸다. 아빠가 살아 있었다면 이렇게 했을 것이다. 사랑을 가득 담은 커피 한 잔을 주며 마음을 채워주었을 것이다. 미워할 수 있는 아버지라도 존재한다는 그 자체만으로 얼마나 행복한 일인지 그녀는 잘 알고 있었다.

그녀가 자리로 돌아오자 팔을 끌어당긴 그가 불안한 얼굴로 마주했다.

"무슨 얘기 했어?"

"맛있게 드시라고요."

"그 얘기를 몇 분 동안 해?"

"커피에 뭘 넣었냐고 하시기에 독 탔다고 했어요."

"뭐?"

오묘하게 일그러지는 그의 눈썹을 쿡 찌른 그녀가 웃음을 터뜨렸다.

"윤 비서님도 한 잔 드세요."

"전 됐습니다."

"돈 안 받을게요. 여기 유명한 바리스타 있잖아요."

팔꿈치로 강의 옆구리를 찔렀다. 윤 비서의 시선이 강에게 닿자 한층 밝은 표정으로 변했다. 도련님의 커피라면 마셔도 괜찮겠지,

생각하는 표정이 적나라하게 드러났다.

"그럼 저는……."

윤 비서의 주문대로 아이스 블루베리 커피를 만들어 내놓자 핸드폰을 꺼내 사진을 찍어대기 시작했다. 다이에게 커피를 받았을 때와는 다르게 감격에 젖은 듯하다.

강의 시선이 최 회장에게 다시 향했다. 변했다, 아버지가. 커피를 마시러 오다니. 제 커피를 마시러 온 게 아니라는 것에 실망했지만, 그래도 방문해 주었다는 사실만으로도 믿기지 않았다.

"좋죠?"

"뭐가?"

"아버지가 카페에 오셔서 커피 마시는 거."

"좋긴."

정곡에 찔린 표정을 숨기면서도 여전히 시선은 거두지 않았다. 거둘 수가 없었다. 처음이니까 시선을 뗄 수가 없었다.

최 회장은 한참 말없이 커피만 마시고 자리에서 일어나 간다는 말도 없이 카페를 나섰다. 그래도 인사라도 해주면 좋으련만. 아쉽게 아버지의 등만 물끄러미 바라보는 강의 팔을 그녀가 잡아끌었다.

"배웅해 드려요. 어서요."

얼른 가보라며 등까지 떠미는 그녀에게 고개를 끄덕이곤 카페를 나온 강은 막 차에 올라타려는 최 회장을 붙잡았다.

"아버지."

"그래."

"정말 커피 마시러 오신 겁니까?"

"그래, 사심 없이 커피 마시러 왔다."

내리쬐는 햇빛에 눈을 찡그리며 텁텁한 목소리로 최 회장이 대답했다. 서로 시선은 마주하지 않고 있었다.

"저 아이…… 네가 반할 만하구나."

"예?"

"예쁘구나."

최 회장에게서 연이어 나온 말에 강은 꿈쩍할 수 없었다. 드디어 알아차렸다, 그녀가 얼마나 예쁜 사람인지.

"내 커피에 글쎄……."

"……."

"사랑을 넣었단다. 고얀……."

어이없다는 헛웃음이 최 회장 입가에 걸렸다. 그래도 기분이 좋아 보였다.

"다음엔 제가 커피 내겠습니다."

"넌 뭘 넣을 거냐?"

"글쎄요……."

머리를 긁적이는 강의 입가에도 최 회장과 비슷한 미소가 걸렸다. 넣고 싶은 게 너무나 많아 말하기가 어려웠다. 그런 제 마음을 읽기라도 한 것처럼 최 회장의 입가에 진한 미소가 걸렸다.

"그럼 기대하마."

"네, 아버지."

"저 아이라면 네 옆에 있어도 나쁘지 않을 것 같구나."

차에 올라타며 스치듯 최 회장이 한 말이다. 다시 한 번 확인하고 싶었지만 이미 차는 출발해 버린 뒤였다. 멍하니 멀어져 가는 차를 바라보던 강의 눈가가 이상하게 시큰거렸다.

"가셨어요?"

뭔가 털어버린 개운한 얼굴로 강이 고개를 끄덕였다.

"다이야."

"네."

"정말 네 커피는 사람의 마음을 채워주나 봐."

"사장님 커피는 마음을 움직이는걸요."

손을 뻗어 그의 뺨을 어루만지자 그의 눈가가 촉촉하게 젖어들었다. 인정을 받았다. 그토록 원하던 아버지에게 바리스타로 인정받았다. 별말도 하지 않았는데 기대하겠다는 그 한마디가 목이 멜 정도로 기뻤다. 그녀가 없었다면 지금 같은 상황은 기대할 수도 없었겠지. 허탈하게 웃는 아버지의 얼굴이 이토록 인자한 인상인지 모르고 살았을 것이다. 쌓인 오해와 깊은 골로 인해 서로의 마음을 닫고 너무나 오랫동안 지내왔다.

"네가 있어 정말 다행이야."

"그렇게 말해주니 고마워요."

"어머니한테 감사하다고 인사드려야겠다."

"감사 인사요?"

"널 내게 보내줘서."

팔을 뻗어 그녀를 품에 가둔 그가 머리꼭지에 입술을 맞추었다.

"이젠 너 없으면 잠 안 올 것 같아."

"치. 매일같이 자면서 무슨 걱정이에요?"

고개를 들어 그의 얼굴을 빤히 바라보았다.

"매일 같이 자고 싶어."

"매일 그러고 있어요."

팔을 뻗어 그의 볼을 쭉 잡아당겼다.

"그러니까 내 말은 평생 네 옆에서 자고 싶다는 거야."

"그러니까 평생……."

말을 하다 뭔가 이상한 뉘앙스에 그녀가 입을 다물었다. 평생이라고? 평생? 제가 생각하는 것과 그가 말하는 의도가 같을지 몰라 빤히 그를 쳐다보기만 했다.

"네 옆에서 자는 권한은 오직 나만 갖고 싶다는 얘기야."

"혹시 이거 프러포즈?"

"미안. 반지 하나 없이 멋없게 말해서."

당황해서 말문이 막혀 버린 그녀는 미안한 얼굴로 바라보는 그에게 고개를 내저었다. 정말 그답다. 프러포즈하는 것도 어쩜 이다지도 그다울까. 솔직하고 꾸밈없이, 그러면서 마음을 흔들어놓는다. 평생 같이 잠자자니. 이런 말로 프러포즈받은 사람은 세상에 나밖에 없을 것이다.

"자상한 아버지가 될게. 딸이든 아들이든 널 닮았으면 좋겠어."

"똑 소리 나는 엄마가 될게요, 어디에도 지지 않는. 딸이든 아들이든 사장님 닮았으면 좋겠어."

"고맙다."

다시 품에 안은 그녀의 귀에 숨을 몰아쉬듯 하는 한마디가 가슴을 울렸다. 그에게 이미 많은 사랑을 받았는데 고맙다니. 본인이 얼마나 내 마음을 따뜻하게 녹이는지 왜 몰라. 차가운 듯 내뱉는 말 한마디 한마디가 얼마나 가슴을 움직이는데. 녹여주는데.

오히려 당신이 내게 고마운 사람…….

에필로그

푹푹 찌는 여름의 끝자락에서 마지막 더위가 한껏 기승을 부리
고 있다. 삼삼오오 더위를 피해 카페 안으로 손님들이 몰아쳤다.
덕분에 커피를 만드는 그녀의 손이 부리나케 움직이고 있었다. 이
젠 제법 주문서를 보고 커피를 만드는 것에 익숙해진 터라 그가
자리를 비운 잠깐의 사이 정도는 어떻게든 혼자서 할 수 있게 되
었다. 하지만 스승이란 작자는 다이 혼자만은 역시 못 미더운지
스승 못지않은 조력자를 옆에 두고 나갔다.

"이 자식은 언제 오려나?"

"오랜만의 가족 상봉이니 오래 걸리려나요?"

흐뭇한 얼굴로 커피를 만들면서 웃음이 떠나질 않았다. 오늘 아
침 일찍 강의 부모님이 귀국했다. 한 달 남짓 남은 아들의 결혼식

에 참석하기 위함이었다. 최 회장을 만나고 몇 달 뒤 그의 어머님이 귀국했고, 그녀는 아버지 못지않은 포스를 뿜는 어머니에게 잔뜩 긴장했었다. 하지만 비서에게 했던 것처럼 딱딱한 표정이나 말투는 온데간데없고, 그녀에겐 특유의 미소로 다정하게 다가왔다. 카멜레온도 그의 어머니처럼은 변신하지 못할 것이다.

한쪽 벽에 가보처럼 걸려 있던 그의 화려한 경력 옆에 하나가 추가되었다. 그것은 얼마 전 Kces 한국커피협회에서 주관한 그녀의 바리스타 2급 증서였다. 그녀도 이젠 어엿한 바리스타가 된 것이다. 그에게 프러포즈받고 그녀는 바리스타에 합격하면 그때 결혼할 것을 당부했다. 여전히 그의 발끝에도 못 미치는 아마추어이지만 조금 더 떳떳하게 하고 싶었다.

"다이 너도 같이 가지 그랬어."

"어차피 이따 저녁에 뵐 건데요."

"말복이라는데 꽤 덥다. 결혼식 할 때쯤이면 꽤 선선해지겠지?"

유리문 너머로 보이는 마른하늘을 보며 현우가 웃었다. 이제야 신부가 된다는 사실이 조금은 실감이 난다. 결혼 준비를 하는 동안 서로의 본심이 나오며 서로 싸운다고 하지만 강과 다이는 달랐다. 욕심도 없고 허세나 사치를 모르는 그녀에게 그가 나무랄 것은 하나도 없었다. 그리고 결혼식이 끝나면 신혼 생활은 본가에서 시작하기로 했다. 강에겐 그 큰 집을 내버려 두는 것이 아깝다고 말했지만 실은 가끔씩 귀국하는 강 부모님 내외와 같이 지내고픈 마음이었다. 앞으로 창창하게 비춰질 앞날이 너무나 새삼스럽고 과분해서 몸 둘 바를 모르겠다.

"안녕하세요."

며칠 전부터 일하기 시작한 알바생이 들어왔다. 이제 막 대학 졸업을 앞두고 있는 어린 녀석이다.

"안녕, 진호야."

"아우, 덥다."

셔츠 자락을 펄럭이자 다이가 냉수 한 잔을 건넸다.

"역시 누나는 딱 내 스타일이라니까. 내 마음을 이렇게 잘 알아."

"너 그러다 한 방에 훅 가는 수가 있어."

현우의 경고에도 불구하고 진호는 다이에게 어김없이 추파를 던졌다. 그녀는 그런 진호의 모습이 남동생처럼 느껴질 뿐이었다. 말 그대로 남동생.

"난 연하보다는 연상 체질인데. 어때, 누나?"

"너 자꾸 반말 할래?"

들고 있는 스푼으로 진호의 머리를 쥐어박으며 다이가 응징했다. 그러나 진호는 물러설 생각이 없는지 배짱 좋게 그녀의 어깨에 손을 척 올렸다.

"이 손 치우는 게 좋을 텐데."

"누나 애인 있어?"

"남편은 있을걸."

무심하게 말하는 다이의 목소리에 옆에서 현우가 킥킥대며 웃었다. 거기다 '있어'도 아니고 '있을걸'이라는 애매한 대답이라니.

"누나 결혼했어?"

실망한 얼굴로 진호가 물었다. 그러거나 말거나 다이는 무심하게 커피를 만들며 대답했다.

"할 거야. 축가는 네가 해. 저번에 노래방에서 보니까 노래 좀 하더라? 역시 오디션 경력자는 달라."

"에이, 뭐야. 아직 안 했네. 그럼 나한테도 아직 승산이 있는 거 아닌가?"

여전히 어깨에 걸쳐 놓은 팔은 치울 줄 모른 채 진호가 멋대로 떠들었다.

"난 분명 경고했다, 손 치우라고."

"누나 애인이 누군데 그래? 데리고 와봐. 내가……."

"여기 있다. 어쩔 건데?"

뒤에서 들려오는 음산한 목소리에 진호가 고개를 돌렸다. 양미간을 좁히곤 짐짝처럼 다이의 어깨에 올려 있던 진호의 팔을 휙 쳐내고서는 그녀의 허리를 와락 끌어안았다. 아직까지 사태 파악이 덜 된 진호는 얼떨떨한 표정으로 강을 쳐다보기만 했다.

"그럼 사장님이……."

"그래, 내 마누라다."

"모, 몰랐습니다. 죄송합니다."

"인생 그만 살고 싶지?"

허리를 숙여 사죄하는 진호의 행동에도 좀처럼 화가 풀리지 않은 얼굴로 현우를 노려보았다.

"야, 내가 똥파리 꼬이지 않게 주변 정리 잘해놓으랬지?"

"네 마누라는 네가 잘 감시해."

이래선 옆에서 한시도 떨어질 수가 없다. 자꾸만 어린 놈들이 그녀 주위에 얼쩡거려 심기가 더 불편해졌다.

"잘 다녀왔어요?"

"그래. 혼자서 힘들었지?"

"고 사장님이 있잖아요. 진호도 있고."

"진호 자식은 이제 자를 거야."

진심인지 농담인지 구분할 수 없는 표정으로 무심하게 내뱉는 강의 말에 진호가 진땀을 빼며 강의 팔을 잡았다.

"축가 제가 부르겠습니다."

"네가 왜?"

"노래 좀 합니다. 예전에 오디션에서 합격한 경력도 있고……."

"그래?"

"그러니까 자르지만 말아주세요."

아르바이트 자리를 구하는 게 하늘의 별 따기만큼 힘든지라 진호는 강에게 매달렸다. 다이에게 도와달라고 신호를 보냈지만 다이도 어쩔 수 없다는 듯 고개를 내저을 뿐이다. 그러니 내가 후회한다고 했지? 쯧쯧. 다이의 표정이 그렇게 말하고 있었다. 강은 다이에게 작업을 건 놈이 축가를 부르겠다는 건 마음에 들지 않지만 일단 들어보고 결정하기로 했다.

"일단 노래 좀 듣고. 불러봐."

강의 명령에 다이와 현우의 시선이 진호에게 향했다. 진호는 손님들이 가득 찬 테이블을 앞에 두고 축가를 열창했다.

*

몇 안 되는 나무만이 지키고 있는 마당은 을씨년스러웠다. 텅 비어 있는 공간에 꽃을 심고 야채도 가꾸면 좋겠다는 생각이 절로 들었다. 그러면 지금보다 그럴싸한 마당이 만들어질 것 같다는 생각에 기분이 좋아졌다. 돌계단을 오르며 집 안에 들어서자 최 회장과 모친이 두 사람을 반갑게 맞이했다. 집 안의 온기는 예전과 비교가 안 될 정도로 활기찼다.

"저녁 준비 다 되었단다. 여보, 식사해요."

공들여 준비한 저녁 식탁이다. 어느 것 먼저 입에 대야 할지 난감해 다이는 식탁에 앉아 젓가락을 멈칫했다.

"혼자 준비하시느라 고생하셨겠어요."

"걱정 마렴. 오늘은 특별 요리사를 초빙했으니까."

"그럼 그렇지."

언제 음식 솜씨가 이렇게 늘었나 싶었는데 역시 어머니 실력이 아니었던 거다. 그녀 말대로 고생 좀 하셨겠구나 생각하고 있는 참인데 이렇게 뒤통수를 치시다니. 정말 어머니답다. 약간 실망했지만 그래도 강의 입가에 미소가 떠나질 않았다. 이런 저녁 식사, 정말 오랜만이니까. 어머니와 아버지, 나 셋이 있을 땐 꽤나 적막하다 생각했는데 한 사람 더 추가되었을 뿐인데 이렇게 화기애애하게 변하다니. 가족이라는 게 이렇게 따뜻한 온기 속에서 존재하는 거였나. 정말 새삼스러운 게 하나둘이 아니다.

"이것저것 가리지 말고 먹어라. 그렇게 비쩍 말라 어디 쓰겠어."

무심한 듯 최 회장은 그녀를 꽤나 신경 써주고 있었다. 말은 차갑게 하지만 손이 닿지 않는 음식에 손을 못 대고 있는 그녀의 모습에 강에게 눈치를 주었다. 그제야 멀리 있는 음식들을 앞접시에 담아 그녀가 먹을 수 있도록 옆에 두었다.

"많이 먹고 있습니다."

"퍽퍽 먹어."

"퍽퍽 먹겠습니다."

네 사람이 먹기에 너무나 많은 음식이라 생각보다 많이 남았다. 모친과 뒷정리를 끝낸 그녀는 과일을 깎아 거실로 내왔다.

"아버님, 드세요."

포크로 사과 한 조각을 집어 건넸다.

"사과도 잘 깎는구나."

"제가 원래 좀 여성스럽습니다."

대답도 예쁘게 하는 그녀를 최 회장은 흐뭇하게 바라보고 있다. 최 회장은 강에게 시선을 던졌다.

"언제부터 들어올 거냐?"

"전 미리 들어와 있고 다이는 지금 살고 있는 집에서 어머님과 며칠 같이 지내고 들어올 겁니다. 결혼 전에 모녀지간이 오붓한 시간을 보내야죠."

"그래, 그것도 나쁘지 않지. 요양원에 갈 때 기사 보내마."

생각지도 못한 최 회장의 호의에 다이는 손사래를 쳤다.

"아, 아닙니다, 아버님."

"내 말 들어."

더 이상 거절할 수 없도록 쐐기를 박는 최 회장의 말에 어쩔 도리가 없었다. 마주 잡은 손을 꾹 쥐는 그가 그렇게 해도 된다고 말하고 있었다.

"그리고 네가 쓰던 방은 미리 손봐두었으니 짐만 챙겨오면 될 거다."

"벌써요?"

"벌써는 무슨. 식이 얼마나 남았다고."

생각해 보니 그가 쓰던 방에 있는 침대는 싱글에다 가구들도 오래되었고 남자가 쓰던 방이니 신혼부부 방으로 새로 리모델링에 들어가야 했다. 시간 날 때 현우를 불러 고생시키려고 했는데, 아버지가 이렇게까지 신경 써주실지 몰랐다. 이렇게 보니 반대했던 아버지 맞나 싶을 정도로 결혼식 준비에 굉장히 적극적이고 세심하게 신경을 써주었다. 혹시 반대를 한 게 아니라 반대하는 시늉을 했던 것일지도 몰랐다.

"참, 다이야, 내일 시간 좀 내주렴. 같이 저녁이나 하자꾸나."

뒤늦게 주방에서 나온 모친이 다정하게 말했다.

"네, 어머니."

"시간 맞춰 기사 보낼 테니 미리 준비하고 있으렴. 그래도 되지, 아들?"

아들? 너무 느끼하고 오글거려 절로 인상이 찡그려졌다. 명색이 사장인데 사전 예고도 없이 통보하는 게 어디 있는가.

"제가 데려다 주겠습니다. 기사 보내지 마세요."

"왜, 엄마가 이상한 데 데리고 갈까 봐 그러니? 여자들끼리 오붓한 시간 보내고 싶으니까 방해 말거라."

속내를 제대로 간파한 모친의 말에 강은 입을 다물었다. 다이도 괜찮다며 가게 비우지 말라고 오히려 신신당부를 했다.

본가에서 나왔을 땐 어느덧 어둑한 밤이었다. 집에 도착하자마자 그는 그녀의 옷을 손수 벗긴 후 번쩍 안아 들고 욕실로 들어갔다.

"피곤했지? 내가 씻겨줄게."

"오늘따라 서비스가 너무 좋은데요."

몸 구석구석 비누칠을 해주고 샤워기로 깨끗하게 씻겨주었다. 이번엔 그녀가 그의 몸에 비누칠을 해주었다. 단단한 가슴, 군살 없는 복부, 그리고 허벅지까지 내려오며 정성들여 비누칠을 해주었다.

"돌아요."

넓은 등부터 아래까지 비누칠을 해주는 손은 섬세했다. 어느덧 그의 분신은 그녀를 안고 싶어 안달이 난 상태였다. 샤워를 마칠 동안은 제발 자제하라고 동해물과 백두산을 속으로 열창했지만 소용없었다. 그녀의 손이 닿는 곳마다 전기가 흘러 오히려 더욱 꼿꼿하게 고개를 치켜들 뿐이었다. 그는 몸을 돌려 그녀의 손목을 움켜쥐곤 입술을 빨아들였다. 말캉한 혀를 붙잡아두고는 목덜미부터 키스를 해나갔다.

"하아……."

허리를 숙여 가슴을 한입 물고는 허리를 안아 들었다. 물에 젖어 물줄기가 뚝뚝 떨어지는 그녀의 몸은 어느 때보다 욕구를 불러일으켰다. 그녀의 다리를 벌려 손으로 꽃잎을 문지르며 애무하자 반쯤 풀린 눈으로 그의 어깨에 입을 맞추었다. 그는 더 이상 못 참겠다는 얼굴로 다시 그녀를 안아 들곤 방으로 들어갔다. 그녀를 눕히곤 다리를 벌려 안으로 들어갔다.

"흐훗!"

따뜻한 그녀의 내부에서 욕망을 분출하기 시작했다. 좁고 따뜻한 내부에 있는 녀석은 쾌감에 부르짖었다. 타액으로 젖은 그녀의 입술을 찾아 키스를 퍼붓고 목덜미에 얼굴을 묻었다. 그녀의 내부에 모든 걸 쏟아붓곤 뺨에 입을 맞추었다. 발갛게 달아오른 그녀의 뺨을 쓸자 미간을 좁힌 그녀가 불퉁하게 말했다.

"일 두 번 하게 생겼네요."

"그러게. 다시 씻겨줘야겠다."

그제야 제 몸에 묻은 비눗물이 그녀의 몸에 달라붙은 모습이 눈에 들어왔다. 그 모습이 우스운 모양인지 좁혔던 미간을 펴고는 까르르 웃었다. 강도 덩달아 웃으며 그녀를 번쩍 안아 들고 다시 욕실로 들어갔다.

*

"일찍 왔구나."

고급스러운 숍에 들어서자 잡지를 보고 있던 모친이 일어나 그녀를 맞이했다. 그녀는 이곳으로 안내하는 기사에게 약속 장소에

착오가 생긴 것 같다고 언질했으나, 기사는 부회장님 지시라며 숍 앞에 그녀를 세워주었다. 그녀는 모친을 보면서도 어리둥절한 표정으로 인사했다.

"어머니, 여긴 왜……."

"김 실장."

모친은 별다른 설명 없이 디자이너를 불렀다. 모친의 부름에 다가온 디자이너의 안내를 받으며 룸으로 들어갔다. 김 실장이 가져온 드레스를 보면서도 여전히 사태 파악이 되지 않았다. 입고 있던 옷을 벗고 어느새 도우미의 도움을 받으며 드레스로 갈아입었다. 눈앞을 가로막고 있던 붉은 천이 거둬지자 모친이 안으로 들어왔다.

"어때, 마음에 드니?"

"예?"

"불편하진 않고?"

"괜찮습니다. 그런데……."

"역시 목이 허전하구나."

미리 준비한 듯 화이트 골드의 다이아가 박힌 목걸이를 걸어주곤 거울로 그녀의 모습을 확인시켜 주었다. 난생처음 입어보는 드레스이다. 거기다 생각했던 것보다 드레스는 심플하면서도 우아한 자태를 뽐내고 있었다.

"이제야 완성됐다."

"어머니, 이 드레스……."

"내가 주는 선물이다, 결혼 선물."

확실하게 들었음에도 그녀는 이해되지 않은 얼굴로 모친을 바라보았다.

"특별히 주문 제작한 드레스야. 불편한 데 있으면 말하렴."

"괜찮습니다. 저에게 너무 과분한 선물이에요. 드레스는 하루 빌려 입으면 됩니다."

거절하는 그녀의 어깨를 잡고 거울로 모습을 재확인시켜 주며 모친이 말했다.

"아니. 남들이 입던 하루짜리 드레스 말고 이거 입으렴. 그날만큼은 누구보다 아름다워도 돼. 네가 주인공이니까. 아마 그 녀석도 이 모습 보면 반할걸?"

위아래로 훑어보다 비서를 시켜 사진을 찍도록 지시했다. 곧장 강에게 사진을 전송했다. 이 모습을 보면 커피 만들다 말고 뛰쳐나오고 싶은 욕구를 어렵게 떨쳐 내야 할 것이다.

답장을 받은 모친은 문자메시지를 그녀에게 보여주었다.

〈세상에서 제일 예쁘네요.〉

입가에 미소를 걸쳐 놓고는 수줍게 고개를 끄덕였다. 어쩔 수 없다. 내 남자가 예쁘다고 하니 이걸로 결정하는 수밖에.

"카푸치노 한 잔이요."

카운터를 똑똑 두드리며 주문하는 목소리에 그의 입가에 미소가 번졌다. 카푸치노 한 잔을 대령하자 그녀가 입가에 거품을 묻히고는 배시시 웃는다.

"지윤이는 어쩌고?"

"유치원 갔다 와서 아버님하고 놀아요."

"잘 왔어."

"일찍 끝내고 데이트해요. 내가 도와줄게요."

팔을 걷어붙이고 앞치마를 꺼내 입은 그녀는 강 옆에서 에스프레소를 추출했다. 바리스타 2급에 이어 1급까지 취득한 바리스타답게 손놀림이 자연스러웠다.

"뭐 하고 싶어?"

"맛있는 저녁 먹고 영화 보고."

"그래, 맛있는 저녁 먹고 영화 보자."

"눈 오면 눈사람 만들고."

"그래, 눈사람도 만들자. 그런데 오늘은 눈이 내릴 것 같지 않은데?"

매서운 바람만 부는 창밖을 바라보며 하는 말에 다이는 실망한 얼굴이다.

"그럼 눈사람은 다음에 하지, 뭐. 소원 트리 갖다 놨네요?"

"응. 당신도 적어."

오랜만에 보는 트리에 다이는 옛 생각을 하며 미소 지었다. 그 옛날 그는 소원 따위에 관심 없는 척하더니 떡하니 제 이름 석 자를 적어놓지 않았던가. 지금까지 그녀가 그 사실을 알고 있는 것은 비밀이었다. 트리 앞에 서선 그녀가 펜을 들었다. 그리고 한참을 망설인 끝에 펜을 움직였다.

　—최강 당신.

　언제나 지금처럼 나와 지윤이 옆에서 끈질긴 목숨으로 오랫동안 살을 비비며 웃어주길. 소원은 그것뿐이었다. 내 소원도 당신과 같아.
　"적었어?"
　"네, 적었어요."
　크리스마스 시즌이라 카페 안으로 들어오는 손님이 끊이질 않았다. 그래서 예정보다 일찍 닫으려고 했던 문은 고작 두 시간 일찍 닫았다. 덕분에 영화는 못 보고 저녁만 먹고 집으로 들어가야 했다.
　"영화는 내일 보자."
　"그럼 내일도 아버님께 지윤이 맡겨야겠네?"
　밤공기가 꽤 쌀쌀했다. 그래도 손을 잡고 걷고 있으니 연애할 때로 돌아간 것 같아 기분이 좋았다. 몇 년이 지난 후인데도 그는 나이 먹은 대로 중후한 매력이 있었다. 더 남자다워졌고, 더 멋있어졌다. 커피를 추출할 때 옆에서 바라보는 그 신중한 표정은 지금도 변하지 않았다. 지금도 그 모습을 보며 그에게 반하는 중이었다.
　"당신, 그거 알아?"

"뭘요?"

"카페에 면접 오기 전에도 당신을 본 적이 있어."

걸음을 멈춘 그녀가 동그랗게 눈을 뜨고 그를 바라보았다. 입술 끝을 올린 그는 옛 생각을 하는 것처럼 눈가가 촉촉해져 있었다.

"어디서요?"

"말하기 싫어. 나 혼자 알고 있을 거야."

"말해요, 어서. 궁금하단 말이에요."

"당신이 그날 아버지와 무슨 얘기 했는지 알려주면."

"흥. 못됐어."

처음부터 알려줄 생각 없이 말을 흘려놓은 남편을 흘깃 바라보았다. 궁금한 건 못 참는데, 정말 못 참는데. 도대체 언제부터 알고 있었던 거지? 묻고 싶은 입술을 달싹거리며 그녀는 고개를 저으며 남편을 지나쳤다. 그래도 최 회장과의 대화는 둘만의 추억으로 묻어두고 싶었다. 하지만 정작 미끼를 던져 놓은 사람은 못 참겠는지 찰싹 옆에 붙어서는 집요하게 묻고 있었다. 그 모습이 어찌나 우스운지. 하지만 다이는 할 수 있는 최대한 비밀에 붙여두기로 했다.

"엄마아아아아!"

현관문을 열고 안으로 들어서자 양 갈래로 묶은 머리를 찰랑이며 지윤이가 엄마 품에 안겨왔다. 지금까지 놀아준 할아버지는 그새 외면당해 쓸쓸한 표정으로 서 있었다.

"왔냐?"

"다녀왔습니다, 아버지."

"저녁은?"

"먹었습니다. 아버지는요?"

"나도 대충. 애 보는 것도 나이 먹어서 힘들구나. 에고, 허리야."

허리를 두들기며 방으로 들어가는 것을 확인한 그녀가 아쉬운 한숨을 내쉬었다.

"내일도 지윤이 봐주시겠지?"

"걱정 마. 윤 비서도 있으니까."

그제야 다이의 표정이 밝아졌다. 엄마 품에 안긴 지윤이는 반으로 접은 스케치북을 꺼내 펼쳐 보였다. 그 그림을 보는 아빠와 엄마의 표정은 아리송하기만 하다. 이게 뭐지?

"유치원에서 엄마, 아빠 그렸어."

엄마, 아빠라고 그린 그림은 누가 엄만지, 누가 아빤지 구분이 안 될 정도로 외계 생명체였다. 애매하게 웃으면서도 고슴도치도 제 자식은 예쁘다고 칭찬을 아끼지 않았다.

"지윤아, 이게 엄마야?"

"응. 머리 긴 사람이 엄마, 앞치마 두르고 있는 사람이 아빠."

"아……. 우리 딸 그림 정말 잘 그렸다. 엄마, 아빠 직업이 뭐라고?"

뺨을 비비며 지윤이를 안고는 사랑스러운 눈빛으로 물었다. 딸의 보드라운 뺨을 쓸며 강은 지윤이의 오물조물 움직이는 입술을 지그시 바라보았다.

"아빠는 돈 많은 카페 사장님, 엄마는 빈둥거리는 카페 사모님!"

헐! 지윤아, 돈 많은 카페 사장에 빈둥거리는 카페 사모님이라니. 그렇게 귀에 딱지가 앉도록 교육시켰건만, 도대체 어디서 이런 말도 안 되는 소릴 들었는지 모르겠다. 곧 옆에 멀뚱히 서 있는 윤 비서에게 시선이 꽂혔지만 심증만 있는 상태라 딱히 뭐라 할 수도 없었다. 강과 다이는 마주 보며 천진난만하게 대답하는 딸을 안쓰럽게 바라보았다. 그리고 그날 다이는 딸에게 밤새도록 아빠, 엄마의 직업이 바리스타임을 똑똑히 새겨주었다. 아빠는 마음을 움직이는 사람, 엄마는 마음을 채워주는 사람이라고.

The End

 작가 후기

　여전히 제 글이 세상 밖으로 나온다는 기분은 묘합니다. 기쁘기도 하지만 걱정이 앞섭니다. 어떤 글보다 즐겁게 작업했던 글이라 어느 한 줄이라도 독자의 기억에 남는 글이 되었으면 합니다. 책을 덮은 후 입가에 미소가 그려지는 글을 쓰는 게 제 작은 소망입니다.

　함께 고생해 주신 미연 씨, 감사합니다.

Chungeoram romance novel

Love Your Enemies

이승연 장편 소설

원수를 사랑하라!

원수는 외나무다리에서 만난다?
원수를 마냥 피하고 싶은 여자와
원수를 보면 웃음이 나오는 남자에게 해주고 싶은 말.

원수를 사랑하라!

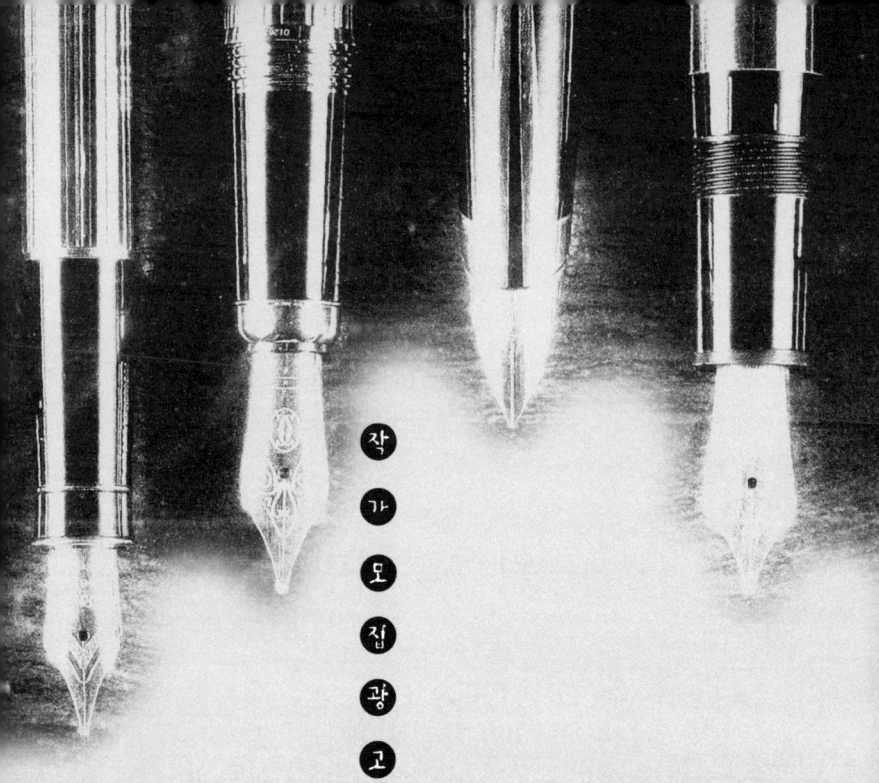

작
가
모
집
광
고

도서출판 청어람의 문은 항상 열려 있습니다.
실력있는 작가 분들의 많은 관심 부탁드립니다.

TEL:032-656-4452 • FAX:032-656-4453
http://www.chungeoram.com
e-mail:chungeorambook@daum.net